1857 का मुक्ति संग्राम

1857 का स्वातंत्र्य समर
पुस्तक पर आधारित

पूरन सिंह

अंजुमन प्रकाशन

Title : 1857 ka Mukti Sangram
Author : Puran Singh

Published By-
Anjuman Prakashan
942, Mutthiganj, Prayagraj, 211003
www.anjumanpublication.com
anjumanprakashan@gmail.com

Printed and bound in India.
Hardcover, First published by Anjuman Prakashan in 2023
ISBN : 978-93-91531-55-3

Cover & Typeset by Anjuman Prakashan

ईश वन्दना

ओउम् प्रातरग्नि प्रातरिन्द्र हवा महे प्रातर्मित्ना वरूणा प्रातशिवना प्रातर्भगं पूषण ब्रह्मणास्पतिप्रातःसोममुत रुद्रं हुवेम। अर्थ- प्रात:काल की सुन्दर सुहावनी वेला में प्रकाश स्वरूप परमैश्वर्य के दाता तथा परमैश्वर्य युक्त सबसे महान प्राय उदार सामान्यता प्रिय और सर्वशक्तिमान, सबसे मित्रभाव रखने वाले वरणीय सूर्य-चन्द्र को उत्पन्न करने वाले सर्वत्रव्यापक परमात्मदेव की हम स्तुति करते हैं और यजनीय, शेवनीय, ऐश्वर्य युक्त पुष्टिकर्त्ता अपने उपासक वेद और ब्रह्माण्ड के पालन करने हारे, ज्ञान के भण्डार, अंतर्यामी, प्रेरक शीतलता तथा शान्ति के भण्डार और पापियों के दमन करने हारे एवं सर्वरोगनाशक जगदीश्वर की हम स्तुति व प्रार्थना करते हैं।

ओउम भग प्रनेर्तभग सत्य राधे भगेमां धियमुदवा ददन्नः। भगः प्रजो जनय गोभिरिश्वैर्भगः पृनभिनृवन्तः स्याम।

अर्थ- हे यजनीय स्वरूप, सबके उत्पादक, सत्याचार में प्रेरक,ऐश्वर्यप्रद,सत्य व धन को देने हारे,सत्याचरण करने हारों को ऐश्वर्यदाता आप परमेश्वर हमको इस प्रज्ञा बुद्धि को प्रदान कीजिए। हे प्रभु आप गाय, घोड़े,आदिक उत्तम पशुओं के योग से राज्यश्री को हमारे लिए प्रकट कीजिए। हे ईश आपकी कृपा से हम लोग उत्तम मनुष्यों से युक्त बहुत वीर जनों वाले होवें।

सरस्वती वन्दना

सरस्वती विद्या की दाता, माँ दया कर दीजिए।
हम शिशु तेरे दुलारे, ज्ञान का वर दीजिए॥
ज्ञान की ज्योति जगा दे, तिमिर मन का दूर हो।
हमपढ़ें, आगे बढ़ें, बल बुद्धि से भरपूर हों॥
सीख मानवता की दे, मन भक्ति से भर दीजिए। (तोर)
हम शिशुतेरे दुलारे, ज्ञान का वर दीजिए॥
चिन्मयी चैतन्य तू, सुक्ष्म सगुन अपरा परा। (कली)
हे गायत्री वेद माता,बुद्धि कर दे ऋतम्भरा॥
आत्मा का ज्ञान दे,हमको अमर कर दीजिए।
हम शिशु तेरे दुलारे, ज्ञान का वर दीजिए॥
माँ जगा दे दिव्य स्वर, मन प्राण मे झंकार दे। (कली)
चकितसी है मन की वीणा,जोड़ टूटे तार दे॥
जीवन का छन्द लयबद्ध कर, गाने का अवसरदीजिए।
हम शिशु तेरे दुलारे,ज्ञान का वर दीजिए॥
ज्ञानगंगा महादेवी वीणा-पुस्तक धारनी। (कली)
वरदायिनी संगीत माता,जगत् मंगल कारनी॥
ज्ञान दे सुरताल का, पूरन कवित कर दीजिए। (तोर)
हम शिशु तेरे दुलारे, ज्ञान का वर दीजिए॥

मातृवन्दना

जन्मा प्रथम मानव यहाँ,ऋत सत्य जननी उर्वरा।
वन्दन करूँ माँ भारती,ममतामयी पावन धरा॥
पहने हरित पट श्यामला,उत्तुंग धवलमस्तिष्कशिखर।
ब्रह्मलोक से आकर, श्री गंगा रहीं अभिषेक कर॥
आगम-निगम के बोध का, डमरू बजा कैलाश पर।
शिव-शक्ति के संयोग से, जगश्रिजा चित्ताकाश पर॥
फूली फली तेरी गोद में, ऋषियों की वैदिक परम्परा।
वन्दन करूँ माँ भारती, ममतामयी पावन धरा॥
ब्रह्मनाद के निनाद से,ओउमकार ध्वनि बजने लगी।
तेरे ज्ञान के आलोक में, सब सृष्टियाँ सजने लगीं॥
हुए मंत्रद्रष्टा,वेदवेत्ता अज्ञानता छुपने लगी।
ब्रह्म ऋषियों के ब्रह्म तेज से, चारों दिशा दिपने लगी॥
माँ तेरे मधुर हास में, विद्या छिपी अपरा परा।
वन्दन करूँ माँ भारती, ममतामयी पावन धरा॥
वेदोंके सनातन सत्य का, उद्घोष ऋषियों ने किया।
छः शास्त्र योग वेदान्त का, सिद्धान्त दुनिया को दिया॥
शिक्षा कल्प व्याकरण, छन्द, भूगर्भ, ज्योतिष, खगोल दिया।
संगीत, शिल्प और आयुर्वेद से मानव आयुष्मान किया॥
उदात्त जीवन मूल्यों की, सिखलायीजीवन-यात्रा।
वन्दन करूँ मां भारती, ममतामयी पावन धरा॥
हे जननी,हेजन्मभूमि, तू स्वर्गादपि गरीयसी।
हे रत्नगर्भा तेरे व्योम से, अमृत बरसातेरवि–शशि॥
सुजलां सुफलां अन्नपूर्णा, छः ऋतुहरदमबसी।
हे कामधेनुवैभवमयी, सब भोग देनी सब रसी॥
पग सिन्धुसरिता मालनी, पूरन सुखदाता दुःख हरा।
वन्दन करूँ माँ भारती,ममतामयी पावन धरा॥

भजन - भारत की शान

भारत की जग में, सबसे थी ऊँची शान ।
बीते युग की तहरीरों में, पक्के मिले निशान ॥
स्वावलम्बी था समाज, गऊधन गज वाज ।
रही लक्ष्मी विराज, लागू वेद का विधान ॥
ज्ञान और विज्ञान में, ना भारत के समान ।
जाने नाप्यो आसमान, गृह नक्षत्र शशि भान ॥
ऐसी शिल्प रचाई, उड़ते मन की चाल विमान ।
भारत की जग में, सबसे थी ऊँची शान ॥
ऋषी ब्रह्म तेजधारी, विप्र वेद के आचारी ।
जहाँ पढ़ते ब्रह्मचारी, जो तपस्या के धनी ॥
जिनके यज्ञ की सुवास, पहुँची भूमि और आकाश ।
जहाँ ज्ञान का प्रकाश, हुए ज्ञानी और गुनी ॥
सुबह शाम घर घर में गूंजे, वेदमन्त्रों का गान ।
भारत की जग में, सबसे थी ऊंची शान ॥
राजा ऐसे बलदाई, जिनकी फिरै थी दुहाई ।
करी दीन की सहाई, दुष्ट मार किये ढेर ॥
मेरे देश की तहरीर, सारी दुनियां में नज़ीर ।
पीवे एक घाट नीर, जहाँ गाय और शेर ॥
एक वचन पर मोरध्वज ने, कर दिया सुत बलिदान ।
भारत की जग मे, सबसे थी ऊँची शान ॥
जहाँ माया भरपूर, कणि, मणि, कोहेनूर ।
पुन्यमई पुर नूर, धन धान्य से लदी ॥
जहाँ राजा न्यायकारी, प्रजा रहती सुखी सारी ।
बड़ी योगक्षेम कारी, गंगा-यमुना सी नदी ॥
तेरी सोने सी माटी पै, पूरन सौ जीवन कुर्बान ।
भारत की जग में, सबसे थी ऊंची शान ॥

भारत का स्वरूप

सत्य शील संयम के गहने, पंचभूत का चोला पहने,
सृजन विनाश का द्रष्टा बनकर, मृत्यु से अवगत हूँ ।
मैं अमृतरत भारत हूँ ॥
सीमाओं में बँधे जगत् की, तोड़ गया सारी सीमाएँ,
मैं अनन्त की लगा समाधि, लेकर आया वेद ऋचाएं,
आगम-निगम का खोल झरोखा, तीन काल का लेखा-जोखा,
मैं अरूप का रूप अनोखा, ब्रह्मवाद का मत हूँ ।
मैं अमृतरत भारत हूँ ॥
शून्य मार्ग से जाय सत्य का, साक्षात्कार किया है,
बना दशमलव सत्य शून्य से, जग को नाप दिया है,
मैं प्रकाश का पथिक चिरंतन, करता हूँ सागर का मंथन,
स्वयं हलाहल विष पी कर के, देता मैं अमृत हूँ ।
मैं अमृतरत भारत हूँ ॥
बनकर राम सिखाता हूँ मैं, मानवता की मर्यादाएँ,
उपनिषद, वेद, षड्दर्शन से, आलोकित करता सभी दिशाएँ,
न्याय धर्म की सदा ढाल हूँ, दुष्टजनों का महाकाल हूँ,
कृष्ण बना गीता कहने को, कुन्तीसुत पार्थ हूँ ।
मैं अमृतरत भारत हूँ ॥
देख अनेक में एक छवि, प्राणी प्रत्येक है पात्र प्रेम का,
जग कल्यान का व्रत लिया है, संदेशा है विश्वप्रेम का,
नील मेघ पट मुकुट हिमालय, सरित माल पग सिन्धु सुखालय,
धर्म अर्थ और काम मोक्ष का, पूरन पुरुषारथ हूँ ।
मैं अमृतरत भारत हूँ ॥

भारत का मूल दर्शन

मूलतः समग्रता में देखता जो समभाव,
सर्व ही अनन्त विश्व स्व में समाया है ।
भारत है सदा से रत विश्व के कल्याण हेतु,
एकता का भाव जो अनेकता में छाया है ।
आर्यावर्त मात्र एक इतिहास और भूगोल नहीं,
मानव को समग्रता से जीना भी सिखाया है ।
दुनियाँ है बाजार ये विचार देखो कितना तुच्छ,
भारत ने तो विश्व को कुटुम्ब ही बताया है ।

दोहा

भारत चक्षु जगत् का, पथप्रदर्शक राष्ट्र ।
फिर भी चक्षुहीन कुछ, बैठे हैं धृतराष्ट्र ॥
छूट दुशासनों को मिली, खींचो मां का चीर ।
अब चुप रह सकते नहीं, भारत माँ के वीर ॥

भारत के घाव

आर्यावर्त सिन्धु से हिन्दू, हिन्दू हिन्दुस्तान हुआ ।
हिन्द वीरों का देश धरम पर, सदियों से बलिदान हुआ ॥
सत्य सनातन संस्कृति की, जब तक ज्योति प्रचण्ड रही ।
प्रवाहमान ज्ञान गंगा से, सिंचित भूमि अखण्ड रही ॥
राजधर्म और राज की शक्ति, पुरस्कार और दण्ड रही ।
सदा धर्म से दण्डित होती, जो शक्ति उदण्ड रही ॥
प्रतिभा से मार्तण्ड रही, उदात्त ज्ञान-विज्ञान हुआ ।
हिन्द वीरों का देश धरम पर, सदियों से बलिदान हुआ ॥
भारत के व्यापक चिन्तन में, सभी जगत् परिवार कहा ।
सत्य स्वयं संसार सृजन कर, सगुन और साकार कहा ॥
आत्मतत्व के भाग मोक्ष को, धर्म एक पतवार कहा ।
नर से नारायण बनने का, उच्च कर्म आधार यहाँ ॥
सोलह हैं संस्कार यहाँ, जिससे मानव निर्माण हुआ ।
हिन्द वीरों का देश धरम पर, सदियों से बलिदान हुआ ॥
मनु से लेकर चन्द्रगुप्त तक, वैभवशाली देश रहा ।
शान्ति से मानव उत्कर्ष हो, राजा का उद्देश्य रहा ॥
थे शस्त्र-शास्त्र के धनी वीर, पर शान्ति का संदेश रहा ।
कला, वेद, विज्ञान, धर्म का, सर्वोपरि आदेश रहा ॥
अध्यात्म उपदेश रहा, सद्विद्वानो का मान हुआ ।
हिन्द वीरों का देश धरम पर, सदियों से बलिदान हुआ ॥
फैले फिर मतवाद अनेकों, राष्ट्रवाद का ह्रास हुआ ।
दम्भी राजा हुए विलासी, तपो ज्ञान का नाश हुआ ॥
अतुल्य भारत के वैभव का, दुनिया को आभास हुआ ।

बाबर और शक, हूँण लुटेरों को, आने का साहस हुआ ॥
कमजोरी का दास हुआ तो, खुद भारत बेकान हुआ ।
हिन्द वीरों का देश धरम पर, सदियों से बलिदान हुआ ॥
इस परिवर्तनशील जगत में, जब कठिनाई आती है ।
वीरों की जननी भारत माँ, फिर दिव्य संतान रचाती है ॥
कभी राम और कभी कृष्ण रच, गीता भी सुनवाती है ।
ऋषियों द्वारा वेद शास्त्र से, सच्ची राह दिखाती है ॥
जिसके डर से भगे सिकन्दर, वो चाणक्य महान हुआ ।
हिन्द वीरों का देश धरम पर, सदियों से बलिदान हुआ ॥
इस्लामी आक्रान्ताओं ने, भारी अत्याचार किया ।
लूट मार कर मन्दिर तोड़े, दारुण नरसंहार किया ॥
लाखों मन्दिर तोड़, धर्म परिवर्तन को लाचार किया ।
भारत की संस्कृति पर, आघात जो बारम्बार किया ॥
सभी हदों को पार किया, ये इस्लामी शैतान हुआ ।
हिन्द वीरों का देश धरम पर, सदियों से बलिदान हुआ ॥
मेरे देश का मान घटा तब, टूटा ध्यान सन्यासी का ।
चहुँ ओर करुण चीत्कार हुई, मन विचलित हुआ वनवासी का ॥
दशनामी सन्यास संगठन, नागा नाथ उदासी का ।
महाकाल बन तपो धनी, ज्यों रुद्र रूप कैलासी का ॥
संघर्ष योग अभ्यासी का, जो सदियों तक घमासान हुआ ।
हिन्द वीरों का देश धरम पर, सदियों से बलिदान हुआ ॥
711 मे कासिम, उत्तर पश्चिम से आया था ।
गजनी का महमूद देश से, 17 बार टकराया था ॥
1001 मे लगातार, भारत का खून बहाया था ।
पृथ्वीराज ने गोरी को, भी कई-कई बार भगाया था ॥
जयचंद ने घात कराया था, भद्दा बदनुमा निशान हुआ ।

हिन्द वीरों का देश धरम पर, सदियों से बलिदान हुआ ॥
॥73 में गोरी, 1221 चंगेज चढ़ा ।
1398 इस्वी में तैमूर ने, भयानक युद्ध लड़ा ॥
1526 में बाबर, वो भयानक क्रूर बड़ा ।
1761 मे अब्दाली, जो अफगानी था बिगड़ा ॥
सुन के भारत का दुखड़ा, मेरे मन में दुःख महान हुआ ।
हिन्द वीरों का देश धरम पर, सदियों से बलिदान हुआ ॥
औरंगजेब ने भारत मे, आतंक मचाया भारी ।
तिलक जनेऊ रोज सवामन, चोटी खींच उतारी ॥
धर्म की खातिर शीश कटाया, धन्य गुरू औतारी ।
तेग बहादुर के शिष्यों के, शीश चलायी आरी ॥
पार करी हद सारी मुस्लिम, झूठा तेरा गुमान हुआ ।
हिन्द वीरों का देश धरम पर, सदियों से बलिदान हुआ ॥

1857 का भारत का मुक्ति संग्राम
ज्वालामुखी भाग-1

वीर-स्तुति

अपने गर्म खून से लिख गये, अपनी अमर कहानी ।
धन धन माँ के लाल, क्रान्तिदूत वीर बलिदानी ॥
जननी मां और जन्मभूमि का, तुमने कर्ज चुकाया ।
माता का सम्मान बचाने, तीक्ष्ण खड्ग उठाया ॥
कट-कट गिरे फिरंगी रण में, जौहर विकट दिखाया ।
समरांगण मे लड़ते-लड़ते, अपना शीश चढ़ाया ॥
गर्म खून से न्हाय सुर्खरू, हो गयी मस्त जवानी ।
धन धन माँ के लाल, क्रान्तिदूत वीर बलिदानी ॥
भारत के धर्मों पे जब, कभी कुटिल आघात हुआ ।
सारी सन्धि तोड़ के भारी, अंग्रेजी उत्पात हुआ ॥
फूट की गोटी बिठा देश, शतरंज की खुली बिसात हुआ ।
फिर जागे देश के वीर पुत्र, तब नव युग का प्रभात हुआ ॥
इक मन्त्र जो आत्मसात हुआ, स्वतन्त्र राष्ट्र की ठानी ।
धन धन माँ के लाल, क्रान्तिदूत वीर बलिदानी ॥
कोटि कोटि कण्ठों से गूँजा, जय भारत का नारा ।
मारो दुष्ट फिरंगी को, ये कुटिल क्रूर हत्यारा ॥
करी फूट की छद्म दोस्ती, भेद खुला अब सारा ।
दे चकमा विश्वास घात का, छीना मुकुट हमारा ॥
चढ़ा देश का पारा तो, वीरों ने भृकुटी तानी ।
धन धन माँ के लाल, क्रान्तिदूत वीर बलिदानी ॥
लानत भरी दासता को, मेरे पुरखों ने ललकारा ।
तोड़ फिरंगी अहंकार, चुन-चुनकर रण में मारा ॥
हिन्दू- मुस्लिम दोउ धर्मों को, राष्ट्रधर्म ही प्यारा ।
जैसे नदी बाढ़ मे पूरन, बहती तोड़ किनारा ॥
राष्ट्र धर्म की है ये धारा, गंगा जमनी पानी ।
धन धन माँ के लाल, क्रान्तिदूत वीर बलिदानी ॥

स्वधर्म और स्वराज्य

वीर सावरकर की स्वातंत्र्य समर पुस्तक के अनुसारः-

स्वधर्म और स्वराज्य इन दो पवित्र कारणों से जो युद्ध लड़ा गया उसकी पवित्रता पराजय से भंग नहीं होती इसी तरह गुरु गोविंद के प्रयास विफल रहे इस कारण उसका दिव्यत्व कम नही होता या इटली में जो विशाल क्रांति की जो लहर उठी वह उसमें उन नेताओं का पुण्य क्षीण नहीं होता। वस्तुस्थिति यह है कि भारतीय प्रायद्वीप के सम्पूर्ण उत्तरी एवं उत्तर पश्चिमी प्रदेशों में ब्रिटिश सत्ता के विरुद्ध देशी जातियों ने विद्रोह कर दिया था। केवल सिपाहियों ने ही विद्रोह नहीं किया यह तो भारत में आंग्ल सत्ता के विरुद्ध सैनिक - कठिनाइयों, राष्ट्रीय घृणा और धार्मिक कट्टरता का संयुक्त उभार था। इसमें देसी राजाओं और सैनिकों ने भाग लिया था। मुसलमान और हिन्दुओं ने अपने सदियों पुराने धर्म विरोध को भुलाकर ईसाइयों के विरूद्ध हाथ मिलाये थे। घ्रणा और चिन्ता ने इस महान विद्रोही आन्दोलन को प्रोत्साहित किया था। चर्बी वाले कारतूसो ने तो केवल चिन्गारी भड़काई और वह सभी ज्वलनशील पदार्थों मे आग भड़का गई। मेरठ के सिपहियों ने क्षण भर में ही एक नेता पा लिया उन्हें एक ध्वज भी मिल गया और उद्देश्य भी और यह युद्ध एक क्रांतियुद्ध में बदल गया। आगे चलकर धारा किनारों को तोड़कर बह निकली और उसने भारत की सैनिक वसुन्धरा को आप्लावित कर दिया। क्राँतिकारी सदुद्देश्य से प्रेरित निष्ठावान देशभक्त क्योकि वो अपनी मातृभूमि के लिए युद्ध कर रहे थे, स्वराज और स्वधर्म को प्रेरित हुए थे।

कारण :- इस रण यज्ञ का संकल्प डल्हौजी साहब के कार्यकाल में लिया गया होगा। जिस क्षण हिन्दुस्तान के तट पर परतन्त्रता ने पहला कदम रखा तभी क्लाइव ने हिन्दुतान की जन्मजात स्वतन्त्रता का हरण कर उसके बदले गुलामी और अंग्रेज व्यापारियों को, स्वधर्म के स्थान पर ईसाइयत लादने का पातकी विचार आया तभी हिन्द भूमि के हृदय में क्रांति चेतना का संचार हुआ है। जिस देश को हिमालय ने उत्तर और समुंद्र देवता ने दक्षिण ओर से सुरक्षित किया हुआ है, उस निसर्गतः बलिष्ठ एवं निसर्गप्रिय हिन्दुस्थान पर अंग्रेजों की

सत्ता चलने देना है या नहीं, यह मुख्य प्रश्न सन् 1857 मे हल किया जा रहा था। स्वतन्त्रता प्रत्येक का प्रकृति प्रदत्त अधिकार है और इसलिए प्रत्येक को ये प्रकृति प्रदत्त कर्त्तव्य, व्यक्ति एवं मनुष्य जाति की प्रगति के लिए चैतन्य चाहिये परन्तु जहाँ स्वतन्त्रता नही होती वहाँ चैतन्य नही रहता। जो लोगों की स्वतन्त्रता छीन लेता है वह लोगों का विरोध कर परपीड़न का अक्षम्य अपराध करता है। अंग्रेजों का भारत पर अधिकार एक घोर अपराध था, पर यह सब भूलकर जिस वर्ष क्लाइव ने स्वार्थ और अन्याय का साम्राज्य स्थापित किया। प्लासी के मैदान पर रक्त मांस की नींव रखी, रियासत खत्म की गयी, सेना में सिपाहियों का अपमान होने लगा, उन पर उन्मत्त फिरंगी अधिकारियों के हाथों कोड़ों की मार पड़ने लगी। जिनकी तलवारों ने अंग्रेजों के लिए पूरा हिन्दुस्तान जीता था, उन सिपाहियों के साथ इतना क्रूर व्यवहार होता था। जरनल आर्थर वेलेजली घायल सिपाहियों का उपचार करने के स्थान पर उन्हें तोप से उड़वा देता। इस तरह हिन्दुस्तान के कोने-कोने में भयंकर क्रांतियुद्ध के बीज अंग्रेज लगातार बोते जा रहे थे। वेलेजली जैसा नीच, जिद्दी, घमण्डी भारत की पुन्य भूमि पर आया। डाकुओं को जिस घर में अधिक धन भरा हो वहाँ जाना स्वाभाविक है। अज्ञानी लोगों के भोले स्वभाव के कारण सन्धि पत्र पर, धर्म शास्त्र पर वचन लेकर डाकुओं को अपने घर लूटने की इजाजत देना क्या सहानुभुतिपूर्ण बात हो जायेगी? परन्तु धूर्त्त लोग भारतीयों के भोलेपन पर हँसते थे।

कविता

स्वतन्त्रता मनुष्यता का, नैसर्गिक अधिकार है ।
लेकिन उसे मिलती है, जिसके हाथ में तलवार है ॥
स्वधर्म और स्वतन्त्रता, दोनों ही तत्व एक है ।
जागता स्वतन्त्रता से, धर्म का विवेक है ॥
स्वतन्त्रता के हेतु, मिट जाना धर्म का सार है ।
स्वतन्त्रता मनुष्यता का, नैसर्गिक अधिकार है ॥

सम्मान और स्वतन्त्रता, कभी दान में मिलते नहीं ।
मनुष्यता के फूल तो, सम्मान बिन खिलते नहीं ॥
सम्मान के बिना तो, ये जीवन ही धिक्कार है ।
स्वतन्त्रता मनुष्यता का, नैसर्गिक अधिकार है ॥
सौ बार तुझ पे मर मिटूँ, सौभाग्य की ये बात है ।
हे मां मैं तेरा पुत्र हूँ, जीवन तेरी सौगात है ॥
आत्मा हरदम अमर, तन ही मरे हर बार है ।
स्वतन्त्रता मनुष्यता का, नैसर्गिक अधिकार है ॥
युद्ध होता है सदा से, धर्म और अधर्म का ।
दण्ड हम देकर रहेंगे, दुष्ट को दुष्कर्म का ॥
मृत्यु हो धर्म युद्ध में, तो स्वर्ग का आधार है ।
स्वतन्त्रता मनुष्यता का, नैसर्गिक अधिकार है ॥
उत्कट अदम्य वीरता, झुकती नहीं है काल से ।
दासता की सब लकीरें, मिट न जाती भाल से ॥
तब तक हमारा चैन से, अब बैठना बेकार है ।
स्वतन्त्रता मनुष्यता का, नैसर्गिक अधिकार है ॥
हिन्द के तट पर लगे, आये समुद्री रास्ते ।
ईस्ट इण्डिया कम्पनी, आयी तिजारत वास्ते ॥
समझ न पाये थे पूरन, फूल है कि खार है ।
स्वतन्त्रता मनुष्यता का, नैसर्गिक अधिकार है ॥

भजन

भारत में जबसे, नीच फिरंगी आया ।
भारी जुल्म किया लोगों पर, देश लूट कर खाया ॥
ब्रिटिश की मुहिम, जिसकी लाशों पे रखी थी नींव,
लूट की स्कीम, करके आये थे यहाँ ।
जहाँ माया भरपूर, कनी मणि कोहेनूर,
ऐसा देश पुरनूर, और मिलेगा कहाँ ॥
मन में कुटिल कठोर कपट से, सौम्यरूप दिखलाया ।
भारत में जब से, नीच फिरंगी आया ॥
करते थे तिजारत, जिसमें फँसता गया भारत,
जैसे पूरा होता स्वार्थ, ऐसी चलते रहे चाल ।
भारत की शालीनता को, भुनाते प्रवीनता से,
अपनी वो मलीनता का, बुनते रहे जाल ॥
किया कमाल डाल कर डोरे, ईसा मिशन चलाया ।
भारत में जब से, नीच फिरंगी आया ॥
दबा चुका कई देश, धन का भूखा था विशेष,
मेरे देश के नरेश, कुछ लिए थे फँसा ।
जहाँ देखता था छेद, साम दाम दण्ड भेद,
करके श्याम को सफ़ेद, अपने मन में हँसा ॥
फन्दा कसा दुष्ट ने अपना, असली रूप दिखाया ।
भारत में जब से, नीच फिरंगी आया ॥
एक आया था डलहौजी, खून मांस का था खोजी,
अहंकारी मन मौजी, क्रूर हत्यारा अधम ।
ले के गोरी फौज, करता मारकाट रोज,

नये शिकारों की खोज, में बढ़ाये थे कदम ॥
हड़पे कई राज, कई को दन्तविहीन बनाया ।
भारत में जब से, नीच फिरंगी आया ॥
सोचता जनाब, पहले स्वर्ग-सा पंजाब,
पूरे होंगे नही ख्वाब, उसकी जीत के बिना ।
खोल चिलियन का द्वार, शेर करने आया मार,
कौन कर सकता है वार, रणजीत के बिना ॥
लेकिन फिर गुजरात के, पिछले द्वार से दुश्मन धाया ।
भारत मे जब से, नीच फिरंगी आया ॥
आया गद्दारों के साथ, वो तो घुसा है गुजरात,
बढ़ता गया है हठात, वो भी दूसरी दफा ॥
भारी मची मारामार, रक्तपात बेशुमार,
उलटी बनी कारागार, वो तो सिंह की गुफा ॥
लफा लफा कर भुट्टे बीने, पूरन खेत सफाया ।
भारत मे जब से, नीच फिरंगी आया ॥

दोहा

पतन हुआ पंजाब का, खेत रहे रणजीत ।
रानी लन्दन कैद मैं, समय हुआ विपरीत ॥
उत्तराधिकारी दलीप सिंह, उमर थी बारह साल ।
गवर्नर आश्रित हो गया, पहुंचा दिया बंगाल ॥
भद्र ईसाई कर दिया, अंग्रेजी दरबार ।
सूखे टुकड़े तोड़ता, हिन्दी राजकुमार ॥
जन संख्या 40 लाख, वर्ग मील पचास हजार ।
पंच नदी पंजाब में, हरदम हरित बहार ॥

रागनी

पाँचों नदियों के तट पर, ऋषियों ने वेदोच्चार किया ।
जिन के पावन जल ने सारा, आर्यावर्त गुलजार किया ॥
त्रेता युग मैं रावण भी, इसके ऊपर ललचाया था ।
रामचन्द्र के होते सपना, पूरा ना हो पाया था ॥
घर जा यमलोक पठाया था, पूरा उसका उपचार किया ।
जिन के पावन जल ने सारा, आर्यावर्त गुलजार किया ॥
इसके ऊपर फिदा सिकन्दर, आया यवन लुटेरा ।
लेने को अकूत संपत्ति, भारत माँ को घेरा ॥
पोरस लड़ा भुतेरा, चानक्य ऋषि ने उसे बाहर किया ।
जिन के पावन जल ने, सारा आर्यावर्त गुलजार किया ॥
देख समय का फेर, मलेच्छों का इसपर अधिकार हुआ ।
चोट करारी दे छाती मैं, डलहौजी मक्कार हुआ ॥
पूरन तारोतार हुआ, सारा भारत लाचार कीया ।
जिन के पावन जल ने सारा, आर्यावर्त गुलजार किया ॥

दोहा

उत्तर से दक्षिण तलक, कब्जा किया बहाल ।
शान्ति मिशन ब्रह्म देश में, भेज दिया फिलहाल ॥
गले मिला ब्रह्म देश से, पसली दी चटकाय ।
अंग्रेजी साम्राज्य में, बरमाँ लिया मिलाय ॥
पर्वतराज हिमालय से, रामेश्वर पर्यन्त ।
सिन्धु से ले इरावती तक, देशी राज का अन्त ॥

कुछ सिंहासन बच गये, जहाँ गड़े पुराने प्रेत ।
फिर जीवित ना हो उठे, देश धर्म के हेत ॥
क्षत्रपती प्रताप को, आंग्ल द्रोही बताय ।
1839 में, गद्दी लई छिनाय ॥
अनुज बिठाया राज पर, अप्पा जी महाराज ।
अठारह सौ अड़तालीस में, बिगड़े सारे काज ॥
हुई सतारा राज्य की, गद्दी सूनी आज ।
निस्संतान अप्पा चले, राज हुआ बेताज ॥
दत्तक नियम माना नहीं, अधिग्रहण हुआ राज ।
लूट ये बे औचित्य की, ये कैसा अन्दाज ॥
कहीं चली मीठी छुरी, कहीं तीखी तेग चलाय ।
कहीं मकर छल छेद्र से, लिये मुकट चुराय ॥
कहाँ तलक वर्णन करूँ, उस फिरंगी पाप का ।
अस्त सूरज हो गया, भारत के प्रताप का ॥

वार्त्ता - नागपुर

1857 का स्वातंत्र्य समर पुस्तक के अनुसार- नागपुर का राज्य अधिग्रहण कर डलहौजी ने 76,432 वर्ग मील का विस्तीर्ण प्रदेश 46,50,000 जन संख्या और 5 लाख वार्षिक आमदनी का राज्य हड़प लिया। राजवंश की रानियाँ रो रही थीं। उसी समय राज महल के दरवाजे पर दस्तक हुई। कौन है यह देखने को द्वार खोला तो, अंग्रेजों के सिपाही महल में घुसने लगे। तबेलों से घोड़े बेचे गये। हाथियों पर बैठी रानियों को नीचे उतार कर इन हाथियों को बाजार में बेचा गया। वैसे राज महल की सोने चाँदी की सब वस्तुएं नीलाम की गयी।

रानियों के सारे गहने छिन जाने से रानियाँ निस्कांचन रह गयीं, फिर भी अंग्रेजों का लोभ नहीं रुका था। फिर राजभवन खोदा जाने लगा और यह कब, जब महारानी अन्नपूर्णा बराबर के कक्ष में जीवन की अन्तिम घड़ियाँ गिन रही थीं। स्वयं रानी के शयनकक्ष में फिरंगियों की कुदाल चली। खुदाई अभी आगे भी चलेगी। देखिये वह रानी के शयन कक्ष के पलंग को तोड़ फोड़ कर उसके नीचे की भूमि खोदने लगा। नागपुर के कौशल घराने की राज पत्नी की अन्तिम साँस अपमान की वायु से चल रही थी। और अन्तःपुर में बराबर के कक्ष में रानी शयन के पवित्र पलंग पर बैठ कर अंग्रेज इस अन्तिम साँस की ताल पर कुदाली चला रहे हैं। अपराध कौन-सा? यही कि राधो जी दत्तक लेने से पहले स्वर्ग सिधार गये। अन्नपूर्णा बाई उस असह अपमान से मर गयीं। परन्तु बांका बाई की विलायत से न्याय पाने की आस थी।

पुणे की गद्दी

पुणे की गद्दी बाजीराव ने आठ लाख रुपये में बेच कर गुलामी की जंजीर खरीद ली और कुल कलंकी अन्तिम रावबाजी पुणे की गद्दी से उतर कर भागीरथी तीर्थ पर उसी समय आये थे। उनके साथ ही महाराष्ट्र से बहुत से परिवार भी आये थे। और यह सुनकर कि उन सभी परिवारों का भरण-पोषण भी अपनी पेंशन से अच्छी तरह कर सकते हैं माधव राय नारायण भी इन्ही लोगों के साथ 1727 में ब्रह्मावर्त में बाजीराव के आश्रय में रहने चले आये थे।

कविता

माधव का छोटा सा कुंवर, देखा था जब श्री मंत ने ।
सब का मन वश कर लिया, उस राजसी तेजवंत ने ॥
रावबाजी को बालक से, ऐसी ममता हो गयी ।
मन में बड़ा आनन्द, दरबारी सभा सब भो गयी ॥
ढाई बरस की वयस दी है, दिव्यता भगवंत ने ।
माधव का छोटा सा कुंवर, देखा था जब श्री मंत ने ॥
सगोत्री बालक था नाना, पुत्र प्यारा मिल गया ।
गद गद हुए थे गोद ले, आँखों का तारा मिल गया ॥
दी 1727 को, बधाई दिग दिगन्त ने ।
माधव का छोटा सा कुंवर, देखा था जब श्री मंत ने ॥
महाराष्ट्र की गद्दी को, अब युवराज नाना मिल गया ।
छोटा सा माली देख कर, उद्यान सारा खिल गया ॥
महलों में उत्सव हो रहा, किया स्वस्ति साधु संत ने ।
माधव का छोटा सा कुंवर, देखा था जब श्री मंत ने ॥
इस राज गद्दी की कुंवर, करनी है रक्षा मान की ।
प्राण देकर पूर्वजों की, लाज रखनी आन की ॥
क्या लिखा है भाग्य में, माथे के इस लिखंत ने ।
माधव का छोटा सा कुंवर, देखा था जब श्री मंत ने ॥
पेशवाई राज्य शरणागत, किया तेरे बाप ने ।
इन्द्र का आसन झुकाया, पूर्वजों के पाप ने ॥
दिल दुखाया है सभी का, इस कथा दुखंत ने ।
माधव का छोटा सा कुंवर, देखा था जब श्री मंत ने ॥
रखना विजय का मुकुट तो, पावन ये आसन हो तेरा ।

बैठना यम दण्ड लेकर, तो सुशासन हो तेरा ॥
धर्म युद्ध में लड़ना तुम्हें, अवसर दिया श्री कन्त ने ।
माधव का छोटा सा कुंवर, देखा था जब श्री मंत ने ॥
कासी के श्री क्षेत्र में, प्रगट हुई एक दामिनी ।
लक्ष्मी सी तेजस्विनी, दुर्गा सी शौर्य शालिनी ॥
जन्म कन्या को दिया, चिमना और मोरो पन्त ने ।
माधव का छोटा सा कुंवर, देखा था जब श्री मंत ने ॥

दोहा - छबीली

1835 में जन्मी, झाँसी की मानिनी ।
भारत के इतिहास में, ये खास गौरव शालिनी ॥
चार बरस की उम्र है, मनु कुमारी नाम ।
कन्या बड़ी सुलक्षणी, सुन्दर रूप ललाम ॥
ब्रह्मवर्त्त में आ बसा, कासी से परिवार ।
बाजीराव महाराज का, आश्रय बड़ा उदार ॥
नाना साहब को मिल गयी, बहन छबीली एक ।
नैन हुए सब के सरस, अद्भुत जोड़ी देख ॥
गाना – नाना और छबीली
महलों के आँगन खेलते, दो मानवी रतन ।
कितने युगों के मेल से, मिलते मणि कंचन ॥
नाना सस्त्रभ्यास करते, तब मनु भी पढ़ रही ।
बाल वीरों का भविष्य, नियति भी गढ़ रही ॥
सुन्दर से इन फूलों से, महकता चमन ।
महलों के आँगन खेलते, दो मानवी रतन ॥

हाथी पे नाना बैठते, चढ़ने का हठ करती मनु ।
चंचल छबीली लाडली, जो सब का मन हरती मनु ॥
शस्त्रों से वो खेलती, करती कभी लश्कर गठन ।
महलों के आँगन खेलते, दो मानवी रतन ॥
नाना अठारह साल के, मनु हो गयी है सात की ।
धर्म राजनीति पढ़ी, शिक्षा ली हर बात की ॥
तात्या गुरु से शस्त्र शिक्षा, ले रहे भ्राता बहन ।
महलों के आँगन खेलते, दो मानवी रतन ॥
यमादित्या को जब मनु, करती विरन की आरती ।
भावी योद्धा देखकर, प्रसन्न है माँ भारती ॥
अपने पवित्र रक्त से, करना तुम्हें स्तवन ।
महलों के आँगन खेलते, दो मानवी रतन ॥

वार्त्ता - नानासाहब और अंग्रेजों में टकराव

छबीली का विवाह झाँसी के महाराज गंगाधर राव के साथ हुआ और मनु झाँसी की महारानी बनी। लक्ष्मी अपने पति सहित झाँसी में लोक प्रिय हो रही थी। सन 1851 में बाजीराव साहब का देहांत हो गया। अब उसके लिए क्यों आँसू बहाए क्योंकि सन 1818 में स्वयं का राज्य बेचकर इस कलंकी ने दूसरे राज्य डुबोने में अंग्रेजों की सहायता की थी। अपनी आठ लाख की पेंशन में से बचाकर बहुत सारा धन अफगानिस्तान की लड़ाई में अंग्रेजों को धन की टूट में सहायता की थी। 8 लाख अंग्रेजों को भेजा, फिर आगे सिख राजाओं की लड़ाई में उन की सहायता की बजाय अपने खर्च पर 10 हजार सैनिक, घुड़सवार भेज कर अंग्रेजों की सहायता की थी। बाजीराव ने मृत्यु पूर्व ही मृत्यु पत्र लिखकर श्री मंत नाना साहब को पेशवाई के सभी अधिकार और वारिस दारी के सारे हक़ सौंप दिये थे, परन्तु बाजीराव के मरने का समाचार मिलते ही अंग्रेज सरकार ने घोषित किया कि नाना साहब को आठ लाख की पेंशन पर किसी तरह का अधिकार नहीं है। इस पर नाना ने लिखा :- हम पूछते हैं कि हमारा विस्तृत राज्य और राज्य शासन जब आपको श्री मंत बाजीराव से प्राप्त हुआ, तब ऐसे समझौते पर हुआ कि आप उसके मूल्य के रूप में 7 लाख प्रति वर्ष दें। यह पेंशन अगर रहने वाली नहीं तो आप को दिया हुआ राज आपके पास कैसे रहेगा। एक शर्त तो टूट जाये और दूसरी बनी रहे यह कैसे सम्भव है। बाद में यह कहा जा रहा था कि आप दत्तक हैं, इसलिए आपका हक़ नहीं बनता। इस के लिये साफ-साफ और तर्क संगत कहने के बाद नाना साहब कहते है श्री मंत बाजी राव ने पेंशन में से कुछ ऐसी पेंशन बचायी इसलिए पेंशन चालू रखने का कोई कारण नहीं तो इस तर्क का सारे इतिहास में मिलना कठिन है। जो पेंशन दी गयी है उस के लिए आपको कुछ भी कहने का अधिकार नहीं है। शर्त में यह नहीं था कि पेंशन कैसे खर्च करोगे। यह आवेदन लेकर नाना साहब के विश्वास पात्र वकील अजी मुल्ला खां विलायत गये। अंग्रेजों का उत्तर आया :- आपका बाजीराव की पेंशन पर तिनके बराबर भी अधिकार नहीं है; इतना ही नहीं आपका ब्रह्मावृत प्रदेश पर स्वतंत्र शासक का अधिकार भी आपको अब नहीं मिलेगा। ऐसा अन्तिम निर्णय

अंग्रेजों की ओर से आया और जो हम कर रहे है वही न्याय है। अब वह न्याय है या अन्याय है इसका उत्तर देने की ज़रूरत नहीं है। उधर कानपुर के मैदान पर इस प्रश्न का यथार्थ उत्तर देने की तैयारी शुरू हो चुकी है। मराठों का दिल दुखाना न्याय है या अन्याय इसका उत्तर वहीं मिलेगा। अंग्रेजों के कटे हुए सिर, चीरे हुए शरीर और बहने वाले रक्त का लाल लाल नाला इस प्रश्न का यथा योग्य उत्तर देंगे यह न्याय है या अन्याय और इस चर्चा को सुलझाएंगे कानपुर के कुएँ पर बेठे हुए गिद्ध और कव्वे। नाना के घर ऐसे समारोह की विशाल तैयारी शुरू है, तो उधर उनकी बहना छबीली भी शान्त नहीं बैठी है। उस के भी सामने न्याय या अन्याय का ही प्रश्न आ पड़ा है। सन 1853 में उनके पति अचानक परलोक सिधार गये और उनके दत्तक प्रिय पुत्र दामोदर को उत्तराधिकारी के अधिकार न देते हुए अंग्रेज सरकार ने झाँसी अधिकृत कर ली। परन्तु ऐसी चिठ्ठी पत्री से यह रियासत अधिग्रहित होने वाली नहीं थी। ऐसे अधिग्रहण की क्या परवाह करें। यह कुटिल और जल्लादी कृत्य देखकर दुःख अपमान के बादलों की गड़गड़ाहट होने लगी थी। अपनी झाँसी नहीं दूंगी हिम्मत हो तो लेकर देख लो।

अवध
दोहा

इंग्लिस तानी धनुष का, लॉर्ड डलहौजी बान ।
टकराना वहीं बान को, जहाँ दे लक्ष्य कमान ॥
क्या अपराधी बान हैं ? करता जो लक्ष्य भेद ।
अपराधी है धनुर्धर, उस को कुछ नहीं खेद ॥
जिस के मुँह को लग गया, खून माँस का स्वाद ।
कितना दुःख शिकार को, जाने कहाँ निषाद ॥
आँगल जाति भेड़िया, हड़पे कई देश ।
हिन्दुस्तानी खून तो, मीठा लगा विशेष ॥
छत्ता है इंग्लैण्ड में, मक्खी दई पठाय ।

हिन्दुस्तानी फूल है, चुन चुन रस ले जाँय ॥
सारे भारत राज्य में, फ़ैल गयी विषबेल ।
इस की जड़ काटे बिना, झूठा सारा खेल ॥
जो समझे इस बात को, वो कूदे मैदान ।
काटेंगे विष बेल को, जब तक घट में प्राण ॥
यारी कर अंग्रेज से, फँस गये अवध नवाब ।
अंग्रेजी सहयोग का, ना कोई बना जवाब ॥
दे सहयोगी फौज को, खर्च 75 लाख ।
रिक्त खजाना हो गया, टूट गयी है बाँख ॥
अब खजाना चुक गया, बाक़ी है प्रदेश ।
उसका टुकड़ा दे दिया, उपज का क्षेत्र विशेष ॥

छन्द

कहे अंग्रेज बहादुर अब, जनता को सुखी करो भाई ।
कर से क्यों हो जनता ख़ुश, करनी खर्चा की भर पाई ॥
एक तरफ अँधा कुआँ, और एक तरफ गहरी खाई ।
पड़े मार कमर पे कोड़ों की, रोने की शर्त नहीं भाई ॥
जब मन के इरादे नेक नहीं, तिकड़म कर ऐसी अटकाई ।
संधि समझोते जो भी थे, अंग्रेज को याद नहीं आई ॥
विषधर को दूध पिलाते जो, उनकी ही अँगुली डस खाई ।
बिन परखे घर में बैठाये, फिर अपनी इज्जत लुटवाई ॥
बस खोट नवाब का ये ही था, प्रदेश विशेष छटा छाई ।
खेतों में छाई हरियाली, फूली बागों में अमराई ॥
सिर शान से ऊँचे तरुवर कर, ये पुष्प राग सुन्दरताई ।

अंजीर के वृक्ष विचित्र घने, नारंगी की खुशबु छाई ॥
किया खोट नवाब ने एक बड़ा, उसे तनिक नहीं लज्जा आई ।
घोड़ियों पर घोड़े छुड़वा कर, पतिव्रत भंग दिया करवायी ॥
घोड़ियों का भंग सतीत्व हुआ, अंग्रेज को बड़ी दया आई ।
अपराध नवाब का बहुत बड़ा, न्यों गद्दी से दिया हटवाई ॥

भाग -1 : राष्ट्र विक्षोभ की अग्नि

दोहा

राष्ट्रयज्ञ के कुण्ड में, हुई अग्नि आधान ।
इस अग्नि में अंग्रेज खुद, करते समिधा दान ॥
अग्नि राष्ट्र विक्षोभ की, हुई इतनी प्रचण्ड ।
सातो जिह्वा लपकती, भस्म करे ब्रह्माण्ड ॥

कविता

अग्नि कल्लोल
अब जल उठी प्रचण्ड अग्नि, राष्ट्रिय अपमान की ।
करो रक्त आहुति समर्पित, वीर तुम बलिदान की ॥
अग्नि शिखा कल्लोल में ये, पूछते कुल देवता ।
नित अंग करता भंग ये, मलेच्छ तू चुप देखता ॥
देश ढूँढ़ता चमक तेरे, चक्षुओं में मान की ।
करो रक्त आहुति समर्पित, वीर तुम बलिदान की ॥
देखोगे कब तक तमाशा, माँ के खिंचते चीर का ।
पानी नहीं उतरा अभी, मेरे हिन्द की शमसीर का ॥
इच्छा करे रण चंडिका, दुश्मन के लोहू पान की ।
करो रक्त आहुति समर्पित, वीर तुम बलिदान की ॥
हे माँ में तेरी शान पर, सौ बार भी कट कट मरूँ ।
फिर फिर जन्म तेरी गोद में, लेकर के सेवा फिर करूँ ॥
ये तन मरे मैं ना मरूँ, मुझे याद गीता ज्ञान की ।

करो रक्त आहुति समर्पित, वीर तुम बलिदान की ॥
ये राष्ट्र अग्नि देश में, जलती रहेगी सर्वदा ।
प्राण देकर भी रखेंगे, आन हम इस की सदा ॥
वक्त पर होती परीक्षा, दीन और ईमान की ।
करो रक्त आहुति समर्पित, वीर तुम बलिदान की ॥

कविता

राष्ट्र क्षोभ की अग्नि में, आहुति बहुत लगायी ।
इच्छित राष्ट्र कार्य की, अब तिथि निकट ही आयी ॥
ओ डलहोजी इस अग्नि में, प्रथम आहुति डालो ।
खून किया पंजाब देश का, कोहिनूर को पा लो ॥
आहुति दे ब्रह्मदेश की, उसे लूटकर खा लो ।
त्रित्याहुती राज्य सतारा, उस को छीन सँभालो ॥
असली मालिक मार काट कर, देना धूल मिलाई ।
इच्छित राष्ट्र कार्य की, अब तिथि निकट ही आयी ॥
चौथा हवन नागपुर गद्दी, आ कर उसे धकेलो ।
घोड़ा हाथी सोना चाँदी, गहने पाते पेलो ॥
राज रानियाँ अलंकार सब, महल अटारी ले लो ।
आक्रोश चीख चिल्लाहट सभी को, उसी आग में ठेलो ॥
ये कैसी चीत्कार करुण, रह रह कर दे सुनाई ।
इच्छित राष्ट्र कार्य की अब, तिथि निकट ही आई ॥
भीषण थी प्रतिशोध की अग्नि, ब्रह्मवर्त्त रह गया कहा ।
इस को भी डालो जल्दी से, डाले बाकी और जहाँ ॥
मुकुट छीन लो इस राजा का, शानो शौकत सभी यहाँ ।

राष्ट्र क्षोभ के न्याय देवता, झाँसी की बिजली चलो वहाँ ॥
प्रतिशोध की अग्नि बढ़े बहुत, अभी डालो उसमे और हवी ।
हो उठे दहन, अब नहीं सहन, ना चिंगारी रह जाये दबी ॥
अर्काट नवाब को मार काट, छीनो उसके ठाठ छवि ।
बढ़ गयी अग्नि लिखते लिखते, अब जलता है हैरान कवि ॥
प्रतिशोध का होता दिव्य हवन, अब पूरन आग सवाई ।
इच्छित राष्ट्र कार्य की अब तिथि निकट ही आयी ॥

भजन

भारत की शक्ति ले ले कर, भारत को ही घेरा ।
करता छल-प्रपंच, क्रूरता, आँगल नीच लुटेरा ॥
भारी जुल्म किया लोगों पर, कब तक लिख बतलाऊँ ।
बहुत लिखा पर फिर भी थोड़ा, संकेतक समझाऊँ ॥
खोल खोल कैसे दिखलाऊँ, गया काँप कलेजा मेरा ।
करता छल-प्रपंच, क्रूरता, आँगल नीच लुटेरा ॥
जुल्म किये है हम पर भारी, रियासत लूटकर खाई ।
भारत वासियों के दिल में, प्रतिशोध की आग लगाई ॥
वो घड़ी निकट ही आयी, अब तक बढ़ लिया दुष्ट बहुतेरा ।
करता छल-प्रपंच, क्रूरता, आँगल नीच लुटेरा ॥
तंजाबुर की ये गद्दी, अंगुल का राज्य हथियाया ।
सिक्कम के कई भाग लिये, संबलपुर राज्य दबाया ॥
आज वक्त आया है बदले, जल्द समय का फेरा ।
करता छल-प्रपंच, क्रूरता, आँगल नीच लुटेरा ॥
सब से बढ़िया ठाट बाट ये, लखनऊ राज नवाबों का ।

किसी बात की कमी नहीं ये, जन्नत बसा ख्वाबों का ॥
क्या तोड़ हिन्द के घावों का, आज लखनऊ लुट गया तेरा ।
करता छल-प्रपंच, क्रूरता, आँगल नीच लुटेरा ॥

वार्त्ता

आहाहा अग्नि कल्लोल से ऊपर निकलते देवता की यह कैसी उग्रता। उस प्रतिशोध के भयंकर जबड़े में सारा जगत ही पिस जाएगा। परन्तु उस जबड़े की धार जब तक अधिक तेज ना हो जाए तब तक ठहरना ठीक नहीं। इधर हवन कुण्ड की अग्नि प्रज्वलित है, इसलिए जमींदारों को कंगाल करके धकेलो, उसमें राजा, महाराजा, बादशाह, प्रधान, नवाब, वजीर जैसी उत्तम हवी इस हवन कुण्ड में पड़े और हमारे राष्ट्र क्षोभ कुल देवों को प्रसन्न करे। हमारी वर्तमान यह गुलामी देख कर हमारे पूर्वजों की आँखों से जो बहने वाले आँसू उस देवता को अच्छी तरह स्नान करावें। सतारा की गद्दी के टुकड़े देखकर गुस्से में भरे शिवाजी उस देवता को चेतन्य करे। अवध के राजमहलों की बेगमों के कष्ट और नागपुर के महलों में अपमान के कारण मरी हुई अन्नपूर्णा बाई की आत्मा हमारे इस राष्ट्रिय प्रतिशोध को प्रज्ज्वलित करे। हे प्रतिशोध अगर तू न्याय की तलवार की धार पर चढ़ता है तो तू देवों को भी वन्दनीय है और ऋषियों को भी स्तुत्य हो जाता है। सज्जन रक्षक प्रतिशोध तेरा डर न हो तो अन्याय का कलि इस दुनिया पर निरंकुश हो कर नाचने लगे। हे प्रतिशोध तेरी उग्रता से कम्पित होकर पापियों को भी पुण्यवान होना पड़ता है। तू ही रावण का राम था, तू ही दुर्योधन का भीम, तू ही हिरन्यकश्यप का नर्सिंह। उनके समय में तुम्हें प्रसन्न करने के लिए जितना हविर्दान लगा हुवा था, उतना इस प्रचण्ड हवनकुण्ड में लगा हुआ है। एतदर्थ इस जग से अन्याय और अँधेरा समाप्त हो। परवशता और परदासता मिट जाए। स्वतंत्रता और स्वराज्य की जय जय कार हो। तो तू इस यज्ञ से मूर्ति मंत हो कर प्रगट होना, इस भयंकर मूर्ति को शत शत नमन जिस के भयंकर जबड़े में उन्मत्त राज पिस जाते हैं, जिसके हाथ के घन से निरपराध देशों के पैरों में पड़ी बेड़ियाँ तड़ाक से टूट जाती हैं। जिस के नेत्रों से निकलने वाली ज्वालाएं अत्याचारों की काली कोठरियों को जलाकर भस्म करती हैं और

जिसकी लपलपाती जिव्हा हजारों दुशासनों का रक्त गटागट पी जाती हैं। उस उग्र एवं भयानक राष्ट्रिय प्रतिशोध को शत-शत प्रणाम।

वक्त्राणी ते त्वरमाण विशन्ति दृष्ट करा लानिय्यान कानी ।

कौची द्विलाग्ना दशान्तरेषु संद्रशयन्ते चूर्णी तेरुत्तमा डगे ॥

अग्नि में घी - ईसा मिशन

जो अन्यों को दास बनाते है और जो गुलामी में रहते है, वे दोनों ही मनुष्य जाति को नरक में धकेलते है। दोनों ही अधर्मी है।

जाके घट परमेश्वर बसता, वहाँ परतंत्रता पास ना आवे ।

जो परतंत्र करे किसी को, वो ही धर्म का नाम डुबावे ॥

समर्थ श्री रामदास ने स्वराज्य प्राप्ति को धर्म का मुख्य कर्त्तव्य कहा है। जो राज्य अपनी इच्छा के विरुद्ध बलपूर्वक अपने पर थोपा गया हो ऐसे पर-राज्य को उखाड़ फेंकना, गुलामी की बेड़ियाँ तोड़ देना, मनुष्य जाति की उन्नति का प्रथम साधन स्वराज्य होता है। यही उपदेश प्राणनाथ प्रभु ने छत्रशाल को दिया। अंग्रेजों ने दो शताब्दियों तक भारत की पुण्य भूमि की स्वतंत्रता का हरण कर सभी धर्मो को अपने पैरों तले तो कुचला ही था, पर भारत का प्रत्यक्ष और सैद्धांतिक अपमान करने के लिए वो बहुत आतुर थे। अफ्रीका, अमेरिका में अपनी ईसाई धर्म दीक्षा देने में मिली सफलता के कारण भारत में भी उनको यही आशा थी। वेद और प्राचीन हिन्दू धर्म दर्शन-शास्त्र उनकी प्रेम एवं निपुणता में सारे जग का आदि गुरु आर्य धर्म आज तक कितनों के ही नाम शेष देखता आया है। 1857 तक इन्हें इस सफलता का पूर्ण विश्वास था। औरंगजेब से भी ज्यादा बुरा द्वेष था इनका। भारत को अनजाने ही ईसामय बना डालने का सपना था इनका। बड़े बड़े आर्क बिशप मिशनरियों के तहत चलने वाले स्कूलों को सरकारी धन की बिना रुके सहायता मिल रही थी। इन मानवी राक्षसों का यह खेल निरंतर चल रह था। हिन्दुस्तानी धन पर मोटे हुए ये पादरी एक हाथ में लस्करी किताब और दूसरे हाथ में बाइबल ले कर सिपाहियों को धर्मच्युत करने का प्रयास करते रहते थे।

सवैया

जो देशन कौ सिरमौर देश है, आर्यावर्त्त जाको नाम कहायौ ।
जाने ज्ञान धर्म दर्शन और नीति, राज धर्म को पाठ पढ़ायौ ॥
आयुर्वेद योग और कृषी, ग्रह नक्षत्र का ज्ञान करायौ ।
गणित, शिल्प, संगीत शास्त्र से, सारे जग को सरस बनायौ ॥
कर अज्ञान का दूर अँधेरा, विद्या का प्रकाश दिखायौ ।
जीवन का आदर्श बता कर, दुनिया को जीना सिखलायौ ॥
वही आज लाचार हुआ क्यों, जो कभी विश्व गुरु कहलायौ ।
ऐसौ फ़स्यो मलेच्छ के जाल में, अपना खडग आपे पै चलायौ ॥

रागनी

नेटिव सेना में ईसा का, ऐसा मिशन चलाया ।
थे अपवित्र सिपाही काले, शुद्धि पाठ पढ़ाया ॥
आर्क बिशप कर्नल पद वाले, बहुत पादरी आए ।
बाप आसमानी के आकर, शुभ सन्देश सुनाए ॥
शैतानी पंजे से हमने, काफ़िर बहुत बचाए ।
जो कोई फौजी बने इसाई, ऊँची पदवी पाए ॥
हेवन तुम्हें दिखाएं, हमने बहुतो को पहुँचाया ।
थे अपवित्र सिपाही काले, शुद्धि पाठ पढ़ाया ॥
करके चुप अधिकार के बल से, बाइबल डोज पिलाते ।
भारतीय वेद पुराण कुरान की, खिल्ली खूब उड़ाते ॥
राम रहीम तो उनके मुख से, खूब गालियाँ खाते ।
ईसा मजहब छोड़ सभी को, वो काफ़िर बतलाते ॥

माल यहीं का खाते यहीं का, धर्म मिटाना चाह्या ।
थे अपवित्र सिपाही काले, शुद्धि पाठ पढ़ाया ॥
अफरीका और अमेरिका में, किये बहुत इसाई ।
उसी बात से हर्षित हो, भारत में मुहीम चलायी ॥
यहाँ धर्म की जड़ गहरी, ना देती उन्हें दिखाई ।
करे बहुत अपमान जो उनकी, करता नहीं सुनाई ॥
करते गोल हवाई, फिर मेमों का लोभ दिखाया ।
थे अपवित्र सिपाही काले, शुद्धि पाठ पढ़ाया ॥
मैकाले ने भारत में, अंग्रेजी शिक्षा लादी ।
गुरुकुल प्रणाली भंग कर, संस्कृति की बर्बादी ॥
भीतर से अंग्रेज बाहर से, हिंदी जिन्स बना दी ।
हिन्द विरोध में खड़े आज भी, पहन पहन कर खादी ॥
बनते पूरन संत, रखी घर में अंग्रेजी आया ।
थे अपवित्र सिपाही काले, शुद्धि पाठ पढ़ाया ॥

कारतूस प्रकरण

गाना

भारत के लश्करों में, एक खास गन मंगाई ।
निज धर्म से गिराने, स्कीम ये चलाई ॥
जो कारतूस गोली, दाँतों से टेप खोली ।
बन्दूक लोड कर के, ईसा की बोलो बोली ॥
बन्दूक है अमोली, लन्दन से खेप आई ।
निज धर्म से गिराने, स्कीम ये चलाई ॥
करते थे नीच धोका, हमको नरक में झोंका ।

दीन भ्रष्ट करने का, मिल गया था मौक़ा ॥
हटवा के मुंह से खोका, खोदी पतन की खाई ।
निज धर्म से गिराने, स्कीम ये चलाई ॥
लन्दन से पहले आते, फायरिंग नित कराते ।
ज्यादा की अब ज़रूरत, भारत में फिर बनाते ॥
दम-दम शहर में आके, एक कम्पनी बनाई ।
निज धर्म से गिराने, स्कीम ये चलाई ॥
दम-दम का एक मेहतर, जल मांगता ये कहकर ।
दादा तू पुण्य ले ले, लोटे से जल पिला कर ॥
सैनिक ने फिर रिसा कर, एक डाँट तब लगाई ।
निज धर्म से गिराने, स्कीम ये चलाई ॥
बोला सैनिक से मेहतर, पकड़ोगे कब लौं कस कर ।
बचता ना धर्म फिर भी, कहने लगा वो हँसकर ॥
सेना में आप फँसकर, दो धर्म की दुहाई ।
निज धर्म से गिराने, स्कीम ये चलाई ॥
जो कारतूस आते, जिन पे तुम मुंह लगाते ।
गाय सूअर की ये चर्बी, चिपका के टेप लाते ॥
दम-दम में जिसे बनाते, वहाँ में काम करता भाई ।
निज धर्म से गिराने, स्कीम ये चलाई ॥

दोहा

मेहतर के सुनकर वचन, सैनिक सनाका खाय कर ।
बतलाई सारी व्यथा, सैनिको में जाय कर ॥
सुनकर सारी बात को, भड़के हिन्दू मुसलमान ।
धर्म के ऊपर हम सभी, दे सकते है प्राण ॥
सेना में हलचल मची, अपने स्तर पै खोज की ।
ठेकेदार वो मिल गया, जो चर्बी लाता रोज की ॥

वार्त्ता

1853 में ये कारतूस बिना बताये भारतीय सिपाहियों को दिए गए थे। गोरखा पलटन में तो ये खुले आम बाँटे गये थे। बर्च किसी उत्पाती उचक्के की तरह छाती में हाथ मारकर कहता है चर्बी लगा कारतूस एक भी नहीं बाँटा गया। भोले सिपाहियों से इस तरह धोखा करते हुए और यह दाँव विफल हो जाने पर कहता है की तुम स्वयं ही कोई चिपचिपी सी चीज लगा सकते हो। इस अनुमति का जो परिणाम होना था वही हुआ। सरकार द्वारा चर्बी लगाने की जिद इतनी जल्दी छोड़ देने का अर्थ ये है की ज़रूर कुछ छल है। आज ये है कल कोई और छल होगा, अत: ये कारतूस किसी भी कीमत पर नहीं लेना है। यह दृढ़ निश्चय सब लोगों ने किया, पर इस से भी मुख्य आपदा नहीं टलेगी अर्थात गुलामी में पड़े लोगों का धर्म कैसे पवित्र रह सकता है। सदधर्म स्वर्ग में रहता है और गुलाम नरक में; अत: उन्हें धर्म चाहिए तो गुलामी की गन्दगी को शत्रुओं के रक्त से शुद्ध करना पड़ेगा। अगर गुलामी और अपमान पर तुम्हें लज्जा आती है तो इस गुलामी को भंग करने को तैयार हो जाओ।

उठ - धर्म के लिये कर और मर,और मरते हुए अपना स्वराज्य प्राप्त कर।

प्रकरण - गुप्त संगठन

पूर्व प्रकरण में हमने अजीमुल्ला खान को यूरोप प्रवास पर छोड़ा था, उस समय सारे हिंदुस्तान में क्रांति की सामग्री इकट्ठी हो रही थी। तब उस सामग्री की यथोचित योजना कैसे तैयार की जाए और क्रांति युद्ध का नक्शा कैसा बनाया जाये इसकी शुरूआत ब्रह्मवर्त्त में हो चुकी थी। अजीमुल्ला खान को प्रवास पर जाने से पहले लन्दन में उसी समय सतारा की गद्दी का प्रेत दहन करने हेतु बापू जी और पेशवा की गद्दी का प्रेत दहन करने आये हुए थे अजीमुल्ला खान। इनकी उन दोनों इतिहास प्रसिद्ध गद्दियों के प्रेत संस्कार समय क्या वार्त्ता हुई? अपने देश का सर्वनाश करने वालों की कैसे पिटाई की जाये? और उन्होंने कैसी शपथ ली और क्या मंत्रणा हुई और प्रचण्ड युद्ध की रचना कैसे हो? इसका शब्दशः इतिहास को नहीं मालूम। परन्तु अजीमुल्ला खान सीधे हिन्दुस्तान न आकर यूरोप में प्रवास करने लगे। उस समय क्रीमिया द्वीप में अंग्रेजों का रूस से घमासान युद्ध था और रूसी भालुओं के पंजे तले ब्रिटिश शेर भी गाय बनता जा रहा था। अजीमुल्ला खान को यह बात मालूम होते ही उसके मन में उमड़ते महान विचारों को बल मिला। स्वदेश के लिए अंग्रेज शेरों को रूस ने कितना घायल किया है और रूस से कितनी सहानुभूति मिल सकती है, इस की प्रत्यक्ष जानकारी लेकर अजीमुल्ला खान स्वदेश लौटे।

दोहा

अजीमुल्ला यूरोप से, लौटे हिन्दुस्तान ।
ब्रह्मवर्त्त के महल में, आज निराली शान ॥
लहराया कभी गर्व से, झंडा राज निशान ।
वीर मराठा पेशवाई, के है इस में प्राण ॥
धूल झाड़ कर आज फिर, दिया पुनः लहराय ।
छोड़ करुण स्वर दुंदुभि, वीर ध्वनि में गाय ॥
छाई अजब चैतन्यता, जागा आत्म बोध ।

राष्ट्रीय अपमान का, लेना है प्रतिशोध ॥
बिना युद्ध मिलती नहीं, स्वदेश की स्वतंत्रता ।
धर्म की रक्षा न होगी, जब तलक परतंत्रता ॥
रचना हुई रणयज्ञ की, मार्ग नहीं कोई अन्य ।
रण कंगन जिनमे बँधे, वही हाथ हुए धन्य ॥
वीरोचित निर्णय हुआ, राष्ट्र करें स्वतंत्र ।
वीरों के रण यज्ञ का, ये ही पहला मन्त्र ॥
श्लोक –
"हतो वा प्राप्स्यसि स्वर्गं जित्वा वा भोक्ष्यसे महीम"
तस्मात युद्धाय युज्वस्य ॥

वार्त्ता

स्वराज्य प्राप्ति के लिए जो क्रांति युद्ध लड़ना है उस में दो बाते अनिवार्य है। पहली बात भारत के सभी लोगों के मन में स्वतंत्रता की अनिवार्य इच्छा उत्पन्न हो और उस इच्छा की सिद्धि के लिए एक ही समय में पूरे देश के द्वारा विद्रोह करना हिंदुस्तान के इतिहास को स्वतंत्रता गामी करना। ये दोनों ही काम विदेशियों को चकमा देकर ही किये जा सकते है अन्यथा अंग्रेज आरम्भ में ही अमोघ शक्ति से बलवान शत्रु उस प्रयास को चूर चूर कर सकता है। यह सत्य जानकर दोनों विभूतियों श्री मंत नाना साहब और अजीमुल्ला खान ने सन् 1853 के आरम्भ में स्वतंत्रता के लिए हिंदुस्तान को जाग्रत करने के लिए युद्ध संगठन बनाया।

गुप्त रीति से मौलवी और पण्डित राजनैतिक संन्यासी विचरने लगे और गुलामी में अपने प्यारे भारत की कैसी बर्बादी हो रही है, यह सब स्पष्ट और मार्मिक रीति से गुप्त प्रचार करने लगे।

दोहा

नाना जी श्री मंत ने, दिए दूत पठाय ।
पूरे भारत देश में, चिठ्ठी दी पहुंचाय ॥
कोल्हापुर दक्षिण तलक, पटवर्धन दरबार ।
दिल्ली से मैसूर तक, अवध के भुमिदार ॥
जागो भारत वासियों, राष्ट्र पुकारे आज ।
मार भगाओ दास्ता, प्राप्त करो स्वराज ॥
अपना देश मलेच्छ ने, कर डाला बरबाद ।
पूर्वजों के लाज की, टूट रही मरियाद ॥

रागिनी

जागो भारत की संतानों, भारत तुम्हें बुलाये ।
शस्त्र उठाओ ना, देश बचाओ ना, खींचे फिरंगी माँ का चीर ॥
घुसा मलेच्छ देश में जब से, देश लूट कर खाया ।
सोना चाँदी कनी - मणी सब, लन्दन में पहुँचाया ॥
फूट का जाल बिछाया, देश के कितने मुकुट झुकाये ।
शस्त्र उठाओ ना, देश बचाओ ना, खींचे फिरंगी माँ का चीर ॥
देशी सेना भरती करके, देश विरुद्ध लड़ाई ।
देश किया बर्बाद देश के, लड़ते भाई - भाई ॥
नीति कुटिल बनायी, भाई - भाई पे मरवाये ।
शस्त्र उठाओ ना, देश बचाओ ना, खींचे फिरंगी माँ का चीर ॥
बिना तपस्या धर्म बचे ना, शस्त्र बिना स्वराज नहीं ।
बल बिन बाँझ शान्ति रहती, कुल बिन कोई लाज नहीं ॥

आगे की अंदाज नहीं, क्यों कुल की लाज लुटाए ।
शस्त्र उठाओ ना, देश बचाओ ना, खींचे फिरंगी माँ का चीर ॥
राज पाट सम्मान जगत में, मांगे नहीं उधार मिले ।
इस जीवन में धर्म युद्ध का, अवसर ना हर बार मिले ॥
खुला स्वर्ग का द्वार मिले जो रण में मृत्यु पाये ।
शस्त्र उठाओ ना, देश बचाओ ना, खींचे फिरंगी माँ का चीर ॥

वार्ता

श्री मंत नाना साहब के स्वयं के हस्ताक्षर के पत्रों ने और ब्रह्मावत से भेजे गये सन्यासिओं ने ऐसी उदात्त आत्मनिष्ठा के बीज भारतीय मन में बो दिये, परन्तु आज ऐसा दिखता है कि अवध का राज्य अधिग्रहण होने तक जोरदार अंकुर नहीं फूटे थे । 1856 में अवध का राज्य अधिग्रहण होते ही अकस्मात सब लोगों में परतंत्रता के प्रति घृणा उत्पन हुई। स्वतंत्रता का पुण्य दर्शन नाना की तीक्ष्ण दृष्टि को पहले ही हो चुका था । अवध का राज्य अधिग्रहण होते ही हर कोई अपने अस्तित्व को धिक्कारने लगा और गुलामी में रहने के बजाय मरना भला ऐसी गर्जना कर अपनी तलवारों पर पानी चढ़ाने लगा था। इसी समय इतिहास की प्रसिद्ध राजधानी को भी मानों चेतना मिल गई थी। दिल्ली की बादशाही लेकर ही अंग्रेज नहीं रुके थे, अपितु बादशाह की शाब्दिक पदवी भी ना चले यह तय कर लिया था। ऐसी विपन्नावस्था में पूर्व वैभव प्राप्त हेतु एक बार अन्तिम प्रयास करके देखें और मरना ही है तो बादशाही शान से मरें, ऐसा विचार राज महल में होने लगा। इसलिए बूढ़े जवान रैयत और लश्कर सारे लोग इन अंग्रेजों के शिकंजे से मुक्त होने को रण आँगन में कूदें। इस घोषणा पत्रों को सभी समाचार पत्रों ने प्रकाशित किया और दिल्ली के लोगों में क्रांति युद्ध की लहर दौड़ गयी। अवध अधिग्रहण हो जाने पर नाना ने पत्रों की अधिक मार की तब जाकर केवल लखनऊ के साहूकारों ने नाना के विचार पढ़ने शुरू किये। पुरबिया लोगों को राजा मानसिंह भी मिल गया, फिर सिपाहियों ने अपनी अपनी तजवीजें देनी शुरू

की और लखनऊ के साहूकारों से उन्हें सहायता मिलनी शुरू हुई। फिर कारतूसों की घटना हुई और उस असंतोष पर नाना के पत्रों की बरसात होने लगी। जम्मू के गुलाब सिंह ने "मैं सेना और खजाना ले कर तैयार हूँ" ऐसा पत्र लिखा और लखनऊ के साहूकारों ने धनराशियाँ भी भेज दी।

भजन

कोई महापर्व उल्लास में, जीवन्त हवा चलती है ॥
राजनैतिक संन्यासी, फ़कीर, घर घर आने लगे ।
सबका इष्ट एक, महिमा देवता की गाने लगे ॥
क्रांति के मन्त्र, गाँव शहर में सुनाने लगे ॥।
मौलवी ब्राह्मण दोनों, घूमते है साथ साथ ।
भिक्षा के बहाने कह के, जाते अपनी अपनी बात ॥
गुरुओं के सन्देश लोग, ले लेते हैं हाथों हाथ ॥।
शुभ प्रात हिन्द आकाश में, अब दिव्य शाम ढलती है ।
कोई महा पर्व उल्लास में, जीवन्त हवा चलती है ॥
भारत की महानता के, गूंजे गौरव शाली गीत ।
वीर गाथाओं से भरा, भारत का स्वर्णिम अतीत ॥
शस्त्र और शास्त्र से, दुनिया में सदा अजीत ॥।
धर्म और स्वतंत्रता, परतंत्रता से घिरे हुए ।
खो देते स्वतंत्रता वो, धर्म से भी गिरे हुए ॥
दासता का जीवन जैसे, जीते जी ही मरे हुए ॥।
आजादी हो हर साँस में, मानवता तब खिलती है ।
कोई महा पर्व उल्लास में, जीवन्त हवा चलती है ॥
जिन्दगी में आजादी की, सब को ही दरकार होती ।
गावों की चौपाल, देश भक्तों से गुलजार होती ॥

आजादी के बिना व्यर्थ, जिन्दगी धिक्कार होती ॥।
हम को करना चाहिए, मिलकर गुलामी का प्रतिकार ।
देश की आजादी खो के, रोते पीछे जार जार ॥
जीना जो जगत में तो, जमीर को सँभाल यार ॥।
क्यों फँसे फिरंगी फाँस में, सर उठा बला टलती है ।
कोई महा पर्व उल्लास में, जीवन्त हवा चलती है ॥
गोरों से बदला ले कैसे, सारे मन्त्र पेश होते ।
पनघट और चौपाल, चौकी, धर्मशाला उपदेश होते ॥
कूंजरा की झोली में भी, युद्ध के सन्देश होते ॥।
बैरियों के खून से हम, धरती माँ को देंगे सींच ।
वीरों की प्रतिज्ञा है, दी पत्थर में लकीर खींच ॥
करना है हिसाब कहाँ, जायेगा फिरंगी नीच ॥।
बल पूरण तेरे साहस में, हिम्मत से जीत मिलती है ।
कोई महा पर्व उल्लास में, जीवन्त हवा चलती है ॥

वार्ता

मानव मन सहज ही उत्सव प्रिय होता है। इन उत्सवों के शक्करों में घोल सिद्धांतो की गोली दी जाए तो उस गोली को सहज गटक जाता है। उस से रोग भी ठीक होते है। ऐसे गहरे विचार से उस गुप्त संगठन के कार्य में विभिन्न चिकित्सक खेलों के द्वारा सामान्य जन को युद्ध की शिक्षा देने की व्यवस्था की गयी थी। स्वधर्म और स्वतंत्रता की कैसी अवेहलना हुई है इस का हूबहू नाटक उन चित्रों द्वारा प्रस्तुत कराया जाता था और उस अपमान गुलामी का प्रतिरोध किस तरह लिया जाए इसका पूरा खेल कठपुतलियों द्वारा दिखाया जाता था। उत्तर भारत का अतिप्रिय गीत आल्हा जैसा वीर रस पूर्ण गीत गाते गाते लोगों की बाँह फड़कने लगती। पूर्वजों के पराक्रम के स्मरण से जब उनका रक्त खौलने लगता तो विषय घुमा कर वर्तमान दासता की पूरी बात प्रस्तुत की जाती इस पर

जो हर हर महादेव की गर्जना ना करे ऐसा कापुरुष कौन होगा। और राष्ट्र की महिलाएं जो पुरुषों को जन्म देती हैं उनकी शूरता, राजपूत, जाट और सिक्खों की महिलाओं की शूरता इतिहास गर्व पूर्वक कहता है। इस संगठन के केंद्र अब जगह-जगह खोले गये है। इस संगठन की प्राण प्रतिष्ठा जिस राजभवन में हुई ब्रह्मावृत में इसकी जोरदार बढ़त रही, परन्तु श्री नाना और अजीमुल्ला के पत्रों ने और उपदेशकों ने अब हजारों जगहों पर उस रचना की शाखायें खोल दी थी जो ब्रह्मवर्त्त ने इस मंगल कार्य की तैयारी की थी। उसी प्रकार दिल्ली के महलों में भी तैयारी थी और लखनऊ आगरा में भी क्रांति का प्रचण्ड केन्द्र स्थापित हो गया। पटना में जिहाद के बीज इतने गहरे थे वहाँ सारा शहर क्रांतिकारियों का गढ़ बन गया। मौलवी, पण्डित, जमींदार, किसान, व्यापारी, वकील, विद्यार्थी, ऐसे सारे तबके स्वदेश को अपने प्राणदान करने की दीक्षा लेकर सज्जित हो गये थे।

कलकत्ता में मुख्य बैरकपुर दम-दम आदि स्थानों पर सिपाहियों को क्रांति के लिए अनुकूल करना था। यह नाजुक काम नक्की खान ने इतनी सफाई से किया कि 1857 वर्ष आते ही सारे सिपाही राष्ट्र कार्य में मिल जाने के लिये शिवजी का बेलपत्र या गंगाजल उठा कर वचनबद्ध हो गये या कुरान की कसम ली गयी। सारे ठिकानों पर गुप्त बैठक होती थी और वहाँ शपथ विधि सम्पन्न होती थी। दक्षिण में रंगो बापू जी प्रयासरत थे। कोल्हापुर और ठेट मद्रास तक इस क्रांति यज्ञ की ज्वालायें भड़कने लगी थी।

1857 की जनवरी में निम्न घोषणा पत्र प्रकाशित हुआ।

हे देश बंधुओं और धर्मनिष्ठों उठो, काफ़िर अंग्रेज को अपने देश से भगा देने के लिए सारे उठो। उन्होंने हमारा स्वराज्य छीन लिया है और देश को धूल में मिलाने का उनका दृढ़ निश्चय है। अंग्रेजों की इन भयानक यातनाओं से अपने भारत को मुक्त करने का केवल एक ही उपाय रह गया है, वह है तुमुल युद्ध करना ऐसे युद्ध में जो रण मैदान में खेत रहेगा वो अपने देश का शहीद कहलायेगा। जो स्वधर्म और स्वदेश के लिये लड़ेंगे और मरेंगे, उन वीर्यवान शहीदों के लिए स्वर्ग के दरवाजे खुले रहते है और जो डरपोक और देशद्रोही अधम जो इस राष्ट्र कार्य से हटेंगे उनके लिए नरक द्वार खुले है। देश बंधुओं उनमें से तुम क्या स्वीकार करोगे ?

दोहा

1857 वर्ष का, उदय हुआ है आज ।
शुभ मुहूर्त आ गया, प्राप्त करें स्वराज ॥
यत्र तत्र संकेत में, जागा सारा देश ।
गुप्त योजना सभी जगह, फैल गया सन्देश ॥
अस्त्र-शस्त्र सब ठीक कर, सैनिक सब तैयार ।
गुप्त सभा चले रात को, युद्ध आर या पार ॥
भिन्न भिन्न रेजिमेन्ट का, होता है सहभोज ।
आपस में आश्वस्त हो, क्रांति दीक्षा रोज ॥
सेना के मंतव्य को, करते हैं स्वीकार ।
वक्त आने पर हम सभी, रण को हैं तैयार ॥
गलती से कुछ चिट्ठियाँ, लगी अंग्रेजों हाथ ।
दो रेजिमेन्ट निःशस्त्र कर, बाहर किया प्रभात ॥
स्वयं सेवक बन गए, सैनिक बाहर आय ।
उपदेश करें संग्राम का, जगह जगह पर जाए ॥
गुप्त संगठन चक्र अब, घूम रहा प्रचण्ड ।
गति सभी की एक हो, अलग न कोई खण्ड ॥
रक्त पुष्प अब घूमता, हर सैनिक के हाथ ।
उसका मतलब एक है, सभी तुम्हारे साथ ॥
ओजस्वी उपदेश दे, रक्त पुष्प निर्वाक ।
भरें वीर रस छुवन से, शब्द अबोले लाख ॥
लाल फूल छूकर कहूँ, करूँ लाल ही लाल ।
लाल पुष्प गूढ़ार्थ से, सब कुछ होगा लाल ॥
एक विलक्षण चेतना, कण कण में संचार ।

जन-जन उद्वेलित हुआ, समरांगन को त्यार ॥
नगर-नगर चौरास्ते, पर्चा फिकते रोज ।
प्राप्त करें स्वतंत्रता, हटा गुलामी बोझ ॥

वार्ता

इसके बाद श्री नाना साहब सारे केन्द्रों को सूत्रबद्ध करने के लिए ब्रह्मावृत से बाहर निकले। सन 1857 के अप्रैल में श्री मंत अपने भाई बाबा साहब को साथ ले और अपने मंत्री अजीमुल्ला खान को साथ लेकर दिल्ली की ओर गये। दिल्ली के वातावरण में उस समय नाना ने क्या मन्त्र पढ़े दिल्ली का दीवाने आम ही, इस बात को जानता है। अंग्रेज लोगों में से मेलर्ड उस समय आगरा में जज के पद पर था, वह नाना से मिलने गया था और उस का नाना द्वारा उत्तम स्वागत हुआ। दिल्ली की सारी तैयारी देख और सब जाँच करके नाना लखनऊ चले गये। 1857 के गुप्त संगठन के केन्द्रों में लखनऊ अत्यंत महत्वपूर्ण केन्द्र था। उस लखनऊ के उत्साह की कोई सीमा नहीं थी। लखनऊ के प्रमुख रास्ते से नाना की जंगी शोभा यात्रा निकली और स्वतंत्रता के अपने इस भावी योद्धा को देख कर क्रांतिकारियों में एक अनिवार्य चैतन्य उत्पन्न हुआ। नाना स्वयं हेनरी लोरेन्स के यहाँ गये थे और “हम लखनऊ शहर देखने आए है” ऐसा उससे कहा। लखनऊ शहर देखने का अर्थ क्या है वह क्या जाने। नाना इस माह कालपी शहर देखने भी गए और अपनी रणकुशलताएँ, जिसने पूरे जग को अचम्भित किया। उस जगदीशपुर के कुँवरसिंह से नाना की राजनीति चल रही थी और उधर सारे आन्दोलन का नक्शा भी अन्तिम आकार ले पाया। इस रीति से दिल्ली, लखनऊ, काल्पी, जगदीशपुर आदि स्थानों पर प्रमुख नेताओं से मिलकर ब्रह्मावृत लौटे। सन 1857 के आरम्भ में गुप्त पंखो के ये देवदूत सारे हिन्दुस्तान में अपने मंगल कार्यो के लिए भ्रमण करने लगे। वो कहाँ से आये और कहाँ जायेंगें ये कोई भी नहीं जानता था। ये देवदूत जिसको समझ में आता उसी को मुख्य सन्देश देते। यह रोटी गेहूँ या बाजरे की बनी होती, उस पर कुछ भी नहीं लिखा होता फिर स्पर्श होते ही हजार बात कहकर रोमांचित करती थी, क्रांति चेतना का संचार करती थी और वही रोटी एक गाँव से दूसरे गाँव चलती थी।

क्रांति दूत कविता

चलो क्रान्ति दूत आज, उड़ करके दसों दिशाओं में ।
पहुँचाना सन्देश महल, घर, वन, पर्वत कुटियाओं में ॥
गहरा संकट है माता पर, याद किया है तुमको ।
रहो समर को त्यार आज, आदेश दिया है तुमको ॥
जाना मुझ को हर घाटी, पर्वत की उच्च शिखाओं में ।
पहुँचाना सन्देश महल, घर, वन, पर्वत कुटियाओं में ॥
जन्म लिया जिस दिन की खातिर, घड़ी आज वह आई ।
जाती माँ की लाज आज जो, तुम पर जाय बचाई ॥
दूँगा तोड़ बगाई, पड़ी बेड़ी जो माँ के पांवों में ।
पहुँचाना सन्देश महल, घर, वन, पर्वत कुटियाओं में ॥
माँ के गुनहगार हैं जितने, सब को मजा चखाऊंगा ।
दुष्ट फिरंगी हत्यारों को, देश से मार भगाऊँगा ॥
उनको आज बचाऊंगा, जिन्हें डाला अंध गुफाओं में ।
पहुँचाना सन्देश महल, घर, वन, पर्वत कुटियाओं में ॥
दिल में है तूफान बाहर से, छाई है खामोशी ।
क्रांतिदूत ने घूम घूम कर, तोड़ दी है बेहोशी ॥
रहस्यमयी सरगोशी पूरण, छाई आज हवाओं में ।
पहुँचाना सन्देश महल, घर, वन, पर्वत कुटियाओं में ॥

गाना

पहुँचाना सन्देश, पुष्प घर घर जाके ।
जाना वन पर्वत और घाटी ।
आज पुकारे देश की माटी ॥
ये माता का आदेश, बताना समझा के ।
पहुँचाना सन्देश, पुष्प घर घर जाके ॥
कुल देवों को दे आमंत्रण ।
समर यज्ञ को करो निमंत्रण ॥
बना रुद्र का भेष, जल्द पहुँचो आके ।
पहुँचाना सन्देश, पुष्प घर घर जाके ॥
उठती लहरें अग्नि रस की ।
आज बलि चाहिए सर्वस्व की ॥
तभी बचे तेरा देश, विजय रस तब चाखे ।
पहुँचाना सन्देश, पुष्प घर घर जाके ॥
ज्वालामुखी खौलता भारी ।
जलती आज दिशाएँ सारी ॥
जन जन में आवेश, आज पूरण झांके ।
पहुँचाना सन्देश, पुष्प घर घर जाके ॥
श्लोक- शम प्रधानेसु तपो धनेसु गूढ़ही। दहातम कामस्ति तेजः ॥

भाग 2 : विस्फोट
प्रकरण – शहीद मंगल पाण्डे

दोहा

1857 युद्ध में, हुई अचम्भित बात ।
अंग्रेजों को भनक कोई, लगी ना हाथों हाथ ॥
सिर्फ बहाना मात्र थे, चर्बी के कारतूस ।
चिंगारी की क्या खता, जब फैला हो फूस ॥
इस महा संग्राम में, कारण स्वाभिमान ।
वीर भाव मन में उदय, देख राष्ट्र अपमान ॥
नाना, अहमद, मोल्वी, वजीर अली, नक्की खान ।
आँगल जैसे धूर्त को, खबर न कानोकान ॥
पटवारी, मजदूर, पुलिस, सैनिक, साहूकार ।
हिन्दू मुस्लिम बा-अदब, हुए युद्ध को त्यार ॥
गुप्त संगठन जब तलक, ले पूरा आकार ।
कारतूस बंगाल में, रही थोप सरकार ॥
पल्टन थी उन्नीसवी, मर मिटने को त्यार ।
कारतूस को कर दिया, लेने से इनकार ॥
वक्त देख कर पी गये, अतिक्रोध अंग्रेज ।
उसी समय ब्रह्मदेश से, दी गोरा पलटन भेज ॥
बैरक पुर की छावनी, गोरा पलटन तैयार ।
काली उन्नीस बटालियन, करनी बे हथियार ॥
मंगल पाण्डे वीर, ना देख सका अपमान ।
झपट रायफल वीर ने, ली गोरों पर तान ॥

शस्त्र उठाओ वीर तुम, कूद पड़ो मैदान ।
नहीं उठाता शस्त्र जो, उन्हें धर्म की आन ॥
मेजर ह्युशन ने दिया, जवानों को आदेश ।
मंगल को पकड़ो तुरन्त, मेरा हुक्म विशेष ॥
सेना में कोई है नहीं, ऐसा गद्दार जवान ।
बदले में अंग्रेज पर, ली बंदूकें तान ॥
मंगल की बन्दूक से, फायर हुआ तत्काल ।
शव ह्युशन का उसी समय, दिया धरा पै डाल ॥
इतने में लेफ्टिनेंट बा, आ गया उसी ठाँव ।
घोड़े पर बैठा हुआ, दुष्ट विचारे दाँव ॥
गोली दागी दूसरी, घोड़ा किया तमाम ।
बा घोड़े के साथ ही, नीचे गिरा धड़ाम ॥
पड़े पड़े पिस्तौल से, गोली दागी एक ।
गोली चूक निशान से, लगी न काहुँ नेंक ॥
खडग निकाले जब तलक, मंगल ने शमसीर ।
झपट वक्ष में घोंप दी, हो गया मृत शरीर ॥
बोले सैनिक गर्ज कर, ना कोई लगाये हाथ ।
मंगल पाण्डे वीर है, हम सब इसके साथ ॥
क्यों हत्थे चढ़ूँ अंग्रेज के, इससे मृत्यु ठीक ।
अंग्रेजों की यातना, खूब रही थी दीख ॥
अपने पर बन्दूक से, गोली लयी चलाय ।
घायल होकर गिर गया, धरती माँ पे आय ॥
मंगल पाण्डे वीर को, दिया अस्पताल पहुंचाय ।
शर्मिंदा अंग्रेज सब, गए लेंन में आय ॥

वार्ता

मंगल पाण्डे का कोर्ट मार्शल कर जाँच पड़ताल हुई। इस जांच में वह अन्य षड्यंत्र कारियों के नाम बताये इसके लिये बहुत प्रयास हुए, परन्तु उस तेजस्वी युवक ने किसी के भी नाम बताने से इंकार कर दिया व उसने उत्तर दिया कि मैंने जिन पर गोलियां चलाई उन अंग्रेज अधिकारियो से मेरा किसी तरह का व्यक्तिगत द्वेष नहीं था। परन्तु मंगल पाण्डे का वह साहस सिद्धान्तों के लिए था। स्वदेश और स्वधर्म की रक्षा के लिये मंगल पाण्डे की तलवार म्यान से बाहर निकली थी। इस कार्य में उसकी जैसी वीरता स्वदेश भक्ति और स्वधर्म के लिये दिखाई दी, वैसा ही उस युवक की तलवार का पानी भी दिखाई दिया। ऐसे युवा को फाँसी का दण्ड सुनाया गया। दिनांक 8 अप्रैल उसकी फाँसी के लिए निश्चित हुआ। ऐसे वीर के नाम स्मरण से मन की वृत्तियाँ खिलने लगती है परन्तु वहाँ तो मंगल पाण्डे के प्रत्यक्ष दर्शन का लाभ मिला था। बैरक पुर के सारे नागरिकों के मन में दिव्य प्रीती उत्पन्न हो गयी थी। उस सारे बैरक पुर शहर में पाण्डे को फाँसी देने की लिए कोई जल्लाद नहीं मिला। अंत में कलकत्ता से चार जल्लाद लाये गये। दिनांक 8 अप्रैल को सुबह मंगल पाण्डे को फाँसी स्थल तक ले जाया गया। चारों ओर लश्करी लोगों का पहरा था। उनके बीच मंगल पाण्डे गर्व से चलते हुए फाँसी पर चढ़ गया। मैं किसी का नाम नहीं बताऊंगा यह एक बार फिर कहते हुए उसके पैरों के नीचे का सहारा निकाल लिया गया और मंगल पाण्डे की पवित्र आत्मा स्वर्ग चली गयी। इस तरह 1857 की क्रांति युद्ध की भिडन्त हुई और इसी रीति से उस युद्ध का पहला शहीद स्वर्गवासी हो गया, जिसके रक्त से 1857 की शहादत की नदी का उदगम हुआ। उस वीर मंगल पाण्डे का नाम हर कंठ और ह्रदय मैं बना रहना चाहिए।

मंगल पाण्डे ने सबसे पहले अपना ऊष्ण रक्त अर्पित किया। स्वतंत्रता की फसल आगे पीछे भी लह लहा उठी तो उसके पहले नैवेद्य का अधिकारी मंगल पाण्डे होगा। जिस सिद्धांत के लिए मंगल पाण्डे मरा वह चिरंजीवी हो गया, अपितु इस क्रांति में जो जो स्वदेश और स्वधर्म के लिये लड़े उन सभी को पाण्डे की उपाधि मिली और यह नाम हर माँ अपनी संतानों को स्वाभिमान से बताने लगी।

प्रकरण (मेरठ)
वार्ता

देश वीर मंगल पाण्डे के बलिदान से सन 1857 का बीज जमते ही उसे अंकुरित होने में देर क्यों लगे ? क्योंकि जिस 10वीं रेजिमेन्ट में मंगल पाण्डे था उस रेजिमेन्ट के सूबेदार को भी इस आरोप में फाँसी दी गई थी कि उसने रात में क्रान्तिकारी बैठक की और 10वीं रेजिमेन्ट और 34वीं रेजिमेन्ट इन दोनों ने मिलकर पूरे प्रदेश में विद्रोह का गुप्त षडयंत्र रचा। यह उनके पास मिले कागज पत्रों से सिद्ध हो जाने पर उन्हें निशस्त्र कर नौकरी से भी निकाल देने का दण्ड दिया गया। सरकार के हिसाब से वह दण्ड था, परन्तु इन दोनों ही रेजिमेन्ट के सिपाहियों को यह अपना सम्मान लगा । जिस दिन उन्हें शस्त्र नीचे रखने का आदेश हुआ उस दिन यूरोपियन सेना को पूरी तरह तैयार रखा गया था। अंग्रेज अधिकारियों को विश्वास था की नौकरी से निकाले जाने पर सिपाही पश्चाताप करेंगे, परन्तु उन हज़ारों सिपाहियों ने किसी बहुत ही अपवित्र वस्तु की तरह कम्पनी की दासता पर लात मारी। खुशी से अपने बूट, युनिफोर्म फाड़ फ़ूड कर फेंक दिया। उन सिपाहियों को टोपियाँ अपने वेतन से लेनी पड़ती थी, वो चाहें तो अपने साथ ले जा सकते थे परन्तु नदी में नहाकर बाहर आने के बाद फिर से अपने सिर पर गुलामी की निशानी क्यों रखनी। उस पर कम्पनी का चिह्न तो है ख़बरदार अगर किसी ने उस दासता चिह्न को स्पर्श किया तो। फेंक दो दास्ता की टोपियाँ। हज़ारों टोपी आकाश में उड़ने लगी परन्तु गुरुत्व के सिद्धांत के कारण वो फिर से भारत की भूमि पर गिर पड़ी। भू देवी को दास्ता की छूत लगी। छोड़ो सिपाहियों उन दास्य चिन्हों को उन अंग्रेज अधिकारियों के सामने ही फाड़ कर और पैरों तले कुचल कर धूल में मिला दो। हज़ारों सिपाही उन दास्य दूषित टोपियों को कुचलने लगे और बलहीन हुए अंग्रेज देखते रहे।

दोहा

मंगल के बलिदान से, सन - 57 बीज ।
ऐसा अंकुर चल पड़ा, गए फिरंगी खीझ ॥
10वीं रेजिमेन्ट का, जो था सूबेदार ।
करता बैठक रात को, विद्रोही प्रचार ॥
10वीं, 34वीं को, दिया उसने मन्त्र ।
विद्रोह करे प्रदेश में, किया गुप्त षडयंत्र ॥
चिट्ठी मिली सबूत में, दिया आरोप लगाय ।
पलटन सूबेदार को, दिया फाँसी लटकाय ॥
दोऊ रेजिमेन्ट निशस्त्र कर, शस्त्र लिये रखवाय ।
दण्ड दिया बर्खास्त का, अपने घर को जाय ॥
वर्दी जो अंग्रेज की, वो दी फाड़ बगाय ।
टोपी कुचली पाँव से, जवान सभी हरषाय ॥
दास्य चिन्ह सभी फेंक कर, चले नदी में नहाय ।
छूट गुलामी नरक से, गये स्वर्ग में आय ॥
ब्राह्मण उच्च परिवार में, जन्मे मंगल वीर ।
उसके इस बलिदान से, जागा राष्ट्र शरीर ॥
अड्डा आंगल फोज का, था अम्बाला शहर ।
देश भक्ति के भाव की, फैल गयी जहाँ लहर ॥
जानसन पूरी फौज का, था मुखिया इन चीफ ।
उसके क्रूर स्वभाव से, मिलती नहीं रदीफ़ ॥
हिन्दुस्तानी फौज ने, लिया नियम बनाय ।
जो टेढा अफसर चले, तो बंगला दियो जलाय ॥
राष्ट्र द्रोही भारतीय, और कुटिल अंग्रेज ।
गुप्त गिरोह घर फूंकते, करते नहीं परहेज ॥

ज्यादा तर अंग्रेज के, घर फुंकते थे रोज ।
आंगल बहुत ईनाम दे, जो कोई दे कुछ खोज ॥
गद्दारों की मदद से, चलता आंगल राज ।
नहीं कोई गद्दार यहाँ, अम्बाला में आज ॥
चीफ गऊ अब बन गया, आग फैलती जाय ।
शहर बड़े जो हिन्द के, आंगल घर फुंक जाँय ॥
मई मास को एक दिन, मैसम तम्बू जाय ।
मारो लेफ्टिनेंट को, तम्बू दियो जलाय ॥
हाथ जोड़ आंगल कहे, बख्शो मुझ को आप ।
मेरी क्या तकसीर है, ये साम्राज्य का पाप ॥
पता लगी इस बात की, धोके से फोज बुलाय ।
कर तोपों की मार में, शस्त्र लिये रखवाय ॥
एक दिन मेरठ शहर में, लिये कारतूस मंगाय ।
6 मई घुड़सवार ग्रुप के, पास दिए पहुँचाय ॥
कारतूस छुए नहीं, किया खरतल इनकार ।
गुस्सा पी अंग्रेज सब, चले गये मन मार ॥
9 मई को अंग्रेज ने, फिर बुलाये जवान ।
वस्त्र शस्त्र धरवाय के, तोप लई थी तान ॥
कोर्ट मार्शल कर दिया, बेड़ी दी पहनाय ।
आज 84 सैनिकों को, जेल दिया पहुँचाय ॥
उनको दस दस साल का, सश्रम कारावास ।
नेटिव भाई संकेत से, दे मुक्ति आभास ॥
9 मई की शाम को, गए कुछ सैनिक बाजार ।
सैनिक देख कुछ नारीयाँ, करने लगी तिरस्कार ॥
साथी पहुँचे जेल में, तुम घूमो बाजार ।
पूरन इस वीरत्व को, बार बार धिक्कार ॥

वार्त्ता

पहले से ही क्रोध से पगलाये सिपाहियों को यह कैसे सहन हो कि भरे बाजार औरतें उनके जीवन पर थूकें। उस रात सारी लाइनों में सिपाहियों की गुप्त बैठक होती रही। क्या अब भी मई की 31 तारीख तक रुकना है? इधर अपने भाइयों को कारावास में पड़े होते हुए हम नामर्दों की तरह चुप बैठें? 31 मई तक इन्तजार करे? नहीं नहीं कल ही रविवार है, इस रविवार का सूर्य नारायण अस्तमान होने से पहले कारावास के उन देशवीरों की बेड़ियाँ टूट ही जानी चाहिये और स्वतंत्रता का झन्डा लहराना चाहिए। तत्काल दिल्ली सन्देश भेजे गए, हम तारीख 11 या 12 को वहाँ आ रहे है, सारी तैयारी करके रखो। 10 मई का रवि उदय हुआ। सन 1857 गुप्त तैयारी का अंग्रेज को बिल्कुल पता नहीं लगा। रविवार की सुबह उनकी शान्ति से शुरू हुई। घोड़े की गाड़ियां, शितोपचार, सुंगंधित फूल, हवाखोरी, गाना-बजाना सारी बात पहले की तरह चालू हो गई। साहबो के घर के नेटिव नौकर अचानक नहीं आये, इसका भी उन्हें कोई अधिक आश्चर्य नहीं हुआ। इधर सिपाहियों के बीच बहस चल रही थी कि पूरा कत्लेआम करना है या नहीं। 20 पलटन तीसरी घुड़सवार पलटन सिपाही बोले चर्च में फिरंगीयों के जाते ही हर हर महादेव बोलें। लश्करी और मुल्की सैनिक, नागरिक, बच्चे, औरत, मर्द जो कोई मिले उसे काटते दिल्ली चलो। यही अंत में तय हुआ। इधर मेरठ के पास पड़ोस के गाँवो से भी टूटे फूटे शस्त्र हाथ में लिये हजारों लोग आकर मिल रहे थे। स्वदेश कार्य के लिए आये उन ग्रामीणों की तरह नागरिक भी सज्जित होने लगे। फिर भी अंग्रेजों को तनिक भी जानकारी नहीं थी। रविवार की शाम को पाँच बजे चर्च का घंटा हल्के हल्के बज रहा था और अंग्रेज लोग अपनी अपनी पत्नियों और बच्चों के साथ हँसते खेलते चर्च की ओर जाने लगे। परन्तु उस दिन वह चर्च का घंटा प्रार्थना नहीं बजा रह था, वह उनकी मृत्यु की सूचना दे रहा था क्योंकि इधर सिपाहियों की लाइनों में एक ही गर्जना उठ रही थी "मारों फिरंगी को" इस ध्वनि से सारा वातावरण भर गया। सबसे पहले कारावास में पड़े धर्म वीरों की बेड़ियाँ तोड़ने उधर गये। उस कारावास के रक्षक भी क्रांति पक्ष के ही थे अत: "मारो फिरंगी को" की रणध्वनि सुनते ही वो काराग्रह छोड़ कर अपने साथियों से जा मिले।

दूसरे ही क्षण कारागृह की दीवारें ढहने लगी। फिरंगियों द्वारा पहनाई गयी बेडियों को एक लुहार देशाभिमानी ने टुकड़े टुकड़े कर दिया। प्रचण्ड वीर गर्जना करते वो वीर बाहर आए घोड़े पर चढ़े और अपनी मुक्ति के लिए आए देश बंधुओं के साथ कारावास को पीछे छोड़ उस चर्च की ओर पूरे जोश से दौड़े। इधर पैदल टुकड़ी ने दंगा शुरू कर दिया। पलटन का कर्नल फिनिस अपने घोड़े पर बैठ ज्यों ही इधर आया। सिपाहियों के सामने हमेशा की तरह उन्हें डांटने डपटने लगा तो सिपाही उसका काल बन उसकी ओर दौड़े। 20वी पलटन के एक जवान ने अपनी पिस्तौल उस पर चलाई और वह कर्नल घोड़े के साथ भूमि पर गिर पड़ा। पैदल और घुड़सवार हिन्दू और मुसलमान सारे के सारे गोरे रक्त के लिये इतने बेचैन थे कि फिनिस का रक्त तो दरिया में खस खस था। मेरठ के बाजार में यह समाचार पहुँचते ही वह पूरा शहर जलने लगा और जहाँ जहाँ अंग्रेज मिला उसे गारद किया गया।

दोहा

नारियों के अपमान से, मन में भर गई आग ।
दीर्घ श्वास सैनिक भरें, जैसे काला नाग ॥
वापिस चल दिए लेंन में, सुनकर उनकी बात ।
भूख नींद सब उड़ गई, मीटिंग सारी रात ॥
हुआ अन्त में तय यही, करना कत्ले आम ।
10 मई अंग्रेज का, कर दो काम तमाम ॥
भनक लगी ना तनिक भी, बेफिक्र अंग्रेज ।
नित्य कर्म कर चर्च में, हो गये सब अंगेज ॥
हँसी खुशी दिन जा रहा, बजे शाम के पाँच ।
शोला अब बनने लगी, दबी हुई जो आँच ॥
घंटा बजा जो चर्च का, दे मृत्यु सन्देश ।
चली फिरंगी फेमिली, कर कर सुन्दर भेष ॥
मारो दुष्ट फिरंगी को, उठा भयंकर शोर ।

जैसे विप्लव अतिविकट, कर्कश ध्वनि चहुँ ओर ॥
लाठी, जेरी हाथ में, गाँवों के जमींदार ।
और मेरठ के नागरिक, मिल गये कई हजार ॥
अश्वारोही सैंकड़ों, दौड़े कारावास ।
तोड़ फिरंगी बेड़ियाँ, ज्वान करे बे पाँस ॥
सैनिक बंदी गर्ज कर, हुए अश्व सवार ।
प्यासी आंगल रक्त की, हाथ लई तलवार ॥
कारागृह को तोड़ कर, दौड़े चर्च की ओर ।
मार काट अंग्रेज की, हुआ भयंकर शोर ॥
पैदल टुकड़ी का शोर सुन, आए कर्नल फिनिस ।
लगे डांटने उसी तरह, पल में किया फिनिश ॥
अन्डर 11 पलटनें, फिनिस अश्व के साथ ।
सैनिक की पिस्तौल से, निपटा हाथों हाथ ॥
मेरठ के बाजार में, पहुँचा जो समाचार ।
टूट पड़े अंग्रेज पर, हाथ लिये तलवार ॥
लाठी, दाँती अस्त्र से, गोरों को रहे मार ।
जो जिसके हाथों लगा, भाला, छुरी तलवार ॥
गली गली में दौड़ते, देते आग लगाय ।
घर दफ्तर अंग्रेज के, दिए सभी जलाय ॥
धुंवा, ज्वाला, शोर से, हुआ भयानक आकाश ।
मार काट चीत्कार से, प्रलय का आभास ॥
मेरठ से दिल्ली गया, तोड़े सूचना तार ।
बैठाया पहरा कड़ा, जो ना पहुँचे समाचार ॥
कूच किया दिल्ली तरफ, गया अँधेरा छाय ।
चल दिए सैनिक तभी, गोरी लाश लतियाय ॥
बाक़ी बदला जो रहा, लें मेरठ के लोग ।

ढूँढ-ढूँढ अंग्रेज का, काट रहे थे रोग ॥
आग लगी घर गिर रहा, बाहर मृत्यु तैयार ।
कमिश्नर ग्रीदेड का, खतरे में परिवार ॥
बटलर को आई दया, नहीं साहब गया नाट ।
लेकर भागा बाहर जब, दिए पलक में काट ॥
बंगले में चेंबर मिसिज, ली लोगों ने देख ।
छुरा घोंप, कर दिया ख़त्म, दी बंगले से फेंक ॥
केप्टन क्रेजी रंग लगा, बच्चे श्याम बनाय ।
खंडहर मंदिर में छुपा, लीये ईश बचाय ॥
डॉ. ख्रिस्ते, सर्जन फिलिप, कुचल पत्थर से मार ।
टंपलर लेफ्टिनेंट का, किया कचूमर बाहर ॥
कैप्टन टेलर मेक्डोनल, हेडरस लेफ्टीनेंट ।
सारे गारद कर दिए, मारे मिस्टर पेन्ट ॥
नेटिव सेना की सिर्फ़, दो पैदल एक सवार ।
रायफल मेश बटालियन, थी गोरो की तैयार ॥
तोप खाना ड्रगून का, था आंगल के साथ ।
आशंका विद्रोह की, मन में ना थी बात ॥
प्रतिशोध सौंप मेरठ शहर, निकल गये तत्काल ।
अब जो उनको रोक ले, तो बन जायेंगे काल ॥
गोरी फौज घबरा गई, इधर उधर सब रात ।
जंगल में भटकी फिरी, ना लखे हाथ को हाथ ॥
गोंरो को सपना नहीं, घटना थी अकस्मात ।
आग लगा, बंदी छुड़ा ,चल दिए रातों रात ॥
हाथ में गोरे रक्त की, रंगी हुई तलवार ।
भारत की जय बोलते, चली सेना दो हजार ॥

कविता

(वीर ध्वनि)

छत्राणियां संतान रचती, जिस महूरत के लिए ।
वो घडी अब आ गयी, चले सर हथेली पे लिए ॥
वीरों की टोली चल पड़ी, आँखें मिलाने काल से ।
मुक्त करने राष्ट्र को, परतंत्रता के जाल से ॥
रण यज्ञ का कंगन बंधा है, मात्र भूमि के लिए ।
छत्राणियां संतान रचती, जिस महूरत के लिए ॥
पी चुके कितना हलाहल आज तक अपमान का ।
ले कर चले संकल्प अब, बैरी के लोहू पान का ॥
आये हैं माँ की शान पर, हम सर कटाने के लिए ।
छत्राणियां संतान रचती, जिस महूरत के लिए ॥
हो उठी विकराल वीरों के, हृदय की अग्नियां ।
शमशीर खनखना उठी, लपकी हैं जैसे बिजलियाँ ॥
रूद्र बन कर हम चले, तांडव मचाने के लिए ।
छत्राणियां संतान रचती, जिस महूरत के लिए ॥
रक्तबीजों का लहू पी, दुःख हरे ब्रह्माण्ड के ।
ले खंग, खप्पर, हो प्रगट, हे रुधिर पणिमुख चण्डिके ॥
हम रक्त प्राशन दें तुझे, आये मनाने के लिए ।
छत्राणियां संतान रचती, जिस महूरत के लिए ॥

प्रकरण – दिल्ली

यह अपूर्व और आकस्मिक समाचार दिल्ली पहुँचते न पहुँचते मेरठ से 2000 सिपाही दिल्ली-दिल्ली गर्जना करते हुए निकल गये। उस रविवार की रात को पूर्ण रत जगा रहा। हजारों घोड़े दौड़ रहे हैं और बेनटों की खनखनाहट हो रही है। 2000 रणोद्यत वीरों की कर्कश चिल्लाहट और गुप्त बातचीत निरंतर चल रही है। ऐसा भयानक दृश्य देखते हुए रात जग रही है। अंत में भोर हुई और अपना पीछा करता हुआ मेरठ का तोपखाना अभी भी नहीं आया। यह देख उत्साहित वे सिपाही रात भर हुए कष्टों को भूल कर एक क्षण भी कही न ठहर कर वैसे ही आगे बढ़े। मेरठ से दिल्ली कोई 32 मील है। सुबह के आठ बजे सेना के प्रमुख हिस्से को यमुना का पवित्र दर्शन हुआ। स्वतन्त्रता के पवित्र कार्य के लिये जाने वाले योद्धाओं को अपने शीतल जल से सिंचित कर प्रोत्साहन देने वाली भगवती यमुना उन्हें देखते ही उन हजारों योद्धाओं ने जय यमुना मैय्या की कह कर उसका वंदन किया। यमुना से दिल्ली शहर को जोड़ने वाले नाव के पुल पर भारतीय घोड़े दौड़ रहे हैं पर वो किसलिए दोड़ रहे हैं यह यमुना मैय्या को ज्ञात है क्या ? पुल पर एक अंग्रेज जा रहा है, उसे काट कर फैंको कालिंदी में। पूरा समाचार वह माँ को देगा। वह नाव का पुल उतरते ही सिपाही दिल्ली की प्राचीर से भिड़ गये।

कविता

पहुँच कर रण बाँकुरे, माँ यमुना को करते नमन ।
तेरे दोषियों को दण्ड देकर, फिर करेंगे आचमन ॥
हे कालिंदी भगवती, पुत्रों को शक्ति दीजिए ।
कर सके सर्वस्व अर्पण, ऐसी भक्ति दीजिये ॥
कीजिए गुलजार फिर से, ये विखंडित सा चमन ।
तेरे दोषियों को दण्ड दे कर, फिर करेंगे आचमन ॥
माता को बन्धक बनाया, हम को निर्बल जान कर ।

कलंक ये धो कर रहेंगे, खेलकर के जान पर ॥
तेरी आन को तोड़ा है, उसके रक्त से करे स्तवन ।
तेरे दोषियों को दण्ड देकर, फिर करेंगे आचमन ॥
अग्नि ज्वाला दहकती चाहे, आँधिया कराल हो ।
प्रचण्ड गगन भूमि में, तने प्रलय के जाल हो ॥
ये कदम अब ना थमेंगे, दे रहे तुम को वचन ।
तेरे दोषियों को दण्ड देकर, फिर करेंगे आचमन ॥
जाग्रत हो कर लोक शक्ति, आ डटी मैदान में ।
रहे ना काँटा कोई, इस स्वर्ग से उद्यान में ॥
बलिदान की बुनियाद पर, होता खड़ा मुक्ति भवन ।
तेरे दोषियों को दण्ड देकर, फिर करेंगे आचमन ॥

दोहा

बना हुआ पुल नाव का, चले अनेकों वीर ।
हाथ लिए रिपु रक्त की, रँगी हुई शमशीर ॥
पहुँच किले प्राचीर पर, लगी भनक सन्देश ।
रौलकाल कर फौज को, दे आंगल उपदेश ॥
58वी पलटन को ले, कर्नल रिप्ले आय ।
कहें फौजी विद्रोहियों को, देंगे मजा चखाय ॥
अर्थ भरे सुन कर वचन, कर्नल मन हर्षाय ।
दे शाबासी गर्व से, सेना दई बढाय ॥
आगे बढ़ प्राचीर से, दीखे अश्व सवार ।
हुए उग्रतम क्रोध से, जो अग्निरस धार ॥
पीछे पैदल फौज है जिनकी वर्दी लाल ।

गोरे रक्त की माँग है, कर दे अभी हलाल ॥
मेरठ दिल्ली फौज ने, किया सलामी घोष ।
हुआ देश बन्धु मिलन, कर्नल है बेहोश ॥

वार्त्ता

"फिरंगी राज का नाश हो", "दिल्ली बादशाह की जय हो", नारे की आवाज़ सुनते ही दिल्ली की फौज ने "मारो फिरंगी को" की प्रति गर्जना की। यह क्या ? ऐसा कहने वाला कर्नल क्षण में गोलियों की बौछार से भूमि पर गिर गया।

दोहा

कर्नल रिपले को गिरा, क़त्ल किये एक साथ ।
जितने गोरा साथ थे, मारे हाथों हाथ ॥
नीचे उतरे अश्व से, मेरठ घुड़सवार ।
गले मिले बन्धु सभी, अगले रण को तैयार ॥
मेरठ सेना आ चुकी, पहुँचा जब समाचार ।
कुछ ही क्षणों में खुल गया, वो कश्मीरी द्वार ॥
दूजी टुकड़ी फौज की, कलकत्ता द्वार आय ।
भयानक थपकी जब पड़ी, तुरन्त द्वार खुल जाय ॥
दरिया गंज गोरा भवन, बन गये पल में आग ।
फेंके आग में काट कर, आँगल रहे जो भाग ॥
गोरा हॉस्पिटल निकट, घुसे जहाँ अंग्रेज ।
किया हवाले आग के, काट अदम दिए भेज ॥
गोरे रक्त को सूंघते, ढूंढें घर घर जाय ।
जो आंगल दुबके मिले, दिए स्वर्ग पठाय ॥

धर भाले की नोक पर, जे गोरा सर मिल जाय ।
दीन-दीन का घोष कर, फौज नाचती जाय ॥
बादशाह के नाम का, करते हुए जयकार ।
दिल्ली साथी साथ ले, घुसे महल के द्वार ॥
कमिश्नर फ्रेजर घायल हो, भागा जोर लगाय ।
काट तुरन्त आगे चले, गोरा लाश लतियाय ॥
सीढ़ी चढ़ ऊपर गये, जहाँ जेनिंग का परिवार ।
काटे चुन-चुन कर सभी, जो भी थे दो-चार ॥
मारा डगलस भागता, कहाँ कलक्टर साहब ।
पेंशन पर भेजा तुरन्त, पूरा किया हिसाब ॥
आज फिरंगी राज का, दिल्ली से हुआ नाश ।
बढ़ा दिया अगला कदम, लेकर लम्बा साँस ॥
राज महल मैदान में, अश्व लगाए थाम ।
आप दीवाने खास में, करते है आराम ॥

वार्ता

इस तरह दिल्ली का राज महल, लोक सेवकों के हाथ आ गया और अब आगे क्या करना है, इस विषय पर बादशाह, बेगम साहिबा और सिपाहियों के नेता वार्त्ता करने लगे। पहले निर्धारित योजना के अनुसार 31 मई तक रुकना अब मूर्खता थी। अंततः कुछ सोचविचार के बाद बादशाह ने क्रांति कारियों से मिलना तय किया। इतना होते होते मेरठ से निकला तोपखाना का बहुत सा भाग दिल्ली आ पहुँचा और उसने बादशाह के सम्मान में 21 तोपों की सलामी दी। सिपाहियों और अन्य लोगों की वार्त्ता के बाद भी जो थोड़ी चंचलता थी वह तोपों की गडगडाहट में पिघल गयी और उस राजकीय सलामी की घनगर्जना में उस वृद्ध बादशाह के हृदय का अनंत राज तेज हडबडाकर जाग उठा। उसकी भव्य और आदरणीय मूर्ति के सामने फिरंगियों के रक्त से सनी तलवार चलाते हुए

सिपाहियों के नेता ने कहा हे बादशाहे हिन्द मेरठ मैं अंग्रेज की पराजय हो चुकी है। दिल्ली अपने हाथ में है और पेशावर से कलकत्ता तक के सिपाही आपके आदेश की राह देख रहे हैं। अंग्रेजी गुलामी की बेड़ियाँ तोड़कर अपनी जन्मसिद्ध स्वतंत्रता प्राप्त करने के लिए सारा हिंदुस्तान जाग चुका है। ऐसे समय में ये स्वतंत्रता का निशान अपने हाथ में लो, जिससे हिंदुस्तान के सारे बहादुर उसके सम्मान के लिए मरने-मिटने को तैयार हो जायेंगे। हिंदुस्तान अपना स्वराज्य वापिस लेने के लिए लड़ने लगा है और अब उसका नेतृत्व आपने स्वीकार किया तो हम पल भर में उन फिरंगी राक्षसों को या तो समुद्र में डुबोकर मारेंगे या उन की दावत गिद्धों को देंगे। हिन्दू-मुसलमान दोनों ही जातियों के नेताओं का यह एक स्वर और उद्दीपक भाषण सुनकर बादशाह को स्वतंत्रता का सपना आने लगा। उसकी कल्पना के सामने शाहजहाँ और अकबर की मूर्ति आने लगी और अब गुलामी में रहने की अपेक्षा स्वदेश को स्वतंत्र करते-करते मरना अधिक श्रेयस्कर लगने लगा। ऐसी दैवी स्फुर्ति उसके हृदय में संचारित होने लगी। आगे बादशाह ने कहा मेरे पास खजाना नहीं है और तुम्हें वेतन भी नहीं मिलेगा। तब वो सिपाही बोले हम अंग्रेजी खजाना लूटकर आपके खजाने में भरेंगे। "तो फिर आपका नेतृत्त्व मैं स्वीकार करता हूँ"। ऐसा अभिवचन उस वृद्ध से मिलते ही उस राजभवन में जमा उस प्रचण्ड जनसमूह ने बड़े जोर से गर्जना की। राजमहल में जब ये गड़बड़ी चल रही थी, तब शहर में जोर का ऊधम हो रह था। दिल्ली के सैंकड़ों लोग जो शस्त्र मिला वही लेकर विद्रोही सिपाहियों से मिल रहे थे और यूरोपीय लोगों को काट डालने के लिए यहाँ-वहाँ घूम रहे थे। बारह बजे के आसपास दिल्ली बैंक पर हमला हुआ। उस बैंक का मैनेजर वरेस फौर्ड उसकी पत्नी और उसके पाँच बच्चे मार दिये गये। फिर दिल्ली गजट के छापाखाने की ओर लोग गये। मेरठ का समाचार छापने के लिए कम्पोजीटर कम्पोजीशन कर रहे थे, तभी दरवाजे पर दीन-दीन की गर्जना हुई और कुछ ही देर में छापाखाने का हर ईसाई चीर दिया गया। वहाँ का सबकुछ मशीनें आदि जो कुछ भी था, उसको नष्ट करके क्रांति की वह भयानक हवा आगे चली, परन्तु अभी भी वह चर्च खड़ा होकर अपने धर्मयुद्ध की तरफ देखता रहे यह अनुचित है। इस चर्च में भारत की गुलामी बनी रहने के लिए प्रार्थना की गयी है। हिंदुस्तान में तुम्हारा राज्य रहना ही भयानक पाप है। फोड़ो वह क्रॉस, दीवारों की सारी चमड़ी उखाड़ो

और सारे घंटे नीचे गिरा सिपाही विकट हास्य करते हुए कहने लगे कैसा तमाशा है, कैसा मजा है।

राष्ट्रिय अभिनन्दन

भजन

मेरे दिल्ली के दरबार में, इक्कीस तोप चलती हैं ।
मेरठ के सेनानी आज, दिल्ली में पहुँचे हैं आय ।
पीछे से कुछ तोपखाना, सलामी को पहुँच जाय ॥
स्वतंत्रता के युद्ध की इक्कीस, तोपें दी चलाय ॥।
गर्जना विकट घोर, धरती माता गयी हाल ।
कायरता कमजोरी हटी, वीरता से डरता काल ॥
जगी राजधानी हिन्द शान से, उठाये भाल ॥।
इस वीर घोष उच्चार से, आज धरती भी हिलती है ।
मेरे दिल्ली के दरबार में, इक्कीस तोप चलती हैं ॥
शहंशाहे हिन्द, ध्वजा देश की सँभालो हाथ ।
कलकत्ता से पेशावर तक, आपके सिपाही साथ ॥
देश ओर धर्म के, जमीर की नजीर बात ।॥
जगा भारत देश आज, क्रांति का घोष हुआ ।
सिंहों की ललकार सुनके, बादशाह को होश हुआ ॥
सहते हैं गुलामी हमसे, बहुत बड़ा दोष हुआ ।॥
इस दासता के धिक्कार में, जिन्दगानी हाथ मलती है ।
मेरे दिल्ली के दरबार में, इक्कीस तोप चलती हैं ॥
आपके इशारे पर हम, मरने मिटने को तैयार ।
राक्षस अंग्रेजी इनका, करना है हम को संहार ॥
कुत्ते और गिद्धों को, खिलाये इनको मार मार ॥।

एकजुट हैं लोक शक्ति, हिन्दू और मुसलमान ।
मारेंगे फिरंगी को हम, हाथ पै लिए हैं जान ॥
गुलामी से लड़ते-लड़ते, मरने में है ज्यादा शान ॥।
इस क्षणभंगुर संसार में, कहाँ वीर मौत मिलती है ।
मेरे दिल्ली के दरबार में, इक्कीस तोप चलती हैं ॥
दिल्ली के तख़्त ने कभी, दुनिया पै किया था राज ।
चक्रवती अश्वमेघ, यज्ञ के सजाये साज ॥
कीर्तिमान पुरखों के सब, मिट्टी में मिलाये आज ॥।
भारत के शहंशाह आज, भारत का निशान थाम ।
शाहजहां और पिता, अकबर का लेकर के नाम ॥
बच्चा-बच्चा साथ तेरे, जल्दी ही बनेंगे काम ॥।
पूरन की वीर हुंकार में स्वतन्त्र धूप खिलती है ।
मेरे दिल्ली के दरबार में, इक्कीस तोप चलती हैं ॥

दोहा

तोप सलामी गर्ज से, वीर भाव गया छाय ।
जागा बुड्ढा बादशाह, संशय सब हट जाय ॥
दास हुआ सो मर गया, जीवे तो धिक्कार ।
मरे क्रान्ति युद्ध में, तो जन्नत तैयार ॥
यह लड़ाई दीन की, मरे अमर हो जाय ।
जीते तो भोगें मही, अमिट कीर्ति पाय ॥
अब इस उजड़े राज के, नहिं खजाना हाथ ।
वेतन कुछ न दे सकूँ, सुनो बहादुर बात ॥
बोले तब सैनिक सभी, मन में न रखो फितूर ।

लूट निधि अंग्रेज की, जल्द करें भरपूर ॥
नेता बनना आपका, ऐसे मुझे कुबूल ।
अंग्रेजी साम्राज्य को, तुरन्त मिलाएं धूल ॥
बादशाह का वचन सुन, किया विकट जयघोष ।
आज दीवाने खास में, बड़ा भीड़ का जोश ॥
राजमहल में जिस समय, जयकारे का शोर ।
तब गोरों को काटते, घूम रहे सब ओर ॥
हाथ कुल्हाडी, दराँती, लिए सैकड़ों लोग ।
सैनिक-शहरी सभी, मिल करते हैं सहयोग ॥
हमला किया बारह बजे, देख बैंक का बोर्ड ।
पाँच पुत्र पत्नी सहित, काटा मिस्टर फौर्ड ॥
दिल्ली गजट की प्रेस में, हो कम्पोजिंग काम ।
सभी ईसाई काटकर, कीया काम तमाम ॥
तुरन्त बढे फिर चर्च में, दिया क्रॉस को तोड़ ।
घंटे सभी गिराय कर, दयी इमारत फोड़ ॥

वार्त्ता

कैसा तमाशा है ! क्या मजा है ! अट्टहास......

परन्तु दूसरी तरफ इससे भी ज्यादा भयंकर तमाशा चल रहा था। राजमहलों के एक ओर अंग्रेजी सेना के लिए तैयार किया एक बारूद खाना था, इसमें लड़ाई में काम आने वाला सामान ठूस- ठूसकर भरा हुआ था। उसमे कम-से-कम 9 लाख कारतूस, आठ-दस हजार बंदूकें, तोपें और सीज ट्रेन भरी हुई थी। इस तोपखाने को क्रांतिवीरों ने अपने कब्जे में लेने का दृढ संकल्प किया। पर यह काम सरल नहीं था। उस बारूदखाने में नियुक्त अंग्रेज चाहें तो वहाँ लड़ने पहुँचने वालों का पल में नाश कर सकते थे, क्योंकि उस बारूदखाने को सुलगाने के लिए

एक तीली ही काफी थी। इस काम में हाथ डालना बहुत ही जोखिम भरा था। फिर यह बारूदखाना कब्जे में लिए बिना क्रांति का जीवन पल भर भी सुरक्षित न रहता। अत: यह काम पूरा करने के लिए हज़ारों सिपाही तैयार हो गये। उन्होंने उस अंग्रेज अधिकारी को शरण में आने के लिए बादशाह के नाम से सन्देश भेजा, परन्तु ऐसे कागज के टुकड़े को मान देकर अंग्रेजो ने यहाँ का शासन नहीं प्राप्त किया था। केप्टन विलोमी ने उस चिट्ठी को उत्तर देने का मान नहीं दिया। यह अपमान देखकर गुस्साये हजारों सिपाही उस बारूदखाने की दीवार पर चढ़ने लगे।

दोहा

महलों के दूजी तरफ, था बारूद भण्डार ।
9 लाख कारतूस थे, रायफल 10 हजार ॥
कब्जे में लेना उसे, था आवश्यक काम ।
चिट्ठी दी अंग्रेज को, बादशाह के नाम ॥
ऐसा टुकड़ा कागजी, ना उत्तर का मान ।
विलोमी ने ये कह किया, चिट्ठी का अपमान ॥
शहंशाह की शरण में, न कोई खतरा होय ।
आज छोड़ भण्डार को, पर ना माने कोय ॥
गुस्सा कर सैनिक चढ़े, बारूद के भण्डार ।
थे अन्दर अंग्रेज नौ, और हिंदी दो-चार ॥
लगी हुई दीवार पर, बादशाह की छाप ।
हिंदी मिल गये निकलकर, रहे फिरंगी काँप ॥
बचने की सूरत नहीं, मृत्यु दोनों ओर ।
उधर सिपाही जानते, कड़ा मोर्चा घोर ॥
ना की परवाह जान की, अग्नि दी सुलगाय ।
पच्चीस क्रांति वीर थे, 300 और मर जांय ॥

उनके आत्मयज्ञ से, शक्ति मिली अपार ।
अंग्रेजी अधिकार से, नेटिव हुए पार ॥
आग लगी भण्डार में, बजे शाम के चार ।
दिल्ली सब हिलने लगी, चली ज्यों तोप हजार ॥
सुनकर ध्वनि विस्फोट की, हुए सिपाही गोल ।
जो थे कंटोनमेंट में, सेना बनी सतोल ॥
टूट पड़े अंग्रेज पर, गार्डन दिया उड़ाय ।
एक सदी का क्रोध था, कालरूप भैराय ॥
मारो काटो विकट ध्वनि, मचा भयानक शोर ।
मृत्यु का तांडव हुआ, दिल्ली में चहुँ ओर ॥
दिल्ली के बादशाह ने, फरमान दिया है भेज ।
जीवित लाओ कैद में, जो मिलता अंग्रेज ॥
नहीं लोकमत मानता, बन्दी अंग्रेज निकाल ।
लोग तमाशा देखते, क़त्ल किये तत्काल ॥
11 मई से शुरू था, गोरा कतलेआम ।
16 मई तक बहुत से, पहुँचाये सुर धाम ॥
दिल्ली से भागे बहुत, जान बचा अंग्रेज ।
भागे भी कुछ ना बचे, सो गये मृत्यु सेज ॥
संन्यासी का स्वाँग भर, कबीर दोहे कर याद ।
कोई काला रंग पोत कहे, भारत जिन्दाबाद ॥
प्यासे भूखे धूप से, कुछ मर गये अपने आप ।
भारत के अपमान का, ले बैठा जो पाप ॥
इस भारी भूचाल में, एक बात थी खास ।
किसी फिरंगी मेम का, न किया शील का ह्रास ॥

सवैया

मेरठ की नार फुफकार उठी, तब चक्रवात भयानक उठ धायो ।
ताहिसो वीर भुजा फरकी, अंग्रेज को काट के धूरि मिलायो ॥
ऐसो उठ्यो विकराल बवन्डर, रातोंरात दिल्ली में ह्र आयो ।
सोयो परयो सिंहासन देश कौ, तोप गरज से आय जगायो ॥
कर स्वराज की प्राण प्रतिष्ठा, मोहम्मदशाह को तख़्त बिठायो ।
मुस्लिम हिन्दू बन के सहोदर, वैर प्रचण्ड पुरानो भुलायो ॥
काल कौ चक्र कराल चल्यो, दिन पाँच लगे शत्रु निबटायो ।
बोल के दिव्य मंत्र समता के, ऊंचो ध्वज क्रान्ति कौ उठायो ॥

प्रकरण-मध्यान्तर और पंजाब

दिल्ली स्वतन्त्र हो जाने की वार्ता विद्युत वेग से फैलते ही उसकी आकस्मिकता ने सारे हिंदुस्तान को अपने और परायों को क्षण भर के लिए चकित कर दिया। अंग्रेजों को तुरन्त यह भी समझते न बना हम जो सुन रहे है उसका अर्थ क्या है। सारे देश में शान्ति का साम्राज्य है ऐसा जान लार्ड केनिंग सोये पड़े थे और इधर कमांडर इन चीफ शिमला की ठण्डी हवाओं में जाने के लिए अन्सन साहब सज रहे थे। उन्हें जब दिल्ली स्वतन्त्र होने का अधूरा तार मिला, तब उस तार का वास्तविक अर्थ ही उन के खयाल में नहीं आया। यह वार्ता सुन अँग्रेजों में जितनी हड़बड़ी फैली, उतने ही चकित हिन्दुस्तानी थे, क्योंकि दिल्ली की अकल्पनीय घटना से क्रांति रचना की सारी व्यवस्था ही मानों बिगड़ गयी थी और दिल्ली-विद्रोह के आकस्मिक हल्ले में अंग्रेजों को भारी संकट की सूचना मिलने से उस संकट से निपटने का मौक़ा मिल गया। वैसे 31 मई को पूर्व संकेत में सब काम होते तो सारे भारत को भी ले सकते थे। अब यह योजना मेरठ के कारण उलझ गयी। फिर दिल्ली कब्जे में आ जाने से विद्रोह को राजक्रांति का स्वरूप मिल गया और इस असम्भव वार्त्ता से एक विलक्षण चेतना का जन्म

हो गया था। अब इस चेतना का लाभ उठाकर एकदम विद्रोह किया जाये या 31 मई की राह देखी जाये। दिल्ली क्रांतिकारियों की आकस्मिक स्तब्धता से अंग्रेजों को बहुत लाभ हुआ। क्रांतिकारी नेताओं का आगे क्या होगा? अंग्रेजों के पैर भारत में पड़ने के बाद यह पहला मौक़ा है। ऐसी भयानक वार्त्ता सुनने का कभी अवसर ही नहीं आया था।

सवैया

मेरठ घटना अकस्मात घटित, हालात समझ काहू के न आयौ ।
विद्युत-वेग से बात चली, हुए चकित सभी अपनौ या परायौ ॥
बेवक्त की एक तरंग उठी, सब रंग क्रान्ति को भंग करायौ ।
निगले बने न उगले बने, सब दंग हुए कोई समझ न पायौ ॥
अनुचित पग जो बिन सोच उठ्यो, जाने राष्ट्र सोच को मूल्य घटायौ ।
बिन होश का जोश भरयों पल को, सदियों तक राष्ट्र ने दण्ड चुकायौ ॥
जो उचित समय समुचित भारत, जैसे पूर्व नियोजित चित्र बनायौ ।
इक चोट में मरतौ सांप तुरत, अब सांप बच्यौ डंडा तुरवायौ ॥
अनचाही मेरठ घटना से, अब राष्ट्र क्रान्ति कूँ उलझायौ ।
पर दिल्ली के विजित हुए ते,एक विलक्षण भाव जगायौ ॥

वार्त्ता

अब आगे क्या होना है, उसकी प्रतीक्षा करते हुए क्रांतिकारी नेताओं को रुके रहना पड़ा। अपनी-अपनी जगह मंद क्रांति की सफलता संदिग्ध ही रहती है। क्रांति जितनी त्वरित हो और आकस्मिक हो, उतनी ही उसकी सफलता की सम्भावना रहती है। यह विस्तार का वेग शिथिल हुआ तो शत्रु को संरक्षण का अवसर मिल जाता है; इसलिये उठाव और विस्तार के बीच में अधिक समय जाने देना क्रांतियुद्ध के लिए हानिकारक होता है। फिर भी जहाँ तक बन पड़े एक साथ

विद्रोह करना निश्चित होते हुए भी बीच में ही आ पड़े पेंच के कारण रुके रहना पड़ा विभिन्न स्थानों के क्रांति नेताओं को न ठहरते बना, न आगे बढ़ते बना। क्रांतिकारियों की अपरिहार्य स्तब्धता का अंग्रेजों को बहुत लाभ हुआ। अंग्रेजों के पैर यहाँ पड़ने के बाद ऐसा समाचार सुनने का अवसर भी नहीं आया था। इस मई माह में बैरकपुर से आगरा तक कोई 750 मील में केवल एक गोरी रेजिमेन्ट थी। ऐसी स्थिति में क्रांतिपक्ष के पूर्व संकेतानुसार यदि पूरा प्रदेश एक साथ उठ गया होता तो दस इंग्लैंड भी हिंदुस्तान को काबू नहीं कर सकते थे। यह गोरी रेजिमेन्ट दानापुर में रखी गयी थी। उधर पंजाबपर्यन्त गोरी सेना सरहद पर थी, परन्तु उसे उधर ही रखना जरूरी था। ऐसे मे लार्ड केनिंग का पहला प्रयास था अधिक से अधिक गोरी सेना इकठ्ठी करना। उसी समय अंग्रेजों के भाग्य से ईरान की लड़ाई समाप्त हुई इसलिये उस सेना को जल्दी से जल्दी आने का आदेश हुआ और चीन में जो सेना भिजवायी, इस आँधी के चलते उसको भी वापिस बुला लिया गया। इन दो सेनाओं के सिवाय रंगून की सेना भी कलकत्ता रख ली गयी थी और मद्रास में फ्युजियर सेना को तैयार रहने के लिये बोला था। ये गोरी सेनाए यथासम्भव सब दिशाओं से कलकत्ता आ रही थी। तब केनिंग ने सिपाहियों के मन को कब्जे में लेने का प्रयास किया। उसने कहा आपकी जाति और वर्ण विषय में हाथ डालकर हिंदुस्तान के धर्म को दु:खाने का हमारा कोई इरादा नहीं है। सिपाही चाहें तो कारतूस अपने आप बना लें। कम्पनी का नमक जिन्होंने खाया है उन का विद्रोह करना पाप है। इस घोषणा-पत्र द्वारा वह और चिढ़ पैदा कर रहा है। पर हिन्दुस्तान के इस घोषणा पत्र की ओर सबकी आँखे लगी है। एक ही समय में दो घोषणा पत्र जारी हुए; कलकत्ता में गुलामी का और दिल्ली में आजादी का। हिन्दुस्तान को उस समय दिल्ली का घोषणा पत्र भाया इसलिए केनिंग ने कलम तोड़कर कमांडर इन चीफ दिल्ली को तुरन्त तोपें दागने का आदेश दिया।

दोहा

केनिंग ने तोड़ी कलम, दे जनरल आदेश ।
अनशन शिमला टूर पर, पढ़ते हुआ आवेश ॥
अनशन दिल्ली जीत लो, करना नहीं विचार ।
सात दिनों के युद्ध मे, दिल्ली होगी पार ॥
होते ही दिल्ली फतह, आ जायेंगे बाज ।
क्रांति के बल का उन्हें, नहीं कुछ भी अंदाज़ ॥
बिन सामान जाना नहीं, अब दिल्ली की ओर ।
शिमला में हुल्लड़ मचा, वहाँ गुरखों का शोर ॥
गुरखों ने भी कर दिया, शिमला में विद्रोह ।
आंगल में भगदड़ मची, कर जीवन का मोह ॥
शिमला में गर्मी बहुत, हो गयी अबकी बार ।
अब ठंडक ना दे रहे, बँगले भी हवादार ॥
अब तक तो भोगा बहुत, सुख से राजविलास ।
अब भय से सरपट भगे, ना जीवन की आस ॥
भागो आये गोरखा, मुंह उठा जिस ओर ।
सिर पे झोला लादकर, आँगल करते दौर ॥
दो दिन तक भागते रहे, गुरखों का भय मान ।
फिर भी वो आए नहीं, उलटे पहुँचे आन ॥
कलकत्ता कौतुक यही, लगे पोर्ट की ओर ।
टिकट लिया इंग्लैंड, का दुबके मिली न ठौर ॥
अंग्रेजों का कानपुर, बचा हुआ था ठीक ।
फिर भी डर विद्रोह का, खूब रहा था दीख ॥
अम्बाला आ चीफ ने, मन में किया विचार ।

दिल्ली घेरूँ किस तरह, राशन, रसद ना त्यार ॥
नेटिव सेना के बिना, जटिल हुए सब काम ।
हिन्द सैन्य के बिना, तो लिखा रेत पर नाम ॥
नाभा, जींद, पटियाला, है दिल्ली अम्बाला बीच ।
दिया साथ अंग्रेज का, तीनों रियासत नीच ॥
दिल्ली से पंजाब की, टूट गयी जंजीर ।
जो दिल्ली के दूत थे, मारे बन बे पीर ॥
सहायतार्थ अंग्रेज को, धन भी दिया अपार ।
दी शत्रु को फौज भी, दिए क्रांति कार नकार ॥
क्रांतिध्वजा उठाय कर, आये तज घर-बार ।
सिक्खों ने करी क्रूरता, देशभक्त दिये मार ॥
पटियाला, नाभा, जींद की, पक्की मिली सहाय ।
इससे अब अंग्रेज को, मन में धीर मिल जाय ॥
पानीपत चौकी जींद के, राजा ने कब्जाय ।
अम्बाला दिल्ली दिया, रक्षित मार्ग बनाय ॥
अम्बाला से चीफ ने, किया दिल्ली को कूच ।
कालरा से करनाल में, मरा नरक गया पहुँच ॥
पहला जनरल गाड़कर, चले नए के साथ ।
जोश भरा मन में, बहुत करते बढ़कर बात ॥
नेटिव सब काफ़िर हुए, झूठी गप्प उड़ाए ।
मारे हैं अंग्रेज बहुत, लेंगे बदला जाय ॥
दिल्ली अम्बाला बीच में, जो नेटिव मिल जाय ।
कोर्टमार्शल कर उन्हें, फाँसी रहे चढ़ाय ॥
गाँवों से पकड़ सैंकड़ों, जिन्दा फूँक सताय ।
क्षत-विक्षत संगीन से, फिर फाँसी लटकाय ॥
मरते दम पर भी उन्हें, गाय मांस मुँह ठूस ।

कहते गोरा खतम करो, ये हिन्दू मनहूस ॥
थोड़े से अंग्रेज मरे, हिन्दू मरे हजार ।
बिना दोष जो भी मिला, दिया तुरन्त ही मार ॥
तब जनरल बर्नाड शा, मौका रहा था देख ।
मेरठ बचे अंग्रेज जो, आ रहे पास अनेक ॥
होय मिलन अंग्रेज का, इससे पहले आय ।
हिन्डन नदी के तीर पर, नाहर सिंह मंडराय ॥

प्रकरण-वीर नाहर सिंह

नाहर जैसे वीर का, जिक्र जो न किया जाए ।
लगे दोष कृतघ्नता, कथा अपूर्ण रह जाए ॥
कितने ही वीर हुतात्मा, इतिहास न जाने नाम ।
देश धर्म पर मर मिटे, शतशत करूँ प्रणाम ॥
दिल्ली से दक्षिण तरफ, बीस मील कोई दूर ।
बल्लभगढ़ जाट राज्य था, वैभव से भरपूर ॥
राजनिष्ठ प्रजा सुखी, प्रजावछल नरेश ।
लक्ष्मी सदा विराजती, शोभायमान प्रदेश ॥

कविता

नाहर सिंह का जन्म

बज उठी शहनाइयाँ, सब नगर उत्सव छा गया ।
इस स्वर्ग से उद्यान का, छोटा-सा माली आ गया ॥
रामसिंह महाराज के, महलों में हो मंगलध्वनि ।
शुचिवृत्त ब्राह्मण स्वस्तिवाचन, कर रहे ज्ञानी गुनी ॥
प्रसन्न हो कुल देवता, आशीष वो बरसा गया ।
बज उठी शहनाइयाँ, सब नगर उत्सव छा गया ॥
1821 में, छः अप्रैल को मंगल दिवस ।
जन्मे थे जब श्री नाहर सिंह, आँगल से था भारत विवश ॥
प्रचण्ड राष्ट्रप्रेम की, मशाल वो जला गया ।
इस स्वर्ग से उद्यान का, छोटा-सा माली आ गया ॥
विद्या गुरु कुलकरणी पण्डित, मौलवी रहमान थे ।
शोभित हुए सब कला से, कुँवर गुण की खान थे ॥
वीरता की व्याख्या वो, राष्ट्र को समझा गया ।
इस स्वर्ग से उद्यान का, छोटा-सा माली आ गया ॥
उम्र थी नौ वर्ष की, पिता स्वर्गवासी हो गये ।
जान निज दायित्व नाहर, विद्यार्जन में खो गये ॥
नवल सिंह चाचा के सिर पे, भार सारा आ गया ।
इस स्वर्ग से उद्यान का, छोटा-सा माली आ गया ॥
1839 में, वो सिंहासन आरूढ़ हो ।
बैठे कोई क्या चैन से, जो प्रश्न मन में गूढ़ हो ॥
गुप्त बैठक मुक्तेश्वर में, गूढ़ उत्तर पा गया ।
इस स्वर्ग से उद्यान का, छोटा-सा माली आ गया ॥

दोहा

मुक्तेश्वर मुक्ति सभा, जुटे क्रांतिकार ।
नाहर भी शामिल हुए, गुप्त खबर आधार ॥
तात्यां आदि वीर संग, देश धर्म के काज ।
क्रांति में शामिल हुए, नाहर सिंह महाराज ॥
तबसे ही मोहम्मद शाह से, जाय मिलाये हाथ ।
दिल्ली रक्षा में जुटा, अटल सैन्य ले साथ ॥
एक दिन प्रातः नाहरसिंह वायु-सेवन को जाय ।
तभी सिंह एक भयंकर नाहर से भिड़ा आय ॥
नाहर से नाहर लड़ें, एक पै नख और दांत ।
दूजे के संग साहस है, भिड़ गया खाली हाथ ॥
दो सिंहो के बीच में, विकट युद्ध छिड़ा आज ।
एक तो है नर केसरी, दूजा है वनराज ॥
दाव घात संघर्ष में, होती विकट दहाड़ ।
जीत गया नरकेशरी, काँपने लगे पहाड़ ॥
हे जाट सिंह तू धन्य है, धन्य पिता और मात ।
दिल्ली पहाड़ में शेर को, मारा ख़ाली हाथ ॥
कथासूत्र यहाँ छोड़कर, आगे को बढ़ जाँय ।
दक्षिण दिल्ली द्वार तो, बल्लभगढ़ कहलाय ॥
दक्षिण पूर्व ओर से, दिल्ली रक्षा भार ।
जिम्मेदारी नाहर की, लिये अद्भुत अश्वार ॥
युद्ध गुरिल्ला पद्धति, उड़नदस्ता लिये संग ।
बिखरी लाश मलेच्छ की, कई जगह हुई जंग ॥
16 मई 1857 से, गया 14 दिसंबर आय ।

तब तक कोई मलेच्छ ना, दिल्ली हाथ लगाय ॥
रणकौशल लख नाहर का, डर गए थे अंग्रेज ।
जान लारेन्स पंजाब का, रहा कमिश्नर चिट्ठी भेज ॥
केनिंग को चिट्ठी लिखी, जो गवर्नर जनरल हिन्द ।
नाहर सिंह महाराज ने, किये दिल्लीद्वारे बन्द ॥
इस बहादुर फौज को, जो नहीं जीता जाय ।
दिल्ली मे अंग्रेज कोई, तब तक ना घुस पाय ॥
भूलभुलैय्या पहाड़ की, लेता घेर छकाय ।
हिन्डन नदी बर्नाड की, सेना पहुंची आय ॥
विषम युद्ध अनिवार्य, शत्रु सैन्य विशाल ।
टूट पड़ा अंग्रेज पर, बनकर नाहर काल ॥
चाटे रक्त मलेच्छ का, भारत की शमसीर ।
मरणव्रत लेकर डटे, भारतीय क्रांतिवीर ॥

दिल्ली युद्ध
राधेश्याम तर्ज

अन्तिम हमला कर देशवीर, एकदम पीछे हट जाते हैं ।
अंग्रेज की हालत बहुत बुरी, कुछ खास-खास मर जाते है ॥
अंग्रेज कैंप के पीछे से, सेना बढती दिख जाती है ।
काली सेना को देख कर, हड़बड़ी बहुत मच जाती है ॥
तभी ध्यान हुआ अंग्रेजों को, गुरखों की पलटन आती है ।
मेजर एक रीढ़ के अन्ड़र में, गद्दार कुमुक आ जाती है ॥
अब देख़ फिरंगी सेना को, उनके मुखड़े खिल जाते है ।
अंग्रेज की हालत बहुत बुरी, कुछ खास-खास मर जाते है ॥

अम्बाला से सिख सेना है, मेरठ से गुरखा मिल जाते ।
नाभा राजा की सहायता से, अब सीज ट्रेन भी पहुंचाते ॥
दिल्ली घेरा डालेंगे, अब गाँव अलिपुर आ जाते ।
जब मिली सूचना नाहर को, बुन्देल सराय में डट जाते ॥
भरपूर ले आँगल सामग्री, ताजादम जवान आ जाते है ।
अंग्रेज की हालत बहुत बुरी, कुछ खास-खास मर जाते है ॥
भारत पर मर मिटने की, सदइच्छा शक्ति पास लिये ।
चल दिये वीर सज समरांगन, स्वतंत्र राष्ट्र की आस लिये ॥
लेना है प्राण या देना है, एक विलक्षण साहस लिये ।
दे काल को आज चुनौती हम, चले भाल पे दिव्य प्रकाश लिये ॥
दिल्ली की तोप चली जिद से, ऐसा घमासान दिखाते हैं ।
अंग्रेज की हालत बहुत बुरी, कुछ खास-खास मर जाते हैं ॥
अंग्रेजी तोप के गोलनदाज, चट चट कर उठते जाते हैं ।
हमला अब और प्रचण्ड हुआ, दुश्मन को धूल चटाते हैं ॥
पैदल सेना को हुक्म हुआ, तोपखाने से भिड़ जाते हैं ।
नाहर सेना को कैसे भी, ना टस-से-मस कर पाते हैं ॥
स्वदेश के हेतु प्राण न्योछावर, क्रांतिवीर कर जाते हैं ।
अंग्रेज की हालत बहुत बुरी, कुछ खास-खास मर जाते हैं ॥
बायें से अश्व तोपखाना, अब होपग्रान्ट ले आता है ।
हमला कर सीधा तोपों से, दिल्ली की तरफ धकियाता है ॥
क्रांतिकारी हो तितरबितर, अब दिल्ली में लौट आते हैं ।
बरनाड़ लिये अपनी सेना, प्राचीर से अब भिड़ जाते हैं ॥
गद्दार गोरखा सेनानी, शापित निज नाम कराते हैं ।
अंग्रेज की हालत बहुत बुरी, कुछ खास-खास मर जाते हैं ॥

दोहा

30 मई को ये झड़प, दोनों तरफ है तोप ।
संगठित आंगल फौज है, मार करे थे कोप ॥
क्रांति के उखड़े कदम, रह गयी पाँचों तोप ।
दी गोली बारूद में, कर दिये सभी अलोप ॥
धन्य धन्य वीर हुतात्मा, किया रिपु काम तमाम ।
आत्म दानीवीर का, नहीं इतिहास में नाम ॥

वार्त्ता

इस देशवीर की स्तुति एक अंग्रेज ने भी इस तरह की है । विद्रोहियों में भी अनेक ऐसे वीर मौजूद थे, जो अपने राष्ट्रकार्य की सफलता हेतु प्रसन्नवदन मृत्यु का आलिंगन करने को तैयार रहते थे और जिन्होंने काल को भी चुनौती दी।

आल्हा तर्ज

कठिन लड़ाई आज की होगी, क्रांतिदल सजधज गयो आय ।
चल दिए कुल देव सुमिर सब, देशभक्ति मैदान में जाँय ॥
तोप चली दोनों लंग ते भई, घोर गरज जंगल थर्राय ।
विकट धूप भादों की ऐसी, चक्कर खा गोरा गिर जाँय ॥
आँगल करे प्रयास बहुत, पर नाहर ते ना पार बसाय ।
कुछ गर्मी से पट्ट गिरे, कुछ गोली खाकर के मर जाँय ॥
पूरे दिन चढ़त बनी नाहर की, गोरा तितर-बितर हो जाँय ।
शाम हुई लड़ते-लड़ते अब, भुवन भास्कर नीचे आय ॥

दोहा

देशद्रोही गुरखों के संग में, जीती बुन्देल सराय ।
इस जय से आंगल का, मन दिया धूल मिलाय ॥
सोचा दिल्ली महल में, जाय बिताये रात ।
ना सिर्फ असेनिक दिल्ली में, रिपु समझ गये थे बात ॥
सिद्धांतनिष्ठ है देशवीर, सत सूर लिये तलवार ।
देशधर्म पर मिट जाने को, बैठे है तैयार ॥
47 मरे इस युद्ध में, घायल एक सौ चौंतीस ।
उच्चाधिकारी मरे चार, जो दे गए मन में टीस ॥
फैली है अंग्रेज में, बहुत उदासी आज ।
एडजुडैन्ट जनरल मरे, जो थे चैस्टर महाराज ॥
देशवीरों की 13 तोपें, लगी शत्रु हाथ ।
आंगल तम्बू गड़ गये, प्राचीरों के साथ ॥

वार्त्ता

अब अम्बाला और मेरठ से दिल्ली की ओर अंग्रेजी सेना को निर्बाध गति से लाने का कार्य पंजाब की हालत पर निर्भर होने से उस प्रांत में और मेरठ में क्या परिणाम हुए। वहाँ के स्वदेशी लोगों में क्या परिणाम और अंग्रेजों के सोचे उपायों से कितनी सफलता मिली इस सबका जायजा लेना जरूरी है। सिक्खों का साम्राज्य पंजाब प्रान्त को पूरी तरह ब्रिटिश के अधीन लाने के बाद डलहौजी ने उनका सैनिक बाना पूरी तरह निशस्त्र कर दिया और स्वतंत्रता प्रेम, स्वतंत्रता इन दो सद्गुणों का नाश करने वाली अपनी राज्य-व्यवस्था रखी। सर हेनरी लारेंस और सर हेनरी जोन्स इन दो कूटनीतिज्ञों को इस नवीन प्राँत की राज्यव्यवस्था मिलते ही उन्होंने पंजाब के लोगों को पूरी तरह निशस्त्र कर दिया। उन्होंने

ज्यादातर सिक्ख सिपाहियों को अंग्रेजी फौज में मिला लिया। उत्तरी भारत की अंग्रेजी सेना का अधिकांश भाग पंजाब लाकर उसके डेरे पूरे के पूरे पंजाब भर में फैला दिये और इस योजना के सारे सूत्र चलाए कि सब लोग खेती की ओर ध्यान देकर अपनी आजीविका कमाने में गर्क हो जाएँ। लोगो के किसान हो जाने पर उनके सैनिक गुण घटते हैं और वे शान्ति के बहुत भूखे हो जाते हैं। और खेती में बाधक राज्यक्रांति की लहरों की उनसे अनुमति सहज नहीं मिलती। ऐसी गहरी नीति का पंजाब के लोगों पर गहरा प्रभाव हुआ और रणजीत सिंह के साम्राज्य की नष्ट हुई स्वतंत्रता को 10 वर्ष बीतते-बीतते पंजाब में हर कोई तलवार छोड़कर हल की मूठ पकड़ने लगा और जिसने हल नहीं पकड़ा, उसने अंग्रेजी लश्कर में शामिल हो उन्होंने हल अपनी मातृभूमि पर चलाया। ऐसी स्थिति देखकर और कुछ गड़बड़ होने की आशंका न देखकर मई माह प्रारम्भ होने तक अन्य कूटनीतिज्ञों की तरह उस प्रांत के मुख्य सर जोन्स लारेन्स को भावी संकट की कुछ भी शंका न होने से वह गर्मी के कारण लाहौर छोड़कर मरी हिल की ठण्डी हवा में जाने को तैयार हुआ। इतने ही 10 मई को मेरठ विद्रोह की और 11 मई को दिल्ली आजाद होने का समाचार पंजाब पर आ गिरा।

यह सुनते ही पंजाब के इस धूर्त्त चीफ कमिश्नर को समाचार की पूर्ण भयंकरता पूरी तरह समझ में आ गयी और इस आघात को देखकर और इससे निपटने रावलपिंडी में ही बैठ गया। इस समय पंजाब की सेना का ज्यादातर हिस्सा मिया मीर में था। मिया मीर की छावनी लाहौर के बहुत पास थी अत: लाहौर के किले में उन्ही में से छंटे हुए सिपाही सुरक्षा में रखे हुए थे। इस किले में देशी सिपाही यूरोपियन सोल्जर से चार गुना होते हुए भी मेरठ का समाचार आने तक उनके लिये अधिकारियों के मन में कोई आशंका नहीं थी इसलिये वो क्रांतिकारियों से मिले हुए है या नहीं यह निश्चित करना मुश्किल था और उसकी सही जानकारी प्राप्त करना जरूरी था, अत: इस कार्य पर एक ब्राह्मण गुप्तचर को मिया मीर के सिपाहियों का मन जानने को नियुक्त किया।

इस समय राबर्टमेंट गुमरी और जान लारेंस डलहोजी की शिक्षा में तैयार हुए थे अत: त्वरित बुद्धि और अकस्मात संकट से पार पाने में प्रवीण थे।

सवैया

दस साल हुए पंजाब लुटे, डलहोजी ने अभियान चलायौ ।
पंजाब के जो सिख शूरवीर, उनको खेती में उलझायौ ॥
हाथों में शस्त्र रहे जिनके, उनके हाथों में हल पकड़ायौ ।
जो हल नहीं रखना चाहते, अपने लश्कर में उन्हें मिलायौ ॥
खेती में सैनिक गुण घटते, जिमीदारी क्षात्र तेज घटवायौ ।
फ़िलहाल नहीं खतरा कोई, यह देख पहाड़ पर जाना चाह्यौ ॥
सर जॉन लारेन्स मरी हिल पर, जाने को प्रोग्राम बनायौ ।
पर 10 मई के मेरठ विद्रोह ने, शान्त कलेजा भी धडकायौ ॥
11 को दिल्ली मुक्त हुई, यह सुन करके सकते में आयौ ।
इससे वो लौटा तुरत-फुरत, वह धूर्त रावलपिण्डी में आयौ ॥
मिया मीर में सेना अधिक जमी, लाहौर के अति निकट बतलायौ ।
लाहौर किले की रक्षा में, सैनिक चुन-चुन रक्षित करवायौ ॥
मिया मीर में सेना चार गुना, नेटिव सेना को बल अधिकायौ ।
लाहौर में राबर्टमेंट गुमरी, रावलपिण्डी सर जोन्स बतायौ ॥
डलहौजी के चेला दोनों, सब हाल समझ गुप्तचर बुलवायौ ।
ब्राह्मण के भेष में गुप्तचर ने, हिंदी सेना को मतौ बतायौ ॥
ब्राह्मण बोला ये सभी फसादी, और गर्दन को हाथ लगायौ ।
तुरत फिरंगी समझ गए, नेटिव निरस्त कौ हुक्म सुनायौ ॥
13 मई को भोर समय, नेटिव को जनरल परेड बुलायौ ।
झाँसा दे तोपन बीच करे, बर्खास्त हिन्द लश्कर करवायौ ॥
गुर्राए उठे सैनिक हिंदी, अब कहा धर्यौ जो वक्त गंवायौ ।
अति सूर पुरुष हिंदी योद्धा, अफगान में जाने प्राण बचायौ ॥
लाहौर किले अंग्रेज कुमुक, बे-शस्त्र हिन्द सैनिक करवायौ ।
ये कृत्य किया बड़ा साहस भरा, थोड़ी चूक से आंगल नाश बतायौ ॥

दोहा

इत जालंधर और पेशावर, अमृतसर फिल्लोर ।
करे प्रतीक्षा सैन्य सब, कब तोड़ै लाहौर ॥
मिया मीर सिपाही शस्त्रहीन किये, फैल गया समाचार ।
दबदबा बढ़ा अंग्रेज का, अब नेटिव लाचार ॥
लाहौर किले से अधिक महत्त्व, अमृतसर का धाम ।
गोविन्दगढ़ का किला यहाँ पर, वाहे गुरु का नाम ॥
किसानों से विनती करी, तुम ही करो सहाय ।
मिया मीर के जमीदार, ले शस्त्र गये हैं आय ॥
देशद्रोही राजनिष्ठ, हुए आंगल की ओर ।
बे-शस्त्र किले से बाहर, कर लिए हिंदी फोर ॥
15 मई से पहले ही, किया दुर्ग अधिकार ।
लाहौर किले की तरह ही, नेटिव किये पार ॥
भावी खतरा पंजाब का, किया युक्तिपूर्ण बचाव ।
दिल्ली जीतो झपटकर, भेजें पत्र जनाब ॥
जो दिल्ली कब्ज़ा करैं, तो दब जाए विद्रोह ।
मेरे जिम्मे पंजाब है, अनशन उहापोह ॥
लश्कर दे पंजाब से, डाली के आधीन ।
डाली पर विश्वास है, दिल्ली लेगा छीन ॥
डाली दिल्ली को बढ़ा, पहुँचा बुन्देल सराय ।
नेटिव, गुर्खा सेना दो, आंगल को मिल जाय ॥
एक रीढ़ के साथ है, एक डौली आधीन ।
अनुचित कृपा अंग्रेज की, जो गद्दार कमीन ॥
देशघात है गोरखों का, है इतिहासी आघात ।
समयचक्र चलता रहे, बनी रहेगी बात ॥

विश्लेषण पंजाब का, हिन्दू-मुस्लिम बैर ।
हम करें मदद सरदार की, तो मुस्लिम मांगे खैर ॥
स्वाभिमानी जो खालसा, मुस्लिम से युद्ध चलाय ।
आजादी जाते-जाते, गया सन 57 आय ॥
अखण्ड युद्ध इस्लाम से, सौ संवत गए बीत ।
वो अंगरेजी जीत को, समझे अपनी ही जीत ॥

सवैया

भारत राज्य अंग्रेजों का, जल विप्लव के मौसम में आयौ ।
इक युद्ध छिड़ा इस्लामी से, उसका परिणाम निकल नही पायौ ॥
जो चैतन्य मिला सबको, वो पंजाब पहुँच नहीं पायौ ।
नहीं साहस डलहौजी को, 100 वर्ष पूर्व अभियान चलायौ ॥
100 साल युद्ध इस्लाम से कर, फिर भी नहीं अपना शस्त्र झुकायौ ।
जो राष्ट्र गुलामी में तपते, वो सोना बन, मस्तिक चमकायौ ॥
इटली, जर्मन, इंग्लेंड, रोम का, राज्य पतन जब तक ह्वे पायौ ।
गृहकलह इन देशन ते, भारत में इन ते कम बतलायौ ॥
आज हिन्द बह्यौ उस विप्लव में, अंग्रेज कुटिल एक भ्रम फैलायौ ।
मोहम्मद शाह अब दिल्ली में, सरदारन को क़त्ल करायौ ॥
सरदार साहब और कंपनी साहब, मिल कै करें दिल्ली को सफायौ ।
मुस्लिम से बैर पुराना था, नए दुश्मन ने ऐसो भरमायौ ॥
बादशाह खुद घूम-घूम सब जगह, यही प्रचार करायौ ।
ये बैर फिरंगी से अपना, सब लोग भ्रात बन करो सहायौ ॥
लीयौ जोर लगा क्रान्ति नायक, सिक्खों को विश्वास ना आयौ ।
पंजाब जो भी रेजिमेन्ट हिन्द, उनको क्रांति कै तैयार बतायौ ॥

वार्त्ता

पंजाब में जहाँ सेना की रेजिमेन्ट थी, वो अधिकतर हिन्दुस्तानी थी; इस कारण उन्होंने अंग्रेजों के खिलाफ कमर कसी हुई थी और वह अपने नियत समय के संकेत की प्रतीक्षा में रुके हुए थे। केवल हिन्दुस्तानी सिपाही ही आजादी को ललचाये थे ऐसी बात नहीं है। लश्कर के बाहर तरह-तरह के व्यवसाई नागरिक भी राज्यक्रांति के बीज यहाँ-वहाँ बिखराए हुए थे। मिया मीर के सिपाहियों को ज्ञात हुआ कि वो जिस पर्वत पर शान्ति से बैठे हुए थे उसमे कितने विस्फोटक पदार्थ भरे हुए थे। लाहौर और अमृतसर किले यद्यपि अंग्रेजों ने सुरक्षित कर लिये, फिर भी फिरोजपुर में रखा गोलाबारूद भण्डार सुरक्षित नहीं था। उसके लालच में वहाँ के सिपाही विद्रोह करने को तैयार हैं या नहीं यह पक्का जानने के लिए:

दोहा

13 मई यह जानने, करवाई रौल काल ।
शान्त सिपाही बर्फ से, देखे जब फ़िलहाल ॥
धीर सिपाही पी गये, अपना क्रोध कराल ।
हृदय में जो भड़कती, क्रोधाग्नि की ज्वाल ॥
समझे ना अंग्रेज तब, उनके मन का सार ।
शस्त्रहीन इन को करें, ये त्यागे सभी विचार ॥
अलग-अलग इनको रखें, निर्णय कर अंग्रेज ।
एक पलटन बाजार में, दी तुरत ही भेज ॥
चले वीर बाजार में, वहाँ मुफ्त मिला उपदेश ।
क्षत्रिय बाना आपका, भरै गुलामी देश ॥
कितने दिन से सुलगती, हृदय में ये आग ।
हवा लगी बाजार में, गयी अग्नि फिर जाग ॥

तब हर-हर महादेव का, करैं सूर रण घोष ।
दहल गये आँगल रिपु, हुए फाख्ता होश ॥
जान बचानी है कठिन, हड़बड़ और चीत्कार ।
आग लगा बारूद में, फूँक दिया भण्डार ॥
विप्लव रुक सकता नहीं, चला नदी की ओर ।
गोरा फ़ौज पीछा करे, नहीं चला कोई जोर ॥
आंगल फ़ौज वापिस हुई, क्रूर घमंडी दुष्ट ।
देख-देख करतूत को, देहाती हुए रुष्ट ॥
क्रांतिवीर दिल्ली चले, भारत की जय बोल ।
धिक जीवन है दासता, स्वतन्त्र मरण अनमोल ॥
हुआ फिरोज पुर शहर में, सभी जगह विद्रोह ।
पहले ही आँगल छुपे, ढूँढ़-ढूँढ़ कर खोह ॥
तम्बू डेरा फूंकते, बंगला, चर्च, मकान ।
दुष्ट फिरंगी छुप रहे, कहाँ दबाकर कान ॥
अंग्रेजों को मिल गया, मेरठ से एक तार ।
बेरिक पीछे छुप गये, होकर के हुशियार ॥
पंजाब में अंग्रेज सब, विद्रोह से भयभीत ।
कहीं डाकू अफगान के, मिट्टी ना करें पलीत ॥
1856 के अगस्त में, फार स्मिथ के हाथ ।
पत्र एक ऐसा लगा, जिसमें थी कुछ बात ॥
गुप्त सभा लखनऊ ने, की अफगानों से माँग ।
डंक मार कर अवध को, हैदराबाद चला नाग ॥
जहरीले इस नाग का, करना है उपचार ।
जितनी भी तुम कर सको, रहो मदद को त्यार ॥
पेशावर में इस समय, सधे हुए अंग्रेज ।
धन बल से भर्ती करो, हो मुस्लिम अंगेज ॥

कूटनीति और युद्धपटु निकल्सन चैम्बर लेन ।
एडवर्ड के जतन से, था अब तक यहां चैन ॥
इत उत की अग्नि दबै, लिया रास्ता खोज ।
खड़ी करी लारेंस ने, चलती-फिरती फौज ॥
कसे हुए और अनुभवी, हो जिन पर विश्वास ।
अंग्रेजी कुछ भारती, बन गए मिलकर खास ॥
मिया मीर की घटना का, जो पाया समाचार ।
नेटिवों में मच गया, सुनकर हाहाकार ॥
कुटिल कृत्य अंग्रेज का, हम पर भी तैयार ।
उनके गोरा अफसरों को, गन्दा लगा विचार ॥
मेरे सैनिक भारती, कर सकते नहीं घात ।
सत्ता करै निशस्त्र जो, ये अपमान की बात ॥
एक विलक्षण गुप्त ता, सन 57 साल ।
ये अधिकारी अंग्रेज भी, फंसे उसी के जाल ॥
काटन और निकल्सन ने, दे दिया आदेश ।
गोरी सेना से घेरकर, नेटिव करो गऊ भेष ॥
21 मई की भोर को, धोखे से अकस्मात ।
तोप रेंज के बीच ले, कर दिए खाली हाथ ॥
देख कृत्य अपमान का, साथी क्षुब्ध अंग्रेज ।
वो तो थे अनभिज्ञ सब, किया काम सनसनीखेज ॥
24 मई उनका सी ओ, करे बात को गोल ।
इस दुःख से अपघात, कर गया कर्म अतोल ॥

सवैया

पेशावर में बेशस्त्र किये, उसी भांति करे हमको भी भाई ।
55वी नेटिव सेना के, पहले ही गये समझ सिपाही ॥
कर्नल ने आत्मघात कियो, तब सारी बात समझ में आई ।
हमला कर पहले वीरों ने, तुरन्त खजाना लिया हथियाई ॥
शस्त्र निशान खजाना लेकर, अपना लश्कर दिया बढ़ाई ।
होत मर्दान से चल दिए दिल्ली, थोड़ी दूर नहीं लम्बाई ॥
सारे पंजाब में होय सुसज्जित, गोरों की सेना है छाई ।
किया प्रहार आय शत्रु ने, उन वीरों के लगा पिछाई ॥
नहीं दासता करें अंग्रेज की, मृत्यु को ले गले लगाई ।
शरण ल्यौ हम क्षमा करेंगे, पीछे से जब हांक लगाई ॥
कायर ना जो शरण में आँवे, डटकर हमसे करौ लड़ाई ।
लड़ते-लड़ते आज मरेंगे या, रिपु दे यमपुर पहुंचाई ॥
हुआ कठोर निकल्शन इतना, आठ पहर तक करी लड़ाई ।
24 घन्टे एक अश्व से, हिन्दू वीर संग करी भिड़ाई ॥
सैंकड़ों हिन्दी वीरगति से, स्वर्ग लोक में पहुंचें जाई ।
शेष बचे जो वीर भारती, सरहद पार करी उतराई ॥
इस्लामी, अफगान, जमाते, दीन धर्म को छीनना चाही ।
वहाँ से अपना दीन बचाकर, फिर कश्मीर की सुर्त लगाई ॥
गुलाब सिंह है हिन्दू राजा, जाय आश्रय उसका पाई ।
संकट भरे मार्ग से चलके, अन्न-वस्त्र-विश्राम बिनाही ॥
शत-शत वीर थे चलते हिन्दू ,पग-पग पर तलवार चलाई ।
है कश्मीर में धर्म का त्राता, आस यही ले करके जाई ॥
हिन्दू वीर हजारों जाते, मृत्यु जीत के धर्म बचाई ।

हाय धिक्कार उस राजपूत को, करी कश्मीर घुसन की नाहीं ॥
कुछ निज सेना से कटवा कर, जाय अंग्रेज से लयी बडाई ।
अब तीन विकल्प पास थे उनके, और रास्ता न देय दिखाई ॥
धर्म हार कै बनो दास तुम, या मृत्यु से आँख मिलाई ।
धर्म हार कर दास बने ना, मृत्यु को ले गले लगाई ॥

वार्त्ता

राजपूत कुलोत्पन्न गुलाब सिंह ने अनाथ हुए धर्म रक्षा के लिए मृत्यु से भी बच निकलने वाले हिन्दू को अपने राज्य में प्रवेश करने के लिए रोका ही नहीं अपितु हिन्दू जहाँ मिल जाये उसे वहीं काट डालने का कड़ा आदेश अपने लश्करों को देकर उसने अपना समझ अंग्रेजों के दरबार में बड़े गर्व से सूचित किया। अब या तो धर्मान्तरण करना, या गुलामी स्वीकार करना या मृत्यु को स्वीकार करना यही कुछ करना था उन्हें। इन तीनो में से हिन्दू शूरों ने तीसरा रास्ता अपनाया। अंग्रेजों ने कदम-कदम पर निष्ठुरता से इनके क़त्ल किये। मैदानों में वध-स्तम्भ निरपराध हिन्दू रक्त से भीगने लगे, फिर भी अंग्रेज को उस रक्तपात से घृणा नहीं हुई। स्थाई वध-स्तम्भ पर काम करते-करते वधिक थक गए तब तोपों के मुंह खोले गए और जिस 55वीं रेजिमेन्ट ने अंग्रेजों के रक्त की एक बूंद भी नहीं बहाई थी, उसका हर सिपाही तोप से उड़ाया गया। एक हजार हिन्दू चुटकी बजाते गारद कर दिए गये, परन्तु उस अन्तिम समय मे भी उन हिन्दू वीरों ने वीरत्व नहीं त्यागा; क्योंकि फाँसी या तोप के प्रश्न पर वो अटल होकर कहते कि कुत्तों जैसी फाँसी से नहीं मरेंगे, हमे तो तोप से उड़ाया जाना ही अभीष्ट है। घोर जंगली आदमी भी लज्जित हो जाए ऐसी क्रूरता से। उन शूरवीरों को काट डालने के लिए अंग्रेजी इतिहासकार कहते हैं "यह दण्ड क्रूरतम है इसमे कोई शंका नहीं; पर उस समय की क्रूरता ही सर्वकालीन भूत दया है। भूत दया के लिए वह क्रूरता करना अभीष्ट था। अच्छा !! घडी भर की क्रूरता मैं सदैव के लिए मानवता का मंगल निहित था ? यहाँ एक बात और कहनी चाहिए कि क्रांतिकारियों द्वारा की गयी मारकाट का वर्णन अंग्रेजी इतिहासकार जिस कमाल की नाटकीयता से

करते है, वही अपने द्वारा की गयी अमानुषिक अक्षमय अपराधों को जानबूझ कर छुपाने का प्रयास करने लगते हैं। अब उनसे मृत्यु पूर्व तक राक्षसी विद्वेष केवल उनको ही याद है क्योंकि इन भयानक कहानियों को इतिहास से पौंछ डालने के लिये उन्होंने इसका अब कोई संकेत भी नहीं छोड़ा है क्यूंकि स्वयं के ही जो अंग्रेज लेखक है कहते हैं यद्यपि मेरे सामने अंग्रेजों द्वारा की गयी क्रूरतापूर्ण भयंकर यंत्रणाओं के ढेर सारे साक्ष्य पड़े हैं, फिर भी यह विषय विश्व के सामने न आ पाये इस हेतु एक अक्षर भी नहीं लिख सकता। जिन लोगों ने दिल्ली के रास्तों पर निरपराध गरीबों और ग्रामीणों को मारा और मारने से पहले मुंह मे गाय का मांस ठूसा, उन्होंने इनको भी कैसे मारा होगा यह समझने योग्य बात है।

प्रकरण – पेशावर

दोहा

अमानवीय घटना घट रही, पेशावर की ओर ।
इत जालन्धर की तरफ, था विद्रोह का जोर ॥
जान लारेन्स कर रहा, नेटिव को शस्त्रहीन ।
अब पूरे पंजाब में, गुप्त मता प्रवीण ॥

वार्त्ता

उसी सपाटे में जालन्धर और फिल्लौर आने वाले थे, परन्तु फिल्लौर के नेटिव सिपाहियों ने आत्मसंयम घटना चातुर्य दिखाया था और सबके साथ सूचनाओं का जुड़ाव भी रहा और सारे जालन्धर में भी अब नेटिवों के उठने की तैयारी थी। सारे दोआब भर मे एकाएक विद्रोह करने का पक्का निर्णय हो चुका था। जालन्धर की सेना ने एक टुकड़ी होशियारपुर भेजी और यह सन्देश भी कि यह न हो सके तो 33वीं पैदल रेजिमेन्ट वहीं रहे। और बाद मैं उन लोगों के फिल्लौर की तरफ जाते ही फिल्लौर की तीसरी रेजिमेंट विद्रोह करे और फिर

मिलकर सब दिल्ली चलें। अन्य स्थानों पर भी ऐसी ही योजना चल रही थी, परन्तु उस पर कार्यवाही का समय आने के पहले ही सब बातें फूटने से अंग्रेज सावधान हो जाते। हाँ फिल्लौर की रेजिमेन्ट ने अन्त तक गोपनीयता बनाए रखी। दिल्ली के लिए सब सीज ट्रेन ले जाई गयी। उस समय उसके टुकड़े करना उनके हाथ में था; परन्तु इससे सारी योजना ही न खुल जाए इसलिए इस रेजिमेन्ट ने ऊपरी शान्ति बनाए रखने का कमाल किया। आखिर 4 जून को जालन्धर की तरफ पक्की सूचना दी गयी। क्वींस रेजिमेंट के कर्नल के बंगले में आग लगाई गयी। यह संकेत होते ही आधी रात को जालन्धर के सिपाहियों ने विद्रोह किया। वास्तव में यह यूरोपियन सेना अधीन तोपखाना और अंग्रेजी सेना थी, पर सिपाहियों का विद्रोह इतना अधिक तेजी से हुआ कि उनकी कर्कश रण ध्वनि होते ही अंग्रेजों का साहस टूट गया। महिला, पुरुष, बच्चे अपनी जान बचाने के लिये इधर-उधर भागने लगे, परन्तु जालन्धर सिपाहियों के पास अंग्रेजों को काटने के लिए फ़ुरसत कहाँ थी।

भजन

पंजाब में जो थे, हिन्दी वीर सिपाही ।
मिलकर हो विद्रोह, सभी की युक्ति अटल बनाई ॥
जालन्धर में आधी रात, दिखे ना हाथ को हाथ ।
योजना के साथ, बंगला अफसर का जला ॥
हमला था अचूक, ठीये फिरंगी के फूंक ।
लिये आजादी की भूख, वीर आगे को चला ॥
सुनकर के रणघोष, फिरंगी भूल गया चतुराई ।
पंजाब में जो थे, हिन्दी वीर सिपाही ॥
टूटा अंग्रेजो का साहस, छोड़ जिन्दगी की आस ।
ऐसे भागे बदहवास, गॉड हमको तू बचा ॥
भारी चीख और पुकार, बच्चे पुरुष और नार ।
हाय तोबा चीत्कार, आधी रात में मचा ॥

हो रहा हाहाकार, हाथ को हाथ न देय दिखाई ।
पंजाब में जो थे, हिन्दी वीर सिपाही ॥
होके घोड़ों पे सवार, लेके असलहा और हथियार ।
करके समय का विचार, वीर आगे को बढे ॥
वीरता की ये है शान, बख्शी नारियों की जान ।
लेके क्रांति निशान, अपनी आन पै अड़े ॥
चला एक फिल्लौर, सूचना जल्दी दी पहुंचाई ।
पंजाब में जो थे, हिन्दी वीर सिपाही ॥
लेके भारत माँ का नाम, सारे बनते गये काम ।
पीके आजादी का जाम, जा फिल्लौर में रुके ॥
देखे देशबंधू सारे, सुन कै भारत के जयकारे ।
खुशी खुशी मिलें सारे, तारे वीरो को झुके ॥
चली विशाल स्वदेशी सेना दिल्ली की सुर्त लगाई ।
पंजाब में जो थे, हिन्दी वीर सिपाही ॥

दोहा

चले क्रांतिवीर सब, सेना एक विशाल ।
जहाँ चरण उनके पड़े, धरती हुई निहाल ॥
एक नदी है बीच मैं, लुधियाना उस पार ।
नेटिव को अग्रिम मिला, आने का समाचार ॥
स्वागत को तैयार सब, बंधू भुजा पसार ।
आंगल को पीछे मिला, जालन्धर से तार ॥
लुधियाना अफसर सभी, लिया मता बनाय ।
विद्रोहियों को रोक लें, सतलुज सरिता जाय ॥
नाभा सिक्ख अंग्रेज सब, लश्कर दिया पठाय ।

नावों का पुल तोड़कर, शस्त्र लें डट जाँय ॥
पुल टूटा ये मिल गया, वीरों को समाचार ।
चार मील हट नाव से, लगे उतरने पार ॥
कुछ उतरे कुछ रह गये, कुछ चलते थे धार ।
इतने में होने लगी, तोप खाने की मार ॥
बज रहे दस रात को, फैला था अन्धकार ।
पता नहीं शत्रु निकट, निज तोपें उस पार ॥
जटिल अवस्था में फंसे, मार करे रिपु तोप ।
पहली टक्कर झेलकर, चढ़े वीर कर कोप ॥
उठकर किया मुकाबला, कर गोली बौछार ।
सर विलियम के वक्ष से, हो गयी गोली पार ॥
मर गया सेनापति, विकट अँधेरी रात ।
लेकर के संग चन्द्रिका, निकले रजनीनाथ ॥
सारी व्यूह-रचना समझ, हुआ चन्द्र प्रकाश ।
टूट पड़े अंग्रेज पर, कर भीषण अट्टहास ॥
सिक्ख फिरंगी भक्त सब, लेकर भागे जान ।
वीर चन्द्र प्रकाश मैं, करे विजय का गान ॥
विजयश्री माथे चढ़ी, हो गया उषाकाल ।
लुधियाना के शहर मैं, दोपहर पहुँचे हाल ॥
लुधियाना के शहर मैं, मौलवी का उपदेश ।
करो चोट शैतान पर, मिलते ही आदेश ॥
केन्द्र यहाँ स्वराज्य का, करे दीन का घोष ।
शहर उठा लख वीर जन, फूट पड़ा आक्रोश ॥
घर दफ्तर बंगले चर्च, प्रेस छप्पन अख़बार ।
पहले इनको खाक कर, लूट लिये भण्डार ॥
लिये सिपाही साथ मैं, खोजे चाटूकार ।

कुत्ते पूंछ हिलाए ज्यों, और देश गद्दार ॥
फूंकी प्रमुख सब जगह, तोड़े कारावास ।
अग्नि की लपटें उठी, भयानक हुआ आकाश ॥
नहि आग जो जल सका कर दिया चूरमचूर ।
जला क्रांति की आग मैं, लुधियाना भरपूर ॥
लुधियाना के किले का, था नाका पंजाब ।
केन्द्र क्रांति का बने, नहीं रहा था दाव ॥
नहीं पक्का सेनापति, ना सारा सामान ।
कब्जे में रहता किला, तो झडे फिरंगी मान ॥
दिनदहाड़े चल दिये, अब दिल्ली की ओर ।
आकर रास्ता रोक ले, नहीं फिरंगी जोर ॥
मेरठ के विद्रोह से, कोई तीन हफ्ते बाद ।
आवश्यक थी शान्ति, गये रिपु अवसर साध ॥
गोरी सैन्य पंजाब में, और सिक्ख-शक्ति साथ ।
विद्रोह कर नेटिव भगे, पक्के उनके हाथ ॥
नेटिव कम पंजाब से, दिल्ली में आ जाते ।
प्योर फिरंगी खालसा, पंजाब में रह जाते ॥

भजन

सरदारों ने अंग्रेजों का, जो साथ नहीं दिया होता ।
कर अग्रिम क्रांति सेना ने, उन्हें हाथ नहीं दिया होता ॥
हे मातृभूमि दुःख दासता का, ना सहना हो सौ साल तुझे ।
हम काट फिरंगी उसी समय, आजाद करे हर हाल तुझे ॥
छीना सुख चैन हमारा, जो पहुँचा देते पाताल तुझे ।
अंग्रेजी शैतान करूँ क्या, पड़ी समय की चाल मुझे ॥

अपने ही गद्दार न होते, तो अपमान तेरा न हुआ होता ।
सरदारों ने अंग्रेजों का, जो साथ नहीं दिया होता ॥
धन-धन्य क्रांतिवीर आपने, जो अपना बलिदान किया ।
ललकार सकें हम दुश्मन को, ये दुनिया को पैगाम दिया ॥
दी मिटा छाप कायरता की, पुरखों का ऊँचा नाम किया ।
मरने-जीने से ऊपर उठ कै, कर्म योग निष्काम किया ॥
पीढ़ियाँ कायर बन जाती, ना निज बलिदान दिया होता ।
सरदारों ने अंग्रेजों का, जो साथ नहीं दिया होता ॥
वैश्वानर अग्नि ऋषि लोग, इस देश में गये जला करके ।
आत्म बलिदान की समिधा से, प्रकट की ये दिखला करके ॥
आत्मसम्मान स्वराज्य बिना, मरना अच्छा बतला करके ।
अनगढ़ है सोना अग्नि बिन, अलंकार बने पिघला करके ॥
हे वीर न गिरता रक्त तेरा, ना अग्नि आधान हुआ होता ।
सरदारों ने अंग्रेजों का, जो साथ नहीं दिया होता ॥
अग्नि ज्वाला उठ-उठ करके, अब दिल्ली मैं जम जाते है ।
इस क्रांतियज्ञ के रित्विक अब, मंत्रो से इसे बढ़ाते हैं ॥
बिजली-सी विद्युत रूप अग्नि, नाना विध लक्ष्य सजाते हैं ।
इस अग्निपथ पर चलने का, अंदाज तुम्हें बतलाते हैं ॥
अमृत मिलता हम को कैसे, जो न विषपान किया होता ।
सरदारों ने अंग्रेजों का, जो साथ नहीं दिया होता ॥

प्रकरण – अलीगढ़ और नशीराबाद
वार्त्ता

मेरठ में उत्पन्न भूकंप का झटका जैसे अम्बाला और पंजाब की ओर सारा प्रदेश ध्वस्त कर रहा था, वैसे ही उस भूकंप के धक्के की दूसरी लहर मेरठ की उस सारी भूमि को कम्पित कर रही थी। दिल्ली के नीचे अलीगढ़ शहर में नौंवी नेटिव पैदल रेजिमेन्ट, इस रेजिमेन्ट को अलीगढ के मुख्य थाने के साथ-साथ मैनपुरी, इटावा और बुलंदशहर में भी रखा हुआ था। इस रेजिमेन्ट पर सरकार का इतना विश्वास था कि चाहे हिंदुस्तान के सारे सिपाही विद्रोह कर जाएँ, पर नौंवी रेजिमेन्ट राजनिष्ठ बनी रहेगी और बुलंदशहर के बाजार में राज्य क्रान्ति के गुप्त षडयंत्र होने का समाचार कानों में आ जाने के बाद भी इस क्रान्ति से नौंवी रेजिमेन्ट के सिपाही निश्चित ही अलग रहेंगे। ऐसा समाचार सुनकर भी सबकुछ सुरक्षित अनुभव करते रहे। मई माह के करीब बुलंदशहर के आस-पास गाँव ने अपने में से एक माननीय विश्वस्त स्वतंत्रता प्रिय ब्राह्मण चुना और उसे तत्काल बुलंदशहर भेजा। एक ओर जिसकी राजनिष्ठा पर अंग्रेजों का पूरा विश्वास और दूसरी ओर मातृभूमि अश्रुपूरित नेत्रों से अपलक देख रही है। ऐसी उस बुलंदशहर की सैनिक छावनी की ओर वह ब्राह्मण भयानक कल्पनाओं और अपने भावी यश - अपयश के बादलों से घिरा अपना हृदय लिये तेजी से जाने लगा।

दोहा

ब्राह्मण चल दिया छावनी, करता हुआ विचार ।
सैनिको से जुड़ पायेगा क्या, मेरे मन का तार ॥
कहीं मेरे इस विचार को, कर दें ना इनकार ।
तरह-तरह के उठ रहे, उसके मनोविकार ॥
चेहरे पर ले शान्ति, विलक्षण मन सन्देश ।
धीरे-धीरे कर गया, लश्कर में प्रवेश ॥

क्रांति की दीक्षा करी, तुम क्षत्रियों के लाल ।
सभी फिरंगी मारकर, करो स्वराज्य बहाल ॥
जल्दी ये शुभ काम कर, चलो दिल्ली की ओर ।
माता झेले दासता, देखे तुमरी ओर ॥
ब्राह्मण के उपदेश पर, कर ही रहे विचार ।
इतने में रेजिमेन्ट के, चले तीन गद्दार ॥
जाकर के अंग्रेज को, दिया सभी समाचार ।
तुरत ब्राह्मण कैद कर, दें प्राण दण्ड सरकार ॥
सभी सिपाही देखते, फाँसी दिया लटकाय ।
जीवन में ना दे सका, वो शिक्षा दे जाय ॥
भयानक वक्ता ने दिया, एक ऐसा व्याख्यान ।
धार खून की शब्द बन, फटा धरिन-आसमान ॥
एक सिपाही उछलकर, आगे कर तलवार ।
जो द्विज का बदला न ले, तो हमको धिक्कार ॥
हृदय में जो जल रही, मुँह से निकली आग ।
सैनिक सब फुफकारते, जैसे काला नाग ॥
रक्तवर्ण आँखे हुई, चमक उठी शमशीर ।
पागल होकर क्रोध से, करे गर्जना वीर ॥
कालरूप देखे सभी, आंगल हुए भयभीत ।
तुरत अलीगढ़ छोड़ दो, जिसे जान से प्रीत ॥
अफसर सैनिक नारियाँ, लेकर बच्चे बाल ।
उदारता का लाभ ले, निकल गये तत्काल ॥
तुरत निकल गये रात को, दबा फिरंगी कान ।
गोरोँ का आधी रात मैं, मिट गया नामनिशान ॥
स्वतन्त्र अलीगढ़ हो गया, पहुँचा ये समाचार ।
22 मई की शाम को, सैनिक हुए हुशियार ॥

कुछ हिस्सा नौ रेजिमेन्ट का, मैनपुरी में वास ।
गुप्त मता मन में लिये, संकेती आभास ॥
इतने में उनको मिला, अलीगढ़ का समाचार ।
अब भी चुप बैठे रहे तो, लोग करे धिक्कार ॥
उन्होंने भी विद्रोह कर, दे रिपु जीवनदान ।
शस्त्र ऊँटो पर लादकर, असला भर लिया तान ॥
23 मई लश्कर सभी, दिल्ली करे प्रस्थान ।
भारत की जय बोलते, चल दिए सज कर ज्वान ॥
इसी वक्त इटावा की, टुकड़ी धुआँधार ।
ओ ह्युम कलेक्टर को, मिला मेरठ समाचार ॥
19 मई मेरठ से कुछ, शरण हुए थे ज्वान ।
पहरे में इनको रखो, अफसर का फरमान ॥
शत्रु हो गया सुस्त जब, उनके ही ले हथियार ।
असला भी भरपूर ले, तुरत दिए वो मार ॥
हिन्दू देवालय घुसे, जब तक गया समाचार ।
घात लगा बैठे रहे, अस्त्र-शस्त्र तैयार ॥
मिली सूचना ह्युम को, लिया डेनियल साथ ।
कुछ नेटिव सेना लई, उनको समझ अनाथ ॥
पहले ही उनको गाँव ने, रसद दई पहुँचाय ।
आगे हमला करने को, खुद आगे बढ़ जाय ॥
पीछे एक सैनिक रहा, और अन्दर मिल जाय ।
मन्दिर से गोली चली, डेनियल मारा जाय ॥
हालत ऐसी देखकर, डर गए मिस्टर ह्यूम ।
तुरत इटावा भागते, ना देखा पीछे घूम ॥
ब्राह्मण हुआ शहीद जब, 22 को समाचार ।
23 मई मशाल ले एक हाथ तलवार ॥

हर हर महादेव बोलकर, तोड़े कारावास ।
धावा बोल अंग्रेज पर, फूंके सभी निवास ॥
तुरत भाग लो यहाँ से, जो प्यारी हो जान ।
नहीं तो यहाँ अंग्रेज का, पावे नहीं निशान ॥
अस्त्र शस्त्र असला लिये, और लिया धन कोष ।
क्रांति आग मन में लिये, चेहरे पर आक्रोश ॥
कुटुम्ब संग भागे रिपु, होकर के बेहोश ।
कायरता मन में घुसी, टूट गया था जोश ॥
मिस्टर ह्यूम ऐसे डरे, बने भारतीय नार ।
डरकर के भागे तुरत, मुख पे घूँघट डार ॥

वार्त्ता

इस ह्यूम बाई के भागते ही इटावा के पूर्ण स्वतन्त्र हो जाने की मुनादी पीटी गयी और बाद में वे सारे सिपाही दिल्ली की ओर जाने वाली अपनी रेजिमेन्ट के मुख्य भाग से मिल गए। इस तरह ये पूरी रेजिमेन्ट एक व्यक्ति के कारण एकाएक विद्रोह कर उठी; इतना ही नहीं, अपितु खजाना लूटना देश स्वतन्त्र करना विदेशियों को अपनी तलवार की नोक पर रहते हुए भी जीवनदान देना और बढ़ जाना। अगर सम्पूर्ण भारत के लोग विद्रोह कर दें तो भी ये रेजिमेंट कभी अंग्रेजी शाशन के विरुद्ध नहीं होगी जिस रेजिमेंट पर इतना विश्वाश गोरों को था वही रेजिमेंट सबसे पहले तलवार खींच कर उठ खड़ी हुई। यह समाचार मिलने के बाद अंग्रेजों को अपने जीवन पर तनिक भी विश्वास न रह गया था। अजमेर से कोई 6 कोस पर नाशिराबाद नाम का गाँव है वहाँ अंग्रेज सिपाहियों की छावनी थी यहाँ पर 30 वीं नेटिव पेदल रेजिमेन्ट नेटिव तोपखाना पहली बम्बई लांचर और मेरठ से वहाँ लायी हुई 15वीं रेजिमेन्ट में अंग्रेजी सरकार के प्रति अतिद्रेष और उसे उतार फेंकने की ललक भरी हुई थी। मेरठ की गुप्त सभाओं में जो जो प्रस्ताव हुये थे, वे सब आमने सामने नशीराबाद के सिपाहियों

को समझाकर कहने को प्राप्त हुआ। यह दुर्लभ अवसर मेरठ के उन एक हजार राजनैतिक प्रचारकों ने व्यर्थ गँवाया होता तो ही आश्चर्य होता। बम्बई लांसर्स के कुछ नेटिवों को छोड़कर सारा लश्कर एकमत था और वो उचित अवसर की राह देखते ठहरे रहे। 28 मई को वह अवसर प्राप्त हो गया, क्योंकि उस दिन तोपखाने का प्रभाव ढीला था अत: निर्धारित संकेत मिलते ही मेरठ की 15 वीं रेजिमेन्ट ने पहले तोपखाना अपना लिया। उसे वापिस लेने बम्बई लांसर्स के साथ जो अंग्रेज अधिकारी आगे आये वो अंग्रेज अधिकारी प्रेत बनकर भूमि पर गिर गए। इतना ही नहीं उनके शरीर के टुकड़े-टुकड़े कर दिये गये। कर्नल पेनी, केप्टन स्पाटीस वुड भी इस लड़ाई में मारे गये। फिर इस तरह से आशा छोड़कर सारे अंग्रेज बोरिया-बिस्तर लिये भाग खड़े हुए। विद्रोहियों ने खजाना अपने काबू में कर लिया और उनमें से सर्वसम्मति से छटे हुए नेटिव सेना पति दिल्ली के बादशाह के नाम से सिपाहियों में बाँटे गये। यूरोपियन के घर जलाये गये, नाशिराबाद स्वतन्त्र होने की घोषणा की गयी। दो तीन हजार विद्रोहियों का वह दल अपने शस्त्र लेकर लश्करी बैंड बजाता हुआ दिल्ली की ओर बढ़ चला।

प्रकरण - रूहेलखण्ड

भजन

रूहेलखण्ड में रहते हैं वीर पठान ।
राज्य लिया अंग्रेज ने जबसे, ली बदले की ठान ॥
कट्टर मुस्लिमों की जात, कब से बैठे है लगा के घात ।
बता दे औकात, बात वक्त की रही ॥
चलता है समय का फेर, देर या सवेर ।
सदा रहता ना अँधेर, वक्त आएगा सही ॥
बैठे हम तैयार, वक्त पै लें गोरों की जान ।
रूहेलखंड मे रहते हैं वीर पठान ॥
था गोरों को आभास, सन 57 के आसपास ।

जगह थी जो खास, चर्चा जोरों की रही ॥
8 नम्बर घुड़सवार, 18 पैदल थी तैयार ।
संग तोपखाने की मार, रहती बरेली सही ॥
शिवाल्ड या ब्रिगेड का मालिक, रहा शान्ति जान ।
रूहेलखंड मे रहते हैं वीर पठान ॥
ना थी आंगल को महसूस, खटके यहाँ भी कारतूस ।
मानी कुत्ता की सी भूस, ध्यान दिया ही नहीं ॥
आया मेरठ से जो तार, कर दिया सेना को तैयार ।
नैनिताल में परिवार, चिंता बच्चों की सही ॥
कारतूस करे बन्द, किया जब शान्ति का फरमान ।
रूहेलखंड मे रहते हैं वीर पठान ॥
कारतूस का बहाना, ये फिरंगी नहीं जाना ।
अब पीस का जमाना, अब तो रहा ही नहीं ॥
तेरा शान्ति उपदेश, चाहे पक्का है आदेश ।
मेरा बुलाता है देश, मानूं तेरी क्यों कही ॥
सही बात पहचान ले, पूरण लगी राष्ट्र की आन ।
रूहेलखंड मे रहते हैं वीर पठान ॥

दोहा

ब्राउन लो का घर जला, 31 मई की बात ।
दुर्घटनावश समझकर, गये चर्च एक साथ ॥
लश्करी हाजरी हुई, दिन था वो रविवार ।
नेटिव शान्ति मुखन पर, आश्वस्त सरकार ॥
तब दिन के 11 बजे, चली अचानक तोप ।

गर्ज हुई आकाश तक, किया सिपाही कोप ॥
बंदूकें चली अनगिनत, हुआ भयानक शोर ।
इस तूफानी वेग पर, नहीं किसी का जोर ॥
सूत्र बद्धता फौज में, थे पहले से तैयार ।
निश्चय गोरों का प्रथम, किसका कौन शिकार ॥
68 पैदल फौज ने, अपनी लाईन के पास ।
गोली बेनट मारकर, किया शत्रु नाश ॥
छोटे-छोटे ग्रुप में, गोर बंगला जाय ।
घर में बड़े आराम से, दिए स्वर्ग पठाय ॥
जान बचाकर इधर-उधर, भागे जो अंग्रेज ।
बचे हुए उन सैनिकों ने, दिये आदम को भेज ॥
कुछ फूँके बन्दूक से, कुछ काटे तलवार ।
घर दफ्तर सब नष्ट कर, हो भयानक चीत्कार ॥
मोहम्मद शफी नेटिवों का, था सिपह सालार ।
झाँसा दिया बचाव का, रक्षा करे सवार ॥
किये इकट्ठे एक जगह, सारे ही अंग्रेज ।
सभी सुरक्षित ढंग से, दिए स्वर्ग को भेज ॥
तांडव से जो बच गया, भागा नैनीताल ।
बिना वक्त मारे नहीं, करता ईस कमाल ॥
सही सलामत पहुँचते, नैनिताल बत्तीस ।
शुकर मनाते जान की, धन्य तेरा जगदीश ॥
कैप्टन कर्बी वाल्डन, फ्रेजर लेफ्टीनेन्ट ।
साबर टर्षण केप्टन, कर्नल ट्रूप पेण्ट ॥
कितने ही कत्लेआम में, हैवन पहुँचे जाय ।
छः घन्टे में अंग्रेज का, झंडा दिया हटाय ॥

वार्त्ता

अंग्रेजी निशान फेंक कर बरेली में स्वतंत्रता का झंडा फहराते ही नेटिव तोपखाने के मुख्य सूबेदार बख्तर खान ने सारी नेटिव सेना का नेतृत्व अपने हाथ में ले लिया। बख्तर खान का नाम आगे दिल्ली की लड़ाई में हमको सुनने को मिलेगा। इस सेनापति ने सारे नेटिव सिपाहियों की स्वतंत्रता के बाद किस तरह व्यवहार करना चाहिए और नवस्थापित स्वराज्य में क्या-क्या कर्तव्य करने चाहिए। ऐसा एक भाषण दिया और बाद में अंग्रेज ब्रिगेडियर की बग्घी में बैठकर यह स्वदेशी ब्रिगेडियर बरेली के रास्ते से जाने लगा। उसके साथ अलग-अलग अंग्रेज अधिकारियों की बग्घी में नवनियुक्त अधिकारी भी चल दिये। खान बहादुर नाम का जयघोष करके दिल्ली के बादशाह के सूबेदार की हैसियत से उन्होंने रूहेलखण्ड का शासन अपने हाथ में ले लिया। बरे स्थित यूरोपियनों के घरद्वार जलाकर लूटकर भस्म करने के बाद फिर कैद किये गये। यूरोपियन को फिर अपने सामने बुलाया। खान बहादुर ने अंग्रेजी शासन में जज का काम करने से उन्हें अंग्रेजी शासन कैसे किया जाता है, यह ज्ञात ही था इसलिए उन्होंने उन यूरोपियन अपराधियों की जाँच के लिए कोर्ट नियुक्त किया। इन अपराधियों में उत्तर पूर्व प्रान्त के लेफ्टीनेंट गवर्नर का दामाद डा. हेमी था। बरेली की सरकारी कालेज का प्रिंसिपल डा. कर्सन भी था। बरेली जिला मजिस्ट्रेट भी था। एक दिन पूर्व ही राजनिष्ठ खान बहादुर इसके गले में गलबहिया डालकर बैठे थे। आज ये सिंहासन पर और वह अपराधियों के पिंजरे में था। ज्यूरी की शपथ लेकर रीति अनुसार न्याय-आसन पर बैठे, अलग-अलग आरोप अलग-अलग अपराधियों पर लगाकर उन्हें फाँसी का दण्ड सुनाया गया और उन आरोपियों को तुरत फाँसी पर चढ़ा दिया गया। तुरन्त ही खान बहादुर के आदेश से एक विज्ञापन छापा गया कि यूरोपियन कमिश्नर भाग गया है, उसे जो जिन्दा या मुर्दा पकड़ लेगा, उसे एक हजार रूपये का सरकारी खजाने से इनाम दिया जाएगा। इस तरह यूरोपियन रक्त और मांस से अपना सिंहासन पक्का ज़माने के बाद खान बहादुर ने सारा रूहेलखण्ड आजाद होने का समाचार दिल्ली भेजा। उसी दिन 11 बजे विद्रोह आरम्भ हुआ और शाम सूर्यास्त के पूर्व सारा प्रान्त स्वतंत्र होने की घोषणा दिल्ली की ओर चल दी।

दोहा

शाब्दिक नहीं यह घोषणा, रूहेलखण्ड आजाद ।
उधर बरेली शहर में, तोप करे संवाद ॥
शाहजहाँपुर शहर में, आंगल रक्त छिड़काव ।
शहर बरेली से मात्र ये, 40 मील है ठाँव ॥
नेटिव सेना 28वीं, थी पैदल रेजिमेन्ट ।
15 को पहुँच गयी, मेरठ को अर्जेंट ॥
आंगल समझे थे यही, नहीं है सूचित फौज ।
31 मई तक शान्ति, जैसा चलता रोज ॥
सज-धज पहुँचे चर्च में, प्रार्थना आधी होय ।
चेपलेंन देखे निकल, हल्ला कैसा होय ॥
हाथ उड़ाया चेपलेन का, एक सिपाही आय ।
ललकारे सैनिक सभी, मारकाट मच जाय ॥
शुरूआत हुई विद्रोह की, भागा मजिस्ट्रेट ।
हुआ भागता ढेर वो, अब मिस्टर रिफ़रेंट ॥
चर्च के अन्दर कुचलकर, मारा सर बाडोर ।
हमला करने चर्च पर, ज्वान चले उस ओर ॥
दूजा दल कंटोन में, रहा था आग लगाय ।
जो आगे उसे मारते, मिट्टी देत मिलाय ॥
असिस्टेंट मजिस्ट्रेट जब, भागा लेकर जान ।
बरामदे में ही काटकर, दिया मिटा निशान ॥
डा. बाउली बोला तभी, कहनी हैं दो बात ।
राजद्रोह करते हो तुम, भूल गये औकात ॥
गोली मारी उसी समय, जवाब उसे मिल जाय ।

बस थोड़ी सी देर में, दिया स्वर्ग पहुँचाय ॥
थोड़ा मौक़ा जब मिला, स्त्री-पुरुष भाग जाय ।
नौकरों ने वो दिए, एक राजा ढिंग पहुँचाय ॥
पर राजा कह असमर्थता, दिया बाहर निकाल ।
महम्मदी छोड़े वो सभी, आंगल सब फटेहाल ॥
31 मई की साँझ तक, शाहजहाँपुर स्वतन्त्र ।
नहीं चला अंग्रेज का, कोई भी षडयंत्र ॥
बरेली से वायवय मैं, लगभग 48 मील ।
29 वीं नेटिव वहां, अर्ध तोप मुश्तील ॥
मेरठ सूचना बाद में, करें निष्ठा की जांच ।
सिपाही मेरठ से भगे, रुके हुए दस पाँच ॥
आज्ञा सर माथे लई, गहरा वन और रात ।
हमला किया जोर का, भगे हुई क्या बात ॥
आकस्मिक हमला प्रबल कर, फिर भागे क्यों ज्वान ।
एक छोड़ भागे सभी, रुके उन्ही संग आन ॥
तगड़ा हमला देखकर, हुआ बड़ा विश्वास ।
आचरण अच्छा सभी का, हुई तसल्ली खास ॥
31 मई का दिन उदय, गए परेड पर आय ।
हमने आज्ञा दी नहीं, पूछे आंगल जाय ॥
गोरों ने पूछा प्रश्न, वो दे उलटा आदेश ।
कम्पनी शासन ख़त्म है, भागो छोड़ प्रदेश ॥
अभी तुरन्त ना जा सको, तो दो घन्टे की छूट ।
जो इससे ज्यादा रुके, तो कर देंगे शूट ॥
सैनिक पुलिस जनता सभी, दिए ठीक चेताय ।
जज, कलेक्टर, कमिश्नर, बच्चों संग भग जाय ॥
सभी साहब भागे तुरन्त, छोड़ मुरादाबाद ।

वो अंग्रेज गारद किया, जो रुका समय के बाद ॥
पावेल आदि कुछ आंगलों ने, अपनाया इस्लाम ।
प्राण बचे चाहे जिस तरह, यही सिहाना काम ॥
कब्ज़ा कर धन कोष पर, सरकारी धन माल ।
संध्या पूर्व झंडा चढ़ा, कब्ज़ा किया बहाल ॥
शाहजहाँपुर और बरेली, दो शहरों के बीच ।
जिला बदायूँ क्षेत्र में, शासन करते नीच ॥
ज़मींदारी नीलाम कर, करें लगान वसूल ।
जाय जमीनें हाथ से, बहुत मिलाये धूल ॥
जनता सारी त्रस्त थी, सहते अत्याचार ।
कम्पनी धूल कैसे मिले, करते सभी विचार ॥
एडवर्ड खुद जानता, जनता का आक्रोश ।
सैनिक सहायता माँगता, समाधान ये ठोस ॥
गोर अफसर साथ में, भेज रहे हैं फौज ।
राजनिष्ठ सेना मेरी, रखे शान्ति रोज ॥
आश्वासन दिया ही था, हुई विद्रोही शाम ।
अंग्रेजी नर-नार सब, भाग लिये दिल थाम ॥
राज फिरंगी अस्त हो, हाथ बहादुर खान ।
झंडा चढ़ा स्वराज्य का, फेंका रिपु निशान ॥
अंग्रेजाधिकारी सभी, चुप भागे जंगल बीच ।
अन्न नहीं पानी नही, रहे बीवी-बच्चे खींच ॥
मर गये कुछ मारे गये, कुछ भेंसो में छुप जाँय ।
मजिस्ट्रेट और कलेक्टर, भारी दुःख उठांय ॥
लिया खजाना साथ में, सैनिक दिल्ली जाँय ।
स्वशासन के सामने, इंग्लेंड चोर बन जाँय ॥

वार्त्ता

यह विलक्षण परिवर्तन सारे प्रदेश में दो घन्टे में हो गया। रूहेलखण्ड से अंग्रेजी शासन का उन्मूलन करने के लिये स्वदेशी रक्त की एक बूंद भी बहाए बिना; यह कितना बड़ा आश्चर्य था। रूहेलखण्ड गुलाम है, ऐसा न कहकर रूहेलखण्ड स्वतन्त्र है ऐसा सबने कहा और वह स्वतन्त्र हुआ। सेना, सिपाही, नागरिक सबके विद्रोह करते ही हर जिले के मुख्य शहर से दो चार यूरोपियन अधिकारियों के निकाल देने से अधिक उस प्रदेश को स्वतंत्र करने को कुछ भी काम नहीं करना पड़ा। गुप्त कार्यक्रम, मजबूत संगठन और उसके द्वारा की गयी त्वरित कौशलपूर्ण कार्यवाही इन बातों के आधार पर अंग्रेज के कब्जे से निकलते ही रूहेलखण्ड ने खान बहादुर खान का शासन स्वीकार किया। पहले बताया गया कि यहाँ के सारे सैनिक बरेली के तोपखाने के सूबेदार बखत खान की अधीनता में दिल्ली की ओर लड़ने को चल दिए। उसके बाद खान बहादुर खान ने प्रदेश में भरती चालू कर दी और राजधानी के अधिकतर नागरिकों को सिपाही के रूप में तैयार किया गया। सारे स्थानीय विभागों की व्यवस्था करके उसमें अधिकारी पहले के लोग ही रखे गये और वरिष्ठ स्थानों पर नए स्वदेशी अधिकारियों की नियुक्ति की गयी। सरकारी पैसा दिल्ली के बादशाह के नाम वसूल किया जाने लगा। न्याय देने के लिए पहले जैसे ही कोर्ट खोले गये और पहले के ही नौकर नियुक्त कर दिये गये।

संक्षेप में जहाँ यूरोपियन अधिकारी होते थे वहाँ हिंदुस्तानी नियुक्त होने के सिवाय किसी विभाग में राज्य क्रान्ति के धक्के से अन्य तरह का परिवर्तन नहीं हुआ। खान बहादुर खान ने यह जानकारी दिल्ली के बादशाह को लिखकर भेज दी और रूहेलखण्ड में राजकीय घोषणा-पत्र लगाया गया। हिंदुस्तान देश के वासियों स्वराज्य का दुर्लभ अवसर तुम्हें प्राप्त हो गया है, उसको स्वीकार करोगे या अनादर ? इस अपूर्व और असाधारण अवसर का लाभ लोगे या उसे हाथ से फिसल जाने दोगे ? हिन्दू बंधुओं और मुसलमान भाइयों यह ध्यान में रखना कि यदि अपने हिन्दुस्तान में इन अंग्रेजों को तुमने रहने दिया तो ये तुम्हारे देश का सत्यानाश और तुम्हारे धर्म का नाश किये बिना कभी भी रहने वाला नहीं है।

अंग्रेजों के फरेब के कारण आज तक यहाँ के निवासियों ने अपनी गर्दन अपने ही तलवार से काटी है अत: वह गृहकलेश की गलती अब ठीक कर लेनी चाहिये। मुसलमानों को सलाह हिन्दुओं से लड़ने की ओर मुसलमानों से हिन्दुओं को इस कपट के नाटक का प्रयोग अंग्रेज अब भी करना चाहेंगे, पर हिन्दू बंधुओं तुम उनके जाल में मत फँसना। चतुर हिन्दू बंधुओं से यह कहना आवश्यक नहीं। अंग्रेज अपने वचन का कभी पालन नहीं करेंगे। झूठी-सच्ची बातें कहकर के बहलाने में उस्ताद हैं। वह पृथ्वी में अन्य धर्मियों का नाश करने के लिए आज तक प्रयास करते रहे। उन्होंने दत्तक सन्तान के अधिकार छीने, देशी राजाओं के प्रदेश और राज्य उन्होंने खा लिए। नागपुर का राज्य उन्होंने अधिग्रहण किया। लखनऊ का राज्य उन्होंने डुबो दिया। हिन्दू मुसलमान दोनों को ही अपने पैरों तले कुचला। मुसलमान भाइयों तुम्हें कुरान की परवाह हो तो और और हिन्दू भाइयों तुम्हें गऊमाता की चिंता हो तो आपस में अब भेदभाव भूलकर इस धर्मयुद्ध में सभी लोग सम्मिलित हो। एक झण्डे के नीचे सब लोग लड़ते--लड़ते कूद पड़ो और हिंदुस्तान से अंग्रेजो का नाम खून से धो डालो। हिंदुस्तान से फिरंगियों को नष्ट करने के लिए यदि हिन्दू-मुसलमान एक साथ लड़ेंगे। इस धर्मयुद्ध को जो खुद या धन देगा, वह व्यक्ति स्वतंत्रता पाप्त करेगा, परन्तु कोई विरुद्ध तो वह स्वयं के सिर पर आघात करेगा और आत्महत्या का दोषी होगा।

प्रकरण - बनारस और इलाहाबाद

वार्त्ता

कलकत्ता से लगभग 460 मील दूर श्री जाह्नवी के किनारे बनारस शहर अपने पुरातन वैभव के साथ बसा हुआ है। भागीरथी के पवित्र शीतल धवल जल में पवित्र प्रतिबिंबित होने का महत भाग्य जिन शहरों को है, उनमें बनारस उन सब शहरो की पटरानी लगता है। गंगा के घाट से एक-पर-एक चढ़ती भुवन राजी उनके मस्तकों पर स्वर्णमुकुटों से चमकते ऊँचे-ऊँचे मंदिरों के ऊँचे कलश उन पर चाँवर जैसे डोलते फल पुष्पों से भरपूर घने वृक्ष, भिन्न-भिन्न देवालयों में बजते हजारो घंटो के अलग-अलग स्वर, एक-दूसरे से मिलकर

उनसे उत्पन्न होने वाली कर्णप्रिय एक तान और सारी सुन्दरता पर स्थापित श्री काशी विश्वेश्वर के अधिष्ठान आदि से बनारस शहर को अनन्य शोभा प्राप्त हुई है। आसक्ति के लिए भोग विलाशाकांक्षी भक्ति के लिए भजन लोलुप, वैराग्य के लिये वैरागी और मुक्ति के लिये मुमुक्ष इस काशी क्षेत्र में अपने अपने साध्य की सिद्धि पाते है। जग में वैभव का उपयोग कर पूर्ण काम हुए लोगो के लिये ये क्षेत्र वानप्रस्थ आश्रम या सन्यासाश्रम है। इस जग में आस और उपभोग दुष्ट दुर्जनों के मतसर या दीप्ति के कारण भिन्न भिन्न हो जाते है। ऐसे भाग्यहीन और वैभवहीन लोगों का काशी क्षेत्र और वहाँ की भागीरथी का प्रसन्न जल तुषार, श्रम परिहारक शान्ति भवन, ऐसे इस शान्ति भवन में श्रम परिहरणा के लिए आने वाले भाग्यहीन लोगों की सन 1857 में अंग्रेजों की कृपा से बिलकुल कमी नहीं थी। दिल्ली की अमीरी बन्द होने से निराश्रय हुए कितने ही राजपुत्रों और अन्य कितने ही मुस्लमान, सिक्ख, मराठों के नष्ट वैभव हुए राजकुल उस बनारस शहर में अपने दुखों की कहानी मन्दिर-मन्दिर, मस्जिद-मस्जिद कहते बैठे हुए थे। ऐसे शहर हिंदुस्तान में चल रहे स्वधर्म की दुर्दशा और स्वराज्य का नाश आदि पर चर्चा हिन्दू और मुसलमानों में विशेष जोर-शोर से चले तो इसमें कोई आश्चर्य नहीं।

दोहा

बनारस से कुछ दूर पर, है शिक्रोली गाँव ।
नेटिव पैदल 37वीं, रहती थी उस ठाँव ॥
लुधियानवी रेजिमेन्ट सिक्ख, और इक अश्वसवार ।
तोपखाना गोरे रखें, अपने ही अख्तियार ॥
सब सैनिको के जल रही, गुप्त मनों में आग ।
जो जो आवे निकट दिन, गया बनारस जाग ॥
बनारस लोक समुदाय में, देख अजब अकुलाहट ।
हुए सतर्क अंग्रेज सब, सुन विद्रोह की आहट ॥
टक्कर कमिश्नर शहर का, मजिस्ट्रेट थे लिंड ।

जज क्युबिन सब जानते, लोकमता प्रचण्ड ॥
कर्नल गार्डन लश्करी, ओलफर्ट कप्तान ।
किया रक्षित अंग्रेज को, पहले ही खतरा जान ॥
लोकक्षोभ जब दीखता, गोपनीयता से बाहर ।
मन में भय अंग्रेज को, देख विद्रोह का नाहर ॥
गुप्त समितियाँ बन गई, करने त्यारी ज्ञात ।
मई लगते ही मुस्लिमों की, फिरने लगी जमात ॥
सार्वजनिक जो चौतरे, अरु गलियों की दीवार ।
पर्चा चस्पा हो रहे, चर्चा खुले बाजार ॥
मन्दिर में पण्डित कहे, होय फिरंगी नाश ।
सार्वजनिक हो प्रार्थना, प्रभु काट फिरंगी पांश ॥
महँगाई इतनी बढ़ी, छुए अनाज आसमान ।
अर्थशास्त्र गोरे पढ़े, पर ना लें कोई ज्ञान ॥
तेजी अति बढ़ाय कर, हम को ही देते ज्ञान ।
आँखें देख समाज की, आंगल रहे भय मान ॥
छोड़ बनारस भागना, चाहते है अंग्रेज ।
कर्नल क्युबिन जी कहे, बिगड़ जाय इमेज ॥
सिख स्वयं सेवक टोलियां, पहुँच गयी हैं आय ।
राज निष्ठा उन में भरी, हम पर कहा बलाय ॥
राजनिष्ठा के आसरे, आसन रहे जमाय ।
आजमगढ़ की और से, तभी गर्ज सुन जाय ॥
बनारस से ये आजमगढ़, 60 मील है दूर ।
शांति अब रहनी नहीं, हुआ दूर फितूर ॥
17वीं रेजिमेंट वहां, मचे खलबली रोज ।
31 मई के बाद में, अस्थिर हो गयी फौज ॥
मिस्टर हार्न मजिस्ट्रेट दे, सेना को व्याख्यान ।

अब तो वो दिन लद चुके, जो लें इनकी मान ॥
3 जून का दिवस था, गोपाल पुर कोश आय ।
आजमगढ़ का मिला कर, 7 लाख हें जांय ॥
कितना सिद्ध मुहूर्त है, 3 जून की बात ।
खाना मेस में खा रहे, संध्या से हुई रात ॥
बजे नगाड़े दुंदुभी, दहल फिरंगी जाय ।
ले बच्चे भागे तुरत, जिधर मुंह उठ जाय ॥
पहले ही भय से मर चुके, गोरे स्त्री बाल ।
मरे हुए मारें नहीं, छोड़ा मन से ख्याल ॥
जीवित रखने के लिए, कब्ज़ा किया बहाल ।
आजमगढ़ को छोड़कर, चले जाओ तत्काल ॥
प्रतिज्ञा भीषण करी, कुछ थे भीषण लोग ।
देना है तलवार को, गोरे रक्त का भोग ॥
लेफ्टीनेन्ट इचिन्सन लुई, वो क्वाटर सार्जेंट ।
इन दोनों को ढेर कर, शेष भगे अर्जेंट ॥
जो तुम जा सकते नहीं, बच्चे लेकर दौड़ ।
नहीं तुम्हें हम मारते, दे गाड़ी से छोड़ ॥
कैसे वीर उदार हैं, गाड़ी में बैठाय ।
भगा दिया अंग्रेज को, सत्ता तुरत मिटाय ॥
अंग्रेजी सत्ता हटा, चले बनारस ओर ।
तोपखाना काबू किया, मिटा फिरंगी मोहर ॥
दफ्तर जेल और बैरकें, कर सब पर अधिकार ।
पुलिस उधर स्वराज्य का, किया घोष प्रचार ॥
गाड़ी जिनको न मिली, दौड़े गाजीपुर ओर ।
स्वतंत्रता की ध्वजा को, लखे फहराता भोर ॥

कविता

मस्तिक विजय का नूर, मुख में राष्ट्रगान है ।
कर से बुलंद कर, राष्ट्र का निशान है ॥
दासता से देश है, निर्जीव काया की तरह ।
जीवन मरण की सन्धियाँ, है धूप-छाया की तरह ॥
स्वराज्य को लड़ते हुए, मरने में शान है ।
कर से बुलंद कर, राष्ट्र का निशान है ॥
माता का ऋण चुकता करो, तुम शीश पर बाँधो कफन ।
इस माटी में मिल जायेंगे, या करें शत्रु दफ़न ॥
छाती के घाव, वीरता के कीर्तिमान है ।
कर से बुलंद कर, राष्ट्र का निशान है ॥
रुकना नहीं मंजिल से पहले, दे पटखनी काल को ।
तोड़े माँ की बेड़ियाँ, झुकने न देंगे भाल को ॥
औलाद भारत की सुनो, माँ का आह्वान है ।
कर से बुलंद कर, राष्ट्र का निशान है ॥
हे सुपुत्र माता के सुनो, तेरी ओर माँ निहारती ।
लेकर विजय का ताज आ, माता उतारे आरती ॥
पूरण तू गाता रहे, वीर रस की तान है ।
कर से बुलंद कर, राष्ट्र का निशान है ॥

वार्त्ता

आजमगढ़ स्वतन्त्र होने का समाचार बनारस पहुँचते ही उस शहर की हलचलों से अंग्रेजों में उत्पन्न हुए भय का निराकरण होने के संकेत दिखने लगे थे। मेरठ के विद्रोह का समाचार सुनकर पंजाब से जान लारेन्स और कलकत्ता से लार्ड केनिंग ने मद्रास, बम्बई तथा रंगून से यूरोपियन सेना को विद्रोह के मुख्य केन्द्र की और भेजने के लिए आश्रांत श्रम कर रहे थे। उत्तर की ओर से भेजी गयी गोरी सेना दिल्ली को घेरकर बैठी होने से दिल्ली के निचले हिस्से में सभी ओर असहाय स्थिति पैदा हो गयी थी और अंग्रेज अधिकारी कलकत्ता को कृपा करके सहायता भेजो, यहाँ यूरोपियन भेजो यह माँग बिलकुल रोते हुए कर रहे थे। इस समय लार्ड केनिंग ने मद्रास, बम्बई तथा रंगून से सेना कैसे मंगाई और चीन पर होने वाली चढ़ाई रद्द कर वह सारी सेना हिंदुस्तान में ही कैसे रोक कर रखी इस का वर्णन पहले ही कर चुके हैं। उस जगह से मंगाई गयी सेना में से मद्रास की बटालियन फ्युश्लियर के साथ जनरल नील इस समय बनारस तक आ पहुँचा था। यूरोपियन सेना की यह पहली कुमुक वह भी जनरल नील जैसे बहादुर साहसी कठोर सेनापति के अधीन आ जाने से बनारस के अंग्रेजों में बहुत धीरज आ गया। इसी समय दानापुर की अंग्रेज सेना भी बनारस आ गयी। बनारस के लोगों में और वहाँ के सिपाहियों का शहर के लोगों से विलक्षण सहयोग होने के स्पष्ट प्रमाणों आदि की जानकारी के आधार पर वहाँ के अंग्रेज अधिकारियों ने विद्रोह को गर्भाशय में ही कुचल डालने का निश्चय किया था। जनरल नील की यूरोपियन सेना और बनारस के सिक्ख सरदारों और सिक्ख सिपाहियों एवं तोपखाना की मदद से विद्रोह को कुचल डालने की पूरी योजना सहज ही सिद्ध हो जायेगी इसका अधिकारियों को पहले से ही पूरा भरोसा था। आजमगढ़ का समाचार 4 तारीख को बनारस पहुँचते ही बनारस के नेटिव सिपाही विद्रोह करें, उससे पहले ही निश्चित की योजना का निश्चय बहुत चर्चा के बाद हुआ और उस दिन दोपहर को जनरल परेड का आदेश दिया गया ।

दोहा

समझ गये सैनिक सभी, सुन आंगल आदेश ।
आगे तोप लगाय कर, करे हमें गऊ भेष ॥
भूमि शस्त्र कराय कर, देंगे तोप चलाय ।
वो निश्चय अब कर चुके, पल में देंय उडाय ॥
शस्त्र नहीं नीचे किये, दीया हल्ला बोल ।
शस्त्रगार एक पास में, चढ़े लूटने खोल ॥
झपटे कुछ अंग्रेज पर, भयानक जैसे काल ।
चाटुकार रेजिमेन्ट सिक्ख, पहुँच गये तत्काल ॥
नेटिव ग्रुप को दबाने, रखते सिक्ख रेजिमेन्ट ।
खतरा लख अंग्रेज पर, दौड़ पड़े अर्जेंट ॥
हिन्दुस्तानी फौज से, भिड़ना चाहते आय ।
आंगल से विनती करे, अवसर अब मिल जाय ॥
देखते ही एक वीर ने, दिया कमांडर मार ।
न्यूइस धरती पर गिरा, छोड़ गया संसार ॥
जनरल ब्रिगेडियर हडसन, नहीं पहुँचा था आय ।
हिन्दी रक्त सरदार का, इतने ही बदला खाय ॥
आँखे बदली शूर की, गोली दी चलाय ।
तब राजनिष्ठ सरदार ने, उसको भी काटा जाय ॥
घाल मेल ऐसा हुआ, आंगल समझ न पाय ।
सिक्ख को भी द्रोही समझ, दीन्हि तोप चलाय ॥
नेटिव से वो भी मिले, और नहीं रास्ता कोय ।
हिन्दू-मुस्लिम-सिक्ख सब, एक ही पाले होय ॥
हिन्दुस्तानी वीर सब, किये हमले तीन ।
भारत माँ के लाल हैं, सबका भारत दीन ॥

सन 1857 के इतिहास में, ये आनन्द की बात ।
हिन्दू मुस्लिम सिख भी, हो गये यहाँ एक साथ ॥
तोपखाना अंग्रेज का, रहा आग बरसाय ।
चलें तोप बच सामने, हिन्दी पहुँचे जाय ॥
बैरिक में जंग हो रही, अब होय शहर दरमियान ।
कुटुम्ब संग आंगल भगे, अब कौन बचाये जान ॥
सारे रास्ते भागते, तब सूरत सिंह सरदार ।
आश्रयदाता बन गये, लिया सुरक्षा भार ॥
बनारस के धनकोष में, लाखों का धन माल ।
करे सुरक्षा सिक्ख ही, उस धन की फ़िलहाल ॥
पटरानी पंजाब की जो, कर दी सीमा पार ।
लूट खजाना छीन ले, रानी के अलंकार ॥
स्वाभाविक इच्छा भली, सूरत सिंह आ जाय ।
हटा सिक्ख धनकोष को, आंगल को सँभलाय ॥
राजनिष्ठ कई लोग थे, आंगल चाटुकार ।
गोकुल पण्डित मिल गया, गोरों से गद्दार ॥
राजा स्वयं बनारसी, सम्पति अधिकार ।
सबकुछ दे अंग्रेज को, सेवा में तैयार ॥
हिन्द सिपाही तोप की, निकल मार से जाँय ।
फैल गये प्रदेश में, आगे को बढ़ जाँय ॥
सारे शहर में हो रहा, विद्रोह का घमासान ।
बैठे जो इंतजार में, सांकेतिक आह्वान ॥
बनारस से चल करके, वो रहे जौनपुर आय ।
आंगल को मिली सूचना, रहे व्याख्यान सुनाय ॥
विद्रोह की आग में, जला जौनपुर शहर ।
जज फ्युजिज भाषण करे, लख विद्रोह का कहर ॥

गोली आयी चीखती, सीने में धँस जाय ।
मृतदेह पड़ी धरनि में, जज परलोक सिधाय ॥
मारा लेफ्टीनेन्ट भी, गोली लग गिर जाय ।
सैनिक ने धनकोष भी, तुरत लिया कब्जाय ॥
यूरोपियन जितने यहाँ, जौनपुर छोड़ भाग जाँय ।
बनारस के घुड़सवार भी, जौनपुर पहुँचे आय ॥
अब जो सारे शहर में, कोई गोरा दिख जाय ।
जीवित उसे ना छोड़ना, दो यमपुर पहुँचाय ॥
बूढा डिप्टी कलेक्टर, डर कर भागा जाय ।
दया करो इस वृद्ध पर, मारा साँप बताय ॥
शस्त्र सभी नीचे करो, भागो जौनपुर छोड़ ।
इसका लाभ उठाय कर, भागे फिरंगी दौड़ ॥
बनारस चाहते भागना, नौका कीनी आय ।
तब गंगा के बीच में, एक टापू दिख जाय ॥
मल्लाहों ने धन लूटकर, टापू दिये उतार ।
भजन करो निधरक यहाँ, ईस लगा दे पार ॥
दीन-दीन का शोर था, गया सड़क पै आय ।
दिखे गोरा रक्त ही, पल में धूल मिलाय ॥
जितना जिस पै चल सका, लिया धन कोष उठाय ।
बादशाह के नाम से, गरीबों में बँट जाय ॥
वृद्ध, दीन कंगाल जो, उनको धन दे जाय ।
राजप्रमुख और बादशाह, खूब पुण्य ले जाय ॥

वार्त्ता

इस तरह तीन जून आजमगढ़, 4 जून को बनारस और 5 जून को जौनपुर के उठते ही बनारस का सारा प्रान्त क्रान्तिज्वाला में जल उठा। प्रांत का मुख्य शहर छूटते ही साधारण राज्य क्रान्ति का जोर नहीं रहता, परन्तु राज्यक्रांति का राजधानी के ऊपर अवलंबित रहना क्रांति शास्त्र में नाशकारी दोष माना जाता है इसलिए राजधानी चाहे कमजोर पड़ जाए पर प्रान्त को छोड़ नहीं देना चाहिए इसलिए इस नियम का पालन बनारस में हुआ। चुटकी बजाते ही राज्यक्रांति की आँधी 10 दिशाओं को धुँधली करते बह रही थी। जमींदार किसान सैनिकों ने फिरंगी शासन को गोमांस की तरह आपत्तिजनक मान लिया। छोटे-छोटे गाँवों में गोरों के आने की खबर मिलते ही उन्हें मारपीट कर भगा दिया जाता। उन्होंने अंग्रेजों द्वारा नियुक्त जमींदारों, गद्दारों, चाटुकारों को निकालकर पुरानी पीढ़ी के ही लोगों को उन जगहों पर रखा। कारावास, न्यायालय, लगान सब तुरन्त बदल दिया ।

तारयंत्रों को तोडा, रेल यातायात के रास्ते खोदे, टेकरी और हर झाड़ी के पीछे गोरों के रक्त ओर धन पर ललचाये गाँव वाले छिपकर बैठे रहते। अंग्रेजों को मदद तो दूर कोई समाचार भी नहीं मिलने देते। पहरेदार जरी के झंडो के साथ पहरा लगाते । ऐसी स्थिति में अंग्रेजों का दम घुटने लगता। सारे सिपाही विद्रोह होते ही अवध की ओर निकल गये। बनारस शहर का 4 जून का प्रयास असफल रह जाने पर वहाँ के तीन क्रांतिकारी नेताओं के साथ एक लखपति साहूकार को पकड़ा। उसके घर में क्रान्ति पक्ष से आए हुए पत्र सांकेतिक भाषा में सरकार को मिले। सारांश यह था कि बनारस के लोग शीघ्र विद्रोह करें। बाकर, गिवन, लिंड और जितने भी यूरोपियन हों उन्हें काट दें। इस काम के लिए राशि नगरसेठ कोठी वाले के पास से दी जाएगी।

इस कोठी वाले के घर छापा मारा गया तो वहाँ से 100 तलवारों और बंदूकों का जखीरा मिला। बनारस विद्रोह की यह संक्षिप्त जानकारी दी और खास बात यहाँ एक भी लेडी नहीं मारी गयी थी। इस राष्ट्रक्षोभ में भी लोगों ने गाड़ी दे दे कर भी निकाला था। जनरल नील विद्रोह के समय बनारस में आ

चुका था यह पहले ही कह चुके हैं। बनारस प्रान्त को स्वराज्य के लिये खड़ा करना और उसे प्रोत्साहित करना ऐसी महानता मनुष्य जाति में मुश्किल है; इंग्लिश राष्ट्र में तो असम्भव है। परन्तु भारतीयों ने इतनी क्रूरता नहीं की और जो युद्ध में खड़ा है या हाथों से हमारी स्वतंत्रता छीन रहा है, उनको भी निकलने का अवसर दे रहा है। ऐसे राष्ट्र में कम–से-कम हत्या की जानी चाहिए थी। अंग्रेजी तथाकथित सुसभ्य सेना ने हमारे ग्रामीण स्त्री, बच्चे, बूढ़े, रोगी किसी को नहीं बख्शा। विद्रोह का बदला लेने हेतु गाँवों में यूरोपियन टोलियाँ भेजी।

दोहा

सिक्ख यूरोपियन टोलियाँ, जाती सारे गाँव ।
गरीब लोग जिन में रहें, करें मंजूरी काम ॥
जो कोई आगे मिले, फाँसी देत चढ़ाय ।
चाहे उनको काटकर, देते धूल मिलाय ॥
खेती की उपजीविका, निहायत बोदे लोग ।
इतनी संख्या मर रही, कब तक कर ले शोग ॥
फाँसी खम्बा रात-दिन, फाँसी पर लटकाय ।
अधमरा कर फेंकते, लम्बी लाइन लगाय ॥
गाड़े खम्बे लेन में, वध होता दिन-रात ।
इतनी संख्या मर रही, थक जाते थे हाथ ॥
तौर तरीका खम्ब का, बदल दिया अब हार ।
अब लटकाते पेड़ पर, फाँसी झूला डार ॥
हर शाखा पर लटकती, हिलती-डुलती लाश ।
कुछ पल पाँव हिलावते, टूट जाँय फिर साँस ॥
उन्हें लटकते छोड़ते, कौन उतारे जाय ।

निबटाने है रात-दिन, दूजे दरखत आय ॥
लाशों की झूला पड़ी, गाँव के चारों ओर ।
मशाल जला उत्सव चले, होय शाम से भोर ॥
लश्करी कर्त्तव्य को, रात-दिन रहे निभाय ।
वो बहादुर अंग्रेज भी, आखिर गये उकताय ॥
उनका धार्मिक कर्म ये, और है बड़ा उदार ।
गम्भीरता कुछ कम करी, किया दूजा रास्ता तैयार ॥
अब मनोरंजक ढंग से, हाथी पर बैठाय ।
गर्दन ऊपर बांधते, हाथी देय बढ़ाय ॥
छटपटा मरते बहुत, ऊटपटांग मनहूस ।
लटके जो अच्छे लगे, करते ढंग खड़ूस ॥
अंग्रेजी में 7, 6, 3, 4 और दोय ।
चित्र बना वो बाँधते, खूब मसखरी होय ॥

वार्त्ता

परन्तु ऐसा करने के बाद भी काले लोग हजारों लाखों जीवित के जीवित। अब इतनों को फाँसी के बारे में सोचना तो इतनी रस्सी कहाँ से लाएं। ऐसी अजीब गुत्थी इंग्लेंड जैसे विकसित ईसाई राष्ट्र के सामने आ गयी। उन्हें अन्त में एक युक्ति सूझी; उसका प्रयोग इतना सफल रहा कि अब आगे फाँसी के स्थान पर उस भयावह युक्ति को ही काम में लाने की बात निश्चित हुई और घन्टे में पूरा गाँव का गांव जल जाता।

दोहा

आग लगाकर गाँव में, लेते तोपें तान ।
जलकर थोड़ी देर में, मिट जाय नाम निशान ॥
पल में कितने ही घर जला, बड़ा मनोरंजक काम ।
बहुत मजा आता हमें, शाम छलकते जाम ॥
चिट्ठी लिखकर मजा की, पहुँचाते इंग्लेंड ।
चिठ्ठी पढ़कर के सभी, हँसते उनके फ्रेंड ॥
आग लगा पूरी तरह, निकलने का क्या काम ।
निपटारा कर जल्दी ही, ये काम सुबह से शाम ॥
कुमार, कुमारी, वृद्धजन, और ब्राह्मण विद्वान ।
बच्चे सभी स्कूल के, हिन्दू-मुस्लिम जान ॥
दुधमुहे बच्चे और माँ, रोगी बुड्ढ़े राख ।
सरक सके ना खाट से, तड़फ मरे बे पाँख ॥
अधजला कोई भागता, देते गोली मार ।
टोली दसों दिशाओं में, फूँके बेशुमार ॥
आंगल लिखता हैड को, आज गाँव जलाये बीस ।
होय गर्व मेरे काम से, आपको विश्वे बीस ॥

वार्त्ता

उपर्युक्त दानवी सच्चाई जनरल नील के प्रतिशोध के बारे में कुछ न लिखना ही अच्छा। ऐसी स्पष्ट प्रतिज्ञा वाले अंग्रेज इतिहासकारों के उदार इतिहास में हुई चूक के कारण जो जानकारी बाहर आयी है वह इसका सारांश है बस। इससे अधिक एक शब्द भी लिखना क्रूरता के इस नंगे चित्र को ख़राब करना है, इसलिए अब हम आँखों से भागीरथी और कालिंदी के प्रीति संगम प्रेम लहरों की

ओर दृष्टिपात करें जो इलाहाबाद से कोई 70 मील दूर बसा हुआ है। इस धार्मिक क्षेत्र की पवित्रता के साथ वहाँ अकबर के शासनकाल में निर्मित विस्तीर्ण किले ने अपूर्व भव्यता बढ़ाई है। कलकत्ता से पंजाब और दिल्ली आदि बड़े प्रान्तों के आने वाले सारे महत्त्वपूर्ण रास्तों का यह इलाहबाद नाका होने से इन प्रान्तों की हलचलों पर नजर रखने के लिए किसी भीम आकृति सेनापति जैसा यह किला अपनी गम्भीरता से शोभित है।

दोहा

क्रांति के इस समय में, होय किला जिस हाथ ।
बड़ा प्रान्त उस हाथ में, महत्वपूर्ण ये बात ॥
इस हालत में किले पर, करने को अधिकार ।
आएगा तब हाथ में, जतन होय जोरदार ॥
विद्रोह हो एक साथ में, क्रान्ति-पक्ष विचार ।
उठने को एक साथ में, पण्डित करे प्रचार ॥
शहर नहीं सभी प्रान्त में, बो दिये क्रांति-बीज ।
में संकल्पित स्वराज्य के, काम आऊँ नाचीज़ ॥
धार्मिक पवित्र स्वराज्य का, किया सबने संकल्प ।
क्रान्ति बिन स्वराज्य का, दूजा नहीं विकल्प ॥
बढ़ गई है शहर में, मुल्लाओं की चहल ।
देख नजाकत वक्त की, अंग्रेजों में दहल ॥
समर भूमि सिंचन करे, उद्यत है मुसलमान ।
स्वराज्य स्वधर्म पर, अर्पण कर दे जान ॥
क्रान्ति मंडल से मिले, मुंसिफ और न्यायाधीश ।
मुस्लिम हिन्दू एक हों, सफल करें जगदीश ॥
इलाहाबाद के किले की, रक्षा हो मजबूत ।
मुख्यालय यहाँ प्रांत का, फिरें गोरे गुप्तचर, दूत ॥

शहर है गंधक ढेर पर, वो भी समझे नांय ।
नहीं सूचना देश की, क्रांतिजाल बुन जाय ॥
कुशल गुप्तता जाल में, अंग्रेजी फंस जाय ।
गोरे फौजी दुर्ग में, कोई जरूरत नाय ॥
छठवीं रेजिमेन्ट के ज्वान ही, लगे महत्वपूर्ण स्थान ।
रेजिमेन्ट फिरोजपुर सिक्ख के, थे बस 200 ज्वान ॥
मेरठ सूचना पहुँचते, आरा अवध अशवार ।
किला सामग्री शस्त्र सब, उनके ही अधिकार ॥
राजनिष्ठ नाटक करी, हमे दिल्ली भेजा जाय ।
क्रांतिकारियों को मार के, दिल्ली मुक्त करांय ॥
राजनिष्ठता देखकर, गोरों की तारीफ ।
धन्यवाद जनरल करे, मिलती खूब रदीफ़ ॥
विद्रोही रेजिमेन्ट 6, अन्दर से सब कोय ।
पकड़ क्रांतिदूत दिये, अंग्रेजो को दोय ॥
गुंजाइश ना शक की रही, किया प्यार विशेष ।
आलिंगन कर चूमते, मिला फेस से फेस ॥

वार्त्ता

और उसी रात छठवीं रेजिमेन्ट के सारे के सारे सिपाही मारो फिरंगी को तलवार तान चुके। क्रांति-योजना बनारस की तरह समय पूर्व ही विध्वंस नहीं और सिपाहियों को निश्शस्त्र न किया जा सके इसलिए सिपाहियों के गुप्त प्रयास जब चल रहे थे तभी अंग्रेजों ने काफी कुछ परिवारों को किले में ले जाकर उनका संरक्षण करने और कुछ सिक्खों और घुड़सवारो के दल तैनात कर दिए थे। बनारस का समाचार 5 जून को इलाहबाद आ धमका। उस दिन शहर में ऐसी अपूर्व घटना घटी और गड़बड़ी आरम्भ हुई कि अंग्रेज ने कुछ तोपे बनारस की

ओर पुल पर निशान साधकर रख दी और किले के दरवाजे बन्द कर लिये। रात के समय सिपाहियों ने, जिन्हें कुछ समय पहले ही चूमा था वे सारे अंग्रेज अधिकारी नाचते-कूदते खाना खाने मेस में गए ही थे कि तभी कुछ दूरी पर संकट-सूचक बिगुल बजने लगा। यह बिगुल शायद राजनिष्ठ छठवीं रेजिमेन्ट के विद्रोही हो जाने की भयानक सूचना दे रहा था।

दोहा

बनारस पुल की सुरक्षा में, रखी हुई जो तोप ।
आंगल का आदेश था, रखो किले में रोप ॥
समय समाप्त हो गया, आंगल का कल शाम ।
जो भी हमे अभीष्ट है, वही करेंगे काम ॥
तोप वहाँ से खींचकर, ले गये केंट की ओर ।
हुक्म अदूली कर रहे, करें फिरंगी शोर ॥
सजा मिले उद्दंडता की, टेरे अश्व सवार ।
अलेक्जेंडर नाम का, गोरा एक तैयार ॥
लेफ्टीनेन्ट हॉवर्ड भी, चल दिया सजकर साथ ।
झपट करी अंग्रेज ने, पर ज्वान मिलावे हाथ ॥
अलेक्जेंडर कर्नल मरा, गोली सीने पार ।
घोड़े से नीचे गिरा, किये टुकड़े चार ॥
मिले देशबंधू सभी, सीने से लग जाँय ।
चले केंट की ओर सब, तोप खींच ले जाँय ॥
इस समय पहले ही दौड़कर, पहुँचे दो असवार ।
घटित सूचना सब कही, अब हो जाओ तैयार ॥
फिर क्या था कुछ देर में, पहुँच परेड मैदान ।
जो गोरा आदेश दे, वही गँवावे जान ॥

क़ाटर मास्टर हावर्ड मरा, स्टुअर्ड एडजुटेंट ।
पिलेन्कट और पिंगले मरा, इन्नेस लेफ्टिनेन्ट ॥
चर्च और मेनरो मर गये, बच गये वो गये भाग ।
अब तलवारें हिन्द की, करें खून की माँग ॥
चला परेड मैदान से, क्रोधित सैन्य समूह ।
इत-उत आग लगावते, फैल गया था व्यूह ॥
खाना मेस में खा रहे, कितने ही अंग्रेज ।
काट-काट तलवार से, दिए नरक को भेज ॥
कब्ज़ा करना किले पर, महत्त्वपूर्ण ये काम ।
गोरों के परिवार हैं, सिक्ख सुरक्षा धाम ॥
गोला बारूद प्रचुर भरा, सिक्ख सैनिक मिल जाँय ।
किया घात सरदार ने, वचन तोड़ हट जाँय ॥
पहले बात पुख्ता करी, हम भी करे विद्रोह ।
भारत को धोखा दिया, किया फिरंगी मोह ॥
कम्पनी ध्वज न हट सका, हुए अपने गद्दार ।
सिक्खों के इस कपट को, इतिहास करे धिक्कार ॥
एक आध घन्टे बीच में, किला हाथ आ जाय ।
मातृभूमि की देह को, दिया गोरों पे लुटवाय ॥
तोप दाग निशस्त्र कर, सैनिक दिए भगाय ।
किला छिने अंग्रेज से, जो सिक्ख साथ दे जाँय ॥
सिक्ख 400 छोड़कर, देशभक्त इलाहाबाद ।
क्रान्ति गुरु ने सभी को, दिया एक सूत्र में बाँध ॥
दिए वक्त पर शहर में, हुई गर्जना घोर ।
अफरातफरी मच गयी, बहुत हुआ था शोर ॥
नाकाबंदी शहर की, अंग्रेजी घर नाश ।
मुक्त किये कैदी सभी, खोले कारावास ॥

कारागृह से निकलकर, करे विकट अट्टहास ।
इंजन, रेल, दफ्तर सभी, नष्ट किये दूरभाष ॥
गोरे बालक किले में, कुछ लगे विद्रोही हाथ ।
एक-एक झटके में मिले, वो भी मारे रात ॥
देशनिष्ठ जो नहीं थे, दिया मिटाय निशान ।
देशनिष्ठा की शपथ ली, उनकी बक्शी जान ॥
गोरे नहीं, ईसाई नहीं, पर थे चाटुकार ।
शामिल नहीं विद्रोह में, वो भी दिए मार ॥
7 जून कब्ज़ा किया, इलाहाबाद धन कोष ।
क्रोध था राष्ट्र-अपमान का, नहीं किसी का दोष ॥
30 लाख की रकम थी, लिया खजाना लूट ।
जमा किये क्रान्ति गुरु, नहीं किसी को छूट ॥
अब दिन के दोपहर को, मुख्य कोतवाली जाय ।
झंडा अपने देश का, ऊँचा दिया लगाय ॥
सभी नागरिक शहर के, जाकर किये सलाम ।
जहाँ कहीं अंग्रेज का, मिटा दिया था नाम ॥
जड़ें जमी सौ साल की, इतनी उथली होय ।
जोत भूमि तलवार से, सभी गाँठ का खोय ॥
बीज गुलामी के बुवे, नहीं सींचते खेत ।
दुनिया जाने छीनना, बने नाश का हेत ॥

रागिनी

प्रयागराज का संगम तीरथ, मिलती तीनों धार यहाँ ।
हिन्दू-मुस्लिम तो मिल गये, पर मिले नहीं सरदार यहाँ ॥
खट्टी राबड़ी बने छाछ से, अन्न के साथ पकाई जा ।
शक्कर मिल के अमृत बन जा, फेर दूध से खाई जा ॥
ना सारी बात बताई जा, हैं सभी लोग समझदार यहाँ ।
हिन्दू-मुस्लिम तो मिल गये, पर मिले नहीं सरदार यहाँ ॥
भारत माँ की इस मिट्टी में, लोटपोट कर खड़े हुए ।
इस भूमि पर जन्म लिया, इसके अन्न-जल से बड़े हुए ॥
हीरा मोती जड़े हुए, माला में एक ही तार यहाँ ।
हिन्दू-मुस्लिम तो मिल गये, पर मिले नहीं सरदार यहाँ ॥
हिन्दू प्रजा एक हुई, और मुस्लिम तालुकेदार यहाँ ।
बूढ़े सैनिक, तरुणों की, करते हैं सेना तैयार यहाँ ॥
व्यापारी जमींदार सभी, हल छोड़ लई तलवार यहाँ ।
हिन्दू-मुस्लिम तो मिल गये, पर मिले नहीं सरदार यहाँ ॥
चले किशोर जुलूस में एक दिन, बजा ढोल और ताशे ।
भारत का ध्वज ऊँचा रख प्रभु, आंगल राज विनाशे ॥
रोके ना रुके अड़ गये खासे, हुए फाँसी को तैयार यहाँ ।
हिन्दू-मुस्लिम तो मिल गये, पर मिले नहीं सरदार यहाँ ॥
उन सुकमार देवदूतों को, फाँसी खुलेआम लगाई थी ।
धरती पर भूकंप हुआ, भारत माता डकराई थी ॥
ये कसम उसी दिन खाई थी, जन बच्चा रण को तैयार यहाँ ।
हिन्दू-मुस्लिम तो मिल गये, पर मिले नहीं सरदार यहाँ ॥

वार्त्ता

भारत के इतिहास में इतनी उत्क्षोभक विद्युतवेगी भयानक एवं सर्वत्र व्यापक राज्यक्रान्ति दूसरी जगह दिखाई देना बहुत कठिन है। लोकशक्तियाँ भड़भड़ा कर जाग उठी और अपने देश की स्वतंत्रता के लिये एकाएक गर्जना करते मेघों की तरह रक्त की मूसलाधार वर्षा करने लगे। तरुण लड़कों को दिनदहाड़े फाँसी दी गयी। उन तरुण देवदूतों पर जुल्म उन जालिमों के सिर आघात करने से कैसे चूक सकता है। सारी सृष्टि भूकम्प जैसी डोलने लगी, किसान तालुकेदार हिन्दू और मुस्लिम, वृद्ध और तरुण पुरुष और महिला सारे के सारे राजनितिक दास्य का उच्छेद करने के लिये हर हर महादेव करने लगे। केवल गंगा पार के लोग ही नहीं, अपितु गंगा-यमुना के बीच में स्थित भूखण्ड की जनता भी उठी, किसान भी सन्नद्ध हुए और दोनो धर्मो का एक भी अनुयायी नहीं जो रह गया हो अंग्रेज पर प्रहार करने को तैयार न हो गया हो, बेचैन न हो गया हो। इस बहुजन समाज के प्रचण्ड प्रयासों को सफलता मिले। भारतभूमि स्वराज्य सम्पन्न हो जाये इसके लिए प्रयाग के पण्डे और मुल्ला अपने पवित्र आशीर्वाद उस क्रांति के माथे पर बरसाने लगे। यह सन 1857 जैसी प्रचण्ड राज्यक्रान्ति अभूतपूर्व थी; उसमे भी हिन्दू और मुसलमान अपने भाई-भाई होने का रिश्ता पहचानकर हिनदुस्तान के लिए इकट्ठे होकर लड़ने लगे, यह अपूर्व एवं आश्चर्यकारी था।

दोहा

हो भयानक विस्फोट सात दिन, उभरा है आकार ।
इस क्रांति की नाव को, मिल गया खेवनहार ॥
मौलवी लियाकत अली नामक, एक क्रान्तिकार ।
धर्मगुरु था बुनकरों का, दे स्वराज्य-विचार ॥
श्रध्दा करे समाज सब, हिन्दू मुसलमान ।
क्रांति बाद इलाहाबाद के, लिया मुखिया मान ॥

प्रतिनिधि बना बादशाह का, सौंपी उसे कमान ।
दफ्तर खुसरोबाग़ मैं, जहाँ मजबूत मकान ॥
रिपोर्ट सभी इलाहाबाद की, दे बादशाह को भेज ।
विद्रोही सब प्रान्त के, सभी करे अंगेज ॥
कब्ज़ा करना दुर्ग पर, ये है पहला काम ।
सैनिक सज्जित कर तुरत, हमले का इंतजाम ॥
बनारस से इलाहाबाद मैं, आने का समाचार ।
जनरल नील एक अमानवी, धूर्त्त और मक्कार ॥
सदबुध्दी आ जाती जो, नहीं पंजाबी सरदार ।
शस्त्र गोलाबारूद संग, होय किला अधिकार ॥
11 जून को नील भी, पहुँच गया इलाहाबाद ।
सिक्ख सुरक्षा करेंगे, नहीं उसका दिल शाद ॥
इलाहाबाद के किले पर, आंगल ध्वज फहराय ।
जनरल हो प्रसन्न लख, चिंता कम हो जाय ॥
किला सुरक्षा में लिया, आंगल फौज लगाय ।
सिक्ख चार सौ तुरत ही, दिए और काम लगाय ॥
गाँव पड़ोसी जोन से, कर दिये बिना चिराग ।
तैयार हुए सरदार सब, दे बस्तियों में आग ॥
देशद्रोही स्वदेश के, आंगल से मिले जाय ।
बस्ती हीन करे तोप से, दिया भय फैलाय ॥
करे पलायन गाँव से, जनता भागी जाय ।
आश्वासन में दे रहा, फिर भी रुकते नाय ॥
बस्ती अब होने लगी, सभी तरफ वीरान ।
सूचना दिल्ली को लिखे, पहुँचे आंगल आन ॥
पहला हमला अंग्रेज का, कर दिया नाकाम ।
दुर्ग है आंगल हाथ में, अब खतरा उस ठाम ॥

विद्रोही 17 जून को, गये बनारस आय ।
आंगल चाटुकार भी, प्रयाग मे पहुँचे जाय ॥
18 जून अंग्रेज भी, दुर्ग में हाथोंहाथ ।
दूना बल उनका हुआ, चाटुकार का साथ ॥
रिपु सुरक्षित किले मैं, यह देख के आया जोश ।
किला बना निज बस्तियाँ, बैठे कर आक्रोश ॥
इलाहाबाद भी आ गया, अंग्रेजों के हाथ ।
संग कवायद कर रहे, गद्दारों के साथ ॥
जो करे फिरंगी सहायता, देता दण्ड समाज ।
बन्द हुआ बस किले मैं, आंगल शत्रु आज ॥
बैल नहीं, गाड़ी नहीं, डोली नहीं कहार ।
इलाज सोल्जर घायल क्या, मिलता नहीं आहार ॥
कर्कश कराहें भयंकर, घायल और बीमार ।
इधर धूप है जून की, रही आंगल को मार ॥
चटपट मरती मेम भी, गर्मी रही सताय ।
अन्न नहीं मिलता कहीं, कैसे भूख बुझाय ॥
गर्मी और भुखमरी से, हैजा अब गया फैल ।
सभी सहायता बन्द है, नहीं दवाई टहल ॥

वार्त्ता

इलाहाबाद के कृतनिश्चयी लोगों ने अंग्रेज की राह में बहुत बाधा खड़ी की, पर राजपूताना, पंजाब, नेपाल आदि सारा हिन्दुस्तान सोया पड़ा था। जो कुछ भाग जागा तो वह पिशाच की तरह विद्रोहियों पर ही टूट पड़ा। इलाहाबाद बनारस मे अंग्रेजों के साथ हजारों सिक्ख सिपाही थे ही, फिर भी ऐसी निराशा के बीच भी गुलामी के प्रति जो द्वेष, स्वतंत्रता के उच्च ध्येय के लिए स्वार्थ त्याग,

आत्मबलिदान दिखाया इससे उन सभी देशभक्तों के लिए इतिहास हमेशा के लिए गौरवगान करेगा, क्योंकि उन देशभक्तों ने अंग्रेज के खिलाफ खड़ा होकर बहुत भारी मूल्य चुकाया था।

बनारस और इलाहाबाद प्रान्त में जनरल नील ने जो क्रूर व्यवहार किया, उसका मानव इतिहास तो छोड़िये जंगली इतिहास में भी उदाहरण मिलना कठिन है। नील ने वृद्धों को जलाया, प्रौढ़ों को जलाया, युवाओं को जलाया, कुमारों को जलाया, गर्भ को जलाया, पालने में सो रहे मुन्नो को जलाया, दूध पीते बच्चों को माओं के साथ जलाया, कुवारियों, माताओं, पुत्रियों को जलाया जिनकी संख्या न गिनी जा सके। जिन्दा जला दिया परमेश्वर और मनुष्य जाति के सामने यह कह रहा हूँ। इसको कोई भी झूठ कर सके तो सामने आये इन सबका अपराध क्या था जो वे अपने देश के लिये सारे संकट झेलने को तैयार हुए फिर भी कानपुर का कत्लेआम नहीं हुआ था। उलटे नील के क़त्ल के बदले में यह कत्लेआम हुआ था। सन 1857 के भारत मे अंग्रेज पुरुष-महिला-बच्चे क़त्ल नहीं हुए, जितने अकेले नील ने किये थे इलाहाबाद में। ऐसे सैकड़ों नील हजारों गाँवों से नेटिवों को सरेआम क़त्ल कर रहे थे। अंग्रेज के एक-एक आदमी के लिये एक-एक गाँव जीवित जलाया। स्वयं नील कहता है "इस देश के लिए मैं ये घोर अत्याचार कर रहा हूँ। मैं जानता हूँ ये अधिक क्रूरता की है। मैंने ये साम्राज्य का डर बैठाने के लिये किया है इसलिये परमात्मा मुझे क्षमा करे।" बेसहारा महिलाओं, बूढ़ों को भी इस भयानक अग्नि की भेंट चढ़ाया। प्राकृतिक स्वराज्य प्राप्ति के लिए क्रांतिकारी लड़ रहे थे, अंग्रेज नहीं; इसलिए क्रूर हत्याएँ करते हुए कोई पवित्र कृत्य कर रहा था तो स्वधर्म, स्वराज्य इस महान उपलब्धि के लिये झगड़ते और 100 वर्ष के अत्याचारों से पीड़ित मातृभूमि का प्रतिशोध लेने को तत्पर देशवासी ही थे। परन्तु अब इस तत्त्वज्ञान का उपयोग ही क्या। नील ने भयानक क्रूरता के जो इलाहाबाद मे बीज बोये, उसकी फसल अब कानपुर मे लहलहा उठी है। ऐसे समय मे उस फसल की कटाई के लिये जल्दी से कानपुर की ओर जाना ही उचित होगा।

प्रकरण - कानपुर और झाँसी

दासता के नरक में पड़े अपने पितरों का उद्धार करने के पवित्र हेतु से बह रही क्रान्ति-भागीरथी के रक्तप्रवाह को हिन्दुस्तान के विस्तृत मैदान पर धमाचौकड़ी करते छोड़, अब कुछ हमे उस क्रांति-भागीरथी का मुख्य स्रोत कानपुर में क्या चल रह है देखना चाहिए।

दोहा

मेरठ के विस्फोट समय, हुए क्रान्ति योद्धा तैयार ।
ब्रह्मावृत के महल मैं, नाना साहब के द्वार ॥
इतने योद्धा किसी जगह, जुटे नहीं तत्काल ।
लखनऊ बरेली दिल्ली के, ना जुटे दीवाने हाल ॥
क्रान्ति गर्भ सम्भव हुआ, इसी महल के बीच ।
गिरा मेरठ विस्फोट से, तुरन्त दिया फिर सींच ॥
गिरा हुआ शीचा गर्भ, किया न उसका त्याग ।
करने पुष्ट बहार ही, रच दिए कई विभाग ॥
महल मे नाना साहब के, भतीजा और दो भ्रात ।
तन मन धन अर्पण किया, उच्च हेतु उद्दात ॥
नाना के गुरु राजनैतिक, थे अजीमुल्ला खान ।
देश भक्त ने हृदय मैं ली, प्रजा हित की ठान ॥
अध्ययन कर यूरोप का, लख उनका संग्राम ।
अपने इस धर्मयुद्ध मैं, कैसे करना काम ॥
नक्शा मानस-पटल पर, लिया बना विशाल ।
क्रांति हो स्वराज्य की, ऊँचा हो भारत भाल ॥
झाँसी की बिजली मनु, चमक रही थी मार ।

तात्यां टोपे वीर भी, चमकाते तलवार ॥
अक्षय गर्भ माँ भारती, बार-बार नमस्कार ।
लोरी गा मेरे हृदय में, भरी वीर रस धार ॥
जाजल्यमान नक्षत्र थे, तात्यां टोपे वीर ।
वीर शिवा की हाथ मैं, थी अन्तिम समशीर ॥
हिन्द भूमि की कोख से, 1814 के आसपास ।
वीर तात्यां प्रगटे, जवाँ मर्द थे खास ॥
श्रीमंत नाना साहब की, उनसे गाढ़ी प्रीत ।
एक शाला में सीखते, धर्मयुद्ध की जीत ॥
सिंह शावक दोनो लड़े, भारत माँ के हेत ।
नाना, तात्या, लक्ष्मी, पढ़ते एक निकेत ॥
अप्रैल माह के अंत में, क्रांति पक्ष एक साथ ।
अजीमुल्ला प्रवास में, रुकते एक-दो रात ॥
18 मई मेरठ का विप्लव, दिल्ली मुक्त समाचार ।
कानपुर मैं हल-चल नहीं, सब शान्ति व्यवहार ॥
राज्यक्रान्ति होत है, न्यारे - न्यारे भाग ।
कहीं पर चलती मंद गति, कहीं बरस जा आग ॥
ब्रह्मावर्त्त के महल में, समझ गये तत्काल ।
दिल्ली के पीछे चलै, था पूर्व नियोजित काल ॥
दोनों में से दूसरी, ठीक रहेगी चाल ।
दाव घात चलने लगे, समझ-समझ कर हाल ॥
कानपुर बिलकुल पास है, पहले ही सैन्य जमाव ।
3000 नेटिव थी सेना, गुप्त क्रान्ति चाव ॥
53 और 56वीं पैदल, तीसरी अश्वसवार ।
आंगल रखते हाथ में, तोपखाने की मार ॥
सौ सवा सौ सोल्जर, अधिकारी थे साथ ।

सर व्हीलर था कमांडर, खूब शांति ठाठ ॥
व्हीलर उम्र से वृद्ध थे, नेटिव थे प्रसन्न ।
शान्ति देख समझे नहीं, कोई संकट आसन्न ॥
आंगल को पहले मिला, मेरठ का समाचार ।
15 मई के बाद था, चंचल-सा व्यवहार ॥
18 मई के बाद तक, ना मिला आंगल समाचार ।
हरकारे चले हिन्द के, उनका टूटा तार ॥
व्हीलर भेजे दूत कुछ, होय सूचना ज्ञात ।
आता एक सैनिक मिला, ना की उसने बात ॥
कूट प्रश्न अंग्रेज को, रहे कान पे तार ।
हमसे पहले क्यों मिले, इन्हें दूर समाचार ॥
मिला पहले विद्रोही से, सैनिक जिन्दा तार ।
पकड़ो नागरिक सैनिकों में, आंगल करे विचार ॥
जो कुछ है निकले अवश्य, सर व्हीलर निश्चिन्त ।
सैनिक शहरी सनद थे, निकट फिरंगी अंत ॥
मिलजुल कर करते सभा, हिन्दू-मुस्लिम संग ।
सैनिक शहरी छात्र गुरु, मिले हुए सब अंग ॥
अंग्रेज महिला एक दिन, कुछ लेने गयी बाजार ।
ऐंठ देख उस मेम की, बोला एक जमींदार ॥
कब तक करती रहोगी, ये अंग्रेजी ऐंठ ।
उठने वाली आपकी, जल्दी यहाँ से पेठ ॥

वार्त्ता

अंग्रेजों को ऐसे कड़वे बोल सुनने की आदत नहीं थी। उनको कोई ऐसे बोल सुनाये, ऐसे अवसर पर शान्त बैठना कोई लाभ का काम नहीं, यह सोच कमांडर हो व्हीलर ने विद्रोह से पहले ही सुरक्षा की तैयारी आरम्भ कर दी। सबसे पहले आश्रय मिल सके ऐसा एक स्थान तैयार मिले; इस हेतु गंगा के दक्षिण ओर सिपाहियों की लाइन के पास ही एक स्थान उसने चुना। उस स्थान को मजबूती देने के लिए चारदिवारी और तोप रखने के लिये बनवाकर सर व्हीलर ने अनाज भरने का आदेश भी दिया। ऐसी अफवाह है कि नेटिव कोंट्रेक्टर ने अनाज आदि रसद व्हीलर की नजर से बचाकर आदेश से बहुत कम भरी थी। इस घिरे स्थान का उपयोग कर सिपाही विद्रोह करें तो भी अधिक परिश्रम नहीं करना पड़ेगा ऐसा भरोसा व्हीलर और अन्य अंग्रेजों को था, क्योंकि कानपुर भी अन्य स्थानों की तरह जगह-जगह मारकाट न करते हुए दिल्ली की ओर ही निकल जायेंगे और उनके दिल्ली की ओर बढ़ते ही गंगा उतरकर इलाहाबाद अंग्रेजों से मिलने का सुअवसर मिल जायेगा यह उनकी पक्की धारणा थी। कानपुर के अंग्रेजों की सुरक्षा चारदिवारी का मजबूत स्थान बनाकर व्हीलर चुप नहीं बैठा और उसने सर हेनरी लारेन्स को सहायता भेजने को पत्र लिखा। पर लखनऊ में क्रान्ति की ज्वाला इतनी भड़क उठी थी कि सर हेनरी लारेन्स ही सहायता के लिए चिल्ला रहा था, फिर भी उसने 84 गोरे सोल्जर लेफ्टिनेन्ट उसके नेतृत्त्व में गोरा तोपखाना और कुछ घुड़सवार इतनी सेना तुरन्त भेज दी।

दोहा

तीजी युक्ति और की, उसने एक तैयार ।
हिन्दी आंगल राज्य से, संकट दे कोई टार ॥
राजा ब्रह्मावर्त्त का, उससे करी पुकार ।
नैया डावाँडोल को, तुम ही खेवनहार ॥
कैसी अद्भुत गठन थी, सही कल्पना होय ।

कुशल क्रांतिजाल को, आंगल समझा ना कोय ॥
आकस्मिक मेरठ सूचना, सुन बाजारी लोग ।
चंचलता उनमे बढ़ी, उत्क्षोभक संयोग ॥
ब्रह्मावर्त्त समुद्र मैं, उठी न कोई लहर ।
सैनिक जनता क्षोभ मैं, चंचल सारा शहर ॥
एक क्षण पहले जो मुकुट, पैर से कुचला होय ।
नाना शान्त स्वभाव है, न उसकी शंका कोय ॥
गलत न वो भी सोचते, दिये बहुत केंचुए रौंद ।
उलटे पूंछ हिलावते, करता ना कोई विरोध ॥
नाना को ऐसा समझ, दिया बाँबी मे हाथ ।
नाना बोला खुशी से, हम दें पूरा साथ ॥
निजी सिपाही 300, और भेजी दो तोप ।
12 मई घुड़सवार संग, दई कानपुर रोप ॥
अफसर, सैनिक, असैनिक, बड़ी बस्ती मैं जाय ।
उनके बीचोंबीच मैं, लिया शिविर बनाय ॥
आक्रमण हो धन कोष पर, और गोला बारूद ।
नाना के अन्ड़र करो, पूरा हो मकसूद ॥
दो सौ ज्वान पहरा किया, चला मराठी दाँव ।
स्त्री बच्चे महल मैं, ना हमको कोई दुराव ॥
स्त्री बच्चे यहीं पर, नाना को धन्यवाद ।
चरित्र शिवा महाराज का, करते नाना याद ॥
ये बातें हफ्ता पूर्व की, जब हुआ विस्फोट प्रचण्ड ।
गठन कुशलता धन्य है, तोड़ा रिपु घमण्ड ॥
1857 वर्ष मैं, अंग्रेजी सरकार ।
अंधकार में बे पते, हाथ रही थी मार ॥
तीव्र इच्छा स्वराज्य की, इस हेतु संग्राम ।

उद्यत किया समाज को, शहर गली हर गाँव ॥
पक्का दिन विद्रोह का, केन्द्र कहाँ पर होय ।
आंगल कैसे जानता, भनक लगी ना कोय ॥
मुख्य क्रान्ति केन्द्र के, नेता जो थे ख़ास ।
वही नाम दिन जानते, जिन पर था विश्वास ॥
रचना के अनुरूप ही, करते वो व्यवहार ।
हर सैनिक रेजिमेन्ट मैं, समिति गुप्त तैयार ॥
नाना, बिजली, बादशाह, और दिल्ली दरबार ।
केन्द्र क्रांति का यही, कहते इतिहासकार ॥
भनक किसी को ना लगी, नाना की करामात ।
अपने तक जाने नहीं, आंगल कहां बिसात ॥
कानपुर में गुप्त मण्डली का, बिछा हुआ है जाल ।
टीका सिंह सूबेदार के, घर में था फ़िलहाल ॥
बैठक की दूजी जगह, चुना हुआ स्थान ।
सिपाही शम्सुद्दीन का, शहर में एक मकान ॥
तीजा महल ब्रह्मावर्त्त, गुप्त मंत्रणा होय ।
ज्वाला और महमूद अली, और ना नौकर कोय ॥
टीका सिंह सूबेदार जी, और ज्वाला प्रसाद ।
उत्कट लगन स्वराज्य की, सत्य प्रिय संवाद ॥
सेना का भी वो ही मत, जो कहें सूबेदार ।
सम्मुख होकर बात हो, हम सब रण को त्यार ॥
पहली भेंट सूबेदार से, बहुत देर तक होय ।
हिन्दू मुस्लिम तैयार हैं, एक मता सब कोय ॥
ये पक्का विश्वास कर, बाकी फुटकर बात ।
होंगी समय निकालकर, चले गये उस रात ॥
जून 1 तारीख को, लौटे सूबेदार ।

केन्द्र मण्डली साथ ले, पहले से तैयार ॥
संध्या को श्रीमंत बाला, मंत्री अजीमुल्ला खान ।
टीका सूबेदार भी, गये बैठ नाव में आन ॥
गंगा सुधा-प्रवाह मैं, ले गंगाजल हाथ ।
भावी कार्यक्रम की हुई, दो-तीन घंटे बात ॥
कार्यक्रम पक्का किया, गये लौटकर आय ।
शमसुद्दीन अजीजन को दिया, समाचार बताय ॥
वो वेश्या देशभक्त थी, नाम अजीजन बाई ।
जोश भरे कापुरुष में, वीरोचित व्यंग्य सुनाई ॥
क्रान्ति पक्ष विद्रोह की, आने लगी थी आहट ।
अंग्रेजों को हो रही, पल-पल में घबराहट ॥
गोला बारूद खजाना, दिया नाना के हाथ ।
लखनऊ की कुछ सहायता, थी ढाँढ़स की बात ॥
24 मई को आ गयी, मुसलमानों की ईद ।
सैनिक शहरी अंग्रेज को, विद्रोह की उम्मीद ॥
मुस्लिम ईद का मिलन हो, आंगल बंगला जाय ।
सर व्हीलर डर कम हुवा, ईस कृपा बतलाय ॥
उस दिन रानी का जन्मदिन, ना तोप चली इक्कीस ।
हो गड़बड़ कभी गर्ज से, ना सही वक्त तफ्सीस ॥
सेना में शक्ति नहीं, जो करती राष्ट्र सलाम ।
दुःख फैला अंग्रेज मैं, रोते दिल को थाम ॥
भेड़िया आया, भेड़िया आया, हो रोजाना शोर ।
गप्प उड़े आंगल भगे, अस्त-व्यस्त चहुँ ओर ॥
कायरता मन में घुसी, दयनीय दशा खराब ।
बिल्ली लख मुह रेत में, कुछ पी पड़े शराब ॥

भजन

किये जुल्म अनेक फिरंगी, सौ सालों का क्रोध ।
आज हिन्द खड़ा है, लेने को प्रतिशोध ॥
करने को व्यापार फिरंगी, मेरे देश में आया था ।
ईस्ट इंडिया बना कम्पनी, अपना जाल फैलाया था ॥
साम दाम और दण्डभेद का, मोहरा देश बनाया था ॥।
वैभव देख अतुल्य हिन्द का, मुह मे पानी आया था ।
तोड़फोड़ प्रपंच झूठ से, अपना मिशन बढ़ाया था ॥
फूट डालकर राज करो का, कुत्सित मंत्र चलाया था ॥।
ये बंधक देश बनाया था, अब जागा आत्मबोध ।
आज हिन्द खड़ा है, लेने को प्रतिशोध ॥
हिंदुस्तान के तट पर आकर, पहला कदम बढ़ाया था ।
जन्मजात आजाद हिन्द को, अपना दास बनाया था ॥
स्वायत्त हरण कर देशधर्म से, हमे गिराना चाहा था ॥।
भारतीय शिक्षा छिन्न-भिन्न कर, अंधकार फैलाया था ।
सत्य सनातन संस्कृति को, फिर भी मिटा न पाया था ॥
युद्ध प्लासी थोप हिन्द का, भारी खून बहाया था ॥।
लाशों पै तख़्त जमाया था, खुद अपनी कब्र ली खोद ।
आज हिन्द खड़ा है, लेने को प्रतिशोध ॥
कितने आये यहाँ डलहोजी, कितने पिटकर चले गये ।
शक और यवन सिकंदर जैसे, खुद ही मिटकर चले गये ॥
जो भारत को छलना चाहते, आकर यहाँ खुद छले गये ॥।
कितने राज कपट से छीने, कितने ही धन का गबन किया ।
मेरे देश का शस्त्र उठाकर, मेरे ही देश का हनन किया ॥
खड़ा हुआ जो अपने हक़ पै, छीना हक़ और दमन किया ॥।

छीन हमारा चमन लिया, क्यों मन में माने मोद ।
आज हिन्द खड़ा है, लेने को प्रतिशोध ॥
जागा भारत देश आज भई, राजा, रंक, भिखारी क्या ।
व्यापारी, मजदूर, कृषक ये, अफसर और अधिकारी क्या ॥
भेज दिया इंग्लेंड सभी धन, इससे बड़ी मक्कारी क्या ॥
कायर और कमजोर नहीं हम, जग को आज दिखा देंगे ।
किया बहुत अपमान राष्ट्र का, सारा मजा चखा देंगे ॥
भारत के अपराधी तुझको, सारी आज सजा देंगे ॥
ईंट से ईंट बजा देंगे, तेरी हो नस्लों को बोध ।
आज हिन्द खड़ा है, लेने को प्रतिशोध ॥

राधेश्याम तर्ज

भेड़िया आया भेड़िया आया, पर भेड़िया आता ही नहीं ।
झूल रहे डर आशंका में, सुकूने दिल पाता ही नहीं ॥
शोर मचा तूफानों का, कुछ दिखता ना आसमानों मैं ।
तूफान सिमिट पहलू में है, कुछ खबर नहीं दीवानों में ॥
एक उठा हिन्द में चक्रवात, आवाज दूर की कानों में ।
कानपुर वालों ने मोहर बन्द कर, बैठा लिया दुकानों में ॥
समझा ऋपु यहाँ तूफान नहीं, होता तो रुक पाता ही नहीं ।
झूल रहे डर आशंका में, सुकूने दिल पाता ही नहीं ॥
कहें लार्ड केनिंग डर कोई नहीं, इलाहाबाद से फौज मिली डर को ।
उस फौज को भेजूँ लखनऊ मैं, क्यों न आज भुनाऊँ अवसर को ॥
3 जून को जाती फौज सभी, रोके लखनऊ उपद्रव को ।
हे गॉड कानपुर पीस करो, थैंक यू कहें आज मुकद्दर को ॥
खाओ पीओ कुछ मौज करो, अब तक डर में भाता ही नहीं ।
झूल रहे डर आशंका में, सुकूने दिल पाता ही नहीं ॥

दोहा

4 जून को मोहर खुली, कार्यक्रम अनुरूप ।
निश्चित भवनों को आग लगी, विप्लव हुआ आहूत ॥
घोड़ा टीका सिंह का, कर्कश धुन हिनहिनाय ।
बंदूकें चलने लगी, सरपट टाप सुनाय ॥
अश्वारोही सहस्रों, इधर-उधर रहे भाग ।
झंडा पगड़ी फूकते, लगी घरों को आग ॥
कहने से नहीं सौंपता, तो झेल करारा वार ।
झंडा कब्जे में लिया, एक नेटिव सूबेदार ॥
टीका के एक वार मैं, हो गया काम तमाम ।
पहले रेजिमेन्ट सूबेदार को, टीका करे सलाम ॥
अंग्रेजों को मारने, चल दिए सभी सवार ।
पैदल को अब देर क्या, चल दिए होकर तैयार ॥
पहली पैदल फौज सुन, निकली एक दम बाहर ।
कर्नल कहे बच्चों रुको, नहीं रही कोई पावर ॥
सब सेना कुछ देर मैं, अनुशासन के साथ ।
घुडसवारो में जायकर, तुरत मिलाये हाथ ॥
फिर सब मिलकर के चले, नवाबगंज की ओर ।
युद्धगीत गाते हुए, लिये शस्त्र कठोर ॥
नवाबगंज धन कोष पर, नाना लश्कर तैयार ।
देशबंधू आये देखकर, हुआ मिलन मनुहार ॥
लाखों का धन कोष था, गोला बारूद भण्डार ।
लाखों शस्त्रों से भरा, मिल गया शस्त्रागार ॥
नवाबगंज ये हो रहा, बस दो रेजिमेन्ट रह जाय ।
काबू रहे ये कम से कम, आंगल परेड बुलाय ॥

सैनिक तोपें देखकर, अंग्रेजों के हाथ ।
शस्त्र हाथ लिये हुए, खड़े रहे सब रात ॥
उदय सूर्य हो गया, हुआ आंगल विश्वास ।
विद्रोही ये हैं नहीं, थी आगे की आस ॥
जाओ सैनिक लाइन मैं, आगे रहो तैयार ।
इतना-सा मौका मिला, खनक उठी तलवार ॥
भाइयों ईश्वर सत्य है, रहें सत्य की ओर ।
सार सत्य रह जाएगा, मारे जाएँ चोर ॥
अंग्रेजों की तोप भी, चली पीछे भरपूर ।
पर जब तक बत्ती लगी, हुए मार से दूर ॥
सम्भव था अंग्रेज को, चाहते देते काट ।
तुच्छ कर्म को त्याग दो, जो हो लक्ष्य विराट ॥
पाँच जून को इस तरह, सैनिक तीन हजार ।
नवाबगंज मे आ गये, सभी समर को तैयार ॥
आंगल दासता फेंक कर, नाना छावनी पास ।
जमा हुए सैनिक सभी, ले स्वाभिमान की साँस ॥
सर व्हीलर संतोष है, सुनकर ये समाचार ।
संकट शायद टल गया, मन में करे विचार ॥
मरा नहीं अंग्रेज कोई, विद्रोही दिल्ली जाय ।
जान बचे, कानपुर बचे, टल जाए सभी बलाय ॥
और स्थानों की तरह, जो होते नेता नाय ।
सर व्हीलर अंदाज से, सचमुच दिल्ली जाय ॥
नेताओं की कमी नहीं, सभी बड़े सिरमौर ।
नाना, बाला, तात्या, राव पेशवा और ॥
सब शक्ति सौभाग्य से, मिल गयी एक स्थान ।
सैनिक दिल्ली जाय क्यों, है अजीमुल्लाह खान ॥

विद्रोह की शुरूआत में, सब फौज क्यों दिल्ली जाय ।
करे खिंचाई सब जगह, आंगल ना पार बसाय ॥
दिल्ली प्रान्त के बीच की, कलकत्ता पंजाब ।
कड़ी कानपूर सभी की, रखो फौज की दाब ॥
अंग्रेजों का तोड़ना, हमको यातायात ।
इसी जगह पर बैठकर, करना है आघात ॥
नाना साहब के मंत्री, फौज के सूबेदार ।
समझाये सैनिक सभी, हुए कानपुर तैयार ॥
सेना ने राजा चुना, नाना साहब श्रीमंत ।
दर्शन करना चाहते, इस ही जगह तुरन्त ॥
नाना तुरत प्रकट हुए, वरण किये महाराज ।
भक्ति से जयघोष हो, सभी ओर से आज ॥
लश्कर के सारे नियम, प्रसारित करवाय ।
टीकासिंह सूबेदार को, जनरल पद दिया जाय ॥
दलगंजन जमादार को, कर्नल पद बैठाय ।
53वीं रेजिमेन्ट की, कमांड हाथ आ जाय ॥
गंगादीन सूबेदार को, कर्नल किया नियुक्त ।
56वीं रेजिमेन्ट का, बना दिया आयुक्त ॥
सजे हुए गज पीठ पर, लगा के राष्ट्र निशान ।
जुलूस निकाला जंग का, नाना राजा मान ॥

वार्त्ता

श्रीमंत नाना साहब पेशवा का शासन प्रारम्भ हो जाने की घोषणा कर दी गयी, परन्तु यह चुनाव होते ही श्रीमंत नाना ने एक क्षण भी नहीं गँवाया और विप्लवी सिपाही दिल्ली की ओर न जाकर बीच में ही रुक गये। यह समाचार सुनते ही जनरल व्हीलर सहित सारे अंग्रेज लोग अपनी उस चारदिवारी के किले में जाकर तोपें तानकर बैठ गये। उनके पुरुष महिला बच्चे मिलकर संख्या कोई एक हजार थी। वह किला जीतना पहला काम था अत: श्रीमंत ने उधर चलने का आदेश दिया। विप्लवी उन पर हमला करेंगे यह विश्वास अंग्रेजों को नहीं था, परन्तु 6 जून की भोर मैं एक चिठ्ठी सर व्हीलर को मिली। यह चिट्ठी श्रीमंत नाना ने ही भेजी थी और वह ऐसी थी – "हम जल्दी ही आक्रमण करने वाले हैं आपको उसकी अग्रिम सूचना जानबूझ कर भेजी जा रही है" यह लड़ाई का आव्हान पाते ही सर व्हीलर ने सारे अधिकारियों और सोल्जरों को सज्जित कर स्थान-स्थान पर नियुक्त किया। तोपों पर गोलंदाज बत्ती के साथ बैठ गये और लड़ाई की यथा सम्भव तैयारी कर ली गयी।

लड़ाई प्रारम्भ करने से पहले श्रीमंत नाना ने अंग्रेजों को किसी भी प्रकार की विशेष आवश्यकता न होते हुए भी अग्रिम लिखित सूचना दी यह बात अतिमहत्त्व की है। अंग्रेज यदि नाना के स्थान पर होते तो इतनी उदारता उन्होंने नहीं दिखायी होती। उनकी यह सहज वीरता देखकर उन पर अमानुषता का दाग लगाने वालों को लज्जा से सिर झुका लेना चाहिए। कानपुर विद्रोह के प्रारम्भ में अंग्रेजों को दिया हुआ जीवनदान और आक्रमण से 12 घन्टे पहले दी गयी लिखित सूचना प्रारम्भ की ये दो बातें ही ध्यान में रख कर फिर अन्तिम लड़ाई का अध्ययन किया जाए तो स्थति स्पष्ट हो जाती है।

कविता

नाना को राजा वरण कर, सेना और समाज ने ।
धरती गगन कम्पित किया, जयघोष की आवाज ने ॥
सज्जित हुए गज पीठ पर, झंडा लगा स्वराज्य का ।
बढ़कर हमें है प्राण से, दायित्व माँ की लाज का ॥
सफल की है कोख जननी की, तेरे अंदाज ने ।
धरती गगन कम्पित किया, जयघोष की आवाज ने ॥
नर - नार जय जयकार करते, वीर रस बाजे बजे ।
आयुध लिये सब हाथ मैं, अब वीर सब रण को सजे ॥
ये प्रश्न है क्यों मार खाई, है चिड़ी से बाज ने ।
धरती गगन कम्पित किया, जयघोष की आवाज ने ॥
हम प्राण की सौगात लेकर, आ डटे मैदान में ।
आए चढ़ाने शीश हम, अब माँ तेरे बलिदान में ॥
फड़का दी वीरों की भुजा, इस वीर रस के साज ने ।
धरती गगन कम्पित किया, जयघोष की आवाज ने ॥
चलता नगर पथ काफिला, अब दिव्य मन्त्र उच्चार हों ।
प्रारम्भ है स्वराज्य का, अब सब नगर प्रचार हों ॥
उत्सव है युद्ध पूर्व का, कल के लिये किया आज ने ।
धरती गगन कम्पित किया, जयघोष की आवाज ने ॥

दोहा

सूचित कर अंग्रेज को, टीका सूबेदार ।
बारूदखाना देखते, समरांगन को तैयार ॥
करे व्यवस्था युद्ध की, अस्त्र रहे भिजवाय ।
तोप गोले बारूद को, युद्धस्थल पहुँचाय ॥
चारदिवारी रिपु ने, भेजा सब सामान ।
रचना लश्कर ढंग से, लीनी हाथ कमान ॥
दंगा कानपुर शहर में, गली-गली बाजार ।
सेठ, महाजन, बानिया, लिये हाथ हथियार ॥
हलवाई चंडूवा लिये, हँसिया लिये लुहार ।
दर्जी कैंची हाथ ले, चक्र दण्ड कुम्हार ॥
अंग्रेजों को ढूँढ़ते, घर सब दिए जलाय ।
नहीं पहुँचे जो घेर में, ऊपर दिए पहुंचाय ॥
दिन के 12 बज गए, ऊपर बज गया एक ।
चारदिवारी घेर ली, कोई रोके रुका न नेक ॥
युद्ध शुरू अब हो चुका, चार बजे तक शाम ।
विकट गर्जना तोप की, शत्रु हुआ धड़ाम ॥
शस्त्रागार बारूद घर, था विद्रोही हाथ ।
आठ तोप बारूद भी, लिये फिरंगी साथ ॥
तोप चले और घर गिरे, हो अन्दर चीत्कार ।
7 जून लगातार ही, करे विद्रोही मार ॥
स्त्री बच्चे अंग्रेज के, इत-उत दौड़ लगाय ।
घमासान देखा नहीं, घबराकर चिल्लाय ॥
लाल-लाल गोले तोप के, सिर ऊपर से जाय ।
ना जाने इस वक्त में, कब मृत्यु आ जाय ॥

युद्ध के दो दिन बाद ही, जल की कमी पड़ जाय ।
चारदिवारी बीच में, कुआँ एक खिच जाय ॥
लू गर्मी से सोल्जर, खड़े-खड़े गिर जाय ।
पत्थर से दिल हो गये, लाज शर्म छुट जाय ॥
कौन मरा गिनती नहीं, दफ़न करेगा कौन ।
काटेगा तो अब वही, करी मृत्यु खेती जौन ॥
केप्टन थामस लिख रहा, एक घन्टे का चित्र ।
एक घंटा मैं क्या हुआ, देखो चित्र - विचित्र ॥
आर्मस्ट्रोंग घायल गिरा, आया लेफ्टिनेंट प्रौल ।
बात कह संतोष की, हुआ जाँघ में होल ॥
गिरे हुए उस प्रोल को, उठा चला कुछ दूर ।
मेरे कंधे गोली लगी, दोनों हुए मजबूर ॥
गिल्बर्ट बक्स उठा देखते, दौड़ा हमरी ओर ।
गोली घुसी शरीर में, बना मृत्यु का कौर ॥
एक घन्टे का हाल ये, रहा दिवस इक्कीस ।
सर व्हीलर सुत घायल है, तुरत उड़ा फिर शीश ॥
हिलर्टन पर गोला गिरा, करते-करते बात ।
उसकी पत्नी का हुआ, डर से ही गर्भपात ॥
पत्नी भी फिर मर गयी, दिन हुए दो-चार ।
जिसके सहारे खड़ी थी, गिर गयी वो दीवार ॥
दीवार पास खंदक खुदी, बैठी मैम वहाँ सात ।
गोला से सातों मरी, करते-करते बात ॥
आंगल मृत्यु घेर मे, नेटिव नौकर साथ ।
राजनिष्ठा कर्त्तव्य से, मृत्यु-मुख में हाथ ॥
दूध पिलाती शिशु को, थी नेटिव एक धाय ।
आया गोला तोप का, दोऊ हाथ उड़ जाय ॥

पानी इतना कम रहा, शिशुचमड़ा रहे चबाय ।
बीमारी त्रिदोष से, हैजा फैला आय ॥
बीमारी भी ले रही, 100 वर्ष का प्रतिशोध ।
लू गर्मी के रूप में, प्रकृति का क्रोध ॥
जार्ज पार्कर सड़ मरे, रूनी लेफ्टिनेंट ।
कर्नल विलियम भी चले, हैवन को अर्जेंट ॥
ये गोली से ना मरे, यह जीवित श्मशान ।
तड़फ तड़फ कर भूख से, छोड़े अपने प्राण ॥
ताण्डव ऐसा मौत का, चबा जींवते जाय ।
21 दिन उस घेर में, नरक लोक आ जाय ॥
चारदिवारी बाहर भी, लगी हुई जो तोप ।
अंग्रेजी कुछ वीर भी, मार करे थे कौप ॥
केप्टन थामस आदि जो, और केप्टन मूर ।
पराक्रम सीमा लाँघ दी, बांके गोरे सूर ॥
लखनऊ या इलाहाबाद से, थी सहायता की आस ।
नहीं सूचना जा सके, इंतजाम था खास ॥
पत्र पखेरू पाख में, लेटिन इंग्लिश भाष ।
नेटिव दूत लेकर गया, लखनऊ साहिब पास ॥
सहायता, सहायता, सहायता, सहायता बिन मर जाय ।
सहायता मिली तो जी मिले, जिए लखनऊ पाय ॥
असल दूत पहुँचा नहीं, बीच में पकड़ा जाय ।
जिसने भी कोशिश करी, नाक-कान कट जाय ॥
लोभ इनामी था उसे, लाखों का पुरस्कार ।
बढ़ा-चढ़ा अंग्रेज की, करे झूठ प्रचार ॥
पहले से पकड़ी गयी, नेटिव दूती एक ।
साँच बात वो कह चुकी, घबरा गया उसे देख ॥

ग़ज़ल

वतन के वजूद से है, मेरा भी वजूद ।
सागर जो मेरा वतन है, तो मैं हूँ उसकी बूँद ॥
उछल जाए बूँद जो, सागर की गोद से ।
दूर होती कौम जो, निज राष्ट्रबोध से ॥
मूल जिनका छिन गया, ले डूबता है सूद ।
सागर जो मेरा वतन है, तो मैं हूँ उसकी बूँद ॥
ग़ैरत भी जिसने बेच दी, मर चुके एहसास है ।
काँधे पे मय्यत और के, बेजान उसके सांस है ॥
गऊ मार खाई एक दिन, कहां जिन्दगी में दूध ।
सागर जो मेरा वतन है, तो मैं हूँ उसकी बूँद ॥
वो अहिंसक है नहीं, हिंसक को जो ना मारता ।
घर में घुसते साँप को, डंडे से ना फटकारता ॥
चौकस रहो कोई फिर घुसे न, गजनवी महमूद ।
सागर जो मेरा वतन है, तो मैं हूँ उसकी बूँद ॥
सिर उठाता बहुत ऊँचा, फ़ख्र झूठा गिरता ताज ।
या झुके क्यों हद से ज्यादा, देख मंजर अपना आज ॥
कीड़े घुसे हैं मंदिरों में, मुख में ले बारूद ।
सागर जो मेरा वतन है, तो मैं हूँ उसकी बूँद ॥
नाला जो आया गन्दगी का, जल विषैला हो गया ।
मथन कर सागर का शिव, तेरा घर भी मैला हो गया ॥
जलती है तेरी झोंपड़ी, बैठा क्यों आँखें मूँद ।
सागर जो मेरा वतन है, तो मैं हूँ उसकी बूँद ॥
शक हूण डच मुस्लिम यवन, और अब फिरंगी आ गया ।
इन्सानियत मासूम पर, हैवानियत से छा गया ॥

अपने चमन पै मर मिटूँ, पूरन का ये मकसूद ।
सागर जो मेरा वतन है, तो मैं हूँ उसकी बूँद ॥

वार्त्ता

6 जून को आक्रमण की अग्रिम सूचना अंग्रेज को देकर नानासाहब ने अपना शिविर इस युद्धस्थल के बहुत पास ही लगा दिया। चारदिवारी के पास ही उनका तम्बू खड़ा था और उसके पास ही जनरल टीका सिंह का तम्बू भी लगा हुआ था। कानपुर स्वतन्त्र हो जाने का समाचार सुनकर उस सारे प्रान्त में सब ओर क्रान्ति फैल गयी। सब ओर एक लहर उठ रही थी; रोज नये-नये जमींदार और रियासतदार अपने-अपने आदमियों को लेकर नानासाहब के साथ होने लगे थे। मीर नवाब नामक रियासतदार जिस दिन संयुक्त धर्मध्वज का जुलूस लेकर दो हजार सैनिकों के साथ नाना से आकर मिले उस दिन नागरिकों ने आनन्द-उत्सव मनाया। कानपूर के हलवाइयों ने उन स्वदेशी रक्षकों में मिठाई बाँटी। श्रीमंत के झण्डे के नीचे लगभग 4000 सेना एकत्रित हो गयी थी, परन्तु उनमें से तोपखाने के अधिकारी अपना काम बहुत मुस्तैदी से पूरा कर रहे थे। इस तोपखाने पर एक जगह एक हरा झंडा लहरा रहा था और वहाँ नन्हे नवाब अपने विशाल तम्बू में दिन-रात बैठे हुए थे। इस नवाब के घर पर विद्रोह के प्रारम्भ में जप्ती ले जाई गयी थी, परन्तु जल्दी ही बात सुलझ गयी और आज इस धर्मरक्षक समर में इस नवाब को हर ओर से धन्यवाद दिये जा रहे थे। अंग्रेज की चारदिवारी के भवनों को आग लगाने के लिए विद्रोहियों के प्रयास चल रहे थे, तब इस नवाब के अधीन लड़ रहे एक नौसीखिये गोलनदाज ने एक नया ज्वालाग्राही सम्मिश्रण खोज निकाला और उसका प्रयोग इतना सफल रहा कि अंग्रेज के बहुत काम की बैरिक तुरन्त ही भस्म हो गयी। इस तोपखाने की बैट्री पर स्वराज्य प्राप्त करने के लिये इतनी प्रतियोगिता थी कि पुरुषों के साथ स्त्रियाँ भी और तरुणों के साथ वृद्ध भी जुटे हुए थे। उस उदात्त चैतन्य के अवसर पर लोक शक्तियाँ कितनी बेचैन थीं ये कुछ वाक्यों से पता चलता है। करीम अली नामक काने पेंशनर्स सूबेदार के युवा लड़के ने आज बड़ा पराक्रम किया। उसने ज्वालाग्राही खोजकर भवनों को आग लगायी। उसे 90 रुपये और एक दुशाला इनाम में दिया गया।

दोहा

कानपुर की नारियों ने, छोड़ जनाना रूप ।
सेवा अपनी दे रही, समर भूमि अनुरूप ॥
थी बिजली एक मध्य में, मार रही चमकार ।
एक अजीजन नाम की, वेश्या क्रांतिकार ॥
माशूका का रूप तज, शक्ति रूप बनाय ।
कवच पहन घोड़ा चढ़ी, शस्त्र हाथ उठाय ॥
लाल कपोल मुख गोल है, भौहें धनुष कमान ।
मधुर भाव मिल वीर रस, दे मुर्दे में जान ॥
घायल की औषध करे, थकित को दे विश्राम ।
भूखे को मिष्टान्न दे, प्यासे को जलराम ॥
इधर लड़ाई चल रही, इत नाना श्रीमंत ।
राजव्यवस्था में जुटे, अनुशासन अत्यन्त ॥
नागरिक मत से चुन दिया, एक होला सिंह मजीस्ट्रेट ।
अनुशासन बिगड़े नहीं, चढ़े ना उल्ट लपेट ॥
मुल्ला नामक नागरिक, सम्भरण करने अन्न ।
ज़िम्मेदारी नगर की, कोई भूखा न रहे विपन्न ॥
सेना नागरिक न्याय हो, एक ज्वाला प्रसाद ।
अजीमुल्ला संग और भी, मंत्रिमंडल बाँध ॥
नाना साहब अध्यक्ष हैं, कही धींगामुश्ती न होय ।
फैले नहीं अशान्ति, सुखी रहे सब कोय ॥
चोरी, गौवध जो करे, दे दोनों हाथे काट ।
उठाई गीर को बिठाकर, गधा सवारी ठाट ॥
इसके दायरे में आ गये, बाकी सभी विभाग ।
कमी परे बारूद की, करना पूरी माँग ॥

कभी लड़ाई बीच मैं, वस्त्र कमी पड़ जाय ।
उसकी करना पूर्ति, जासूस दण्ड सब पाय ॥
कोई अंग्रेजी शत्रु, गर जो पकड़ा जाय ।
लाने वाले वीर को, पुरस्कार दिया जाय ॥
12 जून अंग्रेज पर, पहला हमला होय ।
रखो उसी में घेरकर, शत्रु ढीला होय ॥
पर फिर बीचों बीच में, सीधी करते मार ।
चारदिवारी चढ़ गये, घोड़ों के असवार ॥
एक सिपाही मरने का, स्वांग भरे मैदान ।
कैप्टन जैकसन मारकर, लाया अपने प्राण ॥
23 तारीख जून की, अंग्रेजी सौ साल ।
युद्ध प्लासी घाट का, याद आया तत्काल ॥
1757, 23 जून को, जो चला अमंगल काल ।
घाव अभी तक ना भरा, बीत गये सौ साल ॥
हर पीढ़ी पाती रही, दुःख प्लासी बोध ।
इसी दिवस सौ वर्ष में, लेते हैं प्रतिशोध ॥
ऐतिहासिक दिन याद कर, सज गये सभी विभाग ।
आज बुझाएं हम सभी, ये बदले की आग ॥
गंगाजल संकल्प कर, लिये हथेली जान ।
करें प्राप्त स्वतंत्रता, या दे देंगे प्राण ॥
चारदिवारी आ भिड़े, जल्दी अश्वसवार ।
करते शत्रु भयंकर, गोलियों की बौछार ॥
हमले से अंग्रेज की, गयीं आशाएँ टूट ।
नाना द्वारा मरण हो, गयी तसल्ली छूट ॥
25 जून अंग्रेज ने, झंडा श्वेत लगाय ।
नाना ने देखा तभी, दिया युद्ध रुकवाय ॥

गोरी महिला बंदनी, देकर चिट्ठी हाथ ।
चारदिवारी भेज दी, सर व्हीलर के साथ ॥

वार्त्ता

क्वीन विक्टोरिया की प्रजा को डलहौजी की राजनीति से कोई सम्बन्ध नहीं हो और शस्त्र नीचे रखकर शरण आने को तैयार होंगे, उन्हें इलाहाबाद सुरक्षित पहुँचाया जायेगा। यह चिट्ठी अजीमुल्ला खान के हस्ताक्षरों और नाना के आदेश से लिखी गयी। यह चिट्ठी आते ही इस पर विचार करने के सारे अधिकार कैप्टन मूर को दे दिए। व्हाइटिंग और मूर दोनों अधिकारियों ने नाना के सामने आत्मसमर्पण करने का पक्का निश्चय किया। दूसरे दिन 23 जून को नाना की ओर से ज्वालाप्रसाद और अजीमुल्ला खान अंग्रेजों की और से मूर व्हाइटिंग और रोचे मिले।

अंग्रेज अपनी सारी तोपें खजाना गोला-बारूद शस्त्रास्त्र नाना को सौंप दे और नाना उन्हें खाने-पीने की सामग्री देकर सुरक्षित इलाहाबाद पहुँचा दें यह तय हुआ। ये शर्तें एक कागज पर लिखी गयीं और श्रीमंत नाना के हस्ताक्षर लेने अजीमुल्ला खान आदि लौट आये। इस भेंट में पहला भाषण अंग्रेजी में होने के बाद शेष भाषण हिंदी में हुए। दोपहर के समय थोड़ी बातचीत होकर यह तय हुआ कि उसी रात सारा कब्ज़ा नाना के हाथ दिया जाये और सारे अंग्रेज भोर को निकलने की तैयारी करें। इसी तरह दोनों पक्षों के मध्य निश्चित संधिपत्र को लेकर मि. टाड नाना के महल का अंग्रेजी वाचक श्रीमंत के पास आया। उसे नाना ने बहुत आदर से बैठाया और कुशलक्षेम की पूछताछ की। उसी रात अंग्रेजों ने अपने शस्त्र नीचे कर तोप नाना को सौंप दी और ब्रिगेडियर ज्वाला प्रसाद ने अपने दो अनुचरों के साथ उस चारदिवारी में अपना शिविर बनाया। उस दिन कानपुर मजिस्ट्रेट होला सिंह तात्या टोपे ने चालीस नौका तैयार की और उनका निरीक्षण करने हाथी पर बैठ कर आये अधिकारियों ने शिकायत की इसलिए 100 मजदूर लगाकर नौकाओं पर अच्छादन और बैठने के लिए बाँस के फर्श बनाये गये। अनाज और आवश्यक सामग्री भी उस पर चढ़ायी गयी।

दोहा

जावक पक्ष के साथ ही, आवक पक्ष हिसाब ।
कानपुर में स्वतन्त्र ध्वज, पूरा हुआ ख्वाब ॥
आजाद कानपुर हो गया, फैल गया समाचार ।
देश धर्म को हो गये, स्वयं सेवक तैयार ॥
गाँव-गाँव से युवा दल, आ रहे इस ओर ।
जनसेवा न आ सकी, तो धन सेवा इस पोर ॥
विद्रोह में हारे हुए, बेजान और अनाथ ।
झण्डे नीचे पहुँचकर, वो भी हुए सनाथ ॥
धुआँ उनका आ गया, जला दिये जो गाँव ।
जली हुई मृतात्मा, पहुँच गयी उस ठाँव ॥
जिन बच्चों के लटका दिये, फांसी बूढ़े बाप ।
तरुण पुत्र भी आ गए, लेने बदला आप ॥
वो पीड़ित भी आ गये, पलने दिए जलाय ।
दूध पिलाती पत्नियाँ, दी पुत्र संग फुंकवाय ॥
आये थे वो बाप भी, जिनकी बेटी दी थी जलाय ।
सोल्जर लख जलते हुए, ताली रहे पटकाय ॥

वार्त्ता

जिनका देश बे चिराग हुआ था, जिनका धर्म पैरों से कुचला जाता था और जिनके राष्ट्र की स्वतंत्रता छीन ली गयी थी। ऐसी बेचैन आत्माएँ, इसका प्रतिशोध लेना है, ऐसा कहती हुई उस राष्ट्रध्वज के चारों और हल्ला-गुल्ला कर रही थी और अब वह विजय दिवस आने पर भी जब श्रीमंत नाना साहब अंग्रेजों को इलाहाबाद जाने का वचन देने लगे, तब उन सिपाहियों की आशाएँ

भंग होने लगीं। बादल गरजने लगे। नदी पर नौकाओं की तैयारी देखने आये अंग्रेज अधिकारियों को इधर-उधर डेरा लगाये सिपाहियों में क़त्ल-क़त्ल की फुसफुसाहट स्पष्ट सुनायी दे रही थी। राजमंडल के एक पण्डित ने राष्ट्र के साथ विश्वासघात करने और हत्यारों का शिरोच्छेदन करने में कोई पाप नहीं है यह भी सिपाहियों को समझा दिया।

सवैया

भोर समय 27 जून को, भयानक वातावरण बनयो है ।
सत्तीचौरा घाट पै भारी, मूक बवंडर जाल तनयो है ॥
घुडसवार और पैदल सेना, तोप तानकर काल खड्यो है ।
कानपुर के नर-नार हजारों, गंगा घाट मैदान भरयो है ॥
जाएँ आज फिरंगी यहाँ कर, जिनने देश को गुनाह करयो है ।
गुनहगार क्या दण्ड बिना ही, क्या राजा ने क्षमादान दयो है ॥
पीड़ित क्रोध लिये मन में अब, तरह-तरह को चित्र बनयो है ।
गंगा मैया साक्षी सबकी, परमेश्वर सब देख रह्यो है ॥

दोहा

तात्या और श्रीमंत बाला, और अजीमुल्ला खान ।
मन्दिर घाट चबूतरा, खड़े हुए थे आन ॥
प्रभु हर देव की मूर्ति, अधिपति सबका होय ।
मन्दिर के मैदान में, जन सैलाब समोय ॥
अब नाना श्रीमंत ने, दिया उत्तम वाहन भेज ।
बैठ सवारी चल पड़े, पाये ना दुःख अंग्रेज ॥
हाथी नाना साहब का, सर व्हीलर को आय ।
सजे हाथी पर बैठ ना, वक्त मेल नहीं खाय ॥

बाल-बच्चे हाथी चढ़े, स्वयं पालकी बैठ ।
महिला भी चढ़ी पालकी, भीड़ तमाशा पैठ ॥
चला काफिला ठाट से, गंगा जी की ओर ।
देख भीड़ जलूस का, मचा हुआ वहाँ शोर ॥
कम्पनी झंडा घेर से, नीचे दिया उतार ।
धर्मध्वजा स्वराज्य का, लहराया दीवार ॥
अंग्रेजी अभिमान का, हुआ आज अपमान ।
ध्वज नीचा तो हो गया, पर बची हमारी जान ॥
जान बची इस खुशी में, हुए जगह छोड़ने तैयार ।
मन में कुछ संशय नहीं, होय सुरक्षित पार ॥
डेढ़ मील का रास्ता, फिर गंगा का खेत ।
नहीं सहारा हाथ का, उतरे गंगा रेत ॥
कर्नल एवर्ट घायल पड़ा, ले जाय पालकी डाल ।
बैरी के टुकड़े किये, दिया रेत में डाल ॥
कर्नल की पत्नी खड़ी, उस डोली के पास ।
जीवन बख्शा एक ने, दूजे ने किया नाश ॥
अन्नादि से भरी हुई, सब नौका तैयार ।
लंगड़ाते गोरे चले, हो गए नाव सवार ॥
इधर उधर स्तब्धता, भयप्रद थी चहुँ ओर ।
नाव भरी मल्हा चढ़े, सुना बिगुल का घोर ॥
सुनी बिगुल कर्कश ध्वनि, खींच लई तलवार ।
चली मौत बन्दूक से, बेनट और कटार ॥
मल्लाह उतरे नाव से, भूमि पर गए आय ।
अंग्रेजों को मारने, सैनिक जल में जांय ॥
मारो नीच फिरंगी को, सुनते क्रोधित बोल ।
नौका सब जलने लगी, बिगड़ी का क्या मोल ॥

कूद पड़े जल बीच में, नार पुरुष और बाल ।
नौका में मृत्यु खरी, गंगाजल में काल ॥
कोई लगा है डूबने, कोई रहा है तैर ।
कोई सिर ऊपर करे तो, गोली लेती बैर ॥
युद्ध प्लासी घाट का, आज हुए सौ साल ।
वो अंग्रेजी क्रूरता, उनका ही बन गई काल ॥
भागीरथी के तीर पर, उनका हुआ हिसाब ।
मिलान करे हरदेव जी, सब युगपत का भाव ॥
दिवान खाने टहलते, विचलित मन श्रीमंत ।
समालोचना युगों की, किसी क्षणों में अंत ॥
नाना के मन घुमड़ते, कब के दबे विचार ।
इतने मैं ले सूचना, पहुंचा अस्व सवार ॥
दिया सख्त आदेश अब, घुड़सवार के साथ ।
नारी बच्चे छोड़ कर, मारो हाथों हाथ ॥
आंगल पुरुष जितने वहाँ, सबका कर दो अंत ।
जाओ तुरंत आदेश ले, कहते हैं श्रीमंत ॥
जम कर सैनिक हिन्द के, गोरा करें शिकार ।
जो कोई चलता तैर कर, पिए खून तलवार ॥
नौकाओं के ढेर में, दी है आग लगाय ।
हिलती डुलती लाश भी, चट पट कर जल जांय ॥
राजा के आदेश पर, तुरत झुकाय शीश ।
नारी बच्चे बच गए, एक सौ और पच्चीस ॥
सबदा कोठी में उन्हें, कैद किये ले जांय ।
बचे पुरुष कर लाइन में, मृत्यु दंड सुनाय ॥
करें प्रार्थना ईष्ट की, थोड़ा वक्त मिल जाय ।
प्रार्थना मिल सब ने करी, अंत समय जो पाय ॥

प्रार्थना पूरी हो गयी, तुरंत उड़ाए शीश ।
जिसने जो करनी करी, फल हो बिस्वे बीस ॥
सब नौका चालीस थी, एक गयी है भाग ।
जमींदार हाथों मरे, बस कोई बचा महाभाग ॥
बच गए दो चार जो, भूखे नंगे पाँव ।
दुर्विजय जमींदार के, पहुँच गए थे गाँव ॥
दवा दारू एक मास की, रोटी घ्रित खिलाय ।
मेहमानी पूरी हुई, दिए इलाहाबाद पहुंचाय ॥
जो नाना की कैद में, कोई दुःख ना होय ।
खान पान में माँस भी, बीच बीच में होय ॥
वित्त देख कर काम भी, उनको दिया जाय ।
पाठ मिला कर के करम, कैसे जीया जाय ॥

वार्त्ता

28 जून कानपुर से अंग्रेजी शासन पूरी तरह खत्म हो जाने के बाद लगभग 5 बजे श्री नाना ने एक विशाल दरबार आयोजित किया। उस राज दरबार के सम्मानार्थ उस समय उपस्थित सारे लश्कर की भी परेड बुलाई गयी। पैदल सेना की छः पूरी रेजिमेंट और घुड़सवारों की दो रेजिमेंट उस समारोह में उपस्थित थी। इसके अतिरिक्त गाँव गाँव से इस स्वदेशीय युद्ध के लिये आयी हुयी स्वयं सेवकों की टोलियां भी अपने अपने निशान ले कर खड़ी थी। जिनके पराक्रम से कानपुर जीता जा सका था उस मुट्ठी भर लेकिन शौर्य युक्त तोप खाने का मान यथार्थ में सबसे आगे रखा हुआ था। बाला साहब सेना में पहले से प्रिय होने से उन्हें खड़ी तालीम दी गयी। प्रथमतः दिल्ली के बादशाह के नाम 101 तोप दागी गयी। 1857 में हिन्दू मुसलमानों ने कितनी आदर से और बंधुत्व भाव से एक दूसरे से अंत तक व्यवहार किया यह यहां ध्यान रखने लायक है।

बाद में नाना साहब की सवारी मैदान में आयी। यह देख सभी ने महाराज

की जय हो ये जय जयकार की और उन्हें भी 21 तोपों की सलामी दी गयी। लड़ाई के 21 दिन के लिए तोप चली ऐसा अनेक कहते हैं। उस सम्मान के लिए महाराज ने उस विशाल सेना का आभार माना और बोले आज की विजय आप सब की है इसलिए इसमें आप सब का समान सम्मान है। बाद में इस संयुक्त धर्म युद्ध की विजय को मनाने के लिए उस लश्कर को पुरूस्कार देने का आदेश दिया यह घोसित होते ही 21 तोपों की सलामी ओर हुई। बाद में नाना के भतीजे राव साहब और बाला साहब को 16 - 16 तोपों की सलामी दी गयी। ब्रिगेडियर ज्वाला प्रसाद और सेनापति तात्यां टोपे को भी 11 - 11 तोपों का सम्मान मिला। इस तरह उस दिन सूर्य नारायण को तोप के धमाके सुना कर स्वातंत्र्य समर में विजय भाव के लिये आभार माना। सारी सेना को अपने शिविर में भेज दिया गया। लश्कर की यह परेड हो जाने के बाद श्रीमंत नाना साहब श्रीमंत बाला साहब के यहाँ ब्रह्मावृत के उस इतिहास प्रसिद्ध राजमहल में चले गए। एक जुलाई राज्यारोहण का दिन नियुक्त किया गया। श्री नानासाहब को उस दिन तिलक लगाया गया। हजारों लोगों ने नजराने और उपहार भेजे। हिन्दू लोग कहते आज से राजा राम चंद्र का राज्य प्रारम्भ है। स्वधर्म और स्वराज्य की मंगल सुगंध बहुत दिनों बाद बह रही है। मराठों की जिस गद्दी को रायपुर से अंग्रेजों ने धकेला था वह अंग्रेजी रक्त और मांस से ब्रह्मावृत में पुनर्भूत हुआ है।

दोहा

नाना की बहना लाड़ली, मनु छबीली नाम ।
झांसी राज्य के तख़्त पर, करती है क्या काम ॥
झिलमिल स्वाभिमान से, जिस गद्दी का भ्रात ।
लूटा जिसने कपट से, उसको दे दी मात ॥
गज पीठ भ्रात की गोद में, कभी बैठी मनु इतराय ।
डग मग हिलते तख़्त पर, कैसे बैठा जाय ॥
स्वतंत्र रण पट पर चला, नाना भयानक दांव ।
उस दिन युद्ध बिसात पर, रानी पासा पाँव ॥

साथी गुइयाँ चार को, कानपुर मुक्ति आहट ।
रणाकाश होती चमक, झांसी कड़कड़ाहट ॥
1857 को, सेना झांसी माय ।
मई माह पैदल थी नेटिव, 14 अश्वी आय ॥
तोपखाना नहीं साथ में, डनलप के अधिकार ।
मई माह प्रारम्भ में, उड़ते से समाचार ॥
डिप्टी कमिश्नर मार्डन, मुख्य कमिश्नर स्कीन ।
सैनिक पत्र हाथों लगे, लगा दीखने सीन ॥
नौकर झांसी क्वीन का, पण्डे लक्ष्मण राव ।
12वीं रेजिमेंट से, संपर्क हुआ लगाव ॥
खलबली उनमें मची, जो ठाकुर धनवान ।
राज फिरंगी उलटना, झांसी में रहे ठान ॥
रानी ने भी कर लिया, कुछ दिन पूर्व कबूल ।
आंगल भी करे सहायता, करे न विद्रोह भूल ॥
राजनिष्ठ झांसी सैन्य, आंगल दृढ विचार ।
राजनिष्ठ रानी विषय, ना कोई मनो विकार ॥
जो मैं सहायता कर सकूं, सेना दऊँ बढ़ाय ।
रानी खुद आज्ञा चहे, कपट की संसय नांय ॥
31 मई अंग्रेज के, मन में यही विश्वास ।
झांसी से आश्वस्त थे, नहीं विद्रोह आभास ॥
एक जून कुछ अफसरों के, लगी बंगले में आग ।
ये पहला सन्देश था, रहा कानपुर मांग ॥
4 जून को हो गया, झाँसी में विद्रोह ।
अंग्रेजों के हट गया, मन से झूठा मोह ॥
एक ग्रुप था फौज का, संकेत किया हवलदार ।
अकस्मात कब्जा किया, ले लिया फोर्ट सिटार ॥

बारूद पर काबू किया, लूटा शस्त्रागार ।
कैप्टन डनलप डर रहा, मन ही मन बेजार ॥
बाकी पैदल फौज जो, और जो अश्व सवार ।
संग तोप खाना लिया, किया परेड पर त्यार ॥
सैनिक कहें इस कंपनी पर, दे दें अपनी जान ।
विद्रोहियों को मार कर, साफ़ करें मैदान ॥
ये प्रदर्शन चल रहा, बालक किले पहुंचाय ।
सहायता मिले नो गाँव से, डाक डालने जाय ॥
कैप्टन चिट्ठी डालते, दिए गोली से मार ।
इनसाइन टेलर भी मरा, थी 12 नेटिव त्यार ॥
डर सारे अंग्रेज अब, गए किले की ओर ।
तोप और असला ठीक से, किया युद्ध के तोर ॥
किला लड़े हफ्ते तलक, फिर सहायता मिल जाय ।
नेटिव गोरे मार कर, दौड़ किले चढ़ जांय ॥
रानी की सहायता प्राप्त हो, गए पर्सेल और स्कॉट ।
विद्रोहियों ने बीच में, दीये दोनों काट ॥
7 जून विद्रोही ने, टक्कर की जोर दार ।
मुश्किल है दुर्ग जीतना, ना तोप की अच्छी मार ॥
संख्या बल उनका अधिक, आगे बढ़ते जांय ।
अंदर साथी विशवास के, अर्गल द्वार ढहाय ॥
पावस लेफ्टिनेंट को, गोली से दिया मार ।
दूसरे सेवक ने तभी, दी गर्दन तलवार ॥
आंगल सेवादार भी, आये राष्ट्र के काम ।
लेफ्टिनेंट गार्गेस किया, उसका भी काम तमाम ॥
छुप कर कमिश्नर गार्डन, रहे बन्दूक चलाय ।
जानकार विद्रोही ने, तीर से दिया गिराय ॥

मरते ही गार्डन साहब के, धीरज गया था टूट ।
लड़ते हुए विद्रोहियों की, हिम्मत बढ़ी अटूट ॥
परवा ना कर मौत की, रिसालदार काळा खान ।
अहमद तहसीलदार भी, लिए हथेली जान ॥
इन दोनों योद्धाओं ने, झंडा लगा दीवार ।
घुसते देख अंग्रेज ने, हुए संधि को त्यार ॥
संधी का झंडा लगा, हुयी लड़ाई बंद ।
विद्रोहियों का हौसला, हो गया आज बुलंद ॥
विद्रोहियों के प्रतिनिधि, झांसी के मुख्य हकीम ।
सालेह मोहम्मद से बात करें, अंग्रेजों की टीम ॥
आज फिरंगी मांगते, अपना जीवन दान ।
शर्त उनकी मंजूर की, रक्खा हाथ कुरान ॥
अंग्रेजों ने किले के दिए दरवाजे खोल ।
शस्त्र किये नीचे तभी, चले बाहर दुर्ग के पोल ॥
हत भागी अंग्रेज वो, बाहर गए थे आय ।
मारो दुष्ट फिरंगी को, रही ये आवाजें आय ॥
आठ जून अंग्रेज के, बाँध लिए थे हाथ ।
जुलूस निकाला शहर में, ले कर उनको साथ ॥
झांसी का मुख्य कमिश्नर, सीष अधो मुख मौन ।
आजादी हरी देश की, आज बचाये कौन ॥
चलते चलते पहुँचते, जोगन बाग़ के पास ।
हुक्म दिया रिसालदार ने, तुरत करो खल्लास ॥
झांसी जेलर दरोगा, किया स्कीन का नाश ।
काट फिरंगी तुरत ही, दिया नर्क निवास ॥
पुरुष, महिला, बाल सब, काट दिए तत्काल ।
सभी मिला कर 60 थे, दिए भुट्टे बना उछाल ॥

छोटे बच्चे गोद में, बड़े खड़े थे पास ।
हिन्दुस्तानी तेग की, बुझी रक्त की प्यास ॥
किया झांसी के साथ में, घनीभूत अन्याय ।
गोरा खून बहाय कर, बदला लिया चुकाय ॥

वार्ता

झांसी के गुस्सैल जबड़े में 75 अंग्रेज 12 महिला और 23 बच्चों की बलि ली। 8 जून को झांसी ने विद्रोह किया, 7 जून को अंग्रेजी राज सत्ता का अंत हो गया और अंग्रेजों की ओर से अपने को वारिस कहने वाला कोई नहीं बचा इसलिए विद्रोही सिपाहियों ने रानी साहिबा को झांसी के स्वतंत्र सिंघासन पर प्रतिष्ठित किया और वीर लक्ष्मी रानी के नाम से नारा लगाया "खल्क खुदा का, मुल्क बादशाह का, और राज रानी लक्ष्मी बाई का"।

प्रकरण - अवध

भजन

अंग्रेज ने जब से, अवध का राज दबाया ।
शासक हुए विपन्न, प्रजा में असंतोष फैलाया ॥
अधिग्रहण किया राज, भारी दुखी था समाज ।
उठा सकता ना आवाज़, ताज दिया था झुका ॥
सारे पदों पे अधिकार, हिन्दुस्तानी किये बाहर ।
झेलें गरीबी की मार, कारोबार सब रुका ॥
जो नहीं चुका लगान, किसान पे हंटर खूब चलाया ।
अंग्रेज ने जब से, अवध का राज दबाया ॥
बड़े बड़े जमींदार, पीढ़ी दर पीढ़ी अधिकार ।

लूटे सेठ साहूकार, पार कोई न बसा ॥
ऐसा कंपनी दस्तूर, पस्त बड़े बड़े शूर ।
ऐसा अंग्रेजी गुरूर, क्रूर शिकंजा कसा ॥
साम्राज्य का नशा उतर जा, दिन नेड़े ही आया ।
अंग्रेज ने जब से, अवध का राज दबाया ॥
किया हिन्द पे आघात, कैसी हीनता की बात ।
जल्दी दिखा देंगे हाथ, रात बीतेगी कभी ॥
ऐसा करेंगे हलाल, तेरा छिन्न भिन्न होये जाल ।
रहे ना मलाल, बात मन में दबी ॥
नहीं मानते ढीठ कभी, जो उनको नहीं लतियाया ।
अंग्रेज ने जब से, अवध का राज दबाया ॥
ऐसा मचा हल्का लोर, दंड बनाये कठोर ।
कब तक चले ऐसा दौर, ओर - छोर ना कहीं ॥
ऐसा फैला असंतोष, मन में गहरा आक्रोश ।
युवा लोगों का ये जोश, दोष अपना है कहीं ॥
चैन नहीं अंग्रेज का जब तक, करते नहीं सफाया ।
अंग्रेज ने जब से, अवध का राज दबाया ॥

दोहा

डलहौजी ने अवध का, किया जब से अधिग्रहन ।
नष्ट हुई स्वतंत्रता, सभी प्रान्त बेचैन ॥
बढ़ती जा रही दुर्दशा, शासन बन गया जाल ।
किसान और मजदूर अब, सभी हुए बेहाल ॥
कर प्रणाली क्रूर है, दुखी हुए जमींदार ।
भरा नहीं लगान तो, फिर कोड़ों की मार ॥

सभी पदों पर आप हैं, हिंदी दिए हटाय ।
छीन लिए सम्मान सब, दिए दरिद्र बनाय ॥
मंत्री वैभवहीन हैं, विवश सभी सरदार ।
करते हैं उपजीविका, कंगाली की मार ॥
पीढ़ियों के अधिकार जो, छीनी सब जागीर ।
साहूकारी अब नहीं, बन गए सेठ फ़कीर ॥
युवा वाजिद अली शाह से, किया विशवास घात ।
होंठ चबाते क्रोध से, जाय तेग पे हाथ ॥
पैदा हुए राजपूत कुल, बड़े बड़े शूर उदार ।
उनके राजा पर किये, भारी अत्याचार ॥
सबके मन आक्रोश है, पिए खून की घूँट ।
बदला कैसे ले सकें, ये प्रश्न है कूट ॥
योग्य पुरुष न्योता दिया, करो कंपनी काम ।
अपना अन्न हलाल का, आंगल अन्न हराम ॥
अवध राज अधिग्रहीत कर, मुखिया सर लारेंस ।
हेनरी जॉन लारेंस ने, पंजाब किया साइलेंस ॥
हेनरी जॉन लारेंस है, उसका ही बड़ा भ्रात ।
पंजाब विद्रोह को इसी ने, दे डाली थी मात ॥
1857 की चोट से, बचाया आंगल राज ।
दोनों बंधू कूटनीति के, मंझे हुए सरताज ॥
रखा अवध में पाँव जो, लगा लिया अनुमान ।
विद्रोह का आभास था, नहीं किसी का ध्यान ॥
असंतुष्ट समाज से, बोले मीठे बोल ।
लखनऊ में दरबार कर, दीये इनाम दिल खोल ॥
क्रोधित जनता शांत हो, किये जतन अनेक ।
सावधान पहले ही हो, आगे ख़तरा देख ॥

विद्रोह से जो बच सके, करी योजना त्यार ।
चौकन्ने सब कर दिए, आंगल हुए होशियार ॥
घृणा हुई अंग्रेज से, फिर से हो स्वराज ।
कल सुरक्षित हो मेरा, अर्पण कर दे आज ॥
अपना धर्म कल श्रेष्ठ था, आज हुआ है हीन ।
राज धर्म को छीन कर, बना दिया है दीन ॥
प्रबल हिन्दू मान सिंह, सिकंदर शाह मुसलमान ।
देशभक्त दोउ दीन पर, अर्पित कर दें जान ॥
ब्राह्मण पंडित मौलवी, करे स्वराज प्रचार ।
अर्पण हम सब कुछ करें, लश्कर पुलिस जमींदार ॥
सब ही त्यार जिहाद को, होय गुप्त उपदेश ।
हम जैसे रहेंगे कहां, बचे नहीं जो देश ॥
अंग्रेजों संग युद्ध को, शपथ बद्ध सब कोय ।
जनता को अंग्रेज से, लोहा लेना होय ॥
इधर उधर लोक क्षोभ की, अग्नि प्रज्वलित होय ।
चिंगारी ऐसी उडी, आंगल देखी लोय ॥
सिकंदर शाह पकडे गए, फांसी सजा सुनाय ।
राज द्रोह अपराध से, छुटकारा ना पाय ॥
और सातवीं रेजिमेंट को, निशस्त्र किया तत्काल ।
खिचड़ी कैसी पक रही, समझे गोरे हाल ॥

कविता

सर हेनरी लारेंस ने, वक्त का देखा मिजाज ।
काबू रहे नेटिव का लश्कर, करते हैं दरबार आज ॥
12 मई दरबार में, हिंदी में एक भाषण दिया ।
रणजीत द्वारा मुस्लिमों के, अपमान का वर्णन किया ॥
औरंगजेब ने क्या किया है, जानता हिन्दू समाज ।
काबू रहे नेटिव का लश्कर, करते हैं दरबार आज ॥
हिन्दू मुसलमां लड़ रहे, अंग्रेज ने रोका उन्हें ।
मिट रहे थे दोनों लड़ कर, हमने ही टोका उन्हें ॥
महफूज रह सकते हैं तब, हो हिन्द में अंग्रेजी राज ।
काबू रहे नेटिव का लश्कर, करते हैं दरबार आज ॥
हम बचाएं देश को, तुम हम को ताकत दीजिये ।
अंग्रेज की कर के हिफाजत, भारत को बरकत दीजिये ॥
लीजिये हम से इनामत, कर सलामत राज काज ।
काबू रहे नेटिव का लश्कर, करते हैं दरबार आज ॥
जो दिखाते राजनिष्ठा, अपने हाथों दें इनाम ।
तलवार साफे शाल दें, दरबार में सराहते काम ॥
राजनिष्ठा देख करके, हम करेंगे तुम पे नाज़ ।
काबू रहे नेटिव का लश्कर, करते हैं दरबार आज ॥

वार्ता

राजनिष्ठा का यह दरबार 12 मई को हुआ 11 मई को खबर आयी थी की मेरठ शहर ने विद्रोह किया और 14 मई को समाचार आया की दिल्ली पर विद्रोहियों का कब्जा हो गया है और वहां स्वतंत्रता की घोषणा हो गयी है।

दोहा

मेरठ दिल्ली मुक्त का, आया ये समाचार ।
कहां सुरक्षा ठीक हो, लारेंस करे विचार ॥
रेजीडेन्सी, मच्छी भवन, चुन लिए दो स्थान ।
बालक नारी रह सकें, कर लिए ठीक मकान ॥
बाबू, व्यापारी, असैनिक, अधिकारी अंग्रेज ।
शस्त्र शिक्षा कर कवायद, स्व सुरक्षा कर सतेज ॥
10 दिनों का दे प्रशिक्षण, कर लड़ाई को त्यार ।
हेनरी सर प्रान्त की, सब फौज का सपेसालार ॥
अवध के प्रदेश से, लग रहा नेपाल ।
सेना मिले नरेश की, खबर करी तत्काल ॥
खबर मिले ये रोज की, विद्रोह होगा आज ।
बंदोबश्त में लग पड़े, सजता सैनिक साज ॥
बार बार अफवाह उड़े, हल चल होती रोज ।
आशंका मन में बढ़ी, रहे अलाट पे फौज ॥
30 मई संध्या समय, लारेंस खाना खाय ।
पक्की थी जो सूचना, वह भी झूटी जाय ॥
फिर थोड़ी ही देर में, चलने लगी बन्दूक ।
चुन चुन गोली मारते, नहीं करे कोई चूक ॥
नेटिव की जो टोलियां, आंगल बगले जांय ।
मेस हाउस और घरों को, देते आग लगाय ॥
लेफ्टिनेट, इस फौज का, भागा मिस्टर ग्रांट ।
तभी किसी ने खींच कर, कर दी उस पर खाट ॥
गारद उसको कर दिया, एक सैनिक ने आय ।
टुकड़े कर के साहब के, दिया स्वर्ग पठाय ॥

लेफ्टिनेंट होर्डिंग आ गया, अश्वारों के साथ ।
उसको भी पहुंचा दिया, हेवन हाथों हाथ ॥
सुलगा कैंटोनमेंट भी, ब्रिगेडियर हार्ड स्कोम ।
मार भेज दिया स्वर्ग को, छोड़ दिया ये होम ॥
नेटिव गोरे सोल्जर, रात भर झंडा थाम ।
रोक रहे विद्रोह को, किया सिहाना काम ॥
हेनरी 31 मई को, ले गोरे काले साथ ।
6 वीं घुड़सवार ने, छोड़ दिया है हाथ ॥
सर हेनरी वापिस गया, दिए सभी वहीँ छोड़ ।
जान बचाई आपनी, आया वापिस दौड़ ॥
लखनऊ में बत्तीसवीं, थी गोरी रेजिमेंट ।
तोपखाना अंग्रेज पर, फिर भी ढीली पेन्ट ॥
71 वीं, 48 वीं, सातवीं घुड़सवार ।
झंडा गाड़ विद्रोह का, बने क्रान्तिकार ॥
पचास मील लखनऊ से, सीतापुर एक शहर ।
9 वीं, 10 वीं, 41 वीं, फौज रही थी ठहर ॥
वहीँ उसका कमिश्नर, अफसर रहे अनेक ।
अग्नि पास विद्रोह की, लगी वहां भी सेंक ॥
27 मई अंग्रेज की, बस्ती एक जलाय ।
थी अग्रिम ये सूचना, आंगल समझ ना पाय ॥
लंगर बोरी नून की, हड्डी चूर बताय ।
अंग्रेजों ने तुरत ही, गंगा दी फिकवाय ॥
उसी दिन अंग्रेजी बाग़ में, थी फल फूल बहार ।
हिन्दुस्तानी ज्वान सब, करते हैं फलाहार ॥
चिल्लाते अंग्रेज सब, पर ना माने कोय ।
पूरे दिन उस बाग़ में, धमा चौकड़ी होय ॥

3 जून को उसी दिन, काबू कर धन कोष ।
काट दिए अंग्रेज कई, जब तक आये होश ॥
कर्नल बर्च, लेफ्टिनेंट ग्रौंस, मार दिए तत्काल ।
इर्रेग्युलर ने सभी, अफसर काटे डाल ॥
हिन्दुस्तानी ज्वान सब, नारा रहे लगाय ।
कंपनी शासन ख़त्म है, गया राज हिंदवी आय ॥
एक नदी के रास्ते, रहा कमिश्नर भाग ।
पत्नी लड़का मार कर, दी उस पर गोली दाग ॥
थार्न हिल पत्नी सहित, दिया बेनट से मार ।
कुल चौबीस अंग्रेज को, स्वर्ग दिया अधिकार ॥
बचे कुचे पहुंचे तुरत, राम कोट जमींदार ।
शरण लई जाकर वहाँ, दस महीने किये पार ॥
मेहमानी कर बहुत दिन, लखनऊ दिए पहुंचाय ।
जिन का जीवन शेष है, कोई मार ना पाय ॥
सीतापुर से ज्वान सब, गए फर्रुखा बाद ।
गोरा काले लड़ किले, किया किला आबाद ॥
नवाब तुफ्फुजूर खान को, दिया गद्दी बैठाय ।
झंडा गाड़ स्वराज का, दिया मुक्त कराय ॥
जो कोई मिला यूरोपियन, कर दीया संहार ।
वो हिंदी शमशीर के, बन गए सभी आहार ॥
सीतापुर उत्तर दिशा, चवालीस मील है दूर ।
मलान शहर से सब रिपु, घोडा चढ़ काफूर ॥
रक्त बहाये बिन हुआ, सभी जिला स्वतंत्र ।
पहले से वहाँ गूंजते, आजादी के मन्त्र ॥
जिला तीसरा मेहम्दी, वहां मिटौली राज ।
मेम तुम्हारे पास हैं, रक्षा करो महाराज ॥

गोरों से राजा कहें, ताकत इतनी नांय ।
सैनिक आवें अवध से, आप जंगल छुप जांय ॥

वार्ता

उस राजा के पास अपनी महिलायें पहुंचाने के बाद मेहम्दी के अंग्रेज अधिकारियों ने वहाँ के किले में शरण ली। इसी दिन जैसा की पहले कहा गया है रुहेलखंड के शाहजहांपुर भागते हुए अंग्रेज मेहम्दी पहुँच गए हैं। पर वहां पर सुरक्षा ना होने से वहाँ के अधिकारियों ने सीतापुर को सन्देश भेजा की वे इन अनाथ अंग्रेजों को सीतापुर ले जाएँ। सीतापुर में तब तक विद्रोह नहीं हुआ था इसलिए वहाँ से सिपाहियों की एक टोली गाड़ियों के साथ उन अनाथ अंग्रेजों को लेने पहुंची। परन्तु ये सिपाही मेहम्दी विद्रोह के बीच आये थे उन्होंने सारे अंग्रेजों को गाड़ियों में भरा सीतापुर के आधे रास्ते सुरक्षित लाये और वहां उन्हें गाड़ियों से उतार कर मार डाला इसमें सात आठ महिलायें, चार बच्चे, आठ लेफ्टिनेंट चार कैप्टन और कुछ अन्य पुरुष थे। इधर मेहम्दी में बचे हुए अंग्रेज अधिकारी तुरत भाग गए और इस तरह पूरे जिले में जून के 4 तारीख को ब्रिटिश राज्य सत्ता का कोई चिन्ह शेष ना रहा।

दोहा

बहराइच है जिला जो, लगा अवध के साथ ।
विंगफील्ड यहां कमिश्नर, चार शहर उस हाथ ॥
शहर सिकोरा, मालपुर, गोंडा और बहराइच ।
सिकोरा में पैदल दो पल्टन, तोपखाना इन लाइच ॥
आशंका विद्रोह की, मन में था अंदाज ।
स्त्री, बच्चे लखनऊ, भेजे सुरक्षा काज ॥
प्रातःकाल 9 जून को, अधिकारी अंग्रेज ।
बलरामपुर राजा कने, पहुंचा सारा बैज ॥

तोप खानों का कमांडर, डंटा हुआ उस ठौर ।
जवानों पर विश्वास है, कोई बात ना और ॥
सैनिकों ने कह दिया, साफ़ साफ़ उस शाम ।
मारें नहीं हम आपको, पर अब नहीं गुलाम ॥
देश बंधुओं पर कभी हम, गोली नहीं चलायं ।
लखनऊ पहुँचों आप भी, राह सुरक्षित पाय ॥
यह सुनते ही हार कर, छोड़ गए स्थान ।
गए सुरक्षित मार्ग से, लखनऊ पहुंचे आन ॥
मुक्त सकोरा हो गया, विंग फील्ड सूचना पाय ।
25 गए बलराम पुर, फिर लखनऊ पहुंचाय ॥
गोंडा, सकोरा मुक्त है, गया बहराइच समाचार ।
विद्रोह बाट ना देख कर, हुए फिरंगी बाहर ॥
10 जून को ही छोड़ कर, भागे लखनऊ ओर ।
नेटिव चौकी हर जगह, जय भारत का शोर ॥
नेटिव बन कर जो चले, न ध्यान किसी का जाय ।
बैठे सारे नाव में, बीच धार गए आय ॥
नदी बीच में घिर गए, न कोई तारणहार ।
नाव छोड़ मल्हा भगे, दिए तुरत ही मार ॥
अधिकारी सब मर गए, ब्रिटिश सत्ता जाय ।
बहराइच आज़ाद है, देसी ध्वज फहराय ॥
मालापुर में अभी तक, लश्कर छावनी नांय ।
आंगल भागे जिले से, कुछ नहीं पार बसाय ॥
भागत रक्षा कर रहा, राजा वहाँ एक आय ।
बचे नहीं लोक क्षोभ से, दोजख दिए पहुंचाय ॥
अवध प्रान्त के पूर्व में, मुख्य है फैजाबाद ।
सुल्तानपुर और सलौनी, उसी विभाग आबाद ॥

उन का कमिश्नर गोड़वे, फैजाबाद निवास ।
आंगल करते क्रूरता, विद्रोह का आभास ॥
22 और 6 वीं पलटनें, थे कुछ अश्व सवार ।
लोनाक्स है सेनापति, तोपखाने की मार ॥
फैजाबाद विभाग में, जुल्म किये सरकार ।
आधे गांव छीने गए, दुखी तालुके दार ॥
बदला यहां जरूर लें, यहां का दुखी समाज ।
डरपे मेरठ खबर से, कहाँ बचेंगे आज ॥
बाल बच्चे कैसे बचें, चिंता से बेचैन ।
नाके मारग लखनऊ, निज कर्मों की देन ॥
करते दो दो हाथ जो, हिंदी सैनिक पास ।
विकट समस्या आ गयी, ना बचने की आस ॥
राजा मानसिंह शरण में, पहुंचे आंगल जाय ।
अवध प्रान्त हिन्दुओं का, नेता यही बतांय ॥
हिन्दुओं की कहीं किरकिरी, ना नवाब राज में होय ।
बाहर तेग रहे म्यान से, प्रश्न करे ना कोय ॥
1857 मई में, प्रकरण वसूली काज ।
डाला कारावास में, मान सिंह महाराज ॥
ऐसे संकट काल में, जब कमर रही है टूट ।
उसे मनाने के लिए, करी जेल से छूट ॥
विनती करी अंग्रेज ने, अपने किले के माय ।
स्त्री बच्चे रहने दो, नहीं तो मारे जाय ॥
बहुत कठिन हामी भरी, होय लोग नाराज ।
कहने से मानें नहीं, झपटें मुझ पै आज ॥
7 जून को किले में, गोरों के परिवार ।
आश्रय के लिए आ गए, डर से हुए बेजार ॥

आंगल जुटे बचाव में, फैजाबाद विस्फोट ।
गर्दन पकडे हिन्द की, लेते उसकी ही ओट ॥
मौलवी अहमद शाह एक, रहे तालुकेदार ।
देश भक्त थे समर्पित, करे देश प्रचार ॥
रहते थे जागृत वो, पहरा देश के द्वार ।
एक हाथ में लेखनी, एक हाथ तलवार ॥
अवध राज अंग्रेज ने, किया जब से अधिग्रग्रहण ।
घूमे सारे हिन्द में, ना राष्ट्र भक्त को चैन ॥
जहाँ जहाँ जाते मौलवी, करे क्रांति प्रचार ।
एक विलक्षण चेतना, जन जन में संचार ॥
क्रांति पक्ष नेता बड़े, मिलता सब से जाय ।
गुप्त मण्डली आगरा, जाकर दी बैठाय ॥
आंगल राज उखाड़ दो, किया खुला उपदेश ।
लगा सुलगने जाग कर, सभी अवध प्रदेश ॥
अश्रांत श्रम करता रहे, लिखे क्रांति लेख ।
आंगल चाहते पकड़ना, ये सरगर्मी देख ॥
मौलवी और अंग्रेज की, प्रतियोगिता होय ।
फांसी आंगल को करूँ, आंगल रहे उसे टोहोय ॥
देसी पुलिस पकडे नहीं, पकड़ा मिलिट्री भेज ।
भड़क उठा प्रदेश सब, खबर सनसनीखेज ॥
फैजाबाद की जेल में, किया मौलवी बंद ।
ना समझी नजर समाज की, आंगल सत्ता अंध ॥
क्रांति के बारूद की, सुरंग भरी फट जांय ।
हर हर बोल समाज सब, लश्कर संग उठ जांय ॥
सेना काबू में रहे, अधिकारी ले परेड ।
नहीं कमांडर तुम रहे, दिलीप सिंह है हैड ॥

सूबेदार दिलीप ने, पहरा दिया बिठाय ।
आंगल अधिकारी सभी, नजर कैद हो जांय ॥
अंग्रेज घरों में कैद कर, 12 कदम के बीच ।
इस से ज्यादा ना हिले, कोई फिरंगी नीच ॥
लोक नाथ के चरण से, जेल शुद्ध हो जाय ।
कारागृह को तोड़ कर, सैनिक दौड़ लगाय ॥
तोड़ श्रंखला कैद की, मौलवी बाहर आय ।
जय जय कार से आ मिले, पुनर्जन्म है जाय ॥
आंगल राज्य फांसी चढ़ा, किया नेतृत्व स्वीकार ।
क्रांति दल को मिल गया, जोर दार आधार ॥
हुक्का दिया जेल में, लेनॉक्स को धन्यवाद ।
आभारी हूँ आपका, सदा रखूंगा याद ॥
श्लोक - वज्रादपि कठोरानी मृदूनि कुसुमादपि।
लो को त्तराणां चेतां सिकोही विज्ञातुमर्हसि ॥

वार्ता

फांसी का दंड जिन्होंने दिया उन्होंने हुक्का दिया, इस लिए आभार व्यक्त करते हुए मौलवी अहमदशाह अंग्रेज अधिकारियों के सुरक्षार्थ फैजाबाद शहर में विद्रोह होते ही दूसरे स्थानों पर जो लूट मार होती थी वह नहीं हो इसलिए सिपाहियों की टोलियां भेज कर नाकेबंदी कर दी। सार्वजनिक भवन और बारूद खानों पर पहरा बैठाया गया। 15 वीं रेजिमेंट के सिपाहियों ने एक युद्ध समिति बना कर यह तय किया की अंग्रेज अधिकारियों को मार दिया जाय परन्तु पहले दिए हुए वचन के अनुसार ऐसा करना ठीक नहीं यह बड़े अधिकारियों ने तय करके अंग्रेजों को जीवित छोड़ दिया गया। उनको सूचित किया गया आप में से जिन को इच्छा हो अपनी निजी संपत्ति साथ ले जाय किन्तु सार्वजनिक से एक सूतली का टुकड़ा भी नहीं लेने दिया जाएगा। क्योंकि वह अब वाजिद

अली शाह अवध के नवाब की संपत्ति है। इसके बाद विद्रोहियों ने उनको नौकाएं दिलाई उन्हें पैसा दिया और सिपाहियों से विदा ले कर सारे अधिकारी नौकाओं में बैठ घाघरा नदी से चले गए 9 जून को प्रातः फैजाबाद स्वतंत्र हो गया और कंपनी का राज्य वहाँ समाप्त कर के वाजिद अली शाह का राज्य शुरू होने की डोंडी पीटी गयी।

कवाली

बचोगे मौत से कब तक, वो हर दम पास रहती हैं ।
मगर महफूज है जिंदगी की, जब तक आस रहती है ।
परख ईमान की करती, ज़रा सी जिंदगी दे कर ।
अगर ईमान सच्चा है, तो रूह बिंदास रहती है ।
बचोगे मौत से कब तक, वो हर दम पास रहती हैं ।
मैं सूरज का वारिस हूँ, अँधेरा मौत ना कर सकती ।
चिराग उम्मीद के रौशन, तो बरकत ख़ास रहती है ।
बचोगे मौत से कब तक, वो हर दम पास रहती हैं ।
छोड़ कर आबे जम जम को, जहर पीता जमाने का ।
इस को जितना पी गोया, तो बढ़ती प्यास रहती है ।
बचोगे मौत से कब तक, वो हर दम पास रहती हैं ।
जिंदगी मौत के जबड़े में, नाहक क्यों पिसे पूरन ।
रूहानी अम्ल की तस्वी, तेरे हर सास रहती है ।
बचोगे मौत से कब तक, वो हर दम पास रहती हैं ।

दोहा

जिन चार नौकाओं में, बैठ फिरंगी जाय ।
17 वीं रेजिमेंट की, निगाह तुरत पड़ जाय ॥
फैजाबाद से पत्र एक, आया उन के पास ।
जाते हुए फिरंगियों का, करना तुम को नाश ॥
नौकाओं पर हमला हुआ, दिए फिरंगी मार ।
पूरा किया हिसाब सब, रखी नहीं उधार ॥
मुख्य कमिश्नर गोड़वे, थॉमस लेफ्टिनेंट ।
मेल रिचे, एडवर्ड फेरी, भेजे परमानेंट ॥
महोबा गांव में जो भी थे, दिए पुलिस ने काट ।
नौका एक जो रह गयी, भुस में छुप गया लाट ॥
राजा मान सिंह को रही, चिंता एक सताय ।
स्त्री, बच्चे अंग्रेज के, कब तक रखूँ छुपाय ॥
छिपे हुए अंग्रेज कुछ, रहे बुरे दिन काट ।
बीवी बच्चे साथ जो, अलग दिए थे छांट ॥
स्त्री बच्चे साथ ले, गए घाघरा पार ।
सब संकट से जूझते, गए गोपाल पुर दरबार ॥
29 अंग्रेज थे, दिया बहुत सम्मान ।
सही ठिकाने कर दिए, बच गयी उनकी जान ॥
1857 साल में जो, मरते मरते बच गए ।
संघर्ष जिंदगी मौत का, कुछ गोरा लिख कर घर गए ॥
उपदेश परक हैं वो लिखित, हिन्द राष्ट्र उद्घांत ।
युद्ध करे मैदान में, घर में मीठी बात ॥
यह झोंपड़ी हिन्द की, स्वर्ग से ऊंची होय ।
भारत के घर शरण ले तो, मार सके ना कोय ॥

फैजाबाद शहर से, आंगल गए थे भाग ।
इसके बाद और जिलों में, फ़ैल गयी थी आग ॥
सुल्तानपुर 9 जून को, शलोनी 10 को होय ।
झंडा गाड़ स्वराज का, झंझट रहा ना कोय ॥

वार्ता

वहां के भागते हुए अधिकारियों में से कुछ के प्राण रुस्तम नामक सरदार ने बचाये। और कुछ के राजा हनुमंत सिंह ने बचाये। अंग्रेज लोगों के शरणागत होने पर केवल उन्हें जीवन दान दे कर ही ये अवध के शूर और उदार राजे रुके नहीं बल्कि उन्होंने उनकी यथा योग्य आव भगत की। वास्तव में उन प्रत्येक राजा और जमींदारों की अंग्रेजों ने बहुत बड़ी हानि की थी। उनका अपमान भी किया था और उनके धर्म को नष्ट भी किया था ये बातें जमींदार भूल गए ऐसा भी नहीं है। अपने अपने अनुयाइयों को ले कर उन्होंने खुला रण किया और अंग्रेज को हिन्दुस्तान से भगा देने के पहले आराम नहीं करना है उन्होंने ऐसी प्रतिज्ञा की। परन्तु इस वीरोचित स्वतंत्रता प्राप्ति के साथ वीरोचित उदारता दिखाने में भी उन्होंने कमी नहीं की। लोक समाज गुस्से में बिना रुके काटता चल रहा था तब भी उन्होंने अंग्रेज स्त्री बच्चों को सम्मान दे कर अपूर्व दयाशीलता दिखाई। उनको जिन अंग्रेज अधिकारियों ने हाल ही में प्रताड़ित किया था उन्हें भी कितनी बार शरण और जीवन दान दिया है। यही अधिकारी भविष्य में भी उनसे लड़ने सामने आ सकते हैं इसलिए उनका छोड़ना ठीक नहीं सारी जनता की ऐसी पक्की समझ होते हुए भी उन्होंने वह उदारता, ऐसी प्रचंड राज्य क्रांतिकारी और लोक क्षोभक अवधि में अन्य कितने देशों में देखने को मिलेगी।

दोहा

अवध की यह उदारता, ना हतबलता पहचान ।
31 मई से हफ्ते में, दी फेंक गुलामी छान ॥
पैदल अश्वी, तोप खाना, नौकर और किसान ।
व्यापारी, विद्यार्थी, हिन्दू और मुसलमान ॥
लिए हाथ में हाथ सब, भूल सभी मत भेद ।
लगे पवित्र उद्देश्य में, नहीं बीच में छेद ॥
दास्य विमोचन हेत जो, लई हाथ तलवार ।
कूद पड़े न्याय युद्ध में, अधर्म डाला मार ॥
आंगल राज हुआ स्वप्नवत, ना बदले का भाव ।
शरणागत जी दान दे, किये जिन्होनें घाव ॥
10 तारीख तक अवध के, सभी लड़ाके वीर ।
चले गए लखनऊ तरफ, तोड़ दास्य जंजीर ॥
अंग्रेजी साम्राज्य अब, बढ़ा मृत्यु की ओर ।
प्रांत निकल गया हाथ से, पर पकड़ा लखनऊ छोर ॥
विद्रोही नेटिव आ चुके, रहे राजनिष्ठ सरदार ।
लारेंस हेनरी सिक्ख की, कर ली पल्टन त्यार ॥
गोरी सेना, तोपखाना, मंझे हुए सरदार ।
विश्वाशी लश्कर बना, हुए युद्ध को त्यार ॥
विद्रोही सब अवध के, जुट गए लखनऊ पास ।
कानपुर की जय, पराजय, करने को आभास ॥
29 जून को मिल गया, कानपुर का समाचार ।
अंग्रेज एक भी ना बचा, पहुंचे यम के द्वार ॥
कानपुर विजय उत्साह से, हिम्मत भी बढ़ जाय ।
कर हमला अंग्रेज पर, चिनहट पहुंचे आय ॥

हुयी पराजय कानपुर, आंगल राज हिल जाय ।
हाथ रहे ना लखनऊ, कलकत्ता लुट जाय ॥
विद्रोही रक्त से धोयेंगे, कानपुर का अपमान ।
अब लारेंस ने ठान ली, अपने मन में ठान ॥
29 जून को प्रात ही, लोहा पुल के पास ।
गोरा सोल्जर 400, 400 नेटिव दास ॥
तोप खाना 10 तोप का, चुने हुए सब ज्वान ।
निकला लखनऊ से बाहर, ना शत्रु का भान ॥
दिखा शत्रु सामने, दाएं हाथ एक गांव ।
इस्माइल गंज काबू किया, वहीँ जमाये पाँव ॥
विद्रोहियों की लग रही, जहां जहां भी तोप ।
काली गोरी फौज ने, किया हमला कोप ॥
उस हमले के वेग से, लगे उखाड़ने पाँव ।
विद्रोही आपा बचा, घुसे बाईं ओर के गांव ॥
बाईं ओर के गांव से, हमला कर प्रचंड ।
आंगल सभी खदेड़ कर, बिखर हुए कई खंड ॥
करी चोट विद्रोहियों ने, मध्य भाग पर आय ।
पीछे से भी चोट कर, गांव दिया छुडवाय ॥
जो जंगल पीछे हटे, वो आगे बढ़ जाय ।
खड़े रहे जो सामने, जान बचेगी नाय ॥
बिगुल बजा बिडरोल का, आंगल वापिस होय ।
जो जो वो पीछे हटे, बढे तोप की लोय ॥
अंग्रेजों का लौटते, बिगड़ गया था हाल ।
चिनहट जीत के बाद भी, विद्रोही बने काल ॥
जो अंग्रेजी भागते, हो पीछे से मार ।
नेटिव सुस्त है तोप के, पर करें मार असवार ॥

आंगल से घनी वीरता, नेटिव रहे दिखाय ।
पैदल ओर सवार सब, लड़े पिछारी आय ॥
अब अंग्रेजी फौज की, मच गयी भागम भाग ।
विद्रोही पीछा करे, बरसाते हुए आग ॥
अपमानित आंगल हुए, भागे लखनऊ ओर ।
पड़ती मार पिछार से, नहीं चले कोई जोर ॥
रेसीडेंसी में घुसे, खाते खाते मार ।
पीछा फिर कर देखते तो, शत्रु पड़ा पिछार ॥
400 गोरे सोल्जर, मर गए 150 ।
नेटिव की गिनती नहीं, ना आगे की आस ॥
दो तोपें एक हॉवित्जर, छूट गयीं मैदान ।
कानपुर का बदला चाहें, पकड़ें दोनों कान ॥
राजनिष्ठ सिख कर रहे, रक्षा रेसिडेंस ।
चिनहट का युद्ध हार कर, आकर लिया डिफेंस ॥
मच्छी भवन भी छोड़ दो, मन में किया विचार ।
आग लगा किया नष्ट वो, फूँका शस्त्रागार ॥
रेसीडेंसी आय कर, तयारी होय अटूट ।
चिनहट बाजी हार गए, मच्छी भवन गया छूट ॥
विद्रोही यह देख कर, करने लगे घेराव ।
आंगल सत्ता सिमट कर, रेसिडेंस जमाव ॥
बेगम वाजिद अली शाह की, चला रही थी राज ।
नवाब साहब के नाम से, करती सारे काज ॥
लखनऊ के घेराव में, आये बड़े बड़े नेता शूर ।
अवध प्रान्त के राज में, नहीं गोरा मंजूर ॥
दीन अवस्था समय में, दिया जीवन दान ।
सभी उदारता झटक कर, आय जुटे मैदान ॥

राजा मानसिंह साथ में, और सभी सरदार ।
अहमद शाह के साथ में, मुस्लिम क्रान्तिकार ॥
शरणागत रक्षा करी, राजा श्री हनुमंत ।
भारतीय क्रान्तिकार से ही, आंगल करें भिड़ंत ॥

वार्ता

रैड पम्फलेट के लेखक ने लिखा है - सम्पूर्ण अवध प्रान्त गोरों के विरुद्ध खड़ा हो गया था। स्थाई सेना के सैनिक मात्र ही नहीं, भूतपूर्व शासक 60 हजार सिपाही, जमीदार और उनके सिपाही और 250 दुर्ग जिनमे से अनेक बड़ी-बड़ी तोपों से सुरक्षित थे हमारे विरुध्द हो गये। ईस्ट इण्डिया कम्पनी के राज्य की तुलना जनसाधारण ने अपने पुराने शासकों साथ की। उन्होंने पुराने शासकों के पक्ष में अपना मत व्यक्त किया जो पेन्सनर सैनिक थे, प्रकट रूप से हमारे खिलाफ विद्रोह में शामिल हुए।

प्रकरण - (संकलन)

वार्त्ता

दिल्ली, कानपुर, लखनऊ, बरेली आदि मृतप्राय हुए राजसिंघासनों को फिर से स्वतन्त्रता के पवन का संचार करने वाले इस अद्भुत क्रान्ति विस्फोट कुछेक अंशों में जीवित रही अन्य रियासतों पर क्या और कितना प्रभाव हुआ?

सवैया

भारत राष्ट्र की पुण्य धरा पर आय, म्लेच्छ ने पाँव धरयो है ।
युद्ध पलासी थोप हिन्द के, वक्ष में भारी घाव करयो है ॥

स्वार्थ और अन्याय से भारी, रक्त मास कौ जश्न करयो है ।
आर्यों का आर्यत्व जग्यो तब, आँगल नाश कौ परण करयो है ॥
छीन स्वतन्त्रता मानव की, जाने मानवता कौ पाप करयो है ।
किया हनन विस्वास कौ भारी, भारत कौ अपमान करयो है ॥
अविरल धार बहे जहाँ पुन्य की, वाही कौ स्वायत्त हरयो है ।
आर्यों का आर्यत्व जग्यो तब आँगल नाश कौ परण करयो है ॥
लूट लिये सब राजकाज यहाँ राजधर्म कौ नाश करयो है ।
मैकाले की काली शिक्षा से भारत बदरंग करयो है ॥
कितने गाँव जला सकता कोई वाही आग सो आप जरयो हैं ।
आर्यों का आर्यत्व जग्यो तब आँगल नाश कौ परण करयो है ॥
वध कर-कर वधखम्ब थके जाने भूतदया को दम्भ भरयो है ।
लोकक्षोभ प्रचंड समय भी, इनको जीवन दान करयो है ॥
भारत वीरो ने मानव का वीरोचित सम्मान कर्यो है ।
आर्यों का आर्यत्व जग्यो तब आँगल नाश कौ परण करयो है ॥

वार्त्ता

सन 1857 के वर्ष में लोकमन को यह ज्ञात हो चुका था कि अपने देश पर जब तक विदेशी शासन है, तब तक विलुप्त हुई रियासत मृतवत है। उतनी ही बची हुई भी मृतवत है। इस पवित्रतम और महत्तम ध्येय से चैतन्य हुआ हिन्दुस्तानी जनसागर किसी विशेष रंक या राजा के लिए नहीं उफना था। व्यक्ति, रंक या राजा जिये या मरे, देश या राज्य मरने नहीं देना है। गुलामी के कालपाश को तोड़कर देश मैं स्वतन्त्रता स्थापित करो, फिर उस लोकहेतु की प्राप्ति के लिए चाहे जितनी झोपड़ियाँ सिंहासनों को राख के ढेर पर से चलना पड़े, ऐसे लोकपद का रण घन्टा घनघनाया। एक राजा, जो देश को स्वतन्त्रता दिलाये, जो अन्य सारे राजा हो बात बराबर इसलिए ग्वालियर, इंदौर राजपूताना भरतपुर आदिक अपना प्राण बचाये जी रही रियासतों का लोकमन को सम्पूर्ण

स्वतन्त्र प्रदेश की तरह क्रांतिसमर की चेतना हुई थी। अपना राज्य और अपनी रियासत बनी है तो दूसरों के लिए संकट क्यों लिया जाय यह अमंगल विचार किसी को छू नहीं सका। एक माता के पुत्र को दूसरा पुत्र पराया ? 1857 है अब सारी माता एक है। एक परायेपन की सीमा से उसकी सीमा बाहर है तो ग्वालियर के सिंधिया अब आप हमे अंग्रेज के विरुद्ध लड़ने का आदेश दें। केवल आदेश नहीं, आप हमारे नेता बने। रणांगण में स्वदेश और स्वधर्म के मन्त्र की गर्जना करें और महाद जी का अपूर्ण हेतु पूर्ण करने ससैन्य चलें। सारा देश एक शिंदे के शब्द पर अवलम्बित हो ऐसा अवसर विश्व में आया नहीं था।

सवैया

पहले तो उसकी जीभ हिली ना, जीभ हिली तो कहे मिताई ।
लोकमते की चिन्ता ना कर, ले न सका वो लोक भलाई ॥
देश के हेत न कही मित्रता, मीत बने अंग्रेज के ताँई ।
युद्ध न चाहे अंग्रेजों संग, फिर भी युद्ध रुके ना भाई ॥
अब तक राह तकी राजा की, अब वह शत्रुवत व्है जाई ।
पहले तो उसकी जीभ हिली ना, जीभ हिली तो कहे मिताई ॥

वार्त्ता

सिंधिया युद्ध नहीं चाहते, फिर भी हम युद्ध करेंगें; देश माता को तू आजाद कराने नहीं चलता तो भी हम तो तेरे विरुद्ध दौड़ेंगे और उसे मुक्त करायेंगे। आज 14 जून रविवार है, आज हम सूर्य भगवान अस्त होने की राह देखेंगे। सूर्य अस्त होते ही हर हर महादेव बोल कर सिंधिया को बेजान गुडिया जैसा बनाकर ग्वालियर की कार्टिजैंट सेना ने विद्रोह किया अंग्रेजों का रक्त तबीयत से बहाया। गोरी महिला, गोरे झन्डे और गोरी सत्ता को राज्य से बाहर निकालकर, ग्वालियर रियासत पूर्ण स्वतंत्र करके वो सिन्धिया को आदेश देने लगे। आज हिन्दुस्तान

देश स्वतन्त्र करने के लिए तू अंग्रेजों के विरुद्ध खड़ा हो; पर सिंधिया ने आज नहीं कहकर उलझाये रखा।

दोहा

गुप्त रूप से तात्या, ग्वालियर गया है आय ।
कहता रहता सिंधिया, आज नहीं कल जाय ॥
जितने आंगल आगरा, बची जान में जान ।
सर कोलविन गवर्नर, रहा मृत्यु देख निशान ॥
राजनिष्ठा के विषय पर, दिया एक व्याख्यान ।
माफीनामा सभी का, माफी माँगो आन ॥
इस माफी के प्रश्न पर, शस्त्र लिये थे तान ।
माफी माँगे आय कर, ऐसा ना कोई ज्वान ॥
5 जुलाई आगरा, हमला हुआ जोर ।
नीमच, नसीराबाद की, आई फौज इस ओर ॥
नेटिव अंग्रेजी फोड़कर, गये सिपाही नाट ।
रियासत का आदेश है, नहीं अब तक देते काट ॥
खालिस गोरी फौज संग, ब्रिगेडियर पालीवाल ।
आये विद्रोही आगरे, उनसे लड़े हर हाल ॥
सीसीआ नामक जगह पर, दिन भर हुई भिड़ंत ।
विद्रोहियों की मार से, भागे आँगल अन्त ॥
विद्रोहियों का जयघोष सुन, आगरा हुआ हुशियार ।
पुलिस वाले गुप्त रूप से, पहले ही तैयार ॥
चल पड़े उनके साथ में, हिन्दु मुसलमान ।
गोरी सत्ता खत्म है, दिल्ली यहाँ कमान ॥
आगरा हुआ स्वतन्त्र अब, अंग्रेजी अपमान ।
चिन्ता मे सर कोल्बिन, गया किले में आन ॥

सिन्धिया हक में देखकर, आई जान में जान ।
9 सितम्बर कोलविन, छोड़ गया था प्राण ॥
लोकचेतना ग्वालियर, देख रहा इन्दौर ।
उनके इस वीरत्व से, विस्फोट हुआ इस ठौर ॥
राजसत्ता महुछावनी, हुआ गुप्त व्यवहार ।
नेटिवों को देखकर, उनका बना विचार ॥
इन्दौर के दरबार का, मुसलमान सरदार ।
नाम शहादत खान है, सैनिक किये तैयार ॥
तब इंदौरी सैन्य ने, झंडा उठा तत्काल ।
हमला करके तोप से, बने रेजिडेंसी काल ॥
नेटिव जन अंग्रेज संग, उनने नाहीं कीन ।
बिन नेटिव अंग्रेज भी, हो गये अब बलहीन ॥
गठरी बाँध अंग्रेज अब, इन्दौर से गये भाग ।
नेटिव ने रक्षा करी, नहीं लगने दी आग ॥

वार्त्ता

महाराज होलकर अंग्रेजों के अनुकूल थे या प्रतिकूल, यह संशय उन्होंने स्वयं बनाये रखा ताकि जीतते कोई भी पक्ष से लाभ उठाया जा सके। ऐसा संशय व्यवहार उनकी नीति थी। खुलकर इधर न उधर। लोग और सेना उन अंग्रेजों को भगाना चाहते थे तो उनको वैसा भी करने देना चाहिए और अंग्रेजों से बातचीत भी चलती रहनी चाहिये। कच्छ, ग्वालियर, इन्दौर, बुंदेला राजपूताना इत्यादि अधिकतर रियासतों का व्यवहार ऐसा ही दिखाई देता है। इस स्वार्थी व्यवहार से ही क्रांति का नाश हुआ। ऐसी लुकाछिपी करने से सारा शुभत्व विफल हुआ और अशुभ दर्शन हुआ। स्वदेश से इसने पटियाला जैसा प्रत्यक्ष द्रोह नहीं किया, पर अप्रत्यक्ष द्रोह किया केवल स्वतन्त्रता शुभ अस्तित्व की आशा में स्वार्थ का अशुभ भाव मन में रखा, इसलिए वह सिपाहियों का विद्रोह विफल और देश

पराजित हुआ। राज आचरण की इस शुभ-अशुभता को लोक आचरण छू नहीं पाया और इस लोकवर्तन के तेजस्वी आघात से पेशावर से कलकत्ता तक रक्त की बरसात हुई। प्रचन्ड आग जली; ज्वालामुखी की भयंकर ध्वनि के कारण अंग्रेजी सत्ता मन्दिर गिरकर ध्वस्त हो गया।

दोहा

प्रलयकारी चोट को, नासमझा इंग्लैण्ड ।
कलकत्ता की कल्पना, कच्ची रही फ्रेन्ड ॥
मेरठ घटना पूर्व था, शान्ती का स्वराज ।
इस घटना से जग गया, दिल्ली का साम्राज्य ॥
10 मई के विस्फोट से, 31 मई गई आय ।
कोई इसके बीच में, हलचल देखी नाय ॥
कलकत्ता समझा नहीं, इस चुप्पी का राज ।
सार्वजनिक विद्रोह का, ना कुछ भी अन्दाज ॥
25 को गृह सचिव ने, घोषित की एक बात ।
600 मील के घेर में, नही कोई उत्पात ॥
निर्भयता और शान्ती, खूब रही थी छाय ।
इस अच्छे माहौल में दीखी नहीं बलाय ॥
झाँसी झोकनबाग में, इलाहाबाद बाजार ।
और बनारस घाट पर, टुकड़े टुकड़े तार ॥
ये गाड़ी की लाइनें, खड़ी खड़ी जली रेल ।
सारे पुल टूटे पड़े, टूट गई सब जेल ॥
नदी नदी बहकर चली, अंग्रेजों की लाश ।
ताल तलैया खून के, गिद्ध चुगे रिपु मांस ॥

वार्त्ता

कलकत्ता का मोह भंग। 12 जून को सारे यूरोपियन नागरिकों ने स्वयंसेवकों की टोलियाँ बनाना शुरू किया। यूरोपियन दुकानदार, बाबू, लेखक, असैनिक अधिकारी आदि सारे गोरों को लश्कर में भर्ती कर उनको कवायद सिखाना शुरू किया गया। तीन हफ्ते में नई एक ब्रिगेड शिक्षित हो कर तैयार हो गई घुड़सवार तोपखाना, पैदल सहायता और शक्तिशाली हो जाने से उन्हें वहां काम दीया गया और वहां के लश्करी यूरोपियन सोल्जरों को बाहर विद्रोह के स्थानों पर भेजने की सुविधा सरकार को मिली। लार्ड केनिंग ने विधान परिषद् जाकर नेटिव पत्रकारों के विरुद्ध एक बहुत कठोर और भयानक विधेयक पारित करा लिया क्योंकि विद्रोह शुरू होते ही बंगाल के नेटिव पत्रकार खुलेआम विद्रोहियों की सहानुभूति में लिखने लगे। तारीख 14 जून को वास्तविक शान्ति निर्भयता का वास्तविक महोत्सव मनाया गया। उस दिन का वर्णन जहाँ भय, आपाधापी भागमभाग बहुत विचित्र समाचार, सबको यह विश्वास यानी बैरकपुर के सिपाही कलकत्ता पर आक्रमण करने आ रहे हैं। रास्ते के सारे विद्रोहियों से गाँव वाले मिल रहे हैं। अवध का नवाब और उसके अनुयायी गार्डनरी के बगीचों में चाकू चलाते घूम रहे हैं। जो मुख्य अधिकारी हैं वह ही सबसे ज्यादा घबराए हुए थे। सरकार के सेक्रेटरी कौंसिल के सदस्य की ओर भाग रहे हैं। पिस्तौल भर रहे हैं। कौंसिल के सदस्य परिवार के साथ भाग रहे हैं। जहाजों पर चढ़कर जान बचा रहे हैं। उनसे निचले दर्जे के अधिकारी अपनी मूल्यवान चीजें बाँध रहे हैं। किले मे घुसकर तोपों की शरण में आने की भिक्षा मांग रहे हैं। गोरे लोग घोड़ों, पालकियों हर तरह के वाहनों से भर भर जान बचाने के लिए इधर-उधर भाग रहे थे। शहर के हर इसाई का घर खुला पड़ा था। आधा दर्जन निश्चय ही क्रांतिकारी होते तो शहर तीन चौथाई भाग जलकर खाक हो गया होता। अंग्रेज सरकार की राजधानी में इतनी शान्ती और निर्भयता व्याप्त हो गयी।

दोहा

बंगाल प्रांत के सैनिकों ने, बुना भयंकर जाल ।
कलकत्ता के बाग से, अवध को करूं बहाल ॥
किया कैद अंग्रेज ने, वजीर अली नक्की खान ।
था पूरे बंगाल की, वो क्रांति की जान ॥
किले अन्दर बैठकर, गाली दे अँगरेज़ ।
काटों की खेती करी, कहाँ फूल की सेज ॥
वजीर अली नक्की खान ने, दी खरी खरी सुनाय ।
विद्रोह हुआ जो भयंकर, सही कुदरती न्याय ॥
छीनी जो स्वतन्त्रता, ज्यों-का-त्यों प्रतिशोध ।
बोये काँटे फूल चहे, नहीं आपको बोध ॥
बीज बिखेरे आपने, ले क्यों नहीं प्रतिशोध ।
उस दिन तो तुम हँस रहे, अब करते क्यों क्रोध ॥
कानपुर कत्लेआम से, इंग्लैन्ड रहा था रोय ।
मान भंग जब हो गया, होश क्रोध से खोय ॥
1857 काल का, नाम लेय जब कोय ।
मुंह झुक जाता शर्म से, तन में कँपकपी होय ॥

वार्त्ता

प्रकृति प्रदत्त न्यायशास्त्र भी प्रकृति ने बनाया हुआ है। जब जब कोई राष्ट्र किसी राष्ट्र का स्वराज्य छीनेगा और स्वधर्म खण्डित करने का प्रयत्न करेगा, तब तब प्रतिशोध, मारकाट रूपी न्यायशास्त्र अपना काम करेगा। शत्रु, रुधिर, दग्ध, पाणिमुख, विकट प्रगट भैरवी, ऐसी हो जाती है, तब तब उस भयंकरता का दोष उस न्यायमूर्ति का न होकर मदमस्तता के कारण वह क्रूर अवसर आया है। उस

प्रबल अन्याय पर ही वह आरोपित होता है इसलिए फाँसी का दण्ड देने वाला न्यायाधीश उस रक्तपात का उत्तरदायी न होकर अन्यायी ही उसे दण्ड के पाप का जिम्मेदार होता है इसलिए बूटस का खंजर पवित्र है; इसलिए शिवाजी के बघनखा पुण्यवान हैं। इसलिए इटली की राज्यक्रांति का रक्तपात यशोधवल है।

दोहा

जो ना हो डर प्रतिशोध का, तो अन्याय अत्याचार ।
डावाँडोल रहती मही, नहीं झेलती भार ॥
क्षणिक विजय अन्याय का, जो न हो प्रतिशोध ।
अत्याचारी पापियों को, नहीं होता कोई बोध ॥
हिरण्यकशिपु को नरसिंघ का, ना होता डर कोय ।
कितने ही प्रह्लाद की, मृत्यु निशिदिन होय ॥
रोज दु:शासन खींचते, किसी सती का चीर ।
ना होता डर भीम का, सब होते बे पीर ॥
ऐसे ही प्रतिशोध की, हिन्द में भड़की ज्वाल ।
होली खेली रक्त की, किया न्याय बहाल ॥
सिंहासन टूटे हुए, मुकुट को धूल मिलाय ।
छीन लिया जो देश भी, धर्म दिया लतियाय ॥
ठोकर में कानून सब, वचन भंग अपमान ।
कानाफूसी प्रतिशोध की, होती कानोकान ॥
जन्म देय प्रतिशोध को, घटना सब एक-एक ।
यहाँ तो कोई गिनती नहीं, अत्याचार अनेक ॥
इतने पर विद्रोह न हो, तो मरा हुआ यह देश ।
अपरिहार्यता न्याय की, प्रकृति आदेश ॥
आश्चर्य तो यह है, देश धर्म के हेत ।

रिपु-रक्त बरसा नहीं, भारत के हर खेत ॥
जहां रक्त वर्षा नहीं, ये भी धर्म संस्कार ।
प्राणदान जिनको दिया, धोखा प्रत्युपकार ॥
जहाँ आग प्रचण्ड थी, कुछ जले स्त्री, बाल।
क्या साँपों को मार कर, ले उनके बच्चे पाल ॥
अन्याय की पराकाष्ठा से, सुलगे देश के देश ।
देश करे अन्याय तो, बदला भी ले देश ॥

वार्ता

आश्चर्य तो इस बात पर है कि चार-पाँच स्थानों को छोड़कर बाकी जगहों पर प्रतिशोध का हुडदंग क्यों नहीं मचा, उपर्युक्त ग्रीस और स्पेन के न्यायिक गुस्से के उदाहरण रहने दें, पर हिन्दुस्तान तब अत्याचार की ज्वाला से जला हुआ था और सरेआम मारकाट को जिस एक परिस्थिति में न्यायदण्ड का स्वरूप मिल जाता है। उस दुर्जय पीडाग्रस्तता की असह्य मार पड़ी थी, उसके सामने यह कुछ भी नहीं है। जिस अवध के कलेजे में अपनी छुरी घृणास्पद रीति से घोंपी थी, उस अवध ने अंग्रेज द्वारा अपने पर हुए अत्याचार भूलकर उनके भगाने मे अपूर्व उदारता दिखायी। विद्रोहियों के घोषणा-पत्र में उनके नेताओं ने अपने संतप्त अनुयाइयों को कहा कि स्थान-स्थान पर स्त्री और बाल हत्याओं से अपने पवित्र काम में हानि होगी। नीमच नशीराबाद के विद्रोहियों के द्वारा प्राणदान दिये जाने के बाद भाग रहे गोरों को देखकर रास्ते के ग्रामीण जब चिल्लाने लगे मारो फिरंगी को, तब वहाँ के एक परिवार ने आगे बढ़कर कहा उन्होंने अभी-अभी हमारे साथ भोजन किया है; यद्यपि वो कट्टर शत्रु है, तब भी उन्हें कैसे मारा जा सकता है। जिसके सामान्य ग्रामीणों में भी ऐसी उदात्त वीरता व्याप्त 'है वहाँ शान्त हिन्दुस्तान सन् 1857 जैसी कितनी ही क्रूर मारकाट कर उसमें उसकी धवल नीति में तिल मात्र भी लघुता नहीं आती । कैसा भयंकर विस्फोट और कैसा अकस्मात तडित वेग से एक क्षण में यह शान्त दिखने वाला ज्वालामुखी

दिग्गजों के कानों के परदे फट जाये ऐसी कड़कड़ाहट से तड़ाक से टूटकर दुभंग, सतभंग, सहस्र भंग हो गया। शत्रु जहाँ पैर रखे, वहाँ भस्म, ऐसी प्रलय, ऐसा विस्फोट । पुलिस विद्रोह कर उठी, सिपाही विद्रोह कर उठे, गाँव वाले विद्रोह कर उठे। अंग्रेज से ईमानदारी का अर्थ धर्मद्रोह और राष्ट्रद्रोह ऐसी एक मिनट में धर्म की व्याख्या हो गयी। क्रांति दूत आकाश मार्ग से जाकर जल्दी ही प्रारम्भ होने वाले उस समारोह में उपस्थित रहने का निमन्त्रण हर एक को दे रहे थे। उस आक्रमण को स्वीकार कर वह पवित्र ध्येय साध्य करने दसों दिशाओं का युद्ध देवता तुरंत निकला। रणवाद्य, युद्धघोष, समर गर्जना आदि आवश्यक सारे साधन यथोचित स्थान पर सजाकर मण्डप तैयार कर लिया गया है। ज्वालामुखी के पीछे अत्याचारी का कहर नीचता से गर्ज रहा है, परन्तु क्रांति का क्षण जैसे-जैसे पास आ रहा है, ऊपर हरे दिखने वाले पर्वतों के अन्तर में मानो अत्याचार का कहर आ गिरा हो और उसी के साथ ज्वालामुखी का विस्फोट हो गया हो। अब होशियार..... क्रांति का विस्तार हो गया। क्रांति की ज्वालाएँ बाहर फैलने लगीं और रक्त का रिसाव होने लगा है। कान के परदे फाड़ने वाली चीत्कार, तलवारों की खनखनाहट, भूत बेहोश होकर नाच रहे हैं, योद्धा वीर गर्जना कर रहे हैं। ऊपर से हरा दिखने वाला यह पर्वत दो फाड़ हो गया है, उसके सैकड़ों टुकड़े हो गये और हर जगह सुलगकर भड़कने लगे, सारी पृथ्वी पर आग और तलवार की खनखनाहट व्याप्त हो गयी।

अग्नि कल्लोल भाग 3
दिल्ली लड़ती है

वार्त्ता

11 मई को अपनी स्वतन्त्रता घोषित करने के बाद दिल्ली शहर में उस प्रचंड लड़ाई की तैयारी की मची हुई अंधाधुन्धी फैली हुई थी। दिल्ली के परम्परागत तख्त पर मुस्लिम बादशाह को बैठाकर क्रांतिकारियों ने जो एक शक्तिकेन्द्र तैयार किया था वह इतना शक्तिशाली था कि उसके नाम के प्रभाव से स्वतन्त्र समाज स्थिर हो गया, परन्तु पुराने मुगलों का यह तख्तारोहण पुरानी मुगलसत्ता स्थापित करने के लिए या पुरानी जंगली परम्पराएँ चालू करने के लिए नहीं थी।

पुरानी मुगलसत्ता इस देश के लोगों ने स्वयं नहीं चुनी थी। हिन्दुस्तान पर विजय भावना और एकमति से एवं स्वाभिमान शून्य देशद्रोही कार्यवाहियों के कारण यह मुगलसत्ता हम पर जबरन लादी गयी थी। आज कोई ऐसे बल से बादशाह को बादशाही पर नहीं बैठाया गया था, नहीं वैसा करना तो असम्भव है, क्योंकि ऐसे सिंहासन तो जीतने पड़ते हैं। वे स्वागत योग्य नहीं माने जाते, वैसा करना आत्मघाती होता, क्योंकि जैसा करने का अर्थ था, गत तीन शताब्दियों तक हिन्दू शहीदों/ हुतात्माओं ने अपनी स्वतन्त्रता के लिए जो खून बहाया, वह व्यर्थ गया। ऐसा माना जाता है अरबिस्तान की जंगली टोलियों ने इस्लाम को स्वीकार करते ही आक्रमण वृत्ति से पूर्व और पश्चिम में आक्रमण करके प्रदेश को पदाक्रान्त किया था; कहीं उनका प्रतिकार हुआ ही नहीं। इसके बाद देश एक मानवजाति के बाद दूसरी मानवजाति जबरन मुसलमान बनाते इस्लामी सत्ता दौड़ती चली। इस अविरोध आँधी का पहले-पहल किसी तरह का समझौता न करते हुए महान पराक्रमियों ने निर्भयतापूर्ण निश्चय से विरोध किया, तो वह है भारत। अन्य राष्ट्रों के इतिहास में ऐसा विरोध अपवाद में ही दिखता है। यह युद्ध पाँच शताब्दियों से ज्यादा समय तक चलता रहा था। विदेशी आक्रमणकारियों

को पहला विरोध भारत में ही हुआ था। लेकिन आज हिन्दुस्तान के बादशाह के पद पर बादशाह को बैठाना संकुचित अर्थ में सत्यार्थ में देखे तो वैसा नहीं था।

दोहा

11 मई स्वतन्त्रता, घोषित करने बाद ।
युद्ध तैयारी साथ ही, करे अनुशासन आबाद ॥
बादशाह गद्दी बिठा, शक्ति केन्द्र किया तैयार ।
क्रान्ति युद्ध स्थिर हुआ, समझे क्रांतिकार ॥
परम्परागत तख्त पै, बादशाह दिया बैठाय ।
इसका मतलब ये नहीं, इस्लामी थोपी जाय ॥
पहली सत्ता इस्लाम की, जबरन बैठी आय ।
चुनी नहीं इस देश ने, अन्याय से लद जाय ॥
आज बहादुरशाह को, कोई जबरन ना बैठाय ।
नही हुआ ये छीनना, जो सर्वसम्मति पाय ॥
ऐसा होता आज तो, हम कृतघ्न कहलाय ।
पुरखों के संघर्ष को, नहीं सकें ठुकराय ॥
अरब देश के जंगली, धारण कर इस्लाम ।
टूट पड़े संसार पर, अन्याय से अविराम ॥
पदाक्रांत जबरन करे, करै ना कोई प्रतिकार ।
निर्भय होकर रोकते, तो ना हो अत्याचार ॥
देश देश को कर रहे, जबरन मुसलमान ।
आये जब वो हिन्द में, मन मे लिये गुमान ॥
आँधी उठी शैतान की, भारत मे टकराय ।
और कहीं रोका नहीं, मार यहाँ पर खाय ॥
धर्मयुध्द इस्लाम से, किया सैकड़ों साल ।

जन्मसिद्ध अधिकार की, रक्षा बड़ा सवाल ॥
समझौता किया नहीं, निर्भय वीर महान ।
पराक्रम से युद्ध कर, होते रहे बलिदान ॥
पृथ्वीराज के समय से, और जब तक औरंगजेब ।
समझौते संधि नहीं, झेला युद्ध फ़रेब ॥
युद्ध पै युद्ध करते रहे, द्वन्द असंख्यों साल ।
इस्लामी हैवान को, पहुँचाया पाताल ॥
पश्चिम घाट सह्याद्री में, नयी शक्ति उदय होय ।
हुए समर्पित धर्म पर, राजी पुरखा होय ॥
जाति रक्षा मान की, सहस्रों हुए बलिदान ।
कंगन गौरव हिन्द का, बँधा कलाई मान ॥
सत्ताध्वज लिए हिन्द का, चला पूने से भाऊसाहब ।
अजीत सैन्य संग पेशवा, पूरा किया ख्वाब ॥
दिल्ली तख्त कब्जा किया, दिया दाग गुलामी धोय ।
हिन्दू ने फेंकी दास्ता, पुनः दिल्ली मालिक होय ॥
अब तो सच्चे भाव से बादशाह बैठाय ।
हिन्दु-मुस्लिम शत्रुता, जड़ से दई भुलाय ॥
दीर्घकाल से देश में, लड़तीं दोनो कौम ।
युद्ध खत्म की घोषणा, अब ना गती विलोम ॥

वार्त्ता

इसलिये अब सच्चे भाव से कहें तो हम कह सकते हैं कि हिन्दुस्तान के तख्त पर बहादुरशाह को जो बठाया गया, वह पुरानी मुगल सत्ता वापसी नहीं थी, परन्तु दीर्घकाल तक इस देश के हिन्दु-मुसलमान के बीच जो युद्ध हुआ या चल रहा था, वह युद्ध समाप्ति की घोषणा का प्रतीक था, जुल्म-अत्याचार समाप्त

होने की घोषणा की निशानी था। इस मिट्टी में जन्मे देशबन्धुओं को अपना राजा कौन हो, यह चुनने का प्रतीक था। स्वतन्त्रता आदि रूप में यह राज्यारोहण था, क्योंकि हिन्दू-मुसलमान दोनों ही धर्मों के सैनिकों ने एकमत होकर बहादुरशाह को इस समय बादशाही तख्त पर आसीन किया था और स्वतन्त्रता समर का नेतृत्त्व भी उसी को दिया। 11 मई दिल्ली के सिंहासन पर जो आरोहण किया था, वह प्राचीन मुगल परम्परा या औरंगजेब की तरह का आरोहण नहीं था, क्योंकि वह मुगलिया तख्त वीर मराठे बहादुरों ने घन की चोट से तोड़ दिया था; परन्तु विदेशी आक्रमणकारियों से, स्वतन्त्रता युद्ध चलाने के लिए लोगों ने उसे राजा चुना था, इसलिए हिन्दू-मुसलमान जनता ने वास्तविक समझ से पूरे मन और निष्ठा से 11 मई 1857 के दिन अपनी मातृभूमि के बादशाही पद पर मातृ वन्दना करने सब आगे आये, ऐसी घोषणा की। इस घोषणा के अनुसार पास और दूर के स्थानों से, अनेक रियासतों से, अनेक सैनिक टोलियों से, और हिन्दुस्तान के प्रमुख शहरों नगरों से दिल्ली के राजा के लिए नजराना (उपहार) आने लगे। अंग्रेज के विरुद्ध विद्रोह करने वाली नेटिव सिपाहियों की पलटने अवध, नीमच, रूहेलखन्ड और दूसरी जगह के विद्रोही अपने-अपने झण्डे और निशान लिये दिल्ली की ओर चलने लगे और क्रांति के नेता बहादुरशाह के लिए अपनी निष्ठा व्यक्त करने लगे। अनेक सैनिक टोलियों ने दिल्ली की ओर आते समय जो रास्ते में अंग्रेज खजाने लूटे थे वह सम्पत्ति उन्होंने बादशाह के खजाने में दीया।

दोहा

11 मई को बादशाह, दीया तख्त बिठाय ।
नजराने हर जगह से, रहे दिल्ली में आय
रियासित सैनिक टोलियाँ, लेकर ध्वजा निशान ।
मान वन्दना तख्त की, करते दिल्ली आन ॥
किया विद्रोह अंग्रेज से, नेटिव जो पंजाब ।
रूहेलखण्ड, नीमच, अवध, राजा और नबाव ॥
दिल्ली आते समय जो, अँगरेजी घन कोश ।

लूट कीया दिल्ली जमा, बढ़ा बादशाह जोश ॥
सालंकृत हुई सिद्धता, घोषणा राष्ट्र के नाम।
राज विदेशी खत्म हो, ऐसा करना काम ॥

वार्त्ता

अब विदेशियों के साम्राज्य और फिरंगियो की राज्यसत्ता का अन्त हो चुका है और सारा देश अब स्वतन्त्र और दासता से मुक्त हो चुका है। प्रारम्भ में ही इतनी सफल हुई यह क्रान्ति पूरी करने के लिये हर एक इस क्रान्तियुद्ध में अपना एक ईश्वरीय कर्त्तव्य मानकर झूठे अभिमान भूलकर दैवीव प्रेरणा में सहभागी बने ऐसा आह्वान किया गया। उसमें कहा गया कि हर व्यक्ति यह ध्यान मे रखे कि अपना यह विद्रोह स्वधर्मरक्षा के लिये ही है। दूसरा कोई भी लालच इसके पीछे नहीं है। जिस जिसको परमेश्वर से निश्चय एवं इच्छाशक्ति का वरदान मिला है, वे सभी ऐहिक लाभ और क्षणभंगुर देह की आशा छोड़कर अपने प्राचीन धर्म का रक्षण करने के लिये हमसे सहयोग करे। सार्वजनिक हित के लोग अपने स्वार्थ को तिलांजलि देने की ठान लें तो अपनी इस पवित्र भूमि पर एक भी अंग्रेज रहने न पाये। हर एक यह ध्यान में रखे कि अपनी जीवनडोर टूटे बिना कोई भी मरता नहीं और जब कालकृपा हो जाये तो कोई बचता भी नही। शीतला आदि की अनेक बीमारियों में लोग मरते रहते हैं, पर स्वधर्म युद्ध में प्राण अर्पण करनेवाला शहीद कहलायेगा, हुतात्मा हो जाता है और इसलिए हिन्दुस्तान की पवित्र भूमि से हर एक फिरंगी को भगा देना या उसे मार देना हर एक स्त्री-पुरुष का पवित्र कर्त्तव्य है। ऐहिक लाभ की कोई भी आशा न रखते हुए जो धार्मिक कर्त्तव्य भावना से ओतप्रोत हैं वे हमसे आकर मिलें। कहा गया कि हिन्दुओ ओर मुसलमान भाइयो अपने पवित्र धार्मिक कर्त्तव्य की पूर्ति करने के लिये हमने जनता से हाथ मिलाया है। इस समय कोई डरपोकपना दिखाये या ढोंगी अंग्रेजों के झूठे आश्वासनो पर विश्वास करे उसके मुंह पर कुछ ही समय बाद कालिख पोती जायेगी और इंग्लैन्ड का स्वामित्व स्वीकार कर उससे मित्रता जोड़ने वाले लखनऊ के नवाब को जैसा दन्ड मिला, वैसा ही दन्ड मिलेगा। इसके

बाद सारे हिन्दु और मुसलमान अंग्रेजो से चल रहे इस झगड़े में इकट्ठे आकर अपने किसी आदरणीय नेता की नीति पर चलने को तैयार हो जायें इस तरह देश मे शान्ति और सुव्यवस्था स्थापित करने मे हमारी सहायता करें। गरीब लोगों को संतुष्ट रखने के लिए प्रयास करें और अधिक अधिकार और प्रतिष्ठा के अवसर उपलब्ध कराएं। जिस जिसको सम्भव हो यह घोष-पत्र की प्रतियाँ बनाकर गाँव के मुख्य स्थानो पर चिपकाएं। ऐसा करते समय उचित युक्ति का उपयोग करे और पकड़े न जाने की दक्षता रखें। उसका प्रचार होते न होते अपनी तलवारें निकाल फिरंगियों पर प्रहार करें।

दोहा

अंगरेजी सत्ता विरुद्ध, राज स्वदेशी घोष ।
चले युद्ध स्वराज का, हुआ जमा धनकोष ॥
दिल्ली क्रांतिकार ने, अस्त्र-शस्त्र उत्पाद ।
लगा कारखाना दिया, तुरत जुटे उस्ताद ॥
गोला बारूद निर्माण कर, तोप बंदूक बनाय ।
फ्रेंच लोग देखभाल को, गये नौकरी पाय ॥
गोला बारूद रखन को, दो तीन थे गोदाम ।
उत्पादन भरपूर हो, चले रात दिन काम ॥
गोवध बन्द कानून से, ना हो हिन्दू अपमान ।
खुद हाथी पर बैठकर सार्वजनिक ऐलान ॥
सारे देश मे घोषणा, दिल्ली जुलूस निकाल ।
जो आज्ञा नही मानता, प्राणदण्ड तत्काल ॥
गोवध करता जो मिले, देंगे हाथ कटाय ।
लागू मृत्युदण्ड है, तोप से देंय उड़ाय ॥
सहयोगी यूरोपियन, कुछ साथ करे थे काम ॥
बुदेल सराय संघर्ष से, पीछे उचित स्थान ।

अंग्रेजो को मिल गया, देख लई तुक तान ॥
यमुना आगे टेकरी, फैली मीलों चार ।
बनी श्रंखला तोप से, हो प्रभावी मार ॥
समतल भूमि से बनी, ऊँची हाथ पचास ।
चार मील तक श्रंखला, पीछे यमुना पास ॥
राजमार्ग पंजाब का, जींद पटियाला राज ।
सप्लाई और सुरक्षा, आँगल सुविधा काज ॥
असला और धनधान्य की, कमी पड़े ना कोय ।
रोकटोक बिन मार्ग में, अड़चन कोई ना होय ॥
अंग्रेजी डेरा लगा, शत्रु मार्ग से दूर ।
राजनिष्ठ सब रियासतें, पानी भी भरपूर ॥
परिस्तिथि अनुकूल सब, आँगल मन विश्वास ।
एक रोज के युद्ध में, दिल्ली विजय की आस ॥
राजद्रोही शहर को, तुरंत मिला दो धूल ।
एक झटके का काम है, दीर्घ युद्ध है भूल ॥
करे सैन्य दो भाग में, हमला दोनों द्वार ।
एक लाहौरी गेट पर, कुछ काबुल द्वारे मार ॥
तृतीय भाग दिल्ली घुसै, जीत सभी स्थान ।
राजमहल मे पहुँचकर, ले शत्रु के प्राण ।
बिलवर, हडसन, ग्रेटहेड, साहस हिलोरे लेय ।
आतुर होते युद्ध की, विजय गारन्टी देय ॥
12 जून को इस तरह, गुप्त दिया आदेश ।
अब जरनल बरनाड ने, सोचा नही विशेष ॥
कौन कहाँ पर क्या करे, पहले ही निश्चित होय ।
अपने अपने काम में, पिछडे ना फिर कोय ॥
सारी सेना रात में, 2 बजे परेड मैदान ।

सभी इकट्ठे हो वहाँ, तो आगे हो प्रयाण ॥
आँगल के दुर्भाग्य से, कुछ लापता सेना भाग ।
ये धोखे की स्थिति, व्यर्थ रात की जाग ॥
ब्रिगेडियर ग्रेव्ज ने, दिया एक सुभाव ।
जो तुम करो उतावली, खाली रह जाये दाँव ॥
सीधा हमला तुरत विजय, स्वप्न रहे जो आय ।
जो डेरे बीच बिछावने, उनमें ही रह जाय ॥
बिल्वर फोर्स ग्रेट हेड ने, प्रातः प्लान बनाय ।
सेनापति बर्नाड के, पास दिया पहुँचाय ॥
सेनापति बर्नाड की, खास यही पहचान ।
क्रिमियन युद्ध का नामवर, था योद्धा बलवान ॥
लगता है क्यों सुस्त-सा, बुझा-बुझा सा आज ।
14 जून को युद्ध परिषद्, बात करी इस काज ॥
ग्रेट हैड किया समर्थन, पर होता ना विश्वास ।
विद्रोही घर-घर छुपे, नहीं जीत की आस ॥
सीधा हमला जो करे, तो रक्षा कैसे होय ।
गुप्त दिशा गोली चले, बच पावे ना कोय ॥
इस बाबत बर्नाड भी, कहे ना निजी विचार ।
एकमत हो ना सका, सभी कौंसिल वार ॥
15 जून को फिर करी, बैठक सभी तुरंत ।
देख सभी मत भिन्न से, उसका भी हुआ अन्त ॥
अंग्रेज अफसर जिस समय, तैयारी करे जोरदार ।
दिल्ली में नये जोश से, सजे सब क्रांतिकार ॥
तरुण रक्त नव सम्पति, नया-नया उत्साह ।
अब तक नीति बचाव की, अभी देखना दाव ॥
दाव देख हमला करे, अवसर के अनुरूप ।

अंग्रेजों की जान जा, हिन्दी झेलें धूप ॥
आंगल से विद्रोह कर, धन लाते जो साथ ।
आवक भारी हो रहा, जमा हाथ के हाथ ॥
धन सैनिक बारूद से, भरे हुए भण्डार ।
सैनिक नवउत्साह से, हुए युद्ध को तैयार ॥
साहसी हमला एकाध कर, शत्रू खून बहाय ।
मरै शत्रू खुद बचे, दहशत दी बैठाय ॥
12 जून कुछ वीरजन, लै झाड़ी की ओट ।
बहुत जने गारद किये, करी अचानक चोट ॥
चली पिछारी दूसरी, झेला वहाँ प्रतिकार ।
दाहिना हमला रोकते, हो गये नेटिव पार ॥
राजनिष्ठ अंग्रेज का, था पूरा विश्वास ।
दौड़े आक्रमण भाव से, पहुंचे उनके पास ॥
जब तक तोपें दागते, निकल गये वो दूर ।
आँगल' को दहशत हुई, सोचने पे मजबूर ॥
हमला करने जा रहे, आयें हमला निबटाय ।
आते दिल्ली बाहर से, भोर युद्ध को जाय ॥
बाड़ा हिन्दु राव पर, 13 को रण होय ।
थे विद्रोही कत्ल के, और नहीं था कोय ॥
पलटन का नेता था जो, वो बहादुर सरदार ।
मेजर रीढ़ की कहन है, अर्दली ने दिया मार ॥
ईदगाह पर तोप का, मोर्चा दिया लगाय ।
17 जून को भारतीय, भीषण युद्ध दिखाय ॥
हेनरी टोब्स और मेजर रीड ने, दोतरफा लिये घेर ।
ईदगाह में घिर गए, कुछ मुट्ठी भर शेर ॥
गोला बारूद खत्म है, उठा लई तलवार ।

अपनी जान जाने तलक, की शत्रू की मार ॥
एक वीर जब तक रहा, ना हुआ ऋपु प्रवेश ।
ऐसे योद्ध जो रहे, तो रहे सुरक्षित देश ॥
18 को नसीराबाद से, दिल्ली पहुँचे आय ।
धन लाये है साथ में, दियाजमा कराय ॥
हिन्द फौज का बादशाह, करता है सतकार ।
20 जून हमला करें, प्रण किया दरबार ॥

सवैया

20 जून को भोर समय, अंग्रेज से जाके करी लडाई ।
सब्जीमन्डी राह से छुप के, ली दुश्मन की दाब पिछाई ॥
जब तक शत्रू सोचै कुछ भी, इतने में गोली बरसाई ।
की बौछार भयंकर इतनी, शत्रू ने सुध-बुध बिसराई ॥
तीव्रवेग से लडै धुरन्धर, वैरी करता राम दुहाई ।॥
सब्जीमन्डी राह से छुप के, ली दुश्मन की दाब पिछाई ॥॥
भयानक मार करी दुश्मन की, अब प्रतिकार करे कौ भाई ।
टोब्स बहादुर पेश खते ना, पत्ते के ज्यों दिया हिलाई ॥
दौड़ो दौड़ो जल्दी डाली, नहीं तोप हाथ से जाई ॥।
सब्जीमन्डी राह से छुप के, ली दुश्मन की दाब पिछाई ॥॥
संग नेटिव के डाली दौड़ा, तभी चीखती गोली आई ।
गोली खा कन्धे में डाली, वापिस लौट वहीं से जाई ॥
दूजी भाला सैनिक टुकडी, आगे आवे और हट जाई ॥।
सब्जीमन्डी राह से छुप के, ली दुश्मन की दाब पिछाई ॥॥
भीषण युद्ध चला पूरे दिन, भुवन भास्कर लेय विदाई ।
ज्यों ज्यों रात का बढ़े अँधेरा, दुश्मन पराभूत भय खाई ॥

होप ग्रांट का अश्व मरा है, स्वयं के घाव ताव न लाई ॥।
सब्जीमन्डी राह से छुप के, ली दुश्मन की दाब पिछाई ॥॥
आधी रात झपट्टे चालू, जान पे आँगल के बन आई ।
कितना पराक्रम आँगल का, हिन्दू से ना पार बसाई ॥
मच गयी भगदड़ अब दुश्मन में, भाग स्मर से जान बचाई ॥।
सब्जीमन्डी राह से छुप के, ली दुश्मन की दाब पिछाई ॥॥
पीछे हट गये युद्धक्षेत्र से, मुश्किल से ती लोप बचाई ।
आंगल कैंप के पृष्ठ भाग का, प्रमुख हिस्सा लिया दबाई ॥
इस कारण पंजाब तरफ से, टूट गई आँगल सपलाई ॥।
सब्जीमन्डी राह से छुप के, ली दुश्मन की दाब पिछाई ॥॥

वार्त्ता

उस रात अंग्रेज कमान्डर को चिंता के कारण नींद आना सम्भव नहीं था। इस लडाई की विजय और वीरों की टक्कर के समाचार से दिल्लीवासियों का उत्साह बढ़ गया और इस उत्साह में उन्होंने किले पर से लम्बी मार की तोप भी चढ़ाकर उससे अंग्रेजी सेना पर गोलों की भरमार कर दी। दिल्ली की सेना ने प्रभावी और आक्रामक नीति के कारण ब्रिटिश सेना के आक्रमण को रोक दिया। अंग्रेज को अपने संरक्षण की चिन्ता सताती रही। अपने कब्जे के मुकाम कैसे सुरक्षित रखे इस चिन्ता मे डूबे अंग्रेजों को पंजाब से नई कुमुक मिले बिना एक कदम भी आगे बढ़ना मुश्किल हो गया और ऐसी बाधा को बनाने के लिए 23 जून 1857 का दिन उदय हुआ था।

कविता

हो गए सौ वर्ष पूरे, राष्ट्र के अपमान को ।
आज हम प्रतिशोध लेंगे, मारकर शैतान को ॥
जून की तेईसवी, तारीख हमसे पूछती ।
रक्तरंजित हिन्द में, चितकार कैसी गूँजती ॥
सींचकर ऋपु रक्त से, करे मुक्त हिन्दुस्तान को ।
हो गए सौ वर्ष पूरे, राष्ट्र के अपमान को ॥
द्रौपदी के केस करते, काल की प्रतीक्षा ।
आज करनी है तुझे, सौ वर्ष की समीक्षा ॥
भीम बनकर तुम रखोगे, माननी के मान को ।
हो गए सौ वर्ष पूरे, राष्ट्र के अपमान को ॥
प्रारम्भ है सौ वर्ष से, इस दिन अमंगल काल का ।
प्रतिशोध लेंगे हम पलाशी, युद्ध के बदहाल का ॥
रणक्षेत्र में बाजी लगे, लेंगे या देंगे प्राण को ।
हो गए सौ वर्ष पूरे, राष्ट्र के अपमान को ॥
सौ साल के सवाल का, जवाब देना है तुझे ।
बैरी से इस हाल का, हिसाब लेना है तुझे ॥
दुश्शासनों का रक्त पीकर, तोड़ना गुमान को ।
हो गए सौ वर्ष पूरे, राष्ट्र के अपमान को ॥

दोहा

आँगल तोपखाना लुटा, ये भ्रान्ति गयी फैल ।
डटकर आंगल लड़ रहे, मन में फिर भी दहैल ॥
करनल वैलसन भी मरा, देता जो उत्साह ।
टूट गई अंग्रेज की, जैसे चलती बाँह ॥
मजबूती से लड़ रहे, लड़त-लड़त थक जाय ।
कुमुक मिली पंजाब से, ताजा दम गए आय ॥
टुकड़ी जो पंजाब की, स्वामी निष्ठावान ।
उत्सुक जो थी युद्ध की, धरा हथेली प्राण ॥
आदेश किया अंग्रेज ने, हमला करें तुरन्त ।
देश वीर कुछ पस्त थे, ताजा दम से भिडन्त ॥
विषम युद्ध अनिवार्य, लड़े क्रांतिकार ।
नहीं किसी की जीत थी, नहीं किसी की हार ॥
सेना दोनों पक्ष की, अपनी ही जीत बताय ।
प्लासी युद्ध शताब्दी, दिवस अस्त है जाय ॥
सेना वापिस लौटती, हूआ युद्ध विराम ।
कहे जीत स्वपक्ष की, वीर करै विश्राम ॥
नए दिवस भरती नई, नये-नये सैनिक पाय ।
आँगल मिला पंजाब से, 7000 है जाय ॥
रुहेलखण्ड विद्रोह कर, सेना ले बख्त खान ।
वीर हजारों आ गये, लिये राष्ट्र-निशान ॥
नौका पुल को पार कर, और कलकत्ता द्वार ।
अनुशासन से चल रहे, करे हिन्द जयकार ॥
भिन्न-भिन्न जो धर्म के, ना जाने किसी को कोय ।
राष्ट्र माता सबकी वही, यही एकता होय ॥

दिल्ली ने अंग्रेज पर, दिया भय बरपाय ।
इच्छा प्रजा फौज में, आँगल मार भगाय ॥
मन मे शुभ संकल्प है, है कर में शुभ काम ।
फिर भी कुशल नेतृत्त्व की, आवश्यकता अविराम ॥
अंतिम विजय मिलती तभी, हो विधिवत् प्रयास ।
साहस और प्रवीणता, युद्ध विजय की आस ॥
बख्त खान सेना सहित, सम्पद लिये अपार ।
रुहेलखन्ड का सूरमा, भेज दिया करतार ॥
पहले से ही आस थी, पुल दिया ठीक कराय ।
बादशाह दूरबीन से, रोज देखने जाय ॥
जुलाई दो तारीख को, दिल्ली पहुंचे आन ।
स्वागत को सरदार लै, नवाब साहब कुली खान ॥

वार्त्ता

नवाब अहमद, कुली खान गणमान्य नागरिक उस समय हकीम एहसानुल्ला खाँ, इब्राहिम अली खान, सेनापती सनद खान, गुलाम अली खान और अन्य नामवर नेता भी उपस्थित थे, इनके साथ रूहेलखड की सेना का स्वागत करने गए। रुहेलखण्ड की सेना के सेनापति मोहम्मद बख्त खान ने बादशाह को अपनी सेवाएँ स्वीकार कर लेने का निवेदन किया की आपकी क्या इच्छा है। तब बादशाह ने कहा लोगों को पूरी सुरक्षा मिले, उनके जानमाल की पूरी सुरक्षा हो और अंग्रेज शत्रु का नाश करने का कार्य सफलता से पार पड़े यह मेरी तीव्र इच्छा है। इस पर सेनापति ने कहा कि आपकी इच्छा हो तो क्रांतिकारी सेना के सेनापति पद पर मैं काम करने को तैयार हूँ। उस समय बादशाह ने बडे प्यार से सेनापति का हाथ दबाया, वैसे ही भिन्न पलटनों के प्रमुखों को इकट्ठा बुलवाकर पूछा गया कि सारी सेना के सेनापति के पद पर बख्त खान का चयन करने को वो तैयार हैं ? सबने हाँ हाँ कहा और सेनापति के आदेशों का पालन करने की

शपथ ली ।

यह शपथ विधि पूरी हो जाने पर बादशाह ने फिर से बख्त खान से निजी भेंट की। सारे शहर में डोंडी पीटी गयी। बख्त खान को सरदार मान सेनापति पद पर नियुक्त किया गया है। एक पदक तलवार सेनापति का पद उन्हें अर्पण कर उनका सम्मान किया गया। राजपुत्र मिर्जामुगल को सेनापति पद दिया गया। उसने बादशाह को सूचित किया कि शहर में लूटपाट या रक्तपात करता प्रत्यक्ष राज पुत्र भी दिखाई दिया तो तत्काल उसकी भी नाक काटने में आगे-पीछे नहीं देखूँगा। बादशाह ने उत्तर दिया आपको सारे अधिकार दे दिये गये हैं, जरा भी ढील न देते हुए आपको जो उचित लगे वह करो। शहर कोतवाल को डाँटा गया उसकी ढिलाई के कारण लूटपाट या दंगा हुआ तो उसे भी फाँसी दे दी जायेगी। बख्त खान ने कहा कि वह अपने साथ 4 पैदल टुकड़ी या 700 घुडसवार घोड़ों पर पड़ी तोपें, तीन जमीनी तोपें आदि लश्करी सामग्री लाया है। उसके साथ के सिपाहियों को 6 माह का अग्रिम वेतन दे दिया गया है और अभी उसके पास 4 लाख की नकदी होने से सिपाहियों को वेतन या पैसों की आवश्यकता के लिए बादशाह चिन्ता न करें ऐसा भी बख्त खान ने कहा। इतना ही नहीं, जो कुछ पैसा लड़ाइयों में आयेगा वह भी बादशाह के खजाने में भरा जायेगा। उसके बाद 4000 रूपए मूल्य की मेवा-मिठाई सारी सेना में बाँटी गयी। आगरा के सिपाही नसीराबाद और जालन्धर की पलटने इन सब पर सेनापति बख्त खान का अधिकार था।

शहर के हर आदमी को शस्त्र धारण करना पड़ेगा, हर गृहस्थ और दुकानदार भी हथियार रखे। जिसके पास शस्त्र नहीं होगा, उसे थाने से मिलेगा। बख्त खान शस्त्रागार में गया और निरीक्षण कर शस्त्र और गोलाबारूद को गति दी। रात आठ बजे सेनापति राजमहल गया। बादशाह ने बेगम जीनत महल, हकीम एहसानुल्ला खान और अहमद कुली खान के साथ राज्य के हालचाल पर चर्चा की। 3 जुलाई के दिन सामान्य परेड में 20000 सेना उपस्थित थी।

दोहा

करे संगठित फौज को, आकर के बख्त खान ।
आँगल पक्ष में आ रहे, पंजाब से नये ज्वान ॥
आ पहुंचे ब्रिगेडियर, जरनल चैम्बर लैन ।
शूरवीर उससा नहीं, सारी आँगल सैन ॥
बेयर्डसिमिथ भी आ मिले, लश्कर इंजीनीयर विख्यात ।
दिल्ली हमला फिर करे, ना चिन्ता की बात ॥
नए सिरे से योजना, मिलकर दई बनाय ।
तीन जून को कूच कर, रहे दिल्ली पर आय ॥
उसी समय मिली सूचना, आते हैं बख्त खान ।
सेना लेकर साथ में, करी चढ़ाई आन ॥
4 जुलाई फिर चढ़े, किया फिरंगी फेल ।
टक्कर कर अली पुर तलक, दुश्मन दिया धकेल ॥
पलटन मिली पंजाब से, मन में रहे सिहाय ।
एक कदम ना बढ़ सके, एक महीना जाय ॥
सेनापति बर्नाड तो, मन में रहे शर्माय ।
झूठे आत्मविश्वास में, दिवा स्वप्न हो जाय ॥
परिस्थिति अन्धकार मय, मन में करे विचार ।
रत्ती भर विश्राम ना, हमले हों लगातार ॥
क्रांतिकारी शहर पर, न सबल आक्रमण होय ।
ज्यों-ज्यों दिन आगे बढ़े, घटे मानसिक लोय ॥
तन मन से वो थक गया, किया हैजा ने कोप ।
दिल्ली छोड़ पहुंचा स्वर्ग, जग से हवा अलोप ॥
मातम फैला छावनी, सुनते ही समाचार ।
दिल्ली मे घुसने चला, गया स्वर्ग दरबार ॥

सेनापति दो मर गए, हुआ तीसरा तैयार ।
ले लिया जनरल रीड ने, सेना का अधिकार ॥

क्रांति पक्ष

हमला करे अंगरेज पर, योजना रहे बनाय ।
नागरिक भी प्रत्यक्ष से, करते सैन्य सहाय ॥
दो जुलाई हमला किया, फिर 14 बहुत सतेज ।
घुड़सवार हमला करे, हिला दिये अंग्रेज ॥
आँगल तोपे बन्द की, अश्व सहित गिर जांय ।
हिल ने खींच तलवार ली, सैनिक से भिड़ जाय ॥
झपटे सैनिक तीन तब, हिल ने ली पिस्तौल ।
गोली दो असफल हुई, गिरकर बन गया बौल ॥
सैनिक छाती पाँव धर, घोंप दई तलवार ।
देखा मेजर टोब ने तो, गोली से दिया मार ॥
देखा मेजर टोब ने, हिल को रहा हिलाय ।
एक सिपाही फिर चला, आ कर के भिड़ जाय ॥
सैनिक इकला तीन से, रहा तलवार चलाय ।
हिंदुस्तानी तेग का, पानी दिया दिखाय ॥
एक फिरंगी घायल कर, दूजा नरक पठाय ।
तीजे की तलवार से, आप बली चढ़ जाय ॥
टोब्स और हिल आँग्लो को, मिले विक्टोरिया क्रास ।
भारत मां के सैनिकों को, बस आजादी की आस ॥
कितने वीर हुतात्मा, शूर स्वार्थ हीन ।
कर्म चक्र यम देवता, उनको कहे प्रवीन ॥
उस दिन आंगल का हुआ, पराभव और अपमान ।

रणआँगन से बच गई, जैसे - तैसे जान ॥
मार खाय मैदान में, गये छावनी आय ।
भिश्ती आदी सेवकों को, वीरता रहे दिखाय ॥
सेवा करे दिन रात जो, हिन्दी सेवा कार ।
टुकडे-टुकडे कर उन्हें, दिया रक्त कुन्ड में डार ॥
अंग्रेजों की कायरता, इससे जाहिर होय ।
जो निज की सेवा करै, मार सके ना कोय ॥

वार्त्ता

सच मे देखा जाये तो इन्हीं भिश्तिओं और अन्य भारतीय लोगों ने अंग्रेजी सेना को उसकी उत्तम सेवा चाकरी कर लड़ने की स्थिति में बनाये रखा, पर 14 जुलाई के आक्रमण में इससे भी बुरी हालत हुई क्योंकि इस दिन सूर चैम्बर लैन को एक सिपाही ने गोली से मार डाला।

बताया जाता है कि सामने शत्रुओं के न रहने पर कतिपय गोरे सिपाहियों ने उन निरीह निरपराध कर्मचारियों और नौकरों तथा अन्य लोगों की हत्याएं कर डाली, जो ईसाई, श्मसान के नजदीक भयभीत होकर के एकत्रित हो रहे थे। कितनी भी निष्ठा कोई दिखाये उसका जी भरकर ढिंढोरा पीटें, कष्ट उठायें, पूर्व की मैली वर्दी पहने प्रत्येक व्यक्ति से गोरे जो द्वेश रखते हैं, वह कदापि कम न होगा।

दोहा

15 जुलाई जा चुकी, दिल्ली रही अजीत ।
बड़े शान से गा रही, आजादी के गीत ॥
सूर्य किरण से चमकते, झंडा और निशान ।
आजादी का अब यहाँ, हो गया निवास-स्थान ॥
मुझको भी जाना पडे, हुई स्वर्ग में भीड़ ।

मृत्यु अब प्रत्यक्ष है, दे इस्तीफा रीड ॥
अंग्रेजी सेनापति, दो तो कब्र मे जायँ ।
तीजे ने अधिकार तज, लिए प्राण बचाय ॥
क्वाटर मास्टर जर्नल बैंचर, जर्नल चैम्बर लैन ।
मृत्यु के पल गिन रहे, पड़े-पड़े बेचैन ॥
क्रांतिकारियों की गणित, हो गई बीस हजार ।
हमलों से कैसे बचें, नहीं झिलेगी मार ॥
अंग्रेजों का युद्ध में, खर्च मनुष्य बल होय ।
मार करारी झेलकर, लाभ नहीं है कोय ॥
संख्याबल अंग्रेज का, नित घटता ही जाय ।
आँगल ने सुरक्षात्मक, नीति ली अपनाय ॥
क्रांतिकारी लड़ रहे, मातृभूमि के हेत ।
जीवे तो भी जीत है, नहीं मिले इसी के रेत ॥

वार्त्ता

अंग्रेजों की जीत का मतलब पराभव जितना ही है। सारे हिन्दुस्तान में फैले हुए अंग्रेज भी टीका करने लगे और स्पष्टता से कहने लगे, घेरा डालने वाले ही घेरे में फँस गये और ऐसी स्थिति में जब तीसरा सेनापति निवृत्त हुआ, तब ग्रेटहेड चैम्बरलैन और राटन जैसे रणवीरों को दिल्ली पर हमला करने की आशा छोड़नी पड़ी। प्रत्यक्ष मुख्यालय में मुख्य छावनी में ही दिल्ली का घेरा उठा लेने की चर्चा चलने लगी। जब तीसरे सेनापति रीड ने इस्तीफा दिया और उस स्थान पर चौथा सेनापति ब्रिगेडियर जरनल विल्सन आया तब दिल्ली में अंग्रेजों की ऐसी करुणास्पद स्थिति हो गई।

प्रकरण-हेवलॉक

जब सिख सिपाहियों ने इलाहाबाद का किला, क्रांतिकारियों को न सौंपकर अंग्रेजों को दे दिया, तभी से अंग्रेजों ने उसे अपनी कार्यवाही का मुख्य शिविर बनाया। उत्तर भारत की मुल्की और लशकरी कार्यवाहियां कलकत्ता जैसे दूरस्थ केंद्र से करनी पड़ती थी और उसमे धोखा आदि होने का डर रहता था जो इस नये केंद्र के कारण नहीं रहा। विद्रोह का शमन होने तक राजधानी इलाहाबाद मैं रखने की सलाह लार्ड केनिंग ने दी और कुछ ही दिनों में वह खुद ही इलाहबाद रहने को चला आया, परन्तु अभी कानपुर के अंग्रेजों की भागमभाग के समाचार और उनके द्वारा सहायता को मचाई गयी चिल्ल पों सुनायी देने लगी। इस लिए जनरल नील ने इलाहाबाद की सुरक्षा के लिए थोड़ी सी सेना रखकर शेष सारी सेना को मेजर रेनाल्ड के नेतृत्व में कानपुर का घेरा तोड़ने के लिए भेज दिया। यह सेना रास्ते के गाँवों में मनमर्जी आग लगाते बढ़ी। उस समय कानपुर की अंग्रेजी सेना के सेनापति पद पर नील के स्थान पर हैवलाक की नियुक्ति हुई वह जनवरी के अन्त में इलाहाबाद आया। वह सैनिक कार्यवाही में पारंगत और अनुभवी अधिकारी था। अंग्रेजों के सौभाग्य से इधर के प्रत्यक्ष फूट पड़ने के समय अंग्रेजों का ईरान में चल रहा युद्ध समाप्त हो गया और उस अभियान में लगी सारी यूरोपियन सेना हैवलाक जैसे सेनानी सहित हिन्दुस्तान में एक सामान्य स्थिति में आ पहुँची। हैवलाक के इलाहाबाद में मुख्य अधिकारी होकर आ जाने से इसके अधीन काम करना पड़ेगा, यह देखकर नील के मन में यद्यपि मत्सर जागा, फिर भी सार्वजनिक कर्तव्य में खेद के कारण कोई ढिलाई नहीं आने दी। हैवलाक के साथ जाने वाली सेना की उसने स्वयं उत्तम व्यवस्था की, उसे दाने-चारे की सहायता की और हैवलाक के आते ही अपना चार्ज बिना विवाद के सौंप दिया। इस सेना के कानपुर के अंग्रेजों की सहायता के लिए जाने की तैयारी होने पर हैवलाक बड़े उत्साह से उधर जाने को था कि उसे समाचार मिला, कानपुर में सर हो व्हीलर ने पराजित होकर विद्रोहियों के सामने समर्पण कर दिया और उसके सहित अंग्रेज पुरुषों का गंगा किनारे भयानक कत्ल हो गया ।

दोहा

जीवित रक्षा ना हुई, ले मृत्यु का प्रतिशोध ।
हैवलाक कानपुर चला, मन में अति क्रोध ॥
सैनिक गोरा साथ में, पैदल एक हजार ।
सौ डेढ़ सौ सरदार थे, कुछ आँगल अश्वार ॥
ले ली है संग तोप भी, मन में लिये क्रोध ।
संग में चाटुकार थे, जो करते राष्ट्रविरोध ॥
गाली दे विद्रोहियों को, आँगल दया दिखाय ।
लश्करी मुल्की भी कुछ, आँगल के सँग जाय ॥
अंग्रेज इकट्ठे हुए फिर, गद्दार तुरंत आ जाय ।
गद्दारों के कारण, गाँव राख हो जांय ॥
टुकड़ी एक आ रही, फतेहपुर की ओर ।
समाचार जो ये मिला, रीड उनका कमांडोर ॥
नाना ने विद्रोही की, सेना दी कुछ भेज ।
टीकासिंह और मौलवी, नेता संग सतेज ॥
मुट्ठी भर अंग्रेज को, पल में धूल चटाय ।
विजयश्री के साथ में, लौट कानपुर आय ॥
विद्रोही किया आक्रमण, अंग्रेजों पर आय ।
गोरी सेना तोप संग, आकर के भिड़ जाय ॥
इधर है सेना रीड की, उत हैवलाक की आय ।
सारी गोरी फौज ने, बत्ती दई दिखाय ॥
विद्रोही दहशत हुई, देखी सैन्य विशाल ।
रण मे तोपें छोड़कर, भगे अश्व की चाल ॥
पीछा करना असम्भव, घुसे फतेहपुर शहर ।
यहाँ खून बहा अंग्रेज, का अब बदले का कहर ॥
पहले शहर को लूट लो, फिर दो आग लगाय ।
शहर लूट आगे बढ़े, सिख भष्म कर जाय ॥

आग फतेहपुर लग रही, गर्मी कानपुर जाय ।
सेना लौटी हार कर, गयी सूचना आय ॥
कानपुर के दरबार ने, पाया सब समाचार ।
दुःख क्रोध आवेश से, होती हाहा कार ॥
कुछ गुप्तचर पकड़े गये, लाये नाना के दरबार ।
गोरी महिला वन्दनी का, दिया इलाहाबाद समाचार ॥
गोरी मैम ये है वही जिन्हें, अबला कह दिया छोड़ ।
कुटिल काम कर कैद से, किया जोड़ और तोड़ ॥
फतेहगढ़ शहर जैसे जला, बीबीगढ़ दियो जलाय ।
समय करे भगवान ना, महँगी बात पड़ जाय ॥
बदला लेने अंग्रेज अब, रहे कानपुर आय ।
ये औरत हैं विष भरी, देंगी पता बताय ॥
इसलिए इनको अभी, जड़ से दयो मिटाय ।
निश्चय करके विसर्जन, सभा तुरत है जाय ॥
दूसरे दिन जासूस सब, और गोरे कैदी लोग ।
मार दिये बन्दूक से, ज्यों करनी सो भोग ॥
लाशों से भर कर कुआँ, पीता मानव खून ।
इधर फतेहपुर जल रहा, जला रहा है कून ॥
सौ वर्ष हिसाब का, लेखा जोखा होय ।
जैसी करनी जो करे, आगे आवै सोय ॥
पांडू नदी नाना की सेना, जाय पराभव होय ।
हैवलाक बढ़ता गया, रोक सका ना कोय ॥
सेनापति बाला साहब, काँधे गोली चोट ।
लौट कानपुर आ गए, नहीं किसी का खोट ॥
युद्धसभा बैठी तभी, रही विचार मिलाय ।
कानपुर को चुप छोड़ दे, या टक्कर दी जाय ॥
टक्कर की निश्चय हुई, सबके मिले विचार ।
16 जुलाई अंग्रेज के, आने का समाचार ॥

कानपुर कुएँ की कथा, नहीं उन्हें भी ज्ञात ।
उनका सारा जोर है, जेल तोड़ने की बात ॥
बीबीगढ़ विद्रोही से, करना जल्दी मुक्त ।
धूप लड़ाई झेलते, हो रहे चिन्तायुक्त ॥
शिखर कानपुर दीखते, सही समय गये आय ।
व्यूह रचित सेना खड़ी, आँगल चकित रह जाय ॥
सब अधिकारी बुलाकर, नक्शा दिया दिखाय ।
बायें से विद्रोहियों पर, हमला किया जाय ॥
जब ये बातें हो रही, तब श्वेत अश्वसवार ।
विद्रोहियों के पास में, नाना करें संचार ॥
दोपहर को अंग्रेज का, बायें से हमला होय ।
विद्रोहियों की तुरत ही, तोप गर्जना होय ॥
आंगल तोप आयी नहीं, बढा विद्रोही जोर ।
क्रोधित हो हैवलाक ने, मुँह किया इस ओर ॥
हायर लैन्डर तुरत ही, गये तोपों पर दौड़ ।
बिजली-सा टूटा जो वो, भागे तोप को छोड़ ॥
बायां बाजू पिट गया, फिर दायें दीया जोर ।
विजय हुई अंग्रेज की, इत हटे कानपुर और ॥
नाना ने फिर गोल कर, टक्कर दूजी होय ।
ब्रह्मवर्त्त लौटे तुरत, पार परी ना कोय ॥
17 जुलाई हैवलाक की, विजित फौज प्रातःकाल ।
कानपुर में प्रवेश कर, लगी लूटने माल ॥
अस्त फिरंगी आबरू, हैवलाक आबाद ।
भारत से इंग्लैन्ड तक, हैवलाक धन्यवाद ॥
कानपुर को लूटने, पड़े हजारों टूट ।
सिख और अंग्रेज को, दे दी पूरी छूट ॥
बीबीगढ़ की मेमों का, जमा हुआ जो खून ।
साफ कराया उन्हीं से, जो थे अफलातून ॥

हत्यारे विद्रोही जो, फाँसी दिये चढ़ाय ।
परमेश्वर के पास भी, धर्म साथ ले जाय ॥
धर्म सम्बन्धी आंगलो ने, किये अत्याचार ।
आँगल मरने पूर्व तो, बाइबल पाठ अधिकार ॥
सिद्धान्त निष्ठा के लिए, किया मरण स्वीकार ।
फाँसी हो गई अलंकृत, हँसते-हँसते तैयार ॥
हैवलाक ने व्हीलर की, लिया मृत्यु का प्रतिशोध ।
की आत्मयज्ञ प्रसन्न हो, रहे पीढ़ियों को बोध ॥
प्रशंसा की आँगलो ने, जो संग थे सरदार ।
राजनिष्ठ अंग्रेज को, राष्ट्र हेतु गद्दार ॥
सोल्जर के व्यवहार से, आँगल को संतोष ।
कपट किया निज राष्ट्र से, औरों का क्या दोष ॥
हैवलाक भी दे रहा, नेटिव को प्रतिबोध ।
घेरा लगा है आगरे, दिल्ली में अवरोध ॥
लखनऊ संकटग्रस्त है, शहर सँभालने तीन ।
विद्रोहियों को दन्ड दे, छुपे हुए दे बीन ॥
काम करोगे खुशी से, हमे पूरा विश्वास ।
शहर मुक्त जल्दी करै, रखते हैं ये आस ॥
नील सँभाले कानपुर, लखनऊ जाये हैवलाक ।
रास्ते बस्ती जम रही, अब अंग्रेजी धाक ॥
अति शूद्र जो शहर में, जिनकी जाति महार ।
उच्च जाति के विरोध में, की सेना तैयार ॥
हिन्दु-मुस्लिम बीच में, ना कर पाया भेद ।
जातपात खड़ा भूत कर, किया परस पर छेद ॥
फूट डाल और राज कर, सफल मंत्र ये होय ।
बीज कुटिल अंग्रेज ने, दिये हिन्द में बोय ॥

वार्त्ता

हिन्दू धर्म और हिन्दू राज्य के लिए एक बार फिर जूझना होगा।

कानपुर में पराजित हो जाने के बाद नाना साहब पेशवा खजाना शस्त्रास्त्र और सेना लेकर गंगा पार हो गये। सन 1857 के स्वतन्त्रता संग्राम में वे क्रांतिकारी वीर स्वराज्य और स्वधर्म के लिए ही कैसे लड़ रहे थे यह सिद्ध करने के लिए उस काल के युद्ध जिन्होंने अपनी आँखों से देखे थे, बसई महाराष्ट्र के उन्हीं वेदशास्त्र सम्पन्न विष्णुदत्त गोडसे अपने यात्रावृत्त की एक पुस्तक "माझा प्रवास" अथवा "सन 1857 के विद्रोह की कथा" उसी समय लिखी। उक्त पुस्तक में श्री गोडसे भट्ट जी ने कानपुर छोड़ते समय का वर्णन बड़ी ही मार्मिक भाषा मे किया है। अंधियारा हो जाने के बाद नौकाएँ संगठित कर उनमें उपर्युक्त सामान भरने के बाद बाला साहब आदि को विदाई देने के लिए जो हजारों नागरिक गंगा तीर पर जमा थे, उन सबको नौका चलने से पहले नम्रता से नमस्कार कर किंचित भावविह्वल होकर श्रीमन्त बालासाहब ने कहा कि कानपुर हम हारे। उस समय तात्या टोपे, जलका राम भाऊ और लालपुरी गोसानी आदि हमारे सरदार कहाँ गये हमे यह ज्ञात नहीं, पर वे शूर हैं अत: हमे उनकी चिन्ता नहीं है। आपको छोड़कर जाते हुए अवश्य हमारे लिए कठिन हो रहा है, पर उपाय नहीं हिन्दु धर्म के लिए और हिन्दु राज्य के लिए फिर से एक बार प्रयास करने होंगे इस हेतु यह संकट जो ईश्वर ने हमारे कारण आप पर लादा है, उसके लिए कृपा कर हमें क्षमा करें। गंगा पार जाने के बाद पहला मुकाम फतेहगढ़ में था। अंग्रेजी सेना ने ब्रह्मवर्त्त का महल धूल में मिलाया और वह अवध की ओर चल दी। नाना के आगे की हलचल की कोई सूचना न मिलने से हैवलाक लखनऊ की ओर बढ़ा।

दोहा

कानपुर से लेकर विदा, दी अब नाव बढ़ाय ।
राजधानी को नमन कर, आगे अवध को जाय ॥
आगे की नहीं सूचना, चला लखनऊ हैवलाक ।
जून माह के अन्त में, हाल वहाँ खतरनाक ॥
सारा अवध प्रदेश ही, छत्ता बना मुहार ।
पॉव फूँक आगे धरे, तभी पड़ेगी पार ॥
पहले लखनऊ पहुँचना, फिर घेरा देंय उठाय ।
सर हैनरी लारेंस को, तब हम मुक्त करांय ॥
प्रथम विजय आवेश में, काम लगे आसान ।
पर चप्पे-चप्पे आग है, कोई ठंडा ना स्थान ॥
गंगा उत्तर लखनऊ विजित, झूठा है उत्साह ।
जन-जन की यहाँ क्रोध से, फड़क रही है बाँह ॥
पुरबिया वीर विद्रोही का, यही पालना होय ।
उनके मन की अग्नि से, अग्निवत सब कोय ॥
हरेक झोंपड़ी में जलें, विकट विद्रोही आग ।
सभी छुड़ाना चाहते, लगा गुलामी दाग ॥
बच्चा-बच्चा क्रोध से, रहा यहां फुफकार ।
नाग फिरंगी विष भरा, मिलकर देंगे मार ॥
हैवलाक समझा सुलभ, लखनऊ जीतूं जाय ।
फिर दिल्ली को मुक्त कर, आगरा दऊँ छुड़ाय ॥
हैवलाक 25 को, गंगा पार है जाय ।
कानपुर जनरल नील है, वह लखनऊ रहा आय ॥
दस तोपें ले साथ में, सोल्जर दो हजार ।
हैवलाक 25 को, हो जाये गंगा पार ॥

प्रकरण - बिहार

जननी जन्मभूमिश्च, स्वर्गादपि गरीयसी

भजन

भारत माँ का फटा चीर, सीने की बात करो तुम ।
मर्द हो तो मर्दों की तरह, जीने की बात करो तुम ॥
एक पलक की चूक युगों को, पड़ जाती है भारी ।
योद्धा थे प्रचण्ड पांडव, फिर भी थी लाचारी ॥
जीवन मूल्य गिरे तो गिर जाये, शेखी शान हमारी ।
चारों पीढ़ी हाजिर खींचीं, एक अबला की सारी ॥
ऐसे अत्याचारी का खून, पीने की बात करो तुम ।
मर्द हो तो मर्दों की तरह, जीने की बात करो तुम ॥
गहरे घाव लगे सीने पर, जल्द नहीं भरते हैं ।
घायल हुई अस्मिता अपनी, जिस पर हम मरते हैं ॥
ठुकरा राष्ट्र का स्वाभिमान, अक्षम्य पाप करते हैं ।
उनसे भी ज्यादा पापी हैं, जो उन्हें माफ करते हैं ॥
जो पाप देख चुप रहे तो क्यों, हीने की बात करो तुम ।
मर्द हो तो मर्दों की तरह, जीने की बात करो तुम ॥
राष्ट्रचेतना घट जाने से, दिशाबोध से हीन हुए ।
स्वार्थ से गया टूट संगठन, शत्रु सन्मुख दीन हुए ॥
तार-तार हो गई शर्म, फिर धर्म-कर्म से क्षीण हुए ।
कुछ अन्दर की गद्दारी से, दुश्मन के आधीन हुए ॥
राष्ट्रभक्ति के प्याले को, पीने की बात करो तुम ।
मर्द हो तो मर्दों की तरह, जीने की बात करो तुम ॥
धर्म राष्ट्र की मूल आत्मा, संस्कृति ही तन है ।

सद्विद्या मस्तिष्क बन चमके, न्यायशीलता मन है ॥
निधी दान और प्राण वीरता, सत्य राष्ट्र जीवन है ।
जन गण के मन राष्ट्र बसे तो वही राष्ट्र पूरन है ॥
आदर्शों के बिन्दु को, छूने की बात करो तुम ।
मर्द हो तो मर्दों की तरह, जीने की बात करो तुम ॥

दोहा

इलाहाबाद और आगरा, आजादी की बयार ।
नहीं अछूता रह सका, पटना और बिहार ॥
आरा, छपरा, मोतिहारी, मुजफ्फरपुर जो शहर ।
लश्कर रक्षा के लिए, दानापुर रहा ठहर ॥
सात, आठ, चालीसवीं, नेटिव थी रेजिमेन्ट ।
घुड़सवार थी बारहवीं, रहती परमानेन्ट ॥
मेजर जरनल लाइड के, रहती ये आधीन ।
अश्वारोही एक थी, पैदल पलटन तीन ॥
पटना में रहे बहावी, कट्टर वो मुसलमान ।
कमिश्नर टेलर दे रहे, उन पर पूरा ध्यान ॥
टेलर उन पर हर समय, रहे गड़ाये आँख ।
नहीं अछूते द्रोह से, नहीं आँगल को साख ॥
सेठ और साहूकार सब, बड़े-बड़े जमीदार ।
ऊंचे ऊंचे मौलवी, करें गुप्त प्रचार ॥
उस समिती के पास में, द्रव्य निधि भरपूर ।
पावनता मिली धर्म की, शक्ती देते शूर ॥
सैनिक शहरी पुलिस का, मिला हुआ है तार ।
उत्सुकता है शहर की, करते सब इंतजार ॥

इस पापी अंग्रेज पर, कब हो पहला वार ।
सपना जो स्वराज्य का, होगा कब साकार ॥
स्वीकारा जिन लोक पद, नौकर रखे अनेक ।
छद्म सैन्य जो चोट करे, सही वक्त को देख ॥
लश्कर गुप्त बनाय कर, समिती वेतन देय ।
नेटिव जो अंग्रेज के, अपने सँग मे लेय ॥
नेटिव लश्कर गुप्त सभा, रात अँधेरे होय ।
सैनिक शहरी पुलिस भी, एक मता सब कोय ॥
दिल्ली लखनऊ आदि से, गुप्त मंत्रणा होय ।
सुरंग भयानक क्रांती, कब उठै आग की लोय ॥
आँगल टेलर कमिशनर, मिला मेरठ समाचार ।
दानापुर लश्कर को लख, मन में करै विचार ॥
राजद्रोही हो गया, सारा हिन्दुस्तान ।
तब भी सिख राजनिष्ठ थे, किया राष्ट्र अपमान ॥
खतरा देखा हालिया, दो सौ सिख बुलाय ।
उनकी पूरे रास्ते, थू थू होती जाय ॥
नमकहरामी कर रहे, अपने देश के साथ ।
चेला गुरु गोविंद के, बड़े शर्म की बात ॥
गुरुद्वारा जो शहर में उसका सिख महन्त ।
दिया भगा दरबार से, अपमानित किये तुरन्त ॥
करो द्वेष स्वराष्ट्र से, आँगल से प्रणाम ।
धर्म प्राण गुरु जनों का, डुबो दिया है नाम ॥
कुमुक मिली सरदार की, टेलर की ये सोच ।
भड़के आग विद्रोह की, पहले ही दऊ दबोच ॥
तिरहुत का वारिस अली, पुलिस का जमादार ।
क्रांतिकारियों से करे, गुप्त पत्राचार ॥

वारिस अली पकड़ा गया, दिया आँगल छापा मार ।
फाँसी उसे चढ़ाय कर, पकड़े पत्राचार ॥
पत्र लिखे उस नाम से, नेता अली करीम ।
छापा मारे ना मिला, आई खाली हाथों टीम ॥
पकड़ा पकड़ी शहर में, नये नाम हुए ज्ञात ।
छापा डाले आक्समिक, यही सिंहानी बात ॥
बैठक चलती रात में, नहीं कुछ भी प्रत्यक्ष ।
फिर भी हरदम ताक में, जासूसी प्रतिपक्ष ॥
बड़े मौलवी तीन हैं, करने है गिरफ्तार ।
खुलेआम जो पकड़ लें, तो हो जाये रार ॥
पकड़े जायें मौलवी, युक्ति लई बनाय ।
राज व्यवस्था सलाह को, लिये गणमान्य बुलाय ॥
आ गये मेहमान सब, ससम्मान बैठाय ।
तेग लिये सिख साथ में, टेलर भी आ जाय ॥
कुछ चर्चा के बाद में, विदा किये मेहमान ।
रोक लिये ये मौलवी, नाजुक समय वर्तमान ॥
गिरफ्तार करैं आपको, समय चला विपरीत ।
उसी समय दें मुक्त कर, जब बुरा समय जाय बीत ॥
मौलवी भी ये जानते, जो करे प्रतिकार
अपनी ही सिख तलवार से, देंगे हमको मार ॥
क्रांति नेता पकड़कर, नागरिक करे निशस्त्र ।
नौ बजे बाद घर में रहे, बिगड़ा समय चरित्र ॥
शस्त्र संचय रुक गया, बैठक रात की बन्द ।
क्रांतिकारी दावँ में, जो तुरंत हटे ये गन्ध ॥
अब पटना की फौज का, मिल जाये संकेत ।
प्रतिपक्ष अब तक रुका, इस समता के हेत ॥

कुचले जाने की बजाय, लड़कर मरना ठीक ।
मिलती है रणक्षेत्र में, ना मिले आजादी भीख ॥
जुलाई तीन तारीख को, बिहार का पटना शहर ।
कब तलक पीते रहे, ये दासता का जहर ॥
पीर अली नेता के घर, जाने लगे मुसलमान ।
सबकी उसने थाम ली, अपने हाथ कमान ॥
निकले थोड़ी देर में, करे दीन दीन का शोर ।
हाथ लिये झंडा हरे, फैल गये चहुँ ओर ॥
लगभग दो सौ जिहादी, झंडा शस्तर हाथ ।
टूट पड़े एक चर्च पर, मिलकर के एक साथ ॥
लायल नाम का फिरंगी, कुछ सिक्खों के संग ।
पीर अली बन्दूक से, गोली मारी अंग ॥
पहली बली अंग्रेज की, गिरी धरनि में आय ।
जितने मुसलिम थे वहाँ, किये कितने ही वार रिसाय ॥
राजनिष्ठ सिक्खों ने तब, हमला कर जोरदार ।
अपने देश के बन्धुओं पर, किया करारा वार ॥
सरदारों ने कर दिया, अपना ही देश हलाल ।
भारत माँ के खून से, सिक्ख हुए हैं लाल ॥
क्रांतिकारी फैलकर, तितर-बितर है जांय ।
पीर अली के साथ में, कुछ गये पकड़ में आय ॥
पीर अली लखनऊ का, मूल निवासी होय ।
पटना पुस्तक बेचता, और न धंधा कोय ॥
पुस्तक बेचत रंग गया, आजादी के रंग ।
समिती के सहयोग से, रहें कितने ही नौकर संग ॥
क्रांति सैनिक शस्त्र लै, रहे नौकर के भेष ।
शपथ लिये करे युद्ध हम, मिलते ही आदेश ॥

भारी-भारी हथकड़ी, हो गये तन मे घाव ।
लाल वस्त्र हुए खून से, मुख पै वीरता भाव ॥
जो भयानकता मरण की, करे वीर हास्य धिक्कार ।
कहीं निज रक्षा इष्ट है, कहीं मरण स्वर्ग का द्वार ॥
बिना डरे निन्दा करी, दुष्ट मलेच्छ का राज ।
प्रकट वीर मम रक्त से, छीनेंगे स्वराज ॥
फाँसी पर दोगे चढ़ा, मेरा क्षणिक शरीर ।
मार सको ना ध्येय को, पैदा हो नित वीर ॥
पीर अली फाँसी चढ़ा, फैल गया समाचार ।
दानापुर की फौज ने, किया कम्पनी तिरसकार ॥
24 जुलाई विद्रोह कर, गए सौन नदी की ओर ।
गोरी पलटन डर गयी, नहीं चला कोई जोर ॥
मेजर जरनल लाइड यहाँ, बुड्ढा और भयभीत ।
पीछा करे जो फौज का, हिम्मत गई अब बीत ॥
एक बुड्ढे को छोड़कर, गए दूजे बूढ़े के पास ।
तरुनाई सा तेज है, रहा मार हिलोरे साहस ॥
सौन नदी को पार कर, जगदीशपुर की ओर ।
जनपद शाहाबाद मे, गए कुँवर ढिंग दोर ॥
अस्सी वर्ष का तरुन है, ये हिन्दु राजा वीर ।
उदार चरित प्रजावच्छल, सत्य प्रिय रणधीर ॥
वहाँ के जनसमूह की, निसर्ग स्फुरित प्रीत ।
परम कारुनिक प्रेम ने, लिया सबका हृदय जीत ॥
उस राजछत्र छाया तले, प्रजा स्वतन्त्र सुख लेय ।
राजबंस की बेल को, सच्ची श्रद्धा देय ॥
दुष्ट फिरंगी जल गया, प्रजा भक्ति देख ।
उसके मन में उठ रही, मत्सरता की रेख ॥

आंगल मत्सर दामनी, किया निष्ठुर आघात ।
राजक्षत्र ऊपर गिरी, घोर ध्वनी के साथ ॥
राजछत्र गिरा टूटकर, नंगे सिर हुआ देश ।
राजवृक्ष तो जल गया, प्रजा दुखी विशेष ॥
छाया जो पंछी रहे, व्याकुल हो फडफडाय ।
देख अवस्था कुवर सिंह, मूंछों ताव लगाय ॥
क्रोधाग्नि अंग्रेज पर, हृदय में भैराय ।
80 वर्ष के राजपूत में, वीर तेज रहा छाय ॥
दमकै आत्मतेज से, जो जलता हुआ अंगार ।
80 वर्ष का युवा है, या कालजीत कुमार ॥
हरन करे कोई देश को, मान्य करे क्यों सिंह ।
राज गटक लिए बहुत से, मन में उठै तरंग ॥
करी जोत तलवार से, दई टेकरी खोद ।
ये भूमि विस्फोट भरी, नही फिरंगी बोध ॥
देशधर्म स्वराज का, किया घोर अपमान ।
दास्य विमोचन कारणें, धरै दाँव पै प्राण ॥
कुँवर सिंह के मन में, अब घूमे क्रांति विचार ।
लिए सभी सम्पर्क में, देश के क्रांतीकार ॥
पटना सैनिक सहस्रों, मिल गए उस से जाय ।
पटना कमिश्नर टेलर भी, समाचार ये पाय ॥
बात असम्भव-सी लगी, टेलर विस्मित होय ।
उम्र चिता की ओर की, आजादी माँगे कोय ॥
सम्पर्क अब टेलर करै, सूचना दी पहुंचाय ।
आप वृद्ध सज्जन हुए, मेरे पास आ जांय ॥
सान्निध्य लाभ मुझ को मिले, जो आपका जीवन शेष ।
आप मेरे महमान हो, इच्छा यही विशेष ॥

वार्ता

आप बहुत वृद्ध हैं, आपका स्वास्थ्य भी ठीक नहीं है अत: आपके शेष जीवन का सान्निध्य मुझे मिल सके ऐसी मेरी प्रबल इच्छा होने से आप पटना में मेरे मेहमान रहें तो मैं आपका आभारी रहूंगा। यह आमन्त्रण अस्वीकार नहीं होगा ऐसी आशा करता हूँ—टेलर। अफजल खाँ ने शिवाजी को ऐसा ही मिलने का निमन्त्रण दिया था। उस चतुर राजपूत ने तब यह जाना कि पटना के चीफ कमिश्नर का यह प्रेम-निमन्त्रण कैदखाने का दरवाजा किसी भी प्रतिकार के बिना खोल देना था इसलिए उसने भी उत्तर भेजा--- "मैं आभारी हूँ; मेरा स्वास्थ्य जैसा आप लिखते हैं वैसे मैं सचमुच बहुत अस्वस्थ हूँ और इसलिए मैं अभी पटना नही आ सकता; मैं स्वस्थ होते ही तुरंत वहाँ आता हूँ। कुँवर सिंह सचमुच तुम अस्वस्थ हो और रणांगन में थोडा रक्तप्राशन कर थोड़ा स्वस्थ होते ही तुम तुरंत पटना जाओगे यह सच है; पर क्यों? यह प्रश्न अलग है। इसमे जो अस्वस्थता सुधारने के लिए जो औषधि चाहिये थी, वह लेकर दानापुर के विद्रोही सिपाही जगदीशपुर आ पहुंचे, फिर आपका ठहरना किसके लिए? तेरी देश माता की शपथ है, तेरे स्वधर्म की शपथ है, तेरे मानभंग की कसम है, कुँवरसिंह म्यान फेंक दे और स्वतन्त्रता के लिए तलवारें खींच। तू हमारा राजा तू हमारा नेता तू हमारा सेनानी है। राजपूत वंश के कुलभूषन तेरा ये उदात्त चरित्र, देह शय्या पर नहीं, रणभूमि पर ही गिरने योग्य है।

स्वराज्य के लिए उतावले सैनिक यह चिल्लाने लगे। यही कुँवर सिंह के कुलोपाध्याय कहने लगे शुचिव्रत ब्राह्मण उपदेश करने लगे, यही उसकी तैयार तलवार कहने लगी। पटना शहर हाथी पर बैठकर जाना भी जिसके लिए अस्वस्थता के कारण असम्भव था, वह 80 वर्ष का राजपूत कुंवर सिंह तड़ाक से रुग्ण शय्या पर से उठा तो एकदम रणक्षेत्र ही जाकर रुका।

दोहा

जगदीशपुर से निकलकर, आरा पहुँचे जाय ।
शाहाबाद मुख्यालय, यहीं पर रखा बनाय ॥
लूटा वहाँ का खजाना, झण्डा कारावास ।
दफ्तर में उत्पात कर, आँगल गृहविनाश ॥
परकोटा छोटा सा था, बना सुरक्षा काज ।
गोला और बारूद रख, शस्त्र, वस्त्र अनाज ॥
मुट्ठी भर अंग्रेज थे, रखे सिक्ख पचास ।
वहाँ पचहत्तर लोग थे, रहे सुरक्षा आस ॥
उन विद्रोही सैनिकों ने, लई गढ़ी वह घेर ।
वो खुद ना कहीं भागते, क्यों और काम की देर ॥
हमला सीधा ना किया, दीनी तोप चढ़ाय ।
परकोटे बारूद घर, दीये गोले बरसाय ॥
अन्दर थोड़े दिनों में, पानी भी रित जाय ।
अंदर वहाँ सरदार थे, खुदन कूप लग जाए ॥
सिक्खों ने अंग्रेज की, ऐसी हालत देख ।
24 घन्टे की देर में, कुँवा खोदा एक ॥
कुँवा खोदते लड़ रहे, अंग्रेजों की ओर ।
भारत बल जो ना बटे, कहा फिरंगी जोर ॥
पता लगत सरदार का, मन में भारी खेद ।
विद्रोही धिक्कार दे, किया भारत से भेद ॥
मन में शक पहले ही था, है कोई अन्दर सूर ।
गुरु आज धिक्कार दे, चेला बन गए क्रूर ॥
विद्रोहियों के दूत फिर, खम्भे पीछे जाँय ।
गुरुओं की सौगंध दे, सिक्खों को समझाय ॥

ए सरदारो आज तुम, करो राष्ट्र से घात ।
निजबन्धु से लड़ रहे, बड़े शर्म की बात ॥
अंग्रेजों ने कर दिया, देश, धर्म से हीन ।
अपना देश अनाथ कर, मुकुट लिया है छीन ॥
देशद्रोह नहीं छोड़ते, तो हम डालेंगे मार ।
असर नही तिल मात्र भी, फायर करें सरदार ॥
घेरा डाले घेर पर, तीन दिना है जाँय ।
आहट सुनकर तोप की, खुशी फिरंगी छाय ॥
दानापुर की फौज से, कुमुक लिए डनवार ।
काले सौ थे भारती, दो सौ गोरे त्यार ॥
आरा में घेरा पड़ा वो, सौन नदी गए आय ।
आँगल परिजन तीर पर, विदा करें मुस्काय ॥
सौन नदी नावें चली, बजे शाम के सात ।
शुभ्र बिखेरे चाँदनी, चले चन्द्रमा साथ ॥
उत्तम व्यूह रचना करै, अब कैप्टन डनवार ।
अगली पंक्ति खड़े कर, राजनिष्ठ सरदार ॥
आरा के ये सघन वन, काला अगुवा होय ।
चमक चाँदनी तेग की, सब जंगल गया सोय ॥
आरा शहर पुल आ गए, शत्रू कहाँ छुप जाय ।
आना सुन डनवार का, ना उनकी पार बसाय ॥
भाग गए डरपोक सब, उनके मन आतंक ।
बैठ करो विश्राम कुछ, हो करके निशंक ॥
इतना डर उनको चढ़ा, अब नहीं आएं हाथ ।
भयबस शत्रू छुप गया, लडे कौन के साथ ॥
इतने में अब गोलियों की होने लगी बरसात ।
अमराइयों के बीच में ना लखै हाथ को हाथ ॥

अमराई का हर तरू, अनंत शाखा हाथ ।
फायर करै बन्दुक से, आँगल पै इस रात ॥
क्या कुँवर सिंह आ गया, अस्सी बरस का ज्वान ।
शत्रु यहाँ अदृश्य है, ऊंच-नीच मैदान ॥
नीचे जंगल आम का, ऊपर है आसमान ।
उन्हें असम्भव जीतना, कुछ नहीं लखे निशान ॥
पड़ने लगी अंग्रेज़ पर, अदृश्य देव की मार ।
आगे-पीछे चहुँ दिश, कित जाये करतार ॥
काली वर्दी हिन्द की, अंग्रेजों की स्वेत ।
कालरात्री हो गई, डनवार मरा रण खेत ॥
भागे प्राण बचाय कर, आय पड़े एक गाँव ।
छुपकर वहाँ से भी चले, और न कोई दाँव ॥
मरे छोड़ रणक्षेत्र में, घायल पड़े रह जाँय ।
मजा चाखकर हार का, अपनी जान बचांय ॥
लाश कमान्डर की पड़ी, दई वहाँ पर छोड़ ।
गहरी काली रात में, जान बचाना होड़ ॥
सुवर भाला खायकर, रक्त गिराता जाय ।
मरते-गिरते जख्म लै, सौन नदी गए आय ॥
रेती में नौका धँसी, पाँडे गए जलाय ।
पराकाष्ठा दुःख की, तट पै पड़े करहांय ॥
दानापुर अंग्रेज के, नर नारी गए आय ।
आरा घेरा तोड़कर, शायद वीर आ जाँय ॥
बैन्ड नहीं झण्डा नहीं, नहीं विजय के गीत ।
नदी किनारे तड़पते, ये कैसी है जीत ॥
सीना धड़का देखकर, हुई करुन चित्कार ।
पिता पुत्र स्वामी कहाँ, करते हाहाकार ॥

अपयश लेकर हार का, लौटे सिर्फ पचास ।
415 गए थे, हो गयी आस निराश ॥
घेरा पड़ा अंग्रेज पर, जब ये मिला समाचार ।
मेजर आयर चल पड़ा, आरा ओर विचार ॥
आंगल नेस्तनाबूद कर, रहा कुंवर सिंह जाय ।
पता चला इस का तभी, आयर इधर को आय ॥
रुका नहीं वो एक क्षण, इसी ओर चल देय ।
रास्ते में अवरोध जो, लाभ सभी का लेय ॥
जंग बराबर कर रहा, एक वृद्ध एक जवान ।
दो अगस्त टक्कर हुई, बीबी गंज में आन ॥
झाडी में लिया मोर्चा, करता सीधी मार ।
तीन तोप अंग्रेज पर बढ़ा, उसी आधार ॥
कुंवर सिंह की फौज ने, किये झपटते तीन ।
तब आयर की फौज ने, अग्नि वर्षा कीन्ह ॥
कैप्टन हडसन कह रहा, सेना हटती जाय ।
टूट पड़ो संगीन ले, नहीं विजय हाथ से जाय ॥
आंगल बेनट साध कर, टूट पड़े जो तीर ।
मुंह तोप का फेरते, वो भी हुए अधीर ॥
कुंवर सिंह को पश्त कर, आरा गढ़ी बढ़ जाँय ।
आरा पर कब्जा किया, आंगल मुक्त करांय ॥
घेरा आरा शहर का, चला दिवस कोई आठ ।
आंगल से किये युद्ध दो, गया जगदीशपुर बाट ॥
अंग्रेजों को नयी कुमुक, आरा से मिल पाय ।
सेना अब अंग्रेज की, और फूलती जाय ॥
कुंवर सिंह यह जान कर, जगदीश पुर के पास ।
करि इकट्ठी फौज कुछ, फेर विजय की आस ॥

खुली जंग हानि अधिक, टक्कर छापा मार ।
करि झड़प दो कुंवर ने, फिर हो जाता पार ॥
कुंवर सिंह अब निकल गया, जगदीशपुर से बाहर ।
14 अगस्त को आयर ने, तम्बू डाला आ कर ॥

वार्ता

इस तरह यद्यपि जगदीशपुर अंग्रेजों के कब्जे में आ गया और आंगल ने महलों को तोड़ दिया पर कुंवर सिंह भवनों का राजा उतना ही अजीत है जितना पहले था। उसने घर खोया पर रण आँगन नहीं खोया। रण आँगन ही उसका घर हो गया।

प्रकरण - दिल्ली का अंतिम संघर्ष

दोहा

अंग्रेज कमांडर तीसरा, मन में बहुत उदास ।
दिल्ली ना जीती गयी, ना आगे की आस ॥
त्याग पत्र दिया इसलिए, कम से कम बचे जान ।
जो में पद त्यागूँ नहीं, जीत मिले ना प्राण ॥
चौथे ने लिया चार्ज अब, ब्रिगेडियर विलशन नाम ।
फौज का टूटा मनोबल, भय से युद्ध विराम ॥
घेरा दिल्ली छोड़ दें, आया हताश विचार ।
आंगल करते जो यही, खाते चहुँ दिश मार ॥
सैन्य समूह विद्रोही का, हुआ दिल्ली में बंद ।
खुले झपट्टा मार से, जल्द कटे रिपु फंद ॥
हुए गोल एक शहर में, खुद काबू आ जाँय ।

चले विहंगम युद्ध तो, आंगल मार गिरांय ॥
फ़ैल समूचे देश में, युद्ध झपट्टा मार ।
मुट्ठी भर अंग्रेज का, हो जल्दी बंटा धार ॥
दिल्ली छोड़ कहीं भाग लें, आंगल किया विचार ।
बेयर्ड स्मिथ एक साहसी, उसने दी धिक्कार ॥
दिल्ली छोड़ें डूब जा, अंग्रेजी साम्राज ।
काल फांस विद्रोहियों का, दिल्ली घेरा आज ॥
बेयर्ड स्मिथ का करारा, सुन कर के उपदेश ।
आंगल की हिम्मत जगी, बची हुयी जो शेष ॥
विलशन जागा नींद से, गया निश्चय मन आय ।
अड़े रहैंगे जब तलक, घेरा टूटे नांय ॥
विद्रोही अंग्रेज को, मार रहे लगातार ।
संख्या आंगल की घटी, फिर भी ना मानें हार ॥
विद्रोही हमला करें, एक करवट में आय ।
फिर आगे से भागते, वो पीछा करने आय ॥
इस युक्ति अंग्रेज को , परकोटे तक लांय ।
परकोटे रोपी हुयी, विकट तोप चल जाँय ॥
विद्रोहियों की कुशलता, आंगल आय फंस जाँय ।
अचूक दांव से मारते, शत्रु घटते जाँय ॥
सेना जब थोड़ी रही, चिंता बढ़ती जाय ।
आंगल ने पंजाब तरफ, राखी नजर गड़ाय ॥

वार्ता

दिल्ली के दक्षिण में अंग्रेजों की क्या स्थिति है ? कलकत्ता से निकली अंग्रेज सेना कहाँ तक आयी है ? लखनऊ कानपुर बनारस आदि शहरों का क्या हाल है ? आदि समाचार उत्तर भारत के सारे रास्ते तार रेल डाक नष्ट कर देना। दिल्ली में कैद अंग्रेजी सेना को ज्ञात नहीं थे। सर हो व्हीलर का सर कानपुर में उसके धड़ से अलग हुए एक माह बीत जाने पर दिल्ली के केम्प में विश्वशनीय समाचार मिला की सर हो व्हीलर गोरी सेना के साथ उनकी सहायता को दौड़ता चला आ रहा है। कलकत्ता की ओर से आने वाली सहायता की निराशा हो जाने से दिल्ली के अंग्रेजों का सारा बोझ पंजाब पर पड़ा था और आज तक गोरी और काली फौज की नयी नयी कुमुक भेज कर जॉन लॉरेंस ने वह बोझ यथा संभव सम्भाला भी था फिर भी दिल्ली से मांगी गयी सीज ट्रैन और कुमुक की नयी मांग का अनादर ना करते हुए जॉन लॉरेंस कोई दो हज़ार चुनी हुई सेना निकल्शन के नेतृत्व में भेज दी थी। इस सेना के आने का समाचार छावनी में फैलते ही सैनिकों की मुद्रा में आनंद उत्साह और द्वेष का तेज झलकने लगा। निकल्शन जैसे नेता का अर्थ हज़ारों सैनिकों का उत्साह था। हतोत्साहित अंग्रेजी सेना का हर जवान कहने लगा निकल्शन आया है। अब विजय में शंका नहीं।

दोहा

अंग्रेजों को मिल गया, काबिल कर्ण धार ।
उतनी ही सुनिश्चित हो गयी, विद्रोहियों की हार ॥
सुयोग्य नेता की कमी, विद्रोहियों के पास ।
नहीं सेना नायक रण पटु, जो कर दे आंगल नाश ॥
नवसिंघासन पर जिसे, दिया सब ने बैठाय ।
है नहीं वो रण पटु, और सब गन मिल जाँय ॥
रण कुशल सैनिक बहुत, जो कर दें आंगल नाश ।

अंग्रेजों से ही किया जिनने शस्त्र अभ्यास ॥
जिनने अफ़ग़ानिस्तान तक, बढ़ा दिया साम्राज्य ।
वो अपनी तलवार से, आंगल नाशक आज ॥
दिल्ली में सैनिक डंटे, योद्धा पचास हज़ार ।
बादल बन कर आ गए, जब चली विद्रोही बयार ॥
इंद्र उन्हें एक चाहिए, जो बादल बिखरे ना कोय ।
बिखरी ना मणि सूत्र बिन, यही अचम्भा होय ॥
बुड्ढा मुखिया बादशाह, चाहता एक कर्णधार ।
वैतरणी विद्रोह की, जो तुरत लगा दे पार ॥
बख्तर खान को सौंप कर, दे के सब अधिकार ।
जर्नल तीन भी देख लिए, नहीं पड़ी कोई पार ॥
तीन सैनिक तीन नागरिक, प्रतिनिधि दिए बनाय ।
एक मते हो संगठित, वो भी निष्फल जाँय ॥
देशाभिमानी बादःशाह, कितना विनीत उदार ।
कोई हिन्दू थामे हिन्द को, मैं हटने को तैयार ॥
मुक्त करे माँ भारती, कोई भारतीय अधिपति होय ।
उससे ज्यादा अब मुझे, और ना आनंद कोय ॥
जयपुर अलवर जोधपुर, भरतपुर बीकानेर ।
दस्तखत करके सब जगह, पत्र दिए हैं गेर ॥
तोड़ें माँ की बेड़ियाँ, करें देश आजाद ।
तीव्र इच्छा यही मेरी यही, करता हूँ फ़रियाद ॥
ऐसे संकट काल मैं, समर्थ नेता कोय ।
राष्ट्र संगठित कर सके, जो देश एक मत होय ॥
ऐसा कोई धुरंदर, आ जाये कर्ण धार ।
नैय्या तट कैसे लगे, कोई पकडे ना पतवार ॥
या राजमण्डल देश का, आये हो कर तैयार ।

अधिपत्य स्वीकार कर, दूँ साम्राज्य अधिकार ॥
राष्ट्र गुलामी दूर कर, फिर मेरा हो साम्राज्य ।
महत्वाकांक्षा ना मुझे, मैं कहूं शपथ से आज ॥

वार्ता

यह पत्र मुसलमान धर्म का समर्थक दिल्ली का बादशाह हिन्दुस्तान के हिन्दू धर्मियों को भेज रहा है। सन 1857 के साल में स्वतंत्रता स्वराज स्वदेश और स्वधर्म आदि उद्दात्त शब्दों का कितना यथार्थ बोध हिन्दुस्तान के लोगों को हुआ था। यह उपर्युक्त अद्भुत पत्रों से ज्ञात होता है। मुसलमानों की धर्म भिन्नता देश की एकता में इतनी विलीन हुई देख कर चार्ल्स बाल कहता है ऐसा अनअपेक्षित, आश्चर्यकारी और विलक्षण परिवर्तन विश्व इतिहास में कदाचित ही मिलेगा।

दोहा

यह परिवर्तन विलक्षण, हुआ सीमित प्रदेश ।
इसी लिए तत्काल सफल, हो ना सका उद्देश्य ॥
दिल्ली घेरा सामने, दासता से रण होय ।
भारत से भारत लड़े, और लड़े क्या कोय ॥
एक गोरा दस भारती, नहीं आंगल औकात ।
भारत से ही खा रहा, खुद भारत ही मात ॥
गोरा काली फौज बिन, ना एक कदम बढ़ पांय ।
एक क्षेत्र तो जागता, दूजा गफलत खाय ॥
अगस्त माह के अंत तक, ना खायी गोरों से मार ।
करें अखंड उत्साह से, अंग्रेजों पर प्रहार ॥
तोप खाने की मार से, त्राहि त्राहि मच जाय ।

सर कॉलिन रण बंद कर, पीछे फौज हटाय ॥
सूत्र बद्ध सेना करी, सबको उत्साह देय ।
आगे बढ़ हमला करे, पक्का निश्चय लेय ॥
दृढ साहसी रण पटु, विद्रोही उद्दाम ।
कट कट रण में गिर सकें, हटने का क्या काम ॥
शिक्षित सैनिक साथ में, आठ या दस हज़ार ।
बांये नाना साहब हैं, इत ग्वालियर सेना त्यार ॥
सेनापति है तांत्या, विद्रोहियों के साथ ।
सभी धुरंदर रण पटु, करते दो दो हाथ ॥
काली गोरी मिला कर, सेना पांच हज़ार ।
पैंतीस तोपें साथ में, छह सो अश्व सवार ॥
कुल सेना अंग्रेज पर, सभी पिचहत्तर हज़ार ।
सेनापति इन चीफ था, सर कॉलिन तैयार ॥
तत्त्व निष्ठा कर्त्तव्य बल, जो दे विद्रोहियों को आय ।
जो उपदेशक चाहिए, उनके पास है नांय ॥
अंग्रेज छावनी निकल्शन, जब से गया है आय ।
दिल्ली में अब तभी से, गयी निराशा छाय ॥
वेतन ले फिर मांगते, सिपाही कुछ बदमाश ।
नहीं तो सताएं जाय कर, श्रीमान जो ख़ास ॥
तब बादशाह से पूछ कर, आये बख्त्तर खान ।
सैनिक नागरिक गोल कर, बैठे एक अस्थान ॥
क्या लड़ाई बंद करें, या चालू रखी जाय ।
जैसी इच्छा आपकी, सच्ची दयौ बताय ॥
लड़ाई लड़ाई लड़ाई, गूंजी ध्वनि आकाश ।
जोश दुबारा छ गया, करी जीत की आस ॥

दिल्ली युद्ध
रागनी

एक दल लड़ता देश धरम पर, एक दल था अन्यायी ।
दिल्ली में अब पाप पुण्य की, होती घोर लड़ाई ॥
नीमच और बरेली की, जब दोनों सेना साथ चली ।
अंग्रेजों की सीज ट्रैन पर, करने को आघात चली ॥
साथ नजफगढ़ तक थी दोनों, फिर दाहिने बाएं हाथ चली ।
बख्तर खान की बात ना मानी, बिन देखे हालात चली ॥
अपनी सोची बात चली, करें नीमच दल चतुराई ।
दिल्ली में अब पाप पुण्य की, होती घोर लड़ाई ॥
डेरा दिया जहाँ फौज बरेली, नीमच फौज एक गाँव डटी ।
एक साथ हमला ना करके, दोनों ताकत अलग बंटी ॥
रण निति की अनदेखी से, दोनों की औकात घटी ।
नीमच ब्रिगेड ने रैड करी, नायक आज्ञा से दूर हठी ॥
अपनी गलती से आप पिटी, फिर मार करारी खायी ।
दिल्ली में अब पाप पुण्य की, होती घोर लड़ाई ॥
रुकी गाँव में क्रांति सेना, निकल्शन को समाचार मिला ।
ताजा दम ले फौज निकल्शन, तीव्र घात आधार मिला ॥
असावधान और अस्त व्यस्त, वहां विद्रोही ना त्यार मिला ।
था अंग्रेज का तेज झपट्टा, सोया हुआ शिकार मिला ॥
विद्रोही का अहंकार किला, उसके अहम् ने दिया गिरायी ।
दिल्ली में अब पाप पुण्य की, होती घोर लड़ाई ॥
फिर भी क्रान्ति सेना ने, बड़े अद्भुत ढंग से प्रहार किया ।
कई बार तो अंग्रेजों को, भागने पर लाचार किया ॥
क्यों नायक की करी अवज्ञा, जिसको खुद अधिकार दिया ।

सेना नायक से सेना ने, तोड़ स्वयं ही तार लिया ॥
जब सभी कार बेकार किया, तब कुछ नहीं दिया दिखाई ।
दिल्ली में अब पाप पुण्य की, होती घोर लड़ाई ॥

दोहा

आज तलक की हार से, आंगल हुए निराश ।
विजय मिली पच्चीस को, बंध गयी उनको आस ॥
जून माह से लगा कर, सच्ची विजय मिली आज ।
उत्साहित है अब सभी, दिल्ली हमला काज ॥
बेयर्ड स्मिथ को दे दिया, कमांडर ने आदेश ।
अंतिम हमला हम करें, मैप बना किया पेश ॥
सीज ट्रैन भी आ गयी, ले युद्धक सामान ।
दिल्ली धूल मिलाने का, समय गया है आन ॥
सहायता मिली पंजाब से, गोरे साढ़े तीन हज़ार ।
ढाई हजार हैं काश्मीरी, पांच हज़ार सरदार ॥
राजा आया जींद का, ले कर सैंकड़ों जवान ।
छोटी छोटी बैटरी, अब कर ली निर्माण ॥
नौवें के पूर्वार्ध में, विघातक नीति अपनाय ।
विद्रोहियों के मनों में, दिया आतंक बैठाय ॥
ज्यों अनेक में एक हों, चारदीवारी बाहर ।
अंदर अनुशाशन हीनता, नेता की ना पावर ॥
नेटिव जितने बाहर थे, वो करते कुशल कमाल ।
साथी मरते देख कर, निश्चल थे हर हाल ॥
विद्रोहियों की हो रही, अंदर रेलम पेल ।
सब ही अपने काम को, और पे रहे धकेल ॥

चारदीवारी बहार तो, उत्साह बढ़ता जाय ।
अंदर की तस्वीर अब, और ही रही बताय ॥
अब दोनों हाल का अंत हो, गयी चौदह तारीख आय ।
अब निर्णायक युद्ध को, सभी त्यार हो जाँय ॥
अंग्रेजी सेना के अब, कर दिए चार विभाग ।
तीन द्वार कश्मीर पर, काबुल द्वार एक भाग ॥
निकल्शन के संग चल दिए, सेना के भाग तीन ।
चौथा भाग भी हो गय। मेजर रीढ़ अधीन ॥
छेद करें दीवार में, दोनों ही अस्थान ।
उदय सूर्य होत ही, भित्ति फॉर निशान ॥
अंग्रेजों के शिविर में, कुछ पल किया विराम ।
भीत फोडनी तोप को, अब दिया है थाम ॥
चले निकल्शन साथ में, पार करि दीवार ।
पहले कालम से हुयी, गोलियों की बौछार ॥
खंदक में अंग्रेज की, गिरे धड़ाधड़ लाश ।
मरते मरते आ लगे, कुछ दीवार के पास ॥
दीवार को सीढ़ी लगा, चढ़े वही गिर जाय ।
वो कॉलम कर लिया विजित, दिया बिगुल बजाय ॥
वाटर वेस्टर्न छेद से, करे भयानक मारकाट ।
मरते मारते बढ़ रहे, दी धरनि शवों से पाट ॥
दो नंबर कॉलम में भी, जीत लिया है छेद ।
प्रवेश किया उस छेद से, अंदर बाहर अभेद ॥
भाग जो था तीसरा, कश्मीरी गेट को जाय ।
साल्किंड और होल्म कहे, बारूद से दो उड़ाय ॥
तब ऊपर खिड़कियों से, हो गोली बरसात ।
खंदक पुल टूटा हुआ, क्या बल्ली की औकात ॥

बल्ली पर से ही चलो, मरा एक सार्जेंट ।
चलते चलते मर गया, साल्किंड लेफ्टिनेंट ॥
होम बढ़ा बारूद ले, आखिर पहुंचा जाय ।
तब कश्मीरी द्वार में, दिया बारूद लगाय ॥
चली टोली अब दूसरी, जिसे लगानी आग ।
कॉरपोलर पहले मरा, पर दी चिंगारी दाग ॥
धडाड धडाड धडाड
सेनापति राह देखता, दरवाजा खुल जाय ।
मारा मारी युद्ध की, ना कान परी सुन पाय ॥
फिर भी हम आगे बढ़ें, मन में था विशवास ।
असफल हो सकते नहीं, हम को पूरी आस ॥
ऐसे प्रबल विशवास से, दिया हमला आदेश ।
लड़ते लड़ते पहुँचते, गहरी खायी विशेष ॥
गहरी खाई में पड़े, मरणोन्मुख कुछ वीर ।
मरते-मारते पहुँचते, जहाँ द्वार कश्मीर ॥
टूटा हिस्सा द्वार का, दिल्ली कूदे जाय ।
काम सफल जिनने किया, दो भाग फौज मिल जाय ॥
लक्ष्य पूरा जो कर घुसे, पहले हिस्से तीन ।
नाट्य सफल कर पात्रवो, निकल्शन के आधीन ॥
चौथा कालम है कहाँ, पूछ रहे सब कोय ।
धावा करन गए रीढ़ संग, वो काबुल द्वारे होय ॥
सब्जी मंडी तक चले, वहां क्रान्ति वीर मिल जाँय ।
टक्कर वहां तगड़ी हुयी, दिया मेजर रीढ़ गिराय ॥
नायक गिरा अंग्रेज का, क्रांतिकार बढ़ जाँय ।
तब अंग्रेजी फौज में, हाहा कार मच जाय ॥
हॉप ग्रांट दौड़ा तुरत, अश्व सैन्य के साथ ।

अटल युद्ध होने लगा, हटे विद्रोही कई हाथ ॥
अंग्रेजों ने तोप से, विकट करी यहाँ मार ।
किशन गंज की खिड़कियां, करें गोली बौछार ॥
सूं सूं गोली हिन्द की, आंग्ल रक्त बरसाँय ।
घोड़े अब अंग्रेज के, आगे नां बढ़ पांय ॥
तोपें विद्रोही छीन लें, पीछे नां हटा जाय ।
आंगल अश्व सवार अब, काल को आँख दिखांय ॥
मर मर कर गिरने लगे, हटें ना अश्व सवार ।
भारत उनको मारता, भारत ही खाय पछार ॥
आंगल की औकात क्या ? जो मौत से खेले खेल ।
अटल शूर थे हिन्द के, किया बैरी से मेल ॥
भारत का दुर्भाग्य ये, जो करे शूरता मात ।
युद्ध करैं निज राष्ट्र से, मिल शत्रु के साथ ॥
इत भारत माँ के लाडले, दें इंच इंच पर जान ।
प्राण हैं देश के अन्न से, दें लुटा देश पे प्राण ॥
करें युद्ध हठीले डंट कर के, धन धन क्रांतिकार ।
डगमगा आंगल रहे, खाते खाते मार ॥
मारामारी विकट हो, हमले पे हमला होय ।
ईदगाह चाहें जीतना, पीछे हटे ना कोय ॥
कभी आंगल पीछे हटे, फिर आगे बढ़ जाँय ।
ईदगाह से पिटते हुए, गए तोप आसरे आय ॥
उपर्लिखित अंग्रेज के, चौथे अश्व सवार ।
तोप खाना था साथ में, रोकी उनकी मार ॥
आंगल सैन्य हटने लगी, इतने को धन्यवाद ।
क्रांतिकारी धन्य हैं, देश करेगा याद ॥
जब चौथे भाग का हो रहा, उस जगह मान भंग ।

तब कश्मीरी द्वार से, प्रवेश किये तीन अंग ॥
कूद किया प्रवेश वो, ठहरे थोड़ी देर ।
शहर जीतना अब हमें, चलो बहादुर शेर ॥

वार्ता

इस चौथे भाग का जब ऐसा मान भंग हो रहा था तब अंग्रेज के शहर में घुसे तीन भाग कश्मीरी द्वारे के पास थोड़ी देर ठहर कर शहर पर कब्जा करने कूद चले। केम्पवे जोहन्स और यौद्धा निकल्शन ये तीन सेनापति अपनी निडर सेना को चलो मर्दो इस युद्ध गीत से आवाहन करते हुए काबुल दरवाजे की ओर लड़ते हुए निकले। जो भी तोप के रास्ते में मिले उसे कब्जाते, जो भी टेकरी मिली उसी पर अंग्रेजी झंडा फहराते और मारकाट करते करते ब्रिटिश सेना वर्णवेस्टर्न अस्थान तक आ पहुंची। परन्तु यहां से अब खाली तोपों, बेजान टेकरियों, शूर शून्य रण स्थान पर दीन दीन की भयानक चिंघाड़ सुनाई दी और विद्रोहियों की ओर से हमला हुआ। भयंकर रक्तपात होने लगा, मृत्यु का नाच शुरू हो गया, विजय से उन्मत्त अंग्रेजी सेना हतोत्साहित हो कर पीछे हटी। पीछे हटना देख कर वह हठी वीर निकल्शन बाघ सा झपटा। शूरवीरों को जग में कुछ भी असाध्य नहीं यह जिसका संकल्प था।

दोहा

चल पड़े लड़ते हुए, जित था काबुल द्वार ।
आगे आये तोप के, उसपे करते मार ॥
कब्जाते आगे बढे, जो टेकरी मिल जाए ।
आंगल झंडा गाड़ते, आगे बढे सिहाय ॥
शूर शून्य रण क्षेत्र था, वो खाली मैदान ।
कहीं कोई दिखे नहीं, या टेकरी बेजान ॥

ब्रिटिश सेना आ गयी, वर्ण वेस्टर्न अस्थान ।
दीन दीन चिंघाड़ की, विकट ध्वनि पड़ी कान ॥
तोपों का हमला हुआ, होने लगा रक्तपात ।
अंग्रेजों में हो रहा, मृत्यु का उत्पात ॥
हतोत्साहित हो रहे, पीछे हटते जाँय ।
वीर निकल्शन बाघ सा, अब ललकारा आय ॥
जब तक मन में साहस है, डरा सके ना कोय ।
कमांडर के जोश से, बढ़ी मानसिक लोय ॥
वर्ण वेस्टर्न पर हुआ, जो उसका अपमान ।
चिढ कर घुसता गली में, होने लगा घमासान ॥
दो सो गज की गली में, हुई विकट मार काट ।
जो आंगल आगे बढ़े, गए मौत के घाट ॥
छप्पर खिड़की द्वार से, गोलियों की बरसात ।
हठी निकल्शन भी हटा, जो बड़ी बड़ी कहे बात ॥
मेजर जैकब शूर भी, इस गली ने लिया चबाय ।
एक निकल्शन तू रहा, ये सब सेनापति खाय ॥
स्वतंत्राभिमानी हे गली, गया वीर निकल्शन आय ।
वीर गुफा नरघातिनि, अब सत्यपरक व्हे जाय ॥
करे निकल्शन गली पर, कठिन प्रहार पर प्रहार ।
इतने में बिजली गिरी, भयानक हाहाकार ॥
इसी गली के शूर की, ऐसी चली बन्दूक ।
महारथी अंग्रेज को, गोली लगी अचूक ॥

छंद

कोलाहल होता करुण, आंगल में हाहाकार है ।
नाले भरे नर रक्त के, कट अंग एकाकार है ॥
इस विकट गली कट कट गिरे, हर इंच भट अंग्रेज के ।
हठ से घुसे अभिमान कर, मेहमान मृत्यु सेज के ॥
इस गली ने भेजे बहुत, अंग्रेज यम दरबार है ।
कोलाहल होता करुण, आंगल में हाहाकार है ॥
इस गली के हर इंच में, है कब्र किसी मलेच्छ की ।
प्रतिशोध की कहती कथा, ये व्यथा युग परिप्रेक्ष की ॥
जो भूल जाती पीढ़ियां, फिर फिर के खाती मार हैं ।
कोलाहल होता करुण, आंगल में हाहाकार है ॥

दोहा

उस भयंकर गली से, फिर आंगल हट जाँय ।
मरते गिरते किसी तरह, काबुल द्वारे आय ॥
जामा मस्जिद आ गए, नहीं ठिकाने होश ।
मस्जिद में थे जेहादी, किया विकट रणघोष ॥
कमांडर आंगल साथ में, जख्मी था केम्पबेल ।
पीछे हटने के लिए, बज गयी उनकी बेल्ल ॥
दिल्ली हमला आज का, पहला दिन रहा जाय ।
आंगल कहें भीषण दिवस, ऐसा कभी ना आय ॥
चार भाग थे फौज के, घायल कमांडर तीन ।
छियासठ दिल्ली युद्ध ने, अधिकारी लिए छीन ॥
जवान गिरे मैदान में, एक हजार एक सो चार ।

पहले ना देखी कभी, ऐसी भयानक हार ॥
मृत्यु संख्या है बड़ी, हुयी जनरल विलशन ज्ञात ।
दिल्ली की प्राचीर का, थोड़ा हिस्सा हाथ ॥
भय चिंता मैं डूब कर, आंगल हुए निराश ।
दिल्ली अविजित है अभी, नहीं जीत की आस ॥
जनरल कहे पीछे हटो, दिल्ली छोड़ तत्काल ।
मुट्ठी भर यौद्धा बचे, उनका भी दिल्ली काल ॥
कहता उनसे विकल्शन, पड़ा है अस्पताल ।
कायर बन छोडो नहीं, दिल्ली को हर हाल ॥
कमांडर कहे मरता हुआ, कहे जीवित भी वही बात ।
विजित भाग बैठे पकड़, चौदह सितम्बर रात ॥
विद्रोहियों के शिविर में, ऐसी हलचल होय ।
न्यारी न्यारी सब कहें, एक मता ना कोय ॥
अंग्रेजों में मतान्तर, चाहे रहो अनेक ।
बहुमत का सम्मान कर, सभी एक के एक ॥
क्रांतिकारी सैनिकों में, इसका बहुत अभाव ।
अलग दिशा पतवार दो, तो डगमग डोले नाव ॥
कुछ कहें दिल्ली मत घिरो, लड़ो बाहर झपट्टा मार ।
कुछ कहें दिल्ली रक्षा करो, दिल्ली छोड़ें हार ॥
कुछ गए दिल्ली छोड़ कर, कुछ रहे दिल्ली बीच ।
इस दिल्ली की हर गली, आंगल रक्त की कीच ॥
पंद्रह से चौबीस तक, किया शत्रु संघर्ष ।
देश धर्म पर प्राण दें, किया जीवन उत्कर्ष ॥
हार जीत जीवन मरण, इनसे ऊपर होय ।
करें लड़ाई अटल मति, अमृत भाव समोय ॥

वार्ता

पंद्रह सितम्बर से चौबीस सितम्बर तक रहने वाले पक्ष ने युद्ध किया। वह भी इतने निश्चय शौर्य और दृढ़ता से कि मस्जिद और राजमहल जब अंग्रेज सेना घुस रही थी तब उस सारी सेना के सामने एक एक रखवाला ही खड़ा मिला। अंग्रेज पास आते ही वह धैर्य से बन्दूक तानता और बिलकुल निशाने पर आते ही शत्रु पर गोली चलाता और स्वदेश के लिए यह जीवित अवस्था की अंतिम सेवा कर स्वयं मृत्यु की सेवा में हाजिर हो जाता। अंग्रेजी इतिहासकार लिखते हैं जिस समय महल में अंग्रेज सेना घुसने लगी उस समय यहां कुछ जेहादी लोग खड़े हुए दिखाई दिए वे पंक्ति में नहीं थे क्यूंकि वे पंक्ति बनाते उतनी उनकी संख्या ही नहीं थी। तथापि जिस शत्रु से आज तीन माह तक बड़ी दृढ़ता से जिन्होंने संघर्ष किया उन फिरंगियों से उनकी शत्रुता जीवन के अंतिम क्षणों तक भी ढीली नहीं पड़ी थी। यह सिद्ध करने के लिए वह सिपाही विजय की रत्ती भर भी परवाह किये बिना अद्भुत वीर लोग हमें चिढ़ाते अचल खड़े रहे थे।

दोहा

तीन भाग दिल्ली गयी, अंग्रेजों के हाथ ।
बख्तर खान इन चीफ करे, बादशाह से बात ॥
दिल्ली गयी निज हाथ से, ना गयी विजय की आस ।
बंद व्रत से निकल कर, हम करें शत्रु नाश ॥
अदम्य वीर लें साथ में, जो मरने तक त्यार ।
जिनने क्रांति व्रत ले, उठा रखी तलवार ॥
दिल्ली में लड़ते हुए, जाना खुले प्रदेश ।
चलो आप भी साथ में, मेरा यह सन्देश ॥
झंडा ले स्वराज का, आएं देश के काम ।
जीवित युद्ध स्वराज को, मरे अमर हो नाम ॥
अकबर हुमायूं का नूर जो, वृद्ध मुगलमय होय ।

वीर निमंत्रण मानता, यश नहीं देता खोय ॥
राज विलास से मति गयी, बुढ़ापे से बल हीन ।
छुपना ना पड़ता कबर में, ना हो रिपु सन्मुख दीन ॥
इलाही बक्श दगाबाज था, दिया जंगल समाचार ।
कैप्टन डगलस पकड़ता, सूचना के आधार ॥
जीवन दान का वचन ले, किया समर्पण आय ।
कठिन कैद में कर दिया, बादशाह पकड़ा जाय ॥
इलाही बक्श मुंशी रजब, कुत्ते थे दगाबाज ।
हुमायूं मकबरे में छुपे, शहजादे महाराज ॥
फिर हडसन दौड़ा गया, शहजादे किये कैद ।
इस्त्री बच्चे जो वधै, उन्हें मारना वैध ॥
खींचे गाडी से तले, कपडे लिए उतार ।
तीन शहजादे गोलियों से, दिए शरणागत मार ॥
वंश वृक्ष तैमूर के, दिए अंतिम पत्ते तोड़ ।
फेंकी लाश मैदान में, फिर गिद्धों की होड़ ॥
सड़े शवों को खींच कर, दिया नदी में फेंक ।
दफनाने शाह बंश में, बचा न कोई एक ॥
कालचक्र तेरे हैं ये, कैसे कैसे खेल ।
युग धर्मों के साथ तू, सभी जगत रहा ठेल ॥
फिर दिल्ली में भयानक, क़त्ल हुआ और लूट ।
गिद्ध मरे को नोचते, यहां जिन्दा खाने की छूट ॥
नर नारी कोमल शिशु, कुचले आंगल बूट ।
सारी दिल्ली नोच ली, बची ना कोई कूट ॥
दिल्ली घेरा टूटते, बहुत बुरा किया हाल ।
सरे आम बदला लिया, घर घर बन कर काल ॥
हृदय द्रावक ढंग से, खून बहा दिन रात ।
मार काट अग्नि ज्वलन, किया नादिर को मात ॥
काली गोरी मिला कर, फौज थी दस हज़ार ।

जिनमे घायल अलग थे, मरे सहस्त्र चार ॥
क्रीमियन युद्ध प्रचंड में, इतने मरे ना लोग ।
देश मार खाये मांस को, लन्दन का उद्योग ॥
विद्रोही कितने मरे, इसका नहीं हिसाब ।
गिनती करें अंग्रेज की, उनकी लिखी किताब ॥
फिर भी छह हजार तक, दिल्ली भेंट चढ़ जांय ।
गोरों के लिए जो मरे, पिण्डाधिकारी नांय ॥
देश धरम के हेत रण, दिन एक सौ चौंतीस ।
रात दिना संघर्षरत, दिल्ली विशवे बीस ॥

वीर नहर सिंह का शेष भाग

दोहा

दिल्ली में आंगल घुसे, क्रान्तिकार गए बाहर ।
बची सैन्य ले साथ में, लौटे वापिस नाहर ॥
निज महलों में आ गए, ले चिंता आक्रोश ।
फूटे भारत भाग्य का, किसको दें अब दोष ॥

छंद

हार नहीं है स्वीकार हमको, मन मैं बबूले उछल रहे हैं ।
बुझेगी ये आग शत्रु लहू से, जिस आग में आज हम जल रहे हैं ॥
है खून जिस का मेरी रगों में, अपमान उसका होने ना दूंगा ।
कर दूंगा अपना प्राण न्योछावर, जीते जी यूँ सम्मान खोने ना दूंगा ॥
खड़ी पांचाली खुले केश ले कर, भीम के अरमाँ मचल रहे हैं ।

बुझेगी ये आग शत्रु लहू से, जिस आग में आज हम जल रहे हैं ॥
पड़ी है समय की ये चाल कैसी, हमारा ही खंजर हम पर चलाया ।
भारत के शकुनि ही शत्रु से मिल कर, भारत का सीना ही छलनी बनाया ॥
धिक्कार हम को जो ना लें बदला, जो आंसू माँ के निकल रहे हैं ।
बुझेगी ये आग शत्रु लहू से, जिस आग में आज हम जल रहे हैं ॥
हे मात्र भूमि जीवन है तेरा, जीवन को तुझ पर लुटाते रहेंगे ।
सो बार मर कर जनम तू ही देना, स्वतंत्र तुझ को करा के रहेंगे ॥
हे वीरो सर पे कफ़न बाँध लो तुम, नाहक हथेली क्यों मल रहे हैं ।
बुझेगी ये आग शत्रु लहू से, जिस आग में आज हम जल रहे हैं ॥
धधकती हृदय में, प्रचंड ज्वाला, बैरी को एक दिन जला कर रहेंगे ।
रौंदा है ठोकर से, पावन धरा को,तुझ को भी उस में मिला कर रहेंगे ॥
अरमान पूरन होंगे कभी तो, तेरे मन में जो पल रहे हैं ।
बुझेगी ये आग शत्रु लहू से, जिस आग में आज हम जल रहे हैं ॥

वार्ता

आज बल्लबगढ़ के राजमहलों में, मौन उदासी छायी हुई है। क्रोध विवशता और अपमान का भारी दंश है जो मन को कचोटता है। भारत की दुर्दशा से हृदय चीत्कार कर रहा है। परन्तु बाहर से सब मौन अंदर के तूफ़ान को दबाये हुए हैं और अंतर के असहय कोलाहल के कारण महाराजा नाहर सिंह महलों में टहल रहे हैं। और अब दिल्ली की और चलते हैं।

दोहा

दिल्ली का बह गया रक्त, अब दिल्ली हुई निढाल ।
निर्दोषों को मार कर, भरे रक्त के ताल ॥
क्रांतिकारी जो बचे, क्रांति ध्वजा उठाय ।
अटल प्रतिज्ञा मरण तक, न तेग म्यान में जाय ॥
क्रान्तिकार बहार हुए, नाहर महलों बीच ।
लें सीढ़ी टक्कर नाहर से, डरते आंगल नीच ॥
तब कायर अंग्रेज ने, चली कपट की चाल ।
बल से ना छल से सही, सिंह फंसा लो जाल ॥
उर्दू भाषा में तभी, चिट्ठी दी लिखवाय ।
मोहर लगा बादशाह की, चतुर दूत बुलवाय ॥
घुड़सवार दो दूत बन, झंडा श्वेत उठाय ।
बादशाह की ओर से, चिट्ठी दी भिजवाय ॥
देख कर आंगल दूत को, मुख्य द्वार सरदार ।
रोका उनको दूर ही, हाथ मूठ तलवार ॥
विनय भाव प्रणाम कर, झंडा श्वेत दिखाय ।
चिट्ठी दें महाराज को, दो सूचना जाय ॥
आज्ञा ले महाराज से, दिए अंदर भेज ।
जाय सलामी ठोक के, राजा को अंग्रेज ॥
पूछा जब महाराज ने, चिट्ठी दी पकड़ाय ।
शांति का सन्देश लें, दिल्ली से रहे आय ॥

कविता

कंपनी बहादुर साहब और, बादशाह मोहम्मद जफ़र ।
संधि वार्ता के लिए, रहे दिल्ली में बैठक वो कर ॥
महाराज को भी इस लिए, दिल्ली में बुलाया है ।
पैगाम हमने दोस्ती का, आप को सुनाया है ॥
आज्ञा मिले श्रीमान की, हमको भी जाना लौट कर ।
संधि वार्ता के लिए, रहे दिल्ली में बैठक वो कर ॥
चल दिए अंग्रेज दे, महाराज को आमंत्रण ।
पूछते महाराज मन के, तूफ़ान पर कर नियंत्रण ॥
बोले सभासद ये निमंत्रण, मन को रहा संदेह से भर ।
संधि वार्ता के लिए, रहे दिल्ली में बैठक वो कर ॥
महाराज का जाना जरूरी, तो जाइये लश्कर के संग ।
बिगड़े हुए हैं आज कल, इस वक्त के रंग ओर ढंग ॥
फिर किसी तूफ़ान का, ना रहेगा कश्ती को डर ।
संधि वार्ता के लिए, रहे दिल्ली में बैठक वो कर ॥
ले पांच सो घुड़सवार योद्धा, चल दिए ले कर विदा ।
चले चक्र उलटा काल का, अनजान है मानव सदा ॥
क्या पता इस जिंदगी का, कब हो जाये अंतिम सफर ।
संधि वार्ता के लिए, रहे दिल्ली में बैठक वो कर ॥

दोहा

नाहर का छोटा सा दल, दिल्ली पहुंचा जाय ।
आंगल तोपें ओट में, बैठे घात लगाय ॥
जाल बिछा तीनों तरफ, खुला है स्वागत द्वार ।
आंगल ने किया वेलकम, तोप तान कर त्यार ॥
फंस गए नाहर बीच में, घेरा सैन्य विशाल ।
बिगड़ी का क्या मोल है, पड़ी समय की चाल ॥
बंदी कर सेना सहित, दिए काल कोठरी डाल ।
सता सता कर पांच सो, कर दिए जवान हलाल ॥
हे बलिदानी वीर तुम, हुए जिनके लिए बलिदान ।
नाम ना जानें आप का, ऐतिहासिक छल जान ॥
धन धन वीर हुतात्मा, कर गए अतुलित काम ।
दें कथा पुष्प श्रद्धांजलि, सत सत करून प्रणाम ॥

रागनी

आज मलेच्छ के कपट जाल में, फंस गए नाहर वीर ।
कठिन कैद में डाल खींच दी, बेड़ी और जंजीर ॥
आंगल सत्ता ने राजा को, फांसी हुक्म सुनाया ।
एक विलक्षण भाव से सुन कर, नाहर सिंह मुस्काया ॥
जिस धरती पर जनम लिया है, आये इसके काम शरीर ।
आज मलेच्छ के कपट जाल में, फंस गए नाहर वीर ॥
कर्नल हडसन की नाहर से, जान पहचान पुरानी थी ।
जेल में आ कर नेक सलाह दी, नहीं वीर ने मानी थी ॥
माफ़ी मांग कर जान बचा लो, नहीं मानता धीर ।

आज मलेच्छ के कपट जाल में, फंस गए नाहर वीर ॥
मरना अटल सत्य दुनिया में, फिर क्यों शीश झुकाऊं ।
पूर्वजों की धवल कीर्ति, मैं क्यों दाग लगाऊं ॥
वो मृत्युंजय खींच गया, वीरता की अमित लकीर ।
आज मलेच्छ के कपट जाल में, फंस गए नाहर वीर ॥
फांसी दे दी चांदनी चौक में, नो जनवरी अट्ठावन को ।
जन्मेंगे और नाहर मारने, इंग्लिश्तानी रावण को ॥
पैंतीस की उम्र बलिदान हुए, पर जाने ना दयी जमीर ।
आज मलेच्छ के कपट जाल में, फंस गए नाहर वीर ॥

दोहा

दिल्ली का लंबा चला, अदम्य साहस अभियान ।
सबसे पहले हटा दिया, दासता भरा निशान ॥
राष्ट्र एकता का किया, जिसने प्रथमोच्चार ।
देश धर्म के हेत ली हाथों में तलवार ॥

वार्ता

विशेष कर असल फिरंगी तलवारों की तुलना में अपनी ही कम असल देषजों की तलवारें अपनों के प्राण लेने दिल्ली पर टूट पड़ती थी। इन सारे संकटों की परवाह ना करते हुए रणभूमि पर देश वीरों और धर्म वीरों की भांति अचल मृत्यु का वरन करते हुए लोग दिल्ली के घेरे का इतिहास निष्फल नहीं होने देने के लिए उन हाथों घटित घटना देश और भावी पीढ़ियों के लिए अभिमान का विषय होगा । उन सत्कृत्यों की पंक्ति में एक अद्भुत तत्व निष्ठा का तेज स्वधर्म अभिमान का तेज स्वदेश, स्वतंत्रता का तेज झिलमिलाता होने से वे दोनों ही

कृत्य नैतिक उदाहरण के मूर्त व्याख्यान हैं। हे दिल्ली तू गिरी इस में कोई लज्जा नहीं क्यूंकि तू स्वराज के लिए, स्वधर्म के लिए, स्वदेश के लिए लड़ी थी।

अतः दन्त छेदोही नगानां शलाध्यो गिरिवरदारनेह।

पर्वत से जूझते हुए चूर्ण हुआ दांत ही गज श्रेष्ठ के लिए होता है।

कविता

महान आर्यभूमि, भारत देश की पावन धरा ।
अद्‌भुत है उस अरूप का, ये रूप है कैसा खरा ॥
समाधियों में ज्ञान की, सीमाओं से जाकर परे ।
सृष्टि के रहस्य खोलकर, संसार के आगे धरे ॥
भारत के पूर्व ऋषियों ने, अवतरण किया वेद को ।
जानकर जड़ जगत् और, अनन्त चेतन भेद को ॥
हमने ही अस्तित्त्व की, समझी थी वो वाणी परा ।
अद्भुत है उस अरूप की, ये रूप है कैसा खरा ॥
भारत का दर्शन पूर्ण है, सकुचित हैं और दृष्टियां ।
इस ज्ञान के आलोक में, सजती जगत की सृष्टीयां ॥
गौतम, कपिल, कणाद, व्यास, जैमिनी, पतंन्जली ।
ज्ञान की मशाल, महा मानवों की जब जली ॥
दिग दिगन्त दिप उठे, निहाल हुई वसुंधरा ।
अद्भुत है उस अरूप का, ये रूप है कैसा खरा ॥
हर दम रहे अक्षुन्य, पुन्यभूमी की पवित्रता ।
हो न जायें भंग इस की, नैसर्गिक विचित्रता ॥
भारत के अमृत पुत्र जाग, जाग तू क्यों सो गया ।
पश्चिम के अन्य तमस के, विलास में क्यों खो गया ॥
फिर यज्ञ के विज्ञान की, जागृत कर परंपरा ।

अद्‌भुत है उस अरूप का, रूप है कैसा खरा ॥
धर्म बिन विषतुल्य विद्या, विद्या बिन क्या भव्यता ।
परिवार क्या संस्कार बिन, संस्कार से है सभ्यता ॥
प्रज्ञा जगा फिर वेद की, इस राष्ट्र को जाग्रत कर ।
विधर्मियों के जाल से, इतिहास को उद्धृत कर ॥
तुम सियार नही सिंह हो, संतान से कह दो जरा ।
अद्‌भुत है उस अरूप का, रूप है कैसा खरा ॥

लखनऊ प्रकरण

दोहा

लखनऊ लंगड़ा कर दिया, कहे चलना सीधी चाल ।
आंगल हंटर मारता, कटी नवाबी ढाल ॥
कोने कोने घुस गई, अंग्रेजी सरकार ।
रेजिडेंसी घेरकर दी, विद्रोहियों ने मार ॥
कड़ी मार से रो रहे, हेनरी धीरज देय ।
पुनर्विज्य कैसे मिले, मन में निर्णय लेय ॥
मिले अवध का राज्य फिर, मन में करे विचार ।
800 नेटिव पास में, गोरे एक हजार ॥
काले गोरे कृश्चयन, जो कुल तीन हजार ।
रेजिडेंसी पींजरा, चारों और दीवार ॥
रेजिडेंसी घुसे प्रथम, चिन्हट बाजी हार ।
सभी चीज कमजोर थी, जगह कोर्ट दीवार ॥
कमजोरी का लाभ ले, जो बढ़ते क्रांतीकार ।
बनी नहीं तब एकता, हो गये आंगल त्यार ॥
दो हफ्ते में कर लिया, आँगल उचित प्रबन्ध ।

संरक्षण की दृष्टि से, रही ना कोई संध ॥
चिन्हट हार अंग्रेज की, जीते क्रांतीकार ।
तभी अवध मे गिर गई, अंग्रेजी सरकार ॥
सैनिक राजा नागरिक, मिलकर किया विचार ।
सर्वसम्मति से दिया, वाजिद को अधिकार ॥
वर्जिश कादर अल्प वय, वाजिद शाह अतिवृद्ध ।
बेगम हजरत महल ही, राज काज सन्नद्ध ॥
बेगम हजरत यद्यपि, झाँसी रानी नांय ।
कर्मठ और वीरांगना, स्वतन्त्र प्रिय अधिकाय ॥
भिन्न-भिन्न स्थान से, जो आए सरदार ।
लखनऊ की स्वतन्त्रता, करने को साकार ॥
यथायोग्य पद दे दिया, बाँटे सभी विभाग ।
न्याय पुलिस लश्कर सभी, दुरुस्त किये सब भाग ॥
मन्डलीक भी बुला लिये, रोज सजै दरबार ।
राजनीतिक पहलुओं पर, हो बारीक विचार ॥
अल्पायु निज पुत्र के, नाम से करे सब काज ।
बेगम हजरत महल ने, किया व्यवस्थित राज ॥
अवध राज्य स्वतन्त्र हुवा, ना आँगल लवलेस ।
राज की मोहर लगाय कर, भेज दिया संदेश ॥
अब ऐसा लगने लगा, गई स्थिरता आय ।
राजनैतिक संगठन बना, छूटी सभी बलाय ॥
शस्त्र शुद्धता युद्ध में, थी जिनकी निर्दोष ।
राजव्यवस्था काज में, वे उतने ही बेहोश ॥
राज विदेशी पलटकर, जो मन में मद होय ।
वो ही मद स्वराज में, भारी दुर्गुन होय ॥
करती है ज्यों क्रांती, अन्याय का उच्छेद ।
वही व्यवस्थित राज में, कर देती है छेद ॥

पर निर्मित अधिकार का, करता जाय निपात ।
स्वनिर्मित स्वराज्य के, करना पक्के हाथ ॥
जो शासन परकीय का, दोनों हाथ उखाड़ ।
जो खेती स्वराज्य की, ना उपजे कंकड़ झाड़ ॥
अन्दर हाथ लगाय कर, बाहर लगाये मार ।
गढ़ता सुन्दर विधि से, जैसे मांट कुम्हार ॥
प्रथम क्रांती भाग जो, सराहनीय उद्दात ।
दूजे भाग इस दोष से, खुद खा बैठे मात ॥
प्रथम भाग सुन्दर सजा, नकली मनुष्य ना कोय ।
परंपरागत नियम से, वो ही अधिकारी होय ॥
लोकसम्मत अधिकार से, दिये राजपुरुष बिठाय ।
राजसिंहासन पूर्ववत, ना स्वार्थ भाव दिखाय ॥
क्रांतियुद्ध अपयस नहीं, हम सभी तरह तैयार ।
निर्दोष राज हम बिन चले, तो हम छोड़े अधिकार ॥
राजव्यवस्था में जो है, अतियन्त प्रमुख भाग ।
सैन्यशक्ती सम्पन्न नर, बन जाते हैं नाग ॥
और के बन्धन तोड़कर, ना स्व बन्धन स्वीकार ।
उनसे तो स्वराज भी, जाय अन्त में हार ॥
क्रांती की इस भीड़ में, किया अनुशासन भंग ।
स्वनियुक्त अधिकार का, सभी उतारा रंग ॥
निष्ठा जो सिद्धांत की, उसका ही अपमान ।
शुद्ध क्रांति युद्ध का, अराजकता अवसान ॥
क्रांति पक्ष के शिविर में, भर गए व्यर्थ के लोग ।
लगा उन्हीं के कारणे, अपज्यता का रोग ॥
इनमें पावन पुरुष जो, सूर स्वार्थ हीन ।
युद्ध लड़े मैदान में, वो नर सम्वत तीन ॥
ऐसे लोग भरती हुए, जिनका स्वच्छन्द व्यवहार ।

बे मुरव्वत अधिक थे, बेगम के दरबार ॥
दूसरे वर्ग के शूर कम, पर ज्यादा प्रभाव ।
उनके प्राकृतिक तेज का, सभी मानते दाँव ॥
उनका आग्रह मानकर, सभी हुए तैयार ।
20 जुलाई रेजिडेंसी, करी तोप से मार ॥
प्रातकाल जब गर्जती, बन्द तोप जब होय ।
बारूद फटी दीवार में, विकट धमाका होय ॥

कविता

बारूद के विस्फोट से हुआ, घोर शब्द डोली मही ।
फिर तोप की गड़गड़ाहटों से, चकित कुछ सूझा नहीं ॥
फिर उछलकर किया आक्रमण, अंग्रेज पर सब ओर से ।
क्रांतिकार ने ललकार कर की, मार उन पर जोर से ॥
होकर निडर दुश्मन के घर, चढ़ तोप काबू कर सही ।
फिर तोप की गड़गड़ाहटों से, चकित कुछ सूझा नहीं ॥
झंडा उठा स्वराज का, वीरों ने खन्दक पार की ।
साहस विलक्षण करके की, करामात फिर तलवार की ॥
धिक्कार करके दुश्मनों को, धार लोहू की बही ।
फिर तोप की गड़गड़ाहटों से, चकित कुछ सूझा नहीं ॥
गोलियों की बरसात में, सीढ़ी लगा चढ़ते रहे ।
रक्तरंजित हाथ में ले, क्रांतिध्वज बढ़ते रहे ॥
ऐसी विलक्षण वीरता, मृत्यु चकित होती रही ।
फिर तोप की गड़गड़ाहटों से, चकित कुछ सूझा नहीं ॥
हे जन्मभूमि तेरा ऋण, दे प्राण अब चुकता किया ।
बलिदान से नई पीढ़ियों का, ज्ञान भी पुख्ता किया ॥

कहकर चले निज राष्ट्र से, कितनी ही बातें अनकही ।
फिर तोप की गड़गड़ाहटों से, चकित कुछ सूझा नहीं ॥

दोहा

अंग्रेजों की तोप पर, उछल वीर चढ़ जाय ।
क्रांतीध्वज ऊंचा किये, खंदक छलाँग लगाय ॥
खन्दक पार कर तुरत ही, झंडा गाड़ा जाय ।
इतने मे गोली लगी, अंग्रेजों की आय ॥
कच्चे वीर पीछे हटे, पक्के आगे आय ।
धन्य लगा सीढ़ी दई, तब खन्दक मे जाय ॥
सीढ़ी चढ़ते फटाफट, हो गोली बरसात ।
एक गिरा दूजा गिरा, दे तीजा काल को मात ॥
पहला हमला तेज कर, लौटकर आये अन्त ।
विद्रोही करे रोज की, छोटी बड़ी भिड़न्त ॥
रेजीडेंसी के घरों को, दे बारूद लगाय ।
ऊपर गोला तोप का, नीचे आग भैराय ॥
ब्रिगेडियर इन्नेस की, कही बात अनुसार ।
विद्रोही बारूद को, लगाया 36 बार ॥
क्रांतीकारी तोप भी, करती अखंड मार ।
छिपी जगह से गोलियाँ, हो सीने के पार ॥
एक दूजे के शिविर से, रात जासूसी होय ।
पटक पछारी रात में, दाब न बख्शे कोय ॥
अंग्रेजों की ध्वजा पर, गोला देते फेंक ।
मनोरंजन विद्रोहियों का, होय रात में नैंक ॥
झन्डा गिरे अंग्रेज का, जिद से और चढ़ाय ।
रण के इस उपहास से, रणांगन हंसिजाय ॥

देख सिखों की शूरता, रण के हँसे पिशाच ।
नमकहरामी देश से, गिरो नरक की आँच ॥
माँ के सीने मारते, अंग्रेजी तलवार ।
कर दीया माँ बाप को, शर्मिंदा धिक्कार ॥
बन्दूक बाज अचूक एक, विद्रोहियों के पास ।
भूतपूर्व नवाब का, अफ्रीकन था खास ॥
ओथेलो अंग्रेज कहें, खोजा उसका नाम ।
करै मार अंग्रेज की, रात दिना यह काम ॥
उसके अचूक निशान से, चटपट मरें अंग्रेज ।
बहुत आँगल उस वीर ने, दिये अदम को भेज ॥
जोहान्स के घर बैठकर, गोली दागे रोज ।
रणचन्डी को लगाता, खून मास का भोज ॥
सर हेनरी लारेंस के, मर जाने के बाद ।
मेजर बैंक्स ने चार्ज ले, अंग्रेजी मरयाद ॥
ये भी जब मारा गया, विद्रोहियों के हाथ ।
ब्रिगेडियर इगलिस लिया, सभी चार्ज एकसाथ ॥
अंगद आया लौटकर, कानपुर से आहूत ।
आँगल सैनिक पूर्व में, अब पेंशनभोगी दूत ॥
लखनऊ का घेरा पड़ा, सम्भव ना समाचार ।
कई काले अंग्रेज भी, दिये विद्रोही ने मार ॥
बचकर लौटा एक यही, ले मौखिक समाचार ।
चली कानपुर से कुमुक, हो लखनऊ को त्यार ॥
आनंदित अंग्रेज ने, कही अंगद से बात ।
लिखित उत्तर हैवलाक का, ले आ हाथोंहाथ ॥
22 को गया कानपुर, 25 को गया आय ।
लिखित उत्तर हैवलाक का, सबको दिया दिखाय ॥
सबल सैन्य ले साथ में, आता है हैवलाक ।

मुक्त करूं छह रोज मैं, करता पक्का वाक ॥
लखनऊ नक्शा लशकरी, देकर उसके हाथ ।
सभी सूचना मिल सकें, ले जा अपने साथ ॥
अब सभी हैवलाक का, करते है इंतजार ।
गड़गड़ाहट तोप की, होय दूर से मार ॥
तोपों की आवाज को, सुनते देकर ध्यान ।
ये तो है विद्रोही का, सबल सैन्य अभियान ॥
कानपुर बैटरी जोहान्स घर, और कोठी बेराम ।
विद्रोही करै सभी जगह, कड़ी मार अविराम ॥
सुरंग बारूदी लगा दी, परकोटे में आय ।
अब भारी विस्फोट से, रास्ता दिया बनाय ॥
दोपहर के दो बजे तक, साहसी क्रांतीकार ।
करी लड़ाई जोर की, नेटिव अड़े जुझार ॥
झपट-झपट लड़ते रहे, बजे शाम के पाँच ।
लटक सूर्य देखते, रणचन्डी का नाच ॥
क्रोधित यम चलें दौड़कर, रोक सकै ना कोय ।
जो रोकै धरनी गिरै, लेय जिन्दगी खोय ॥
अंग्रेजों ने देखकर, ली संगीन चढ़ाय ।
चढ़ परकोटे छीन ली, बैनट हाथ दबाय ॥
दुश्मन को धिक्कार कर, दिया गर्द मिलाय ।
फिर गोली उस वीर के, सीने में लगी आय ॥
जितनी बची स्वदेश की, उतनी बचाई लाज ।
भारत ऐसे वीरों को, क्यों भूला है आज ॥
समरांगन मे शत्रु भी, उँगली दाँत दबाय ।
दिखा वीरता विलक्षण, ली रक्त समाधि लगाय ॥
वह गिरा दूजा गिरा, तीसरा भी गिर जाय ।
छीने शस्तर काल से, रूद्र तेज दिखलाय ॥

भारत माँ तेरी गोद में, जो ऐसे हों वीर ।
कुछ पैदा बेलाज भी, न्यौ बिगड़ी तकदीर ॥
ऐसे अद्भुत वीर जो, सृष्टी के सरताज ।
लन्दन म्यूजियम हाल में, चित्र लगे हैं आज ॥
भूल गया उन्हें हिन्द तो, पर ना भूला संसार ।
श्रद्धा से करते नमन, आँगल इतिहासकार ॥

रागनी राधेश्याम

18 को फिर विद्रोहियों ने, अंग्रेजों पर प्रहार किया ।
लगा बारूदी सुरंग तोड़, दीवार में रास्ता तैयार किया ॥
शूरवीर ने आगे बढकर, और सबका आह्वान किया ।
गोली लगी वक्ष में सबसे, पहले ही बलिदान किया ॥
तुरत चला एक ओर कूदकर, उसने भी घमासान किया ।
घुमा रहा तलवार तभी एक, गोली ने उसका प्राण लिया ॥
तीजे ने भी ठान लिया, रिपु हटने पर लाचार किया ।
लगा बारूदी सुरंग तोड़, दीवार में रास्ता तैयार किया ॥
धन धन अद्भुत वीर तीसरा, मरण देख वो नहीं रुका ।
भाँज रहा तलवार मार कर, उनका बदला लिया चुका ॥
करता मारामार करारी, भारी दल में नहीं झुका ।
धन्य तू जिसका लाल, काल को रण में आँखें रहा दिखा ॥
प्रण राष्ट्र का दिया चुका, रण मे शत्रू शर्मसार किया ।
लगा बारूदी सुरंग तोड़, दीवार में रास्ता तैयार किया ॥
गिरा तीसरा वीर हठीला, विद्रोहियों को हटक लगी ।
करता आत्मदान वही, जिसको दासता की खटक लगी ॥
सो जाता जो राष्ट्र नींद में, स्वाधीनता को पटक लगी ।

सोते का करे शिकार मलेच्छ को, खून मास की लटक लगी ॥
राष्ट्र जगा तब झटक लगी, दुश्मन का तब प्रतिकार किया ।
लगा बारूदी सुरंग तोड़, दीवार में रास्ता तैयार किया ॥
रुके नहीं बढ़ने से वो, दो-चार मार गिर जाते थे ।
हठ से घुसते भारत के भट, फिर शत्रुओं से घिर जाते थे ॥
कइयो से घिरकर के भी, वो तलवार के हाथ दिखाते थे ।
फिरकी बनकर बिजली की तरह, कई-कई को धूल चटाते थे ॥
वो ऐसी धूम मचाते थे, रण मे शत्रू धिक्कार किया ।
लगा बारूदी सुरंग तोड़, दीवार में रास्ता तैयार किया ॥

दोहा

अंग्रेजों पर पड़ रही, लगातार की मार ।
विद्रोहियों की मार से, हुए रिपु लाचार ॥
राजनिष्ठ नेटिवों की, सहायता उनके पास ।
टिकना अब मुश्किल हुआ, मन मे हुए हताश ॥
इतने में अंगद दूत फिर, लखनऊ गया है आय ।
पहुँचेगा हैवलाक कब, कागज दिया पकड़ाय ॥
और लगभग 25 दिन, नहीं आये हैवलाक ।
आशा में निराशा हुई, आँगल हुए निर्वाक ॥
बदले आस निराश में, ऐसा विष ना कोय ।
दवा बिना रोगी मरे, फेर वैद्य क्या होय ॥
असक्त नारि योध्दा थके, रोगी मरणासन्न ।
बेबस मुखिया क्या करे, थोड़ा-सा रहा अन्न ॥
आधे पेट भोजन मिले, हुआ यही आदेश ।
मृत्यु की छाया पड़ी, झेले अती कलेश ॥

लखनऊ हुए बन्द जो, उन्हें मुक्त करूं जाय ।
29 को हैवलाक भी, गंगा पार हुआ आय ॥
तेरह तोपें साथ में, सैनिक डेढ़ हजार ।
पाँच-छह दिन में मुक्त करूँ, तुम भी रहना त्यार ॥
आश्वस्ति का पत्र भी, उसने दिया भिजवाय ।
रखते ही पैर अवध में, परण ओस है जाय ॥
अवध राह काँटों भरी, इंच इंच विद्रोह ।
अंगारे हर जगह पर, मन का मिटा विमोह ॥
सेना 500, 700, योद्धा हर जमीदार ।
दास्य विमोचन के लिए, सभी युद्ध को त्यार ॥
देख भयानक स्थिति, चकित हुआ हेवलॉक ।
मन पत्थर का कर लिया, कूच करन की ताक ॥
पहली टक्कर उन्नाव में, विद्रोहियों से होय ।
टक्कर दे आगे गये, फिर ना दीखा कोय ॥
सैनिक सब लड़ कर थके, दिया भोजन अवकाश ।
भोजन कर चल दिये तुरत, कर आगे आभास ॥
29 को दो युद्ध कर, दोनो में की जीत ।
जीत है महँगी हार से, अजब युद्ध की रीत ॥
विद्रोही मरा एक ना, मेरी फौज मरी छठा भाग ।
फूक हमें ये दूर हो, कैसी है ये आग ॥
अंग्रेजों को मार कर, होते तुरत अलोप ।
छापामारी युद्ध से, आँगल पर किया कोप ॥
विद्रोही कम खर्च में, नाक में दम कर जाय ।
एक टक्कर में शत्रु अब, बहुत खेत रह जाँय ॥
दानापुर विद्रोह का, आया जो समाचार ।
हैवलाक करने लगा मन में सोच विचार ॥

भयानक स्थिति देखकर, वो पीछे हट जाय ।
कानपुर से आँगल गया, नाना तुरत आ जाय ॥
हैवलाक को मिल गया, नाना का समाचार ।
नाना कानपुर कर रहे, नई सेना तैयार ॥
नाना के लश्करी दाँव से, हैवलाक डर जाय ।
मंगलबड पर 4 तक, हैवलाक बंध जाय ॥
पाँच छः दिन में लखनऊ, आकर दऊँ हराय ।
अब वो खुद ही हार कर, गंगा तट आ जाय ॥
इतने मे विद्रोही फिर, बशीरगंज छोड़ आय ।
उनके इस व्यवहार से, हैवलाक चिढ़ जाय ॥
जान हथेली पर लिये, फिर चला लखनऊ ओर ।
नई कुमुक ने साथ में, मन में कर पुरजोर ॥
विद्रोहियों से फिर झड़प, बशीरगंज में होय ।
तगड़ी मार लगाय कर, वहाँ रुका ना कोय ॥
यही प्रश्न फिर सामने, जीत हुई या हार ।
विद्रोही एक चोट में, गए 300 मार ॥
हड्डी ऐसी नरम हुई, गए उल्टे गंगा माँय ।
डेढ हजारी सैन्य थी, साढ़े आठ सौ रह जाय ॥
हैवलाक 5 अगस्त को, फिर मंगल बड आय ।
बशीरगंज कब्जा किये, बैठ विद्रोहि जाँय ॥
विद्रोहियों की फौज में, सभी सभ्य जमीदार ।
मखमल गद्दे छोड़कर, लिये हाथ हथियार ॥
आँगल के चारों तरफ, चलें क्षितिज दाँवपेच ।
ज्यों-ज्यों कोई आगे बढ़े, बढ़े क्षितिज की खेंच ॥
क्षितिज को आगे देखकर, जो पीछे हट जाय ।
जितना कोई पीछे हटे, निकट क्षितिज भी आय ॥

बशीरगंज तीन बार विजित, विद्रोही भाग जाय ।
वो तो है सब ज्यों-के-त्यों आँगल कम रह जाँय ॥

राधेश्याम तर्ज

हैवलाक आगे न जाकर, मंगल बड लौट आता है ।
पेच डाल दिया नाना ने, वो रंग में आता-जाता है ॥
क्रांतीकारी सागर के और, ग्वालियर के आ मिलते हैं ।
स्वयंसेवकों की टोलियाँ भी, नाना के संग निकलते हैं ॥
सारी सेना ले नाना साहब, जा बिठूर को मार लगाई है ।
कानपुर के जाकर आसपास, वहाँ भारी धूम मचाई है ॥
कानपुर मे बैठा नील साहब, अब बेबस खुद को पाता है ।
पेच डाल दिया नाना ने, वो रंग में आता-जाता है ॥
लखनऊ जाने में हैवलाक, अब बिलकुल ही लाचार हुआ ।
कानपुर लौटा डर कर के, 12 को गंगा पार हुआ ॥
पीछे हट जाना आँगल का, ये खबर अवध में छाई है ।
हुई आजादी की हर्षध्वनी, अब जीत की बिगुल बजाई है ॥
प्रामानिक युद्ध जमीदारों का, अपना परिणाम दिखाता है ।
पेच डाल दिया नाना ने, वो रंग में आता-जाता है ॥
अब मान्य हुआ है अवध राज्य, भई सभी तालुकेदारों को ।
भिन्न भिन्न सेना लेकर, अब भेज रहे सरदारों को ॥
लखनऊ तज लौटे आंगल से, कानपुर में युद्ध लड़ा होता ।
नाकों से मार भगा देते, पक्का उत्साह बढ़ा होता ॥
जब दोहरी मार दुत्कार लगे, योधा का मान घट जाता है ।
पेच डाल दिया नाना ने, वो रंग में आता-जाता है ॥
प्रत्यक्ष हार जो आँगल की, उनसे ना जोश घटा उनका ।

कम सेना के कारण ही भई, रन में मान घटा उनका ॥
मन छोटा मत होने दो तुम, विद्रोहियों को सबक सिखाएंगे ।
नई कुमक मिल जाने पर, लखनऊ आजाद करायेंगे ॥
हैवलाक नील का मत्सर, अब आपस में बढ़ जाता है ।
पेच डाल दिया नाना ने, वो रंग में आता-जाता है ॥

दोहा

कानपुर जाते ही हैवलाक को, समाचार मिल जाय ।
नाना साहब ने ब्रह्मवर्त्त, अब पुनः लिया कब्जाय ॥
आँगल कानपुर शहर की, शहः देख चिढ़ जाय ।
हैवलाक सेना सहित, नाना से भिड़ जाय ॥
ब्रह्मवर्त्त के युद्ध में, नाना के आधीन ।
42 वीं रेजिमेन्ट ने, चढ़ा लई संगीन ॥
आज तलक संगीन से, आँगल दे डरपाय ।
विद्रोही बेनट से अब, रहे घमासान मचाय ॥
घुड़सवार विद्रोहि के, मारी चोर पिछार ।
अंग्रेजों की आ रही, रसद लई थी मार ॥
इस तरह अंग्रेज को, भारी दोहरी चोट ।
सभी ओर से रोककर, दिये बीच मे घोट ॥
विद्रोहियों का दुस्साहस, बढ़ता ही अब जाय ।
समझे सब अंग्रेज भी, अनुशासन कुछ नांय ॥
बिना होश के जोश भी, युद्ध में धोखा खाय ।
17 अगस्त विद्रोही भी, हार खाय हट जाय ॥
विद्रोहियों को हरा कर, कानपुर पहुँचे आय ।
हैवलाक के ध्यान में, और बात आ जाय ॥

बृह्मावर्त्त में सैन्य कुछ, बाकी कालपी तैयार ।
ये तो झूठी जीत है, बाट देखती हार ॥
गंगा-जमुना तटन पै, उरले - परले तीर ।
ब्रह्मवर्त्त और काल्पी, लिये खड़े शमशीर ॥
अब विजयी हैवलाक के, दोनो ओर दबाव ।
कलकत्ता की कुमुक बिन, जीत के झूठे ख्वाब ॥

वार्त्ता

विजयी हैवलाक कलकत्ता को लिखता है:- भयानक पेच पडा हुआ है। नयी कुमुक नहीं आयी तो कानपुर छोड़कर इलाहाबाद तक पीछे लौटने की बारी अंग्रेजी सेना को जल्द ही आये बिना नहीं रहेगी। इस पत्र के उत्तर में नयी कुमुक भेजी जायेगी और फिर आज तक सही हुई जय-पराजय की भरपाई लखनऊ का खून पीकर कर डालेंगे। ऐसी भावी आशा से हैवलाक कलकत्ता के पत्र की प्रतीक्षा कर रहा था तो उसे आदेश आया कि लखनऊ जाने वाली सेना का अधिकार तुम से छीनकर जेम्स आउट्रम को सेनापति बनाया गया है। अंग्रेजी अनुशासन कितना कठोर होता है। विजय में किंचित देर हुई इसलिए नील जैसे योद्धा को हटाकर हैवलाक नियुक्त किया गया। विजय प्राप्त हो जाने पर लखनऊ की ओर जाने में उसे अनिवार्य देरी हुई, इसलिए हैवलाक जैसे योध्दा को हटाकर सर जेम्स आउट्रम को सेनापति बनाया गया। यह समाचार आते ही हैवलाक को बहुत बुरा लगा। जिस वैभव के लिए उसने जी-जान से प्रयत्न किया था, उस लखनऊ-मुक्ति का वैभव एक समय पर दूसरे के हाथ पड़ेगा; इस अपमान से उसे बहुत उदासी हुई। फिर भी मैलशन लिखता है कि मनोभंग से उपजे उद्वेग ने मन को कितना निराश किया तो भी कत्त्र्व्य निर्वाह मे अणु मात्र भी कसर न करने का गुण अंग्रेजी राष्ट्र का भूषण है। अंग्रेज़ी जन के विकार कर्तव्य बुद्धि के अधीन होते हैं। अन्याय उपेक्षा को भोगते हुए चाहे जितना व्याकुल होता हो, फिर भी उसका राष्ट्र उसकी शक्तियों को हमेशा नियन्त्रित करता रहता है। अपने राष्ट्र की उत्तम सेवा किस तरह करें, इस सम्बन्ध में व्यक्तिगत कुछ भी क्यों न हो, परन्तु सरकार का या उसके राष्ट्र का मत उसके

मत भिन्न हो तो अपना निजी मत एक तरफ रख देश सत्ता के आदेश की जैसी भी विजय हो, उधर ही अंग्रेज दिन-रात लगा रहता है। नील ने ऐसा ही उदात्त व्यवहार किया और अब हैवलाक ने भी ऐसा ही बर्ताव किया, उसके सिर से भावी विजय का मुकुट छीन लिया गया। तब भी दूसरे को विजय देने के लिए पहले जैसा ही परिश्रम करने में जुट गया। जिस विजय का सेहरा दूसरे के सिर बंधना है, उस विजय के लिए केवल राष्ट्र का कर्तव्य जान दिन-रात परिश्रम करने में हैवलाक लगा था, तभी दिनांक 15 सितम्बर को सर जेम्स आउट्रम के पद हाथ आते ही जो उसने पहला आदेश जारी किया वह यह था कि जिस वीर पुरुष ने लखनऊ मुक्त करने के लिए आज तक अप्रतिम शौर्य प्रकट किया उस पुरुष को ही मुक्त करने का सौभाग्य उसे मिलना न्याय है इसलिए अपने सेनापतीत्व के सारे अधिकार जरनल हैवलाक को सौंपकर लखनऊ मुक्त होने तक मैं स्वयंसेवक सिपाही बना रहूँगा। कमांडर का यह पहला आदेश देखकर उस अंग्रेजी सेना को कितनी नैतिक शिक्षा मिली होगी। व्यक्ति राष्ट्र मे कैसे विलीन हो जाते हैं पहले आदेश से ही अपना अधिकार देकर आउट्रम ने जो उदारता, स्वार्थ विमुखता और राष्ट्रीयपरता दिखायी, उसे देखते ही तीनो जगत् से साधु-साधु के उद्गार फूट पड़े होंगे। इस वीर साधुत्व की नैतिक शिक्षा से स्फुरित हुई और नयी ताजादम अंग्रेजी सेना कलकत्ता से आये आउट्रम कूपर ऐसे-ऐसे योद्धाओं की सहायता से दुगुने उत्साह से भरी वह कानपुर की अंग्रेजी सेना पांच दिन में सितम्बर 20 तारीख को लखनऊ की मुक्ति के लिए फिर से गंगा उतरने लगी। 25 जुलाई उतावले हैवलाक को पाँच दिन से लखनऊ की ओर बढ़ना तो दूर, अवध में पैर जमाये रखना भी कठिन हो जाने से कानपुर लौट आने वाला 12 अगस्त का बदकिस्मत हैवलाक और अब 20 सितम्बर का हैवलाक दृढ़निश्चयी वीर आशा से भरा हुआ हैवलाक के इन चित्रों मे कितना अन्तर था। उसके पास अब ढाई हजार से अधिक निडर वीर गोरी सेना तथा सिखों सहित कुल सेना साढ़े तीन हजार से अधिक थी। चुने हुए घुड़सवार, उत्तम तोपखाना नील आउट्रम जैसा लश्करी अधिकारी अब उसके साथ थे। अब यह अवध के विद्रोहियों की बाधाओं को क्या महत्व दे। स्वदेश के म्लेच्छ स्पर्श से अदूषित रखने जो जमीदार आ गये थे वो मारे गये। अपने जीवित रहते अपनी प्रांत भाग पर विदेशी घोड़े दौड़ते देख जिस किसी मान धनी गाँव ने भीषण लड़ाई की वह राख हो गया। जो भी रास्ता जो भी खेत जो भी नदी अपनी स्वतन्त्रता के

लिये लड़ी थी उस पर अवध के वीर पुत्रों का रक्त मूसलाधार बरसा। ऐसी यह बलवती सेना उस अवध में घुसने लगी।

दोहा

कुमुक मिली बंगाल से, सेना सवा तीन हजार ।
तोपखाना उत्तम मिला, छट्टू अश्व सवार ॥
नील आयर आउट्रम, ऐसे योध्दा साथ ।
निबटाने अब अवध के, बाग़ी हाथोंहाथ ॥
जो आये बचाने राष्ट्र को, अवध के भूमिदार ।
सींच भूमि को रक्त से, हो गये आप निसार ॥
किसी मानधनी गाँव ने, रखने देश का मान ।
भीषण युद्ध करके रखा, भारत का सम्मान ॥
गाँव खेत और रास्ता, जिसने किया प्रतिकार ।
अवध पुत्रों का गिरा, रक्त मूसलाधार ॥
आंगल सेना बलवती, घुसी अवध प्रदेश ।
लड़ती वह आगे बढ़ी, आलमबाग प्रवेश ॥
सब दिन आलमबाग मे, कठिन लड़ाई होय ।
ली पाँच तोप विद्रोही की, फिर छीनी वापिस दोय ॥
सेना दोनो ओर की, गुजरे बाग में रात ।
कीचड़ में आँगल फँसे, हिन्द दिखाए हाथ ॥
सस्ताए आँगल कीच में, की विद्रोहियों ने मार ।
शीश कटे जल तैरते, मेह मूसलाधार ॥
इस हालत अंग्रेज भी, अपना जोश दिखाय ।
दिल्ली जीत की शुभ खबर, उसी रात आ जाय ॥
निर्णायक दिन आ गया, तारीख थी पच्चीस ।

राह छोड़ बाजू चले, धरे हथेली शीश ॥
रेजीडेंसी लखनऊ, गोरे चलते जाय ।
विद्रोही आलमबाग से, भारी तोप चलाँय ॥
सहते हुए इस मार को, मजबूती से जाँय ।
चारबाग के पुल तलक, आँगल पहुंचे आय ॥
नाका पहला शहर का, हो भयानक घमासान ।
गोलाबारी हो विकट, मरे सैकड़ों ज्वान ॥
पुल खाली होता नहीं, ना हों तोपें बन्द ।
क्रांतीकारी अड़ रहे, साहस अती बुलन्द ॥
युवा पुत्र हैवलाक का, कहता उससे मांड ।
तोड़ निकालो वीर कुछ, इसका करो जुगाड़ ॥
बात सुनी जब मांड की, आया नील के पास ।
खटक नहीं कुछ तोप की, धावा से कुछ आस ॥
नील कहे उस युवा से, लो कमान्डर आदेश ।
हमला की आज्ञा मिले, तो ठीक रहेगा शेष ॥
तभी तरुन अंग्रेज ने, घोड़ा दिया बढ़ाय ।
आज्ञा की नाटक करी, हैवलाक ढिंग आय ॥
मानो आज्ञा ले लई, वापिस नील के पास ।
झुक कर करी सलाम तब, हमला आर्डर खास ॥
सुनकर बातें युवा की, दे हमले का आदेश ।
वो आँगल पच्चीस ले, चला भरके आवेश ॥
पच्चीसों मैं को मरा, को जीवित रह जाय ।
दो मिनटों की देर में, क्या से क्या हो जाय ॥
पुल पर आकर अड़ गया, एक क्रांतीकारी शूर ।
दस गज से गोली चलीं, युवा वीर हट दूर ॥
बाल-बाल वो बच गया, टोपी में हुए छेद ।

निडर भरे बन्दूक फिर, हटना किया निषेध ॥
वाह रे बहादुर अन्त में, वीर मरण वो पाय ।
क्रांति के इस युद्ध में, मरे अमर होय जाय ॥
बढ़ी फौज अंग्रेज की, पुल कम्पित है जाय ।
विद्रोही पीछे हटे, आँगल बढ़ते आंय ॥
ज्यों-ज्यों पग आगे धरै, अड़ जाती शमशीर ।
भरी तलैया रक्त की, बच जाय तो तकदीर ॥
मर गए सो पीछे रहे, बचे वही बढ़ जाय ।
जीवित लडाई चल रही, शाम ढली है आय ॥
आउट्रम कहने लगा, यहीं बिताएं रात ।
नही नही हैवलाक कहे, पसंद नहीं यह बात ॥
रेजीडेंसी में पड़े, बचे वीर अंग्रेज ।
जब तक वो नहीं छूटते, कैसी सुख की सेज ॥
बन्द महीनो से पड़े, वो मृत्यु मुख बीच ।
विद्रोहियों की चोट ने, राखे अन्दर भींच ॥
आँगल ज्यों आगे बढ़े, हो अधिकाधिक मार ।
जंगी फाटक में घुसे, पहुँचे खास बाजार ॥
आया नील के ध्यान में, पीछे रह गई तोप ।
गर्दन पीछे मोड़ता, दी गोली कर कोप ॥
पल विपल अवसर पकड़, चले जाएँ नहीं प्राण ।
फाटक चढ़े एक वीर ने, दी गोली साध निशान ॥
गर्दन में गोली घुसी, गिरा धरनि अंग्रेज ।
बदला लिया स्वदेश का, दिया अदम को भेज ॥
फटा कलेजा फौज का, था अंग्रेजी शूर ।
वीर निडर जल्लाद वो, अहंकार मे चूर ॥
जनरल नील तो मर गया, वीरों के अन्दाज ।

रुके ना आँगल कारवां, एक व्यक्ति के काज ॥
विकट लडाई द्वार पर, भरे रक्त के ताल ।
प्यासे आँगल रक्त के, रणचन्डी बेताल ॥
कितने गोरे मर गए, नील को रोवे कौन ।
कर्तव्यनिष्ठा से बँधे, बढ़ते आँगल मौन ॥
लड़ते हुए आँगल चलें, कुछ आगे बढ़ जाँय ।
रेजीडेंसी से तभी, विजयघोष सुन पाय ॥
रोगी भी अस्पताल से, घिसट बाहर आ जांय ।
चिन्ता दुःख सारा गया, ताली रहे बजाय ॥
पती मरे की खबर थी, वो सधवा हुई आज ।
प्राण धरे प्रियमिलन को, पर उतरे सधवा साज ॥
रेजीडेंसी लखनऊ, 87 दिन और रात ।
मरे 25 तक 700, जिन्दे कठिन हालात ॥
कुछ घायल कुछ स्वस्थ है, बचे 500 अंग्रेज ।
नेटिव जीवित 400, गद्दार सनसनीखेज ॥
इनकी मुक्ती को चले, मरे सात सौ बाईस ।
इतने वीर कुर्बान कर, तब चढ़े लखनऊ शीश ॥
इतना खो कर पाया क्या, हैवलाक रहा पूछ ।
आँगल सत्ता मुक्त नहीं, फँसी हुई है पूँछ ॥
ये कैसी मुक्ति हुई, जो आकर खुद फँस जाय ।
विद्रोहियों ने घेर कर, कसा शिकंजा आय ॥

वार्त्ता

हैवलाक के आने पर रेजिडेंसी का घेरा समाप्त होने के स्थान पर रेजिडेंसी के साथ हैवलाक को भी विद्रोहियों ने घेर लिया और हर कोई पूछने लगा कि यह सहायता है या मुक्ति? वास्तव में वह केवल सहायता थी। हैवलाक और आउट्रम इन दो विख्यात योद्धाओं ने अनेक लड़ाई लड़ लखनऊ के अंग्रेजों को पाँडे लोगों की पकड़ से छुडाने के लिए जो सेना लाई गई थी, वह उन्हें मुक्त नहीं करा सकी। उससे उस सेना के साथ सेनापति भी उस घेरे में अटक कर रह गए। हैवलाक के अंग्रेजी सेना के रेजिडेंसी में घुसते ही पांडे की सेना लखनऊ छोड़कर चली जायेगी, ऐसी जो आशा अंग्रेजों को थी वह पूरी तरह निष्फल हो गई ये कुछ देर बाद सारे हिन्दुस्तान को ज्ञात हो गया। क्रांतिवीरों ने हैवलाक के घुसते ही फिर घेर लिया।

दोहा

स्वतन्त्रता सेनानियों का, दृढ़निश्चयी व्यवहार ।
उसी पिंजरे में कर कैद ली, अंग्रेजी सरकार ॥
लखनऊ के इस पेच ने, तोड़ दिये सब ख़्वाब ।
कलकत्ता से अलीगढ़ तक, जंगी बढ़ा दवाब ॥
सेना सब अंग्रेज ने, दी लखनऊ को भेज ।
फँसे सभी यहाँ आय कर, बेबस हुए अंग्रेज ॥
दिल्ली जीत खाली हुई, कुछ सेना फिलहाल ।
वो आसपास प्रदेश में, शान्ति करे बहाल ॥
लखनऊ में कुछ घिर गए, कुछ घिरे आलमबाग ।
कठिन युद्ध अनिवार्य, लखनऊ में बे-लाग ॥
इस हेतू अंग्रेज के, कमान्डर जो इन चीफ ।
फन्दा काटने के लिए, रहे मिला रदीफ़ ॥
13 अगस्त अंग्रेज का, नया कमान्डर चीफ ।

कलकत्ता में आ गया, सर कौलिन का शिप ॥
विद्रोहियों के हाथ से, फिर जीतें हिन्दुस्तान ।
27 अक्टूबर तलक, बनता यही प्लान ॥
सिलोन, चीन मद्रास जो, सेना रही थी जाय ।
इसी पेच के कारणे, कलकत्ता रुकवाय ॥
करें विभाजन यथोचित, सेना सभी सँवार ।
अस्त्र-शस्त्र नई तोप भी, रही ढल कासिम बाजार ॥
रण वाहन रण वस्त्र भी, करें रसद तैयार ।
आउट्रम और हैवलॉक का, मिला फंसने का समाचार ॥
पतितं पतितं पुनरं पतितं, लखनऊ झगड़ा निबटाऊँ ।
27 अक्टूबर सेना ले, मैं स्वयं कूच कर जाऊँ ॥
कैप्टन विलियम पील संग, ले नेवल ब्रिगेड ।
नौसेना जल मार्ग से, लखनऊ करे परेड ॥
कलकत्ते से कानपुर तक, फैले जो राजमार्ग ।
आजूबाजू रास्ते, विद्रोहियों का स्वर्ग ॥
इकट्ठी हो कर टोलियाँ, लड़ना सम्भव होय ।
मंडराते बिखरे हुए, समझ सके ना कोय ॥
शिक्षित थे कुँवर सिंह के, शैली छापामार ।
झपटमार अंग्रेज का, पीवे खून तलवार ॥
इन लोगों से निबटना, नहीं हमको आसान ।
नौसेना का कमान्डर, दे गया अपनी जान ॥
काज्वा नदी जा रहे थे, वो मिस्टर पावेल ।
एक झटके में जान ली, उनका है ये खेल ॥
अनुभव इसका भयंकर, करे कमान्डर चीफ ।
मामूली गाड़ी चढ़ा, बनकर एक शरीफ ॥
इलाहाबाद से कानपुर, सर कोलिन रहा जाय ।

विद्रोही हाथी चढ़े, रहे इधर को आय ॥
उनके संग में चल रहे, पच्चीस घुड़सवार ।
सूखे प्राण श्रीमान के, पीछे से हुआ फरार ॥
एक क्षण लग जाय और जो, पकड़ा जाय शिकार ।
काम बड़ा आसान था, पर गाड़ीवान मक्कार ॥
बाल बाल बचकर के वो, गया कानपुर आय ।
ग्रेट हैड कुछ फौज ले, दिल्ली से आ जाय ॥
विद्रोह होने से नवम्बर तक, दिल्ली के आसपास ।
रसद छोड़ विद्रोहियों ने, ना दिया किसी को त्रास ॥
क्रांती युद्ध भयानक प्रलय, हुआ कृषी विस्तार ।
पाँडे लोग भी प्रान्त में, करें यही व्यवहार ॥
आँगल शान्ती के नाम पर, किये गाँव बे चिराग ।
चहे आजादी गाँव जो, उसमें देते आग ॥
आजादी को प्रेरित हुआ, मेरा हिन्दुस्तान ।
कुचल रहे आंगल उसे, करे बसती कब्रिस्तान ॥
उन गाँवों में दीखता, जो कोई तगड़ा ज्वान ।
बिना बात फाँसी चढ़ा, पूरे किये अरमान ॥
बेरहमी से मारती, आँगल सेना जाय ।
गाँव-गाँव को फूँकते, कानपुर पहुँची आय ॥

वार्त्ता

ब्रिगेडियर ग्रेट के अधीन पाँच हजार गोरी सेना थी; उसके साथ ही सैकड़ों ऊँट और लखनऊ सेना के लिए काफी रसद मिली हुई थी| ग्रेट की इस सेना को आलम बाग़ तक मारधाड़ करते पहुँच जाने की बात समझते ही सर कोलिन ने कानपुर की ओर से गंगा नदी पार की। पीछे अपनी पीठ सुरक्षित रहे इसलिए उसने चुनी हुई यूरोपियन सेना और सिख सेना तोपों के साथ कानपुर में रखी थी। उसका अधिकारी यूरोप खन्ड के अनेक युद्धों के नामवर जनरल विंडहम को बनाया। गंगा पार करके 9 नवम्बर कोलिन आलमबाग पहुँचकर अपनी सेना से मिला। आलमबाग की सेना का बारीकी से निरीक्षण कर उसके अलग-अलग भागों को एक अभेद्य व्यूह रचना में पिरोकर तारीख 14 को लखनऊ शहर पर अंग्रेजी सेना को भयानक हमला करने का आदेश दिया गया। लखनऊ की रेजीडेंसी में समाचार पहुँचाने और संग्राम की कूटनीति तय करने के लिए कन्हे नाव नामक एक साहसी अँगरेज़ ने मुंह काला कर शरीर पर नेटिव कपड़े पहनकर एक नेटिव को साथ लेकर विद्रोहि के पहरे के बावुजूद रात के समय जाकर कोलिन और आउट्रम को संदेश पहले ही दे दिये थे। लखनऊ की रेजिडेंसी और आलमबाग की गोरी सेना छावनी हर किसी को 14 नवम्बर का इन्तिज़ार था। अपनी सेना के साथ हैवलाक आउट्रम शत्रु को बाहर की ओर धकेलते रेजीडेंसी से निकलेंगे, और बाहर की ओर से सर कोलिन रेजिडेंसी की ओर दबाते ले जायेंगे। इस समय अंग्रेजी सेना में उनके अधिकतर नामवर योद्धा और सेनापति जमा हो गये थे। हैवलाक, आउट्रम, नौसेना का पील और ग्रेट हैड, दिल्ली सेना का हिचनसन, बिगेडियर होपग्रॉट आयर स्वयं कमान्डर इन चीफ़ सर कोलिन कैम्प वेल ताजा दम यूरोपियन घुड़सवार हाईलैन्डर्स घेरे के काल मुख से भी बाहर फाँदने में बहुत निडर, किसी भी साहस के गले मिलने के लिये आतुर आऊट्रम के यूरोपियन, राजनिष्ठ पंजाबी ज्वान और पंजाबियो से ज्यादा राजनिष्ठ दिल्ली में मात्र भूमि के रक्त में सनी तलवारें धारण करने वाले सिख।

दोहा

ये सेना अंग्रेज की, चली लखनऊ ओर ।
14 नवम्बर को शुरू, छीनाझपटी शोर ॥
शहर जीतती आ गई, दिल खुश बाग तक शाम ।
डेरा डाले यहीं पर, और करे विश्राम ॥
छुटपुट हमले हो रहे, विद्राहियों के रात ।
यहीं करें आराम हम, ना चिन्ता की बात ॥
कोलिन ने अगले दिवस, ब्यूह बध्ध की फौज ।
लखनऊ पर हमला करे, दिन 16 के रोज ॥
आदेश मिलते ही उछलकर, हमला करै सिकन्दर बाग ।
विद्रोही भी चुप रहे, पहुँचे जब इस भाग ॥
पर सिकन्दर बाग में, था कोई ऐसा वीर ।
खेल भयंकर युद्ध का, खिंच गई जहाँ लकीर ॥
हाई लैण्डर ईवर्ट के, थे सारे आधीन ।
कर्कश धुन चितकार कर, चले सिख भयहीन ॥
गोकुलसिंह आगे चला, कर ऊँची तलवार ।
आगे हाईलैन्डर से, सिखों का सरदार ॥
अभागी इस लखनऊ का, अधिक रक्त पिये कौन ।
हाईलैन्डर और सिखो में, प्रतियोगिता जौन ॥
अब इनकी लखनऊ पर, चलै विकट तलवार ।
पर सिकन्दर बाग की, हिले नहीं दीवार ॥
शिला गिरी दीवार की, घुसा एक सरदार ।
देशद्रोही साहस को, मिला तुरत पुरुषकार ॥
सीने में गोली लगी, सिख धरनि गिर जाय ।
इतने में कूपर तुरत, अंदर घुस गया आय ॥

उस पीछे ईवर्ट गया, और फिर कैप्टन जोन ।
हाईलैन्डर धुरा गये, फिर रुकेगा कौन ॥
सेना घुसी अंग्रेज की, देख अचम्भा होय ।
पर कोई अन्दर बाग में, बडा लड़ाकू कोय ॥
खडा हुआ निश्चल निडर, छोडे ना स्थान ।
विजय करूं अनिवार्य, या दे दूंगा प्राण ॥
क्रांती के इस युद्ध में, ये गर्जना शोभा देय ।
मरणवृत्त लेकर खड़े, भारतीय वीर अजेय ॥
कूपर आंगल फौज का, घुसा अन्दर दीवार ।
इतने मे ही लेकर तेग, इक अड़ा क्रांतीकार ॥
तेग चले विद्युत गती, दाव घात की छांट ।
दोनों ने एक साथ में, दीये दोनों काट ॥
लैप्सडेन आगे बढ़ा, घुमा रहा तलवार ।
स्काटलैन्ड की खुशी में, कर दो मारामार ॥
भारत के सम्मान में, इक आया काला वीर ।
लैप्सडेन के पेट में, पार करी शमसीर ॥
जगह-जगह पर बाग में विकट लडाई होय ।
द्वार बना दूजी जगह, ज्यों घुसा समन्दर कोय ॥
आस विजय की ना रही, पर जाने न दे सम्मान ।
शीश हथेली पर धरे, कूद पड़े मैदान ॥
हर सीढ़ी हर द्वार पर, खनखनाती तलवार ।
कीच मची है रक्त की, पर अड़े क्रांतीकार ॥

कविता

रण घोष हुआ घनघोर विकट, सब और लपक शमशीरन की ।
अब तोप तुपक तलवार चली, सन शनन शनन हुई तीरन की ॥
भट झपट झपट कर वार करें, हूंकार मची थी वीरन की ।
रण देख फिरंगी दंग हुए, बजरंग वीर संग पीरन की ॥
सरपट गति हींस तुरंग देत, सर तोप चमक तूणीरन की ।
रण बीच में रक्त फुहार चली, जो होली रंग अबीरन की ॥
गज कर्कश ध्वनि चीत्कार करें, ललकार विकट रणधीरन की ।
करें युद्ध हठीले, हठ हठ कर, बोटी काट गिरें शरीरन की ॥

दोहा

जीत लिया अंग्रेज ने, वह सारा अस्थान ।
वीरों के दो हज़ार शव, पर जीवित सम्मान ॥
सिकंदर बाग़ के युद्ध में, दो हजार बलिदान ।
धरती सींची खून से, करे समर्पित प्राण ॥
इस देश के वीर हुतात्मा, कृतज्ञ है इतिहास ।
राष्ट्र हेतु तुम लड़ मरे, प्रनत भूमि आकाश ॥
हे वीरो तुम कौन थे, क्या था आपका नाम ।
जला गए सिद्धांत की, ज्योति सदा अविराम ॥
देता में श्रद्धांजलि, पूर्ण आप के काज ।
भावी वीर संजीवनी, रक्खे याद समाज ॥
सफलता मिली या ना मिली, पर ये सिकंदर बाग़ ।
भावी पीढ़ियों के दिलों में, सदा जलेगी आग ॥

रक्त के होज जैसे सिकंदर बाग़ में भरे वैसे ही अन्य रण क्षेत्रों में भी भरे। दिलखुश बाग़, आलम बाग़ सहानजिप सारे अस्थान उस दिन और उस रात शत्रु के साथ जूझते रहे। भोर होते ही लखनऊ शहर के सारे घंटे घनघना उठे, नगाड़े बजे और फिर उस रक्त से नहाये शहर ने शत्रु से टक्कर लेनी शुरू की। कल का सहानजिप का झगड़ा और आज का मोती महल का झगड़ा। जैसे का तैसा होने लगा परन्तु अंग्रेजी झंडा ही सबल साबित हुआ। और अंग्रेजी सेना रेजीडेंसी में बंद अपने देशबंधुओं को मुक्त करने में सफल हुई। तारीख सत्रह, अठारह, उन्नीस से तेईस सितम्बर तक लखनऊ में लड़ाई पर लड़ाई लड़ते अंत में वह घिरी हुई और घेरा तोड़ने आयी अंग्रेजी सेना एक दुसरे से मिली। जिस रेजीडेंसी पर आज तक मृत्यु की छाया थी उस रेजीडेंसी में अब विजय का हास्य खिल उठा। परन्तु इस आंगल विजय को विद्रोही अभी भी महत्व नहीं दे रहे थे। ये दोनों अंग्रेजी सेना इकट्ठी हो गयी और रक्त के प्रत्यक्ष समुद्र में वह शहर तैरने लगा। तब भी वहां के क्रांतिवीर समर्पण करने या भाग जाने को त्यार नहीं थे। उनकी यह दृढ़ता और धैर्य के कारण लड़ाई फिर से कब शुरू हो जाये यह बिलकुल अनिश्चित था। इसलिए पिछली रात की मारामारी में छिटकी अंग्रेजी सेना को फिर से एक बार व्यवस्थित करने का कार्य सर कॉलिन ने प्रारम्भ किया। उसने रेजीडेंसी छोड़ कर दिलखुश बाग़ में साड़ी सेना इकट्ठी की। आगे की लड़ाई के लिए आवश्यक संगठन बनाया और कब्जाए आलम बाग़ में अउटरम के अधीन उस विस्तीर्ण मार काट में शेष रही लगभग चार हज़ार सेना। और पच्चीस तोप रख दी और इस विजय के लिए उसने अपनी सेना की शूरता अनुशासन और आज्ञा पालन की यथार्थ स्तुति की। उस स्तुति शूरता में बड़ा हिस्सा जर्नल हेवलॉक का था। परन्तु जब तक अंग्रेजी सेना वह विजय आनंद मनाये तब तक उस विजय आनंद का मुख्य हिस्सेदार हेवलॉक यकायक मर गया। लखनऊ के रणक्षेत्र में अति तनाव चिंता और निराशा से पशत हुआ एनविजय रंग में यह बहादुर हेवलॉक मर गया। तारीख चौबीस अंग्रेजी विजय में इस मृत्यु ने विष घोल दिया। फिर भी हेवलॉक के बाद उसके पुत्र और पत्नी को सरदारी का सम्मान दे कर इंग्लैंड कृतज्ञ हुआ। परन्तु यह समय मरे हुए के शोक में डूबने का

नहीं है उसकी अधूरी आशा पूरी करने का था। लखनऊ विजय के लिए हेवलॉक मरा इसलिए उसकी मृत्यु के बाद उसकी वास्तविक सेवा करना अर्थात लखनऊ जीतना था परन्तु लखनऊ जीतने निकलने से पहले इधर कानपुर में ये तोपों के धमाके ये आकस्मिक क्यों शुरू हो गए। सर कॉलिन इन धमाकों से सीने की धड़कन बढ़ने का कोई कारण नहीं विंडहम जैसा अंग्रेज योद्धा उसका सामना कौन विद्रोही कर सकता है पर जैसा विंडहम यहाँ पर है वैसा कानपुर में नाना के लिए तात्या टोपे है। वह भी वहां आया है। यह समाचार मिला है तात्या टोपे कानपुर में ही है। सर कॉलिन को तोपों के उन धमाकों का भयंकर अर्थ ध्यान में आया। और वह लखनऊ अउटरम के हवाले कर अति वेग से स्वयं यह जानने दौड़ा की, कानपुर में तात्या टोपे क्या गड़बड़ कर रहा है।

प्रकरण - तांत्या टोपे

दोहा

कानपुर में जब हो गयी, निज सेना की हार ।
नाना तात्या ब्रह्मावर्त, रहे थे रात गुजार ॥
दूजे दिन प्रातः समय, अनुज जो बाला साहब ।
तात्या आदि संग में, भ्रात पुत्र राव साहब ॥
महिला भी राज वंश की, नौका हुए सवार ।
लखनऊ प्रान्त के फतेहपुर, आये गंगा पार ॥
वहाँ नाना का परम सखा, था चौधरी भोपाल ।
स्वागत किया सभी का, उसका हृदय विशाल ॥
तीतर बितर सेना हुयी, युद्ध कानपूर बीच ।
उजड़ी फसल तूफ़ान से, पुनः रहे थे सींच ॥
बयालीसवीं रेजिमेंट में, कर दिया विद्रोह ।
राष्ट्र रिपु अंग्रेज से, टूटा उनका मोह ॥
नाना के झंडा तले, आना चाहते वीर ।

ले पक्का संकल्प वो, चल दिए रण धीर ॥
शिवराज पुर तक आ गए, नाना सम्मति लेय ।
लाने का अधिकार अब, तात्या जी को देय ॥
तात्या को सेना मिली, किया पिछारी मार ।
हेवलॉक को अवध से, लाया कानपुर गंगा पार ॥
हेवलॉक देखा कानपुर, ब्रह्मावर्त दरबार ।
तात्या है राजा वहां, किया पुनः अधिकार ॥
ब्रह्माव्रत पर आक्रमण, हेवलॉक किया आय ।
हार लड़ाई तांत्या, नाना से मिल जाय ॥
ग्वालियर सैन्य अंग्रेज की, जो बागी हुए जाय ।
बुद्धि विलक्षण तांत्या, दी इस काम लगाय ॥
तांत्या टोपे इस विधि, ग्वालियर पहुंचे जांय ।
पैदल अश्वी तोप खाना, ले कालपी आ जांय ॥
नाना ने इस सैन्य का, बाला साहेब अधिकार ।
छोड़ सुरक्षा काज कुछ, शेष कानपुर त्यार ॥
तांत्या टोपे आज कुछ मन में करे विचार ।
शाह मात कुछ खेल हो, आंगल जा झख मार ॥
कॉलिन गया जब लखनऊ, मुक्त कराने काज ।
कानपुर दौड़ा विंडहम, सेना साथ ले आज ॥
लखनऊ से लौटे नहीं, और नयी कुमुक मिल जाय ।
उससे पहले विंडहम को, दे तगड़ी मार लगाय ॥
ग्वालियर सेना साथ में, तांत्या दिया पठाय ।
कूटनीतिक और रांपातु, सेनापति बनाय ॥
सेना संग में सतनाजा, जंगल शिक्षित मजबूत ।
साधन सीमित तांत्या, आईटी साधन आकूत ॥
स्वतंत्रता की चेतना, और शिक्षित सेना होय ।

अशिक्षित जो इतनी लाडे, तो शिक्षित रोके ना कोय ॥
ग्वालियर विद्रोही साथ में, कालपी पहुंचे आय ।
नो नवम्बर को वहां की सेना से मिल जांय ॥
कानपुर से कालपी, छियालीस मील है दूर ।
गुप्तचरी के माध्यम, ले खबर रिपु भरपूर ॥
तात्या छोड़ी कालपी, आया यमुना पार ।
दोआब में प्रवेश कर, तम्बू लिए डार ॥
जालौन रखा खजाना, और सब काठ कबार ।
बीस तोप रखी वहाँ, सैनिक तीन हज़ार ॥
तुरत आक्रमण ना किया, कॉलिन लखनऊ फंस जाय ।
तांत्या टोपे कानपुर, आस पास मँडराय ॥
बागियों में कॉलिन घिरा, शिवराजपुर तांत्या आय ।
चौकी सैनिक महत्तव की, कई जगह बनाय ॥
उन्नीस को आंगल रशद, मुख्य रास्ता रोक ।
समझ दाब रहा विंडहम, लगा जले पर छौंक ॥
कलकत्ता से आंगल की, सेना रही जो आय ।
उसे कानपुर रोक कर, तांत्या पे नजर गड़ाय ॥
कुछ सेना करि साथ में, दिया कारथयू को अधिकार ।
कालपी में रखा उसे, लड़ने को तैयार ॥
विंडहम तांत्या को तके, क्या कॉलिन पे करे मार ।
या वो आये कानपुर, हम स्वागत को त्यार ॥
विंडहम यह सब जानता, भारत की तासीर ।
काम शक्ति होते हुए , मार करो जो तीर ॥
काम तर भी अड़ जाए जो, भारतीय हैट जाय ।
मामूली सी जीत पर, गर्व करें अधिकाय ॥
आंगल की यह धारणा, सफल हुई कई बार ।

नया सोल्जर सीखता, लिखते इतिहासकार ॥
कानपुर छोड़ कर विंडहम, कालपी नहर पल आय ।
गतिविधि लख तांत्या, सुखंडी पहुंचा जाय ॥
पच्चीस नवम्बर पाण्डु नदी, गया तांत्या आय ।
शत्रु लख इतने निकट, युद्ध शुरू है जाय ॥
छब्बीस तारीख को विंडहम, योजना रहा बनाय ।
सीधा हमला बोल कर, मुंह को पीटा जाय ॥
एक एक हिस्सा मार कर, नष्ट करो सब अंग ।
ऐसा ही संकल्प कर, लगा दिखाने रंग ॥
सोलह को रिपु पिल पड़ा, विद्रोही छुपे झार ।
तात्या ने अंग्रेज पर, की तोपों की मार ॥
मारा मारी देर तक, तीन तोप ली जीत ।
विंडहम कहने लगा, सफल हुई ये रीत ॥
अंग्रेजों की फौज में, विजय घोष हो जाय ।
विजय हुई तेरी अगर, तो क्यों पीछे जाय ॥
कैसी विजय और कैसा रण, तात्या रहा ना छोड़ ।
नहीं लड़ता नहीं छोड़ता, कानपुर लाया मोड़ ॥
आंगल फौज आगे चली, पीछे अश्व सवार ।
कानपुर में दिए घुसा, जीत हुयी या हार ॥
है मराठा वीर यह, चरों और मँडराय ।
नहीं डरते अंग्रेज से, उलटे रहे धमकाय ॥
चौबीस घंटे फुर्सत नहीं, रहना प्रातः त्यार ।
प्रात सियोली, शिवराजपुर, की सेना दाहिने मार ॥
नौ बजे तक देखते, न तात्या का समाचार ।
तम्बू घुस करे नाश्ता, वो समझे नहीं विचार ॥
उसी समय पर खुल गया, विद्रोहियों का राज ।

लाल गोला तम्बू गिरा, कर भयानक आवाज ॥
आगे से भी गोलियां, सनसनाती आंय ।
जिसको भी आ कर लगें, वही धुल मिल जाय ॥
विंडहम ने छह तोप संग, कारथयू को दिया भेज ।
ब्रह्माव्रत के रास्ते, करो शहर अंगेज ॥
तोप अब दोनों और की, करें भयंकर मार ।
गोलंदाज अंग्रेज के, लगे दिखाने हार ॥
अर्धवृत व्यूह बना कर, लिए शत्रु घेर ।
अर्ध व्रत टूटा नहीं, हारे आंगल शेर ॥
आंगल के उखड़े कदम, तोप छोड़ हैट जांय ।
जो शत्रु पीछे हटें, वो आगे को आंय ॥
समय हुआ छह शाम का, गया शत्रु हार ।
जान बचा कर भागते, लगी करारी मार ॥
हज़ारों तम्बू छोल दारी, बैल रशद पोशाक ।
लगे हाथ विद्रोहियों के, मर्द मराठा धाक ॥
अंग्रेजी सेनापति, भागा बन कर भेड़ ।
शाश्त्र छीन मैदान से, सेना दायी खदेड़ ॥
मार करारी मार कर, शहर से दिए भगाय ।
सारा कानपुर जीत कर, पीछा किया जाय ॥
सर कॉलिन को भी मिला, कानपुर का समाचार ।
लखनऊ की बाधा मिटी, आता हूँ गंगा पार ॥
गंगा के दोनों तरफ, गयी फौज फिरंगी आय ।
झील क्रांति लखनऊ, सर कॉलिन चिढ जाय ॥
सत्ताईस तारीख रात भर, अटल और सावधान ।
तांत्या टोपे खड़ा था, अपने शाश्त्र तान ॥
अट्ठाइस तारीख सुबह से, की दो तरफ़ा मार ।

कॉलिन बाएं से चढ़ा, अब दाहिने हाहा कार ॥
क्रांतिकारी वीर ने, दिए अनेकों मार ।
ब्रिगेडियर विलशन मरा, हमला धुंआ धार ॥
कप्तान मार्फी भी मरा, लेफ्टिनेंट केन ।
मेजर स्टालिन मार गया, जो था बाँदा मैन ॥
आंगल मर गए बहुत से, रिबन लेफ्टिनेंट ।
विद्रोहियों ने टिकट दी, हेवन की अर्जेंट ॥
मारा मारी शाम तक, जो आंगल बढ़ आय ।
कमांडर और सेना सहित, पीछे दिए धकियाय ॥
तीजे दिन विजय तीसरी, पश्त किये अंग्रेज ।
आंगल कितने ही मार कर, दिए अदम को भेज ॥
सर कॉलिन ने देख ली, जो गति उनकी कीन्ह ।
भगा दिया अंग्रेज को, लिया कानपुर छीन ॥
क्रांतिकारी कानपुर, उत्सव विजय मनाय ।
रण सिंघा, तासे बजे, आसमान गुंजाय ॥
सर कॉलिन अंग्रेज की, गया छावनी आय ।
लखनऊ जो ढीला पड़ा, अब कानपुर आ जाय ॥
अप्रिय सत्य को समझ कर, दिया पल को तोड़ ।
कॉलिन ने यह देख कर, दिया तोपों का मुंह मोड़ ॥
कॉलिन ने विद्रोही पर, की तोपों की मार ।
तीस नवम्बर अंग्रेज की, सेना गंगा पार ॥
अवध छोड़ रिपु सैन्य सब, कानपूर बैठी आय ।
क्रांतिकारी लाडे बिन, ना छोड़ कानपुर जाय ॥
आंगल कमांडर चीफ से, करने दो दो हाथ ।
घर में जो आंगल घुसे, कानपुर नहीं अनाथ ॥
इस कर्मठ अंग्रेज ने, किया सैन्य फैलाव ।

तीन ओर से घेर कर, न लगे कहीं से दाब ॥
बायां बाजू कानपुर, ओर गंगा के बीच ।
मध्य कानपुर शहर पर, दांयां नहर पे खींच ॥
शिक्षित सेना साथ में, सैनिक दस हज़ार ।
विद्रोही तारीख दो, की तम्बू पर मार ॥
ज्वाला ग्राही नाव कुछ, छोड़ी गंगा मांय ।
उनसे आग लगाय कर, गंगा पल जल जाय ॥
विद्रोहियों ने पांच को, गोला दिए बरसाय ।
हरकत सारी बंद कर, कॉलिन चुप रह जाय ॥
झेली आज तक ढीठता, दायी चुनौती आय ।
सेना सारी सेट कर, बाधा दायी हटाय ॥
छह को निश्चय कर लिया, दूंगा सबक सिखाय ।
विद्रोही दम नाक में, किया हमारा आय ॥
विद्रोहियों के पास में, सेना दस हज़ार ।
बाएं नाना साहब हैं, दाहिने ग्वालियर तैयार ॥
कारी - गोरी मलेच्छ पर, सेना पांच हज़ार ।
पैंतीस तोपें साथ में, छह सो अश्व सवार ॥
सात तारीख की भोर में, युद्ध शुरू है जाय ।
दाहिने को हमला करें, बाएं झूट दिखाय ॥
ध्यान विद्रोही का बटा, ग्रेट हेड आया बीच ।
आंगल युद्ध दये तरफ, धोका देते नीच ॥
गोला बारी भयानक, धरती रही देहलाय ।
छुप कर दाहिने आ गए, असल युद्ध किया आय ॥
ग्वालियर सेना ने करी, उन पर भयंकर मार ।
पांडे करें बन्दूक से, भारी धुंआ धार ॥
डबल मार्च से सिख चले, भरी कुश्ती होय ।

आधे घंटे देर तक, पीछे हटे न कोय ॥
तोपें ले कर साथ में, जवान पील के आंय ।
विद्रोहियों का दाहिना, पीछे को हट जांय ॥
एक बार हटना हुआ, आंगल जोश भर जाय ।
किया कब्ज़ा छावनी, विद्रोही हट जाय ॥
दाहिने पूरी हो गयी, सर कॉलिन की जीत ।
पर शांत नहीं इच्छा हुयी, कुछ ओर कारन की नीत ॥
कालपी रास्ता रोक कर, मेंसफील्ड दायीं और ।
तात्या आये शरण में, इसी बात पर जोर ॥
मेंसफील्ड पर टूट पड़े, विद्रोही जोर लगाय ।
सर कॉलिन का दाब फिर, निष्फल ही रह जाय ॥
तब तात्या सेनापति, तोड़ फिरंगी जाल ।
तोप खाना सेना सहित, निकला किया कमाल ॥
शिवराजपुर के पास में, होप से हुयी भिड़ंत ।
कुछ तोपें वहां रह गयीं , तात्या निकला अंत ॥

वार्ता

इस तरह सर कॉलिन ने तारीख छह से नो तक इन चार दिनों में विंडहम की पराजय का प्रतिशोध लिया। विद्रोहियों की बत्तीस तोपें जब्त की ओर विद्रोहियों की सांकल तोड़ कर कुछ को कालपी की ओर कुछ को अवध की ओर भगा दिया। इस कठिन विजय के बाद कुछ सरल विजय क्यों न प्राप्त करें। इसलिए वह ब्रह्मावृत की ओर दौड़ गया। वहां का राजमहल लूटा, खंडहर बना दिया, वहां की संपत्ति को लूटा ओर फिर उस विजय पर झंडा लगाने को ब्रह्मावृत के विशाल महल तोड़ फोड़ कर ध्वस्त कर दिए। ब्रह्मावृत के इस महल में सन अठारह सो सत्तावन के स्वतंत्रता संग्राम का गर्भ संभव हुआ था और ब्रह्मावृत के इन मंदिरों ने ही इस स्वतंत्रता गर्व पर आशीर्वचन बरसाए थे। इसी ब्रह्मावृत महल में आर्य

भूमि के देदीप्यमान वीर रत्न नाना तांत्या बाला साहब झाँसी की छबीली शिशु से युवा हुए। राम गढ़ से धकेला गया मराठों का राज जिस दिन यहाँ अंग्रेज के रक्त से प्रार्द्धभूत हुआ। उस दिन इस महल ने ओर इन देवालयों ने डीप उत्सव किया था परन्तु आज इस दीप उत्सव की ही आग से ही वो भष्मीभूत हो गए हैं लेकिन इतिहास इनकी पवित्र भष्म पर एक अश्रु भी मत गिराना। स्वतंत्रता के तेजस्वी गर्भ को जनम देते समय उस उद्दात्त प्रसव वेदना से जो राजमंदिर ओर देव मंदिर मरते हैं उनकी मृत्यु गुलामी के झंड पैदा करने वाले राजमंदिर ओर देव मंदिरों के अस्तित्व से हजार गुना चैतन्य कारी हैं। चिता अग्नि के उपयोग में आने वाली अग्नि की अपेक्षा यज्ञ की हावी के उपयोग में लिया जाने वाला कष्ट हज़ार गुना चैतन्य दायी होता है।

रागनी

कुंद हुए हथियार आज क्यों, ओ भारत के वीर ।
खींच रहे दुस्साशन कितने, भारत माँ का चीर ॥
अँधा राजा सिंघासन पे, पट्टी बांधे रानी ।
दरबारी सब बाइक हुए हैं, डूबे ज्ञान में ग्यानी ॥
उतर जाय आँखों का पानी, तब क्या रहे शरीर ।
खींच रहे दुस्साशन कितने, भारत माँ का चीर ॥
कितने शकुनि पाशा फेंकें, सपनों का व्यापार करें ।
घर में हाथ बंधे भीषम के, बहार मंगलाचार करें ॥
कोई छुप छुप के वार करे, कह इसमें क्या तकसीर ।
खींच रहे दुस्साशन कितने, भारत माँ का चीर ॥
धरम कभी नहीं पाप से झुकता, जो झुक जाय वो धर्म नहीं ।
जर जोरू मत हार जुए में, दुश्मन करते शर्म नहीं ॥
निकले सारा भरम नहीं, कुछ ऐसी कर तदबीर ।
खींच रहे दुस्साशन कितने, भारत माँ का चीर ॥
पहले तो तेरा धन लूट्या, जो पाया खून पसीने से ।

तेरे घर पर फूंस नहीं, उसकी कोठी बनी करीने से ॥
धिक्कार किया तू जीने से, तेरी माँ को पड़ी जंजीर ।
खींच रहे दुस्साशन कितने, भारत माँ का चीर ॥
बन के धर्म खड़ा हो जा तू, अर्जुन बन के तीर उठा ।
गीता ज्ञान यही कृष्ण का, गद्दारों की भीड़ मिटा ॥
नीति की शमशीर उठा, ओर पक्की खींच लकीर ।
खींच रहे दुस्साशन कितने, भारत माँ का चीर ॥
जोरू ओर जमीन हमारी, बेटी रोटी खतरे में ।
गंगा, गऊ, गायत्री, गीता, खुद तेरी चोटी खतरे में ॥
पूर्ण की लंगोटी खतरे में, अब चला आखरी तीर ।
खींच रहे दुस्साशन कितने, भारत माँ का चीर ॥

प्रकरण

लखनऊ का पतन

दोहा

तांत्या टोपे भयंकर, गड़बड़ रहा मचाय ।
काबू में कर कानपुर, तांत्या दिया भगाय ॥
सर कॉलिन मन सोचता, बागी जो प्रदेश ।
उनको फिर से जीत लूँ, करूँ शांति शेष ॥
सीटन दिल्ली जीत कर, गया अलीगढ आय ।
वालपोल चला कानपुर से, अलीगढ पहुंचा जाय ॥
वालपोल सीटन तभी, मैनपुरी मिल जांय ।
सर कॉलिन उनके लिए, नक्शा दे भिजवाय ॥
ये दोनों दोआब में, यमुना तट, बढ़ जांय ।

सर कॉलिन गंगा पुलिन, सैन्य फतेहगढ़ लाय ॥
विद्रोही तब सिमट कर, फतेहगढ़ में मिल जांय ।
कॉलिन वालपोल सीटन, मिले फतेहगढ़ आय ॥
इस आगामी साल में, योजना कर अंग्रेज ।
खंडित हुए प्रदेश को, फिर कर लें अंगेज ॥
18 दिसंबर कानपुर से, वालपोल चल देय ।
तोपखाना सेना सजी, सभी साथ में लेय ॥
कालपी के रास्ते, जहाँ बिखरे क्रान्तिकार ।
छोटी छोटी झपट से, चले लगाते मार ॥
आश्रय क्रान्तिकार को, देते हैं जो गांव ।
आगजनी फांसी लगा, आंगल देते दाव ॥
जंगल रीत से क्षेत्र पर रहे कहर बरपाय ।
इसी तरह बढ़ते हुए, गए इटावा आय ॥
ये सेना चतुरंगिणी, एक दम से रुक जाय ।
क्रांतिकारी सिमट कर, क्या यहाँ आ जांय ॥
हिन्द वीर चालीस थे, खड़े चुनौती देय ।
युद्धम देहि घोष कर, योद्धा अटल अजेय ॥
एक छोटा सा भवन है, हुए गोली को छेद ।
अदम्य वीरता देख कर, आंगल को हुआ खेद ॥
एक एक मशकैट हाथ में, हृदय ज्योति जलाय ।
युद्धम देहि मांग कर, आंगल रोके आय ॥
पाँव इटावा द्वार पर, जो कोई रक्खे आय ।
शस्त्र धरे तुम वीर हो, स्वागत शस्त्र से पाय ॥
जबड़ा दिखा अंग्रेज ने, चाहा ये डर जांय ।
डर कर के ये सर फिरे, आगे से हट जांय ॥

वार्ता

डर किसे ? जिसने एक बार दिव्य स्वतंत्रता के लिए, स्वतंत्रता लक्ष्मी से सम्मोहित हो कर मृत्यु से ही प्रेम किया, मृत्यु का भय छोड़ा, मृत्यु के लिए उतावला हो गया उसे विश्व में कौन डरा सकता है। जो जय के लिए लड़ता है, जो कीर्ति के लिए लड़ता है, वह डरता है। परन्तु जो मृत्यु के लिए ही लड़ता है उसे कौन डरायेगा ? ऐसे वीरों को प्रिथ्वी के सारे अंगारे और आकाश की बिजलियाँ आ कर गिरें तो भी नहीं डर सकता। जिसने मृत्यु की आशा पकड़ी उसे विश्व में निराशा कैसी ? इसलिए उन्होंने पलायन के खुले मार्ग को छोड़ दिया। उन्होंने विजय की कल्पना भी नहीं की। अंग्रेजों की चतुरंग सेना को धिक्कारते हुए ये मुट्ठी भर लोग उस भवन से युद्धम देहि की गर्जना करने लगे। दिल्ली से जो दरी नहीं, कानपुर के राण से जो डर कर रुकी नहीं वह अंग्रेजी सेना इस बीतता भर भवन के पास मानो ठोकर खा कर रुक गयी। मेल्शन लिखता है संख्यां में केवल मुट्ठी भर और मशकैट ही साथ में परन्तु निराशा के अवसान से अधिक युद्ध का उत्साह उनमें भरा हुआ था। अपने ध्येय के लिए आत्मार्पण करने को वे मृत्यु की लालसा कर रहे थे। उन पक्के योद्धाओं ने दीवारों के उन छेदों से हमला करने वाले पर ऐसी निरंतर अचूक मार की तीन घंटे तक अंग्रेज उस भवन को स्पर्श नहीं कर सका। अंत में उस भवन को सुरंग लगा कर उदा देने का निर्णय हुआ। इंजीनियर लोगों ने सुरंग खोदी और उसे बत्ती दे दी। सुरंग से वह पूरा भवन हवा में उछला और फिर नीचे गिरा।

उसके उछलने और गिरने से उनको शहादत का सम्मान मिल गया जिसकी उन्हें अति उत्कट इच्छा थी।

वे सारे उसी स्थान पर मर गए। उस दिन से कैसे मरा जाय, इस विषय पर इटावा की यह पवित्र समाधि मूक व्याख्या देती रहती है। इटावा शूर थ्रम्पिल के पहाड़ में इटली के ब्रेसा के किले में, नीदरलैंड के रूटर शरीर में तुम से अधिक तेजों में क्या होगा। इटावा - शूर - इटावा।

दोहा

काशगंज और मैनपुरी, अलीगढ आदि अस्थान ।
फुटकजार बागी पीटते, सीटन पहुंचा आन ॥
इटावा से वालपोल चला, मैनपुरी गया आय ।
जनवरी तीन तारीख को, यहाँ भेंट है जाय ॥
दोआब का यमुना पुलिन, मीरुत दिल्ली इलाहबाद ।
आईटी गंगा तट फतेहगढ़, कर आंगल राज आबाद ॥
नवाब फ़तेह गढ़ को रिपु , बगावत की सजा देय ।
अंतिम गुफा विद्रोह की, अब तक रही अजेय ॥
स्वतंत्र घोषित किया था, फर्रुखाबाद नवाब ।
बागी गोल हुए फतेहगढ़, आंगल दिया दबाव ॥
फतेहगढ़ नाना का मित्र था, बागी नादिर खान ।
सार्वजनिक फांसी दई, वो दे गया व्याख्यान ॥
अंतिम उपदेश में कह गया, हाथ रखो तलवार ।
जब तक आंगल ना मरे, करते रहना वार ॥
पराभव का परिणाम भी, भुगता फर्रुखाबाद ।
असला राजधानी किला, गया हार के बाद ॥
बचे खुचे विद्रोही भी, भागे गंगा पार ।
जीत हुयी अंग्रेज की, विद्रोहियों की हार ॥
सर कॉलिन चार तारीख को, गया फतेहगढ़ आय ।
दोआब से मीरुत तलक, क्षेत्र फ़तेह हो जाय ॥
दोआब से विद्रोह बुझा, अब सब जगह ठंडा होय ।
ये आशा झूटी पड़ी, गाल बजाओ कोय ॥
तिल्ली गिरते ही चल पड़ा, जैसे उन्मत मेघ ।
सैन्य समूह वहाँ से चला, मन में कर उद्वेग ॥

रोहिल्ला सेनापति, बहादुर बख्तर खान ।
वीर सिंह के नेतृत्व में, नीमच फौज कमान ॥
जो जो हारी फौज थी, ले अपने सूबेदार ।
आंगल की ना शरण ले, मन में क्रोध अपार ॥
दिल्ली हार ले कर चले, मन में भरा अपमान ।
बदला हम ले कर रहें, धरी हथेली जान ॥
उनके मन में बस यही, निश्चय पक्का होय ।
आंगल से जब तक लड़े, अंतिम सांस की लोय ॥
लड़ना बस अंग्रेज से, दूसरा नहीं विचार ।
नहीं जाएगी म्यान में, अब अपनी तलवार ॥
भींचे दांत, भृकुटि तनी, अग्नि ह्रदय प्रचंड ।
भारत के अपमान का, दें बैरी को दंड ॥
फिरंगियों को मारना, ये धर्माज्ञा होय ।
नाश ना कर दें जब तलक, पीछे हटे न कोय ॥
विद्रोही आगे चले, अब दिल्ली को हार ।
मन के अंदर क्रोध ले, म्यान मुक्त तलवार ॥
दिल्ली हार से बढ़ गयी, स्वतंत्रता की आग ।
एक यही संकल्प है, हो गया सभी विराग ॥
दिल्ली का प्रतिशोध लें, बरेली लखनऊ आय ।
गया दोआबा हाथ से, रोहेल अवध रह जाय ॥
यह सिंघासन सक्रिय, आंगल मुख्य सवाल ।
रोहिलखण्ड पहले लड़ें, फिर लें लखनऊ हाल ॥
लार्ड केनिंग कह रहे, पहले लखनऊ जांय ।
लखनऊ पहले तोड़ दें, तो सभी शरण आ जांय ॥
सीटन वालपोल और कॉलिन, सेना दस हज़ार ।
फतेहगढ़ सेना साथ में, लड़ने को तैयार ॥

कुछ फौज राखी दोआब को, कुछ आगरा से आय ।
कानपुर फौज विशाल ले, कॉलिन लखनऊ जाय ॥
उस सेना का वर्णन करें, आंगल ग्रन्थ कार ।
बुन्नी और उन्नाव में, सेना गयी उतार ॥
ऐसी आंगल फौज कभी , देखी ना मैदान ।
पैदल घोड़े तोपखाना, सेवक रशद के यान ॥
अपूर्व सेना अंग्रेज की, सज्जित थी सर्वांग ।
पैदल सत्तरह बटालियन, और पंद्रह गौरांग ॥
चार गोरी रेजिमेंट थी, अट्ठाइस स्कवाड सवार ।
चौवन हलकी तोप थी, अस्सी भारी तैयार ॥
पदनत करने अवध को चल दी गंगा पार ।
तेईस तारीख को कानपुर, छोड़ किया संचार ॥
हिन्दू मंदिर तोड़ता, लगा लगा बारूद ।
सर कॉलिन केम्पबेल का, हिन्द पतन मक़सूद ॥
अवध सभी यह जानता, ख्याल न मन में कोय ।
अपने से अपमान हो, ये दारुण दुःख होय ॥
नेपाली जंग बहादुर, निज सेना के साथ ।
लड़ने अवध से आ रहा, मिला रिपु से हाथ ॥
बैरी लड़ें मैदान में, उसका दुःख नहीं कोय ।
अपना मारे फूल भी, तो भारी दुःख होय ॥
युद्ध फिरंगी का झेलते, ये साधारण बात ।
दारुण दुःख है स्वजन का, करे जो विश्वासघात ॥
विशाल सैन्य दोआब की, पूर्व से नेपाल ।
कुलघाती जुंग बहादुर, हिन्द विरोधी जाल ॥
गो चर्बी कारतूस में, आंगल दई लगाय ।
धर्म भाइयों से शत्रुता, आंगल मित्र बनाय ॥

सं सत्तावन साल से पहले लन्दन जाय ।
वैभव देख इंग्लैंड का, गोरों से डर जांय ॥
वैभव देख विलायत का, जो अजीमुल्ला खान ।
रंगो बापू भी गए, जागा स्वाभिमान ॥
काठमांडू से आ गए, गोरखा तीन हज़ार ।
सौंप दिए अंग्रेज को, अवध युद्ध को तैयार ॥
अठारह सोउ सत्तावन से रुके, अवध के पूर्वी भाग ।
बागी नेता हुसैन के, भर गयी मन में आग ॥
दोआब युद्ध के कारणे, आंगल बल खींचतान ।
बैनी माधव, हुसैन भी, अड़े इरादत खान ॥
पूर्व अवध कब्ज़ा किया, कोई आये ना शैतान ।
तब गुरखों ने ठेल कर, खाली किया स्थान ॥
जंग बहादुर अंग्रेज से, निश्चित किया करार ।
चल कर आये नेपाल से, गुरखा नौ हज़ार ॥
गोरी फौज रे क्राफ्ट की, और फौज नेपाल ।
बनारस के उत्तर तरफ, अवध के पूर्वी हाल ॥
सभी इलाका जीत कर, बागी दिए हटाय ।
फरवरी पच्चीस को, अवध घुसी है आय ॥
नदी घाघरा पार कर, अम्बरपुर आ जांय ।
उन्हें झाड़ियों बीच में, एक किला दिख जाय ॥
किला बहुत मजबूत था, महत्वपूर्ण अस्थान ।
अब उसको जीते बिना नहीं आगे प्रस्थान ॥
किया आक्रमण गोरखा, देता किला जवाब ।
हिन्द वीर चौंतीस थे, लिए आजादी ख्वाब ॥
आईटी सेना चतुरंगिणी, इधर मात्र चौंतीस ।
देश धरम के कारणे, लड़ते विशवे बीस ॥

जबरदस्त हमला किया, मारे यौद्धा सात ।
बयालीस घायल किये, धन्य पिता और मात ॥
इज्जत राखी देश की, धर्म की रक्षा हेत ।
घुसने जब दिया दुर्ग में, सभी रहे राण खेत ॥
अम्बरपुर किला जीत कर, संयुक्त सैन्य बढ़ जाय ।
पीछे जनरल फ्रेक भी, बागी जीतता आय ॥
सुल्तानपुर के नाजिम जी, और मेंहंदी हुसैन ।
मिर्जा गफूर तोपखाने संग, भेजा लखनऊ सेन ॥
क्रांतिकारी वीर ये, सहज ना जीते कोय ।
तेईस फरवरी पश्त कर, फ्रेक सफल तब होय ॥
लखनऊ जीतने जो बढ़ी, सैन्य हुई अति पास ।
सब की ये मनो कामना, करें क्रान्ति नाश ॥
कॉलिन कानपुर से चला, सेना ले प्रचंड ।
जंग बहादुर फ्रेक भी, चले पूर्व से फ्रेंड ॥
ग्यारह मार्च के पूर्व ही, सैन्य इकट्ठी होय ।
लखनऊ में प्रतिकार को, बंदोबस्त क्या होय ॥
गड़बड़ क्या तांत्या करे, लखे कॉलिन नवम्बर मास ।
तब से ले इस मार्च तक, अनथक किये प्रयास ॥
कितनी ही बार कानपुर, नाना की हुई हार ।
बदला लेने लखनऊ, जाता हूँ बारम्बार ॥
गंगा पार होते समय, नाना करता है वार ।
अप्रत्यक्ष लखनऊ की रक्षा हो हर बार ॥
नाना डाले पेंच ये, गंगा पे बना दबाव ।
ना जाने दे लखनऊ, ले उल्टा खींच दोआब ॥
झंडा लखनऊ शान से, रहा शिखर फेहराय ।
उसकी रक्षा को अड़े, राजा रंक और राय ॥

लखनऊ जनता क्रुद्ध जो, कारन नहीं लगान ।
बस आंगल के स्पर्श से, घाटे देश का मान ॥
आंगल राज अच्छा बुरा, सभी गौण हालात ।
चाहते नहीं अधीनता, यही आखरी बात ॥
व्यक्तिगत ना दुश्मनी, उनका ध्येय उद्दात ।
मलेच्छ राज करें हिन्द पर, यही शर्म की बात ॥

वार्ता

पर इन सब में प्रमुख व् फैज़ाबाद का देशभक्त वीर पुरुष अहमदशाह मौलवी कहाँ है ? क्रान्ति युद्ध की जलती ज्योति हाथ में ले कर जब वह सारे हिन्दुस्तान में आग लगा रहा था तब लखनऊ के अंग्रेज अधिकारियों ने उसे पकड़ कर फांसी का दंड दिया था। उस दंड पर कार्यवाही होने से पूर्व उसे फैजाबाद के कारावास में ले जाया गया। और इस विदेशी कारावास की कोठरी में से उठा कर उसे सन अठारह सौ सत्तावन की आंधी ने स्वराज सिंघासन की सीढ़ी पर खड़ा कर दिया। वह देश वीर अहमद शाह मौलवी अपने देश की स्वतंत्रता और अपने धर्म की अस्थापना के लिए रणक्षेत्र में रंग गया। जैसे वह समरांगण में योद्धा था, वैसा ही सभांगन में भी वह वाकयोद्धा था। सभांगन में अपने वाक् शौर्य से हज़ारों को मंत्रमुग्ध करता था और रणांगण में हज़ारों देश बंधुओं के साथ शास्त्र युद्ध से शत्रुओं को पाशबद्ध करता था। आलमबाग में चार हज़ार सेना और तोपों के साथ आउट्रम बैठा था। और तात्या टोपे के पेच के कारण सर कॉलिन कानपुर में बंधा हुआ था। तब लखनऊ इस अवसर पर क्यों न अपने शत्रु को रण से भगा देने के लिए जोर का प्रयास करे इसलिए मौलवी ने अपने लोगों को उत्तेजित, संगठित, और एकीकृत करने के लिए रात दिन प्रयास किये। अवध के बेगम राजदरबार में मुख्य राजसत्ता धारी होने से, उस कृतत्व से लखनऊ शहर में हज़ारों भिन्न भिन्न राजाओं का एकीकृत करना मुश्किल लगने लगा तब क्यों नहीं मुट्ठी भर अंग्रेज को अनंत शुभ प्रसंग आंतरिक अराजकता और ढील के कारण व्यर्थ गए। और जब दिल्ली गिर जाने और कानपुर हारने और फतेहगढ़ हाथ

से निकल जाने से उन प्रदेशों को हज़ारों क्रांतिवीर लखनऊ में आ कर अधिक उत्तेजित होने की जगह पहले की अराजकता में उद्दंडता को जोड़ने लगे और अब विजय से फूले और अनगनित सैनिकों से हज़ार गुना सबल बने अंग्रेजों का अंतिम अनिवार्य हमला निकट आ गया है। हर क्षण ऐसी आशंका दिखने लगी है तब इस देशाभिमानी मौलवी ने लखनऊ के दरबार में अपने वाकतेज से अपनी बे झिझक अप्रतिम टीका के बल से कितने ही अपनों के हृदयों को जागृत किया। अभी भी दिल से प्रयास किया जाए तो अंग्रेजों को रण में पीटना संभव है। यह उसने लखनऊ की राजसभा में प्रतिपादित किया। परन्तु उसके उस तेज से उत्तेजित ना हो कर उस राजसभा के कृत्तित्व शून्य और दीपक से जले लोग और अधिक जलने लगे और कुछ ही दिनों में मौलवी को उन्होंने कैद कर दिया। परन्तु बेगम से अधिक इस मौलवी का सिपाहियों पर प्रभाव था। और दिल्ली से आयी सेना का इस मौलवी पर बहुत विश्वास था।

दोहा

कारमुक्त हुआ मौलवी, प्रभाव बढ़ा दरबार ।
भेदभाव सब छोड़ कर, हो जाओ रण को तैयार ॥
समय झगड़ने का नहीं, ये है घातक रोग ।
शत्रु देहरी आ चढ़ा, किये चौकन्ने लोग ॥
सेना को जागृत कर, पैदा किया आवेश ।
जो तुम अब सोते रहे, तो डूब जायेगा देश ॥
जान फूंक कर फौज में, कर सब को चैतन्य ।
चला वो नंगी तेग ले, रहे न पीछे अन्य ॥
बाइस को आलम बाग़ में, ऐसा व्यूह रचाय ।
चकमा दे अंग्रेज को, लेता उन्हें फँसाय ॥
सेना ले कर साथ में, चला कानपुर और ।
आंगल जो पीछा करे, तो मुड़ कर मारे जोर ॥

चतुर वीर सेनापति, पर ढीली सेना साथ ।
बे अनुशासन जंग में, हार लगेगी हाथ ॥
मौलवी जैसे वीर कई, करते रहें प्रयास ।
हमला करें सटीक तो, होय जीत की आस ॥
पंद्रह जनवरी विद्रोही को, समाचार मिल जाय ।
कानपूर से अंग्रेज कुछ, रसद रहे हैं लाय ॥
रसद छीनने मार्ग में, उनकी चर्चा होय ।
बात बानी नहीं आपसी, रास्ता न निकला कोय ॥
तब मौलवी ने शपथ ली, रसद छीनूँगा जाय ।
वीर लिए कुछ साथ में, लुक छिप कर बढ़ जाय ॥
आउट्रम को एक दूत से, मिला अग्रिम समाचार ।
दी फौज भेज अंग्रेज ने, करने उन पर मार ॥
मौलवी दाल के साथ में, विकत लड़ाई होय ।
चढ़े कसौटी पर वो ही, जो कोई हीरा होय ॥
निर्मम बे सुध युद्ध में, गोली हाथ लग जाय ।
जख्मी हो कर मौलवी, गिरा धरिन में आय ॥
इस मौलवी को पकड़ने, लगी आंगल में होड़ ।
विद्रोही रण खेत से, लाये उठा कर दौड़ ॥
ले डोली में मौलवी, लखनऊ पहुंचे हार ।
नेता ब्राह्मण शूर एक, मिला उसे समाचार ॥
नहीं ले कर विश्राम वो, किया आक्रमण आय ।
लड़ते लड़ते शाम को, घायल हो गिर जाय ॥
लगे विद्रोही भागने, रण में खा कर हार ।
कुछ सैनिक वेतन बिना, नहीं युद्ध को तैयार ॥
अग्रिम वेतन मिल गया, फिर फिर मांगे आय ।
बेगम ने सूझ बूझ से, धैर्य रखा बनाय ॥

कड़ी पराजय की जुडी, एक के बाद एक ।
अर्थ मंत्री भी मर गया, विपदा पड़ी अनेक ॥
आपत्ति पड़ती रही, नहीं मानती हार ।
दुश्मन खड़ा है द्वार पे, स्वागत को तैयार ॥
वीर अहमद शाह मौलवी, हाल देख शर्माय ।
असहय घाव अच्छा हुआ, पुनः युद्ध को जाय ॥
उस दिन भी मैदान में, विद्रोहियों की हार ।
पांच फरवरी शाम को, म्हणत गयी बेकार ॥
साठ वीं रेजिमेंट का, था एक सूबेदार ।
आठ दिन में अंग्रेज को, निकाल करूँगा पार ॥
प्रतिज्ञा उसने करी, लखनऊ को लिखी हार ।
पुरुषार्थ बिन जीत की, लखे बात बेकार ॥
रणांगण में चाहिए, पुरुषार्थ भरपूर ।
पराक्रम और परुषार्थ से, विजय नहीं है दूर ॥
सर कॉलिन भी अंत में, आलम बाग़ आ जाय ।
लखनऊ को फिर जीतना, लिया मता बनाय ॥
लखनऊ विजय को कर रहे, एक वर्ष से प्रयास ।
अनेक आक्रमण भी किये, फिर भी आस निराश ॥
ना परवाह अंग्रेज की, शान से ध्वज फेहराय ।
अब निर्णायक युद्ध को, सर कॉलिन आ जाय ॥
अंग्रेजों ने जिस तरह, शक्ति संचय की ।
वैसे ही क्रान्तिकार ने, धर्म वास्ता दीन ॥
दीवाने स्वराज के, चल दिए लखनऊ और ।
जैसे मक्खी शहद की, छत्ता पे दे जोर ॥
स्वयं सेवक प्रदेश के, चले शाहस्त्रों वीर ।
राजधानी एकत्र हों, लिए हाथ शमशीर ॥

ये अंतिम संघर्ष है, लिया हथेली शीश ।
या तो रण में लड़ मरें, या जीतें विशवे बीस ॥
उन्होंने शहर के घरों में, कर के राखे छेद ।
गोली चले हर जगह से, करते रहें लक्ष्यभेद ॥
नहरें खोदी नदी से, किया सबल पूर्वी भाग ।
दिल खुश बाग़ से महल तक, भीत बनी बेलाग ॥
शहर सुरक्षा तैयार कर, योद्धा अस्सी हज़ार ।
उत्तर दिशा को छोड़ कर, हुई लश्करी तैयार ॥
उत्तर में बहे गोमती, नहीं चाहिए प्रबंध ।
आगत का अंदाज क्या, भविष्यकाल है अंध ॥
कॉलिन देखा मर्ज को, आउट्रम दिया भेज ।
उत्तर दिशा से घुस गया, करी मार अंग्रेज ॥
उस दिशा से युद्ध को पहले ना आया कोय ।
रक्षा होगी नदी से, यही धोखा होय ॥
उत्तर से घुसा आउट्रम, करी मर्म पर मार ।
सर कॉलिन के पास अब, सेना तीस हज़ार ॥
दिल खुश बाग़ डेरा दिया, जीता पूर्वी भाग ।
उत्तर पूर्व छः मार्च को, बढ़ी युद्ध की आग ॥
घेरा कसना शुरू किया, पक्का व्यूह बनाय ।
छः से पंद्रह मार्च तक, रात दिन रण छिड़ जाय ॥
आंगल दिलखुश बाग़ से आगे को बढ़ जाय ।
बेगम कोठी, सहानजिप, कदम रसूल कब्जाय ॥
दस मार्च को विद्रोही ने, दिया हडसन मार ।
दिल्ली शहजादे इसी ने, दिए शरण गहे पर मार ॥
लखनऊ ने बदला लिया, इस पापी से आज ।
शरणागत को मार कर, बनता था सरताज ॥

चौदह को लखनऊ महल में, आंगल घुस गया आय ।
आंगल की इस जीत का, श्रेय सिख को जाय ॥
कॉलिन लखनऊ जीत का, उछाल रहा आनंद ।
तभी एक समाचार से, मजा हुआ कुछ मंद ॥
लखनऊ शहर में खून की, मूसलाधार बरसात ।
वाजिद बेगम पुत्र संग, निकली सेना साथ ॥
धन्य अहमद शाह मौलवी, तेरी वीरता को प्रणाम ।
आदित्य वीर संसार का, किया असंभव काम ॥
ले मुट्ठी भर वीर कुछ, शहर मध्य घुस जाय ।
क्रोधित हो अपमान से, बैरी संग भीड़ जाय ॥
शहादत गंज एक भवन में, केवल संग दो तोप ।
काल कूट विष की तरह, घाव करें वो कोप ॥
चिंता प्राण की छोड़ कर, देश भक्त वह शूर ।
वीर अकेला जूझता, हुआ जोश में चूर ॥
आंगल काले सर्प ने, लखनऊ सटका आय ।
उसको उल्टा खींचने, हाथ दिया मुख मांय ॥
उसे भगाने के लिए, भेजा था लिउ गार्ड ।
तेतालीस वीं पल्टन साथ में, काम नहीं कुछ हार्ड ॥
उसका शौर्य अपूर्व है, अध्भुत क्रान्तिकार ।
निकला बाहर वो तभी, जब दिए अनेकों मार ॥
अंतिम युद्ध लखनऊ का, हुआ कुछ ठंडा जोश ।
झंडा गया वनवास में, देखा करके होश ॥
लखनऊ का ध्वज हाथ गया, पहुंचा लखनऊ पार ।
अब तेरी तलवार का, खड़ा करे इंतज़ार ॥
जो अंग्रेजी कैद में, विद्रोही जा आय ।
या विद्रोही जाल में, आंगल पकड़ा जाय ॥

दिख्खाते कुछ चित्र हम, वो क्या करते हाल ।
विद्रोही नहीं मारते, ये वीरोचित चाल ॥
लखनऊ कारागार में, छः माह से कुछ मेम ।
और कुछ गोर साथ में, रखा उनको सेम ॥
सर कॉलिन के युद्ध में, कोई राह चलता मिल जाय ।
कायरता से काटते, कोई वीरता नांय ॥
विद्रोही कहें देख कर, हमें कैदी सौंपे जांय ।
इसलिए छः ख़तम कर, किया जैसा पाय ॥
नारी जाती के नाम पर, सभी मेम बच जांय ।
मानव गरिमा बचा कर, बेगम दिया दिखाय ॥
बेगम ने रखा उन्हें, नारी राजनिवास ।
पोषण किया सम्मान से, दिया मानवता आभास ॥
लखनऊ शहर के नागरिक, किया आंगल क्या हाल ।
लेखक आंगल मुंह से, उगले सभी हवाल ॥

वार्ता

अब अंग्रेज लखनऊ शहर के नागरिकों पर कैसे ज़ुल्म ढा रहे हैं। यह भी उनके प्रसिद्ध लेखकों से उगलवाते हैं। विद्रोही और अवध के सभी लोग पाँच वर्ष से अस्सी वर्ष के सभी शशस्त्र लोगों को मार दिया गया। हाथ में आये विद्रोहियों में से सैकड़ों घायल लोगों को सशस्त्र धड़ाधड़ गोली मारकर मार डालना। गाँवों को आग लगाकर भस्म करना आदि बातें तो नित्य चल रही थीं, परन्तु इससे भी अधिक दानवी प्रक्रिया के उदाहरण जो ज्ञात न होने के कारण छिपे रह गए वे लखनऊ में एक विख्यात लेखक डॉ० रसेल की दृष्टि में पड़ी; उनमें से एक का वह वर्णन करता है।

अभी भी कुछ सिपाही जीवित थे और उनका वध दया भाव से कर दिया गया, परन्तु उनमें से एक को घर के बाहर तप्त बालू पर खींचकर लाया गया, वहाँ

उसे अंग्रेज सिपाहियों ने संगीन से छेद कर दबाकर रखा था।

सोल्जर उसे जलाने के लिए लकड़ी बीनने चले गये थे और जब सारी तैयारी हो गयी तब उस सिपाही को सुलगती चिता पर जीवित ही भूना गया। यह कृत्य करने वाले सारे अंग्रेज ही थे और उनके अनेक अधिकारी यह सब देखते वहीं खडे हुए थे, फिर भी कोई बीचबचाव करने नहीं आया। परन्तु जब वह अभागा आधा कच्चा आधा जला चिता से फड़फड़ाता बाहर आया, तब यह आसुरी कर्म परमोच्च विन्दु पर पहुँचा। विलक्षण रूप से छटपटाता हुआ जब वह चिता से बाहर कूदा तो जलते मास के लोथड़े उसकी खुली हड्डियों से लटक रहे थे और वह पकड़े जाने से पहले ऐसी अवस्था में भी दूर दौड़ गया। परन्तु उसे फिर पकड़ा गया और संगीनो से कौंचकर फिर चिता पर धकेला गया और उसके अधजले अवशेष फिर जलाये गये। शहर में ऐसा कत्लेआम चल रहा था, तब एक कश्मीरी लड़का एक अन्धे बूढ़े को साथ ले वहाँ के एक अंग्रेज अधिकारी के पास आया और उसे भूमि पर लेटकर नमस्कार करते हुए जीवनदान की भीख मागने लगा। उस अधिकारी ने पिस्तौल निकाली और उस अभागे शरणागत पर गोली चला दी। उसने फिर घोड़ा दबाया, फिर पिस्तौल चलायी; फिर गोली चूक गयी। पुनः घोड़ा दबाया। उस गोली ने उस लड़के को मारने से फिर नकार दिया। चौथी बार वह वीर यशस्वी हुआ और उसके पैरों के पास भू लुंठित होता हूआ वह बालक दम तोड़ गया।

राधेश्याम तर्ज

दिल्ली गिरी लखनऊ गिरा, पर क्रांती युद्ध कमजोर नहीं ।
कितने कारण थे क्रांती के, इसका तो कोई छोर नहीं ॥
हम कहते हैं ये विद्रोह नहीं, यह छिड़ा युद्ध आजादी का ।
नहीं मूल में व्यक्तिगत कारण, ये दुक्ख देश बर्बादी का ॥
कोई आकर किसी का घर छीने, क्या हल है प्रश्न बुनियादी का ।
राजमुकुट को चुरा बने, मुखत्यार सभी आबादी का ॥
जो देश की पगड़ी गिरा रहा, उस जैसा बैरी और नहीं ।

कितने कारण थे क्रांती के, इसका तो कोई छोर नहीं ॥
है काम तो ये राजाओ का, करे देश सुरक्षा मिलकर के ।
निज स्वार्थ से ऊपर उठकर, सभी राष्ट्रधर्म पर चलकर के ॥
छोटे स्वार्थ के वशी भूत, कमजोर को तले कुचल करके ।
कुछ राजविलास के मतवाले, प्रसन्न राष्ट्र को छल करके ॥
ये शासक वर्ग की कमजोरी, प्रजा इसकी कमज़ोर नहीं ।
कितने कारण थे क्रांति के, इसका तो कोई छोर नहीं ॥
जब ठोकर मार मलेच्छो ने, इस राष्ट्र की शान गिराई थी ।
राम-कृष्ण की औलादों ने, तब शमशीर उठाई थी ॥
सब राजनीतिक परतन्त्र हुए, सोए देश ने ली अंगडाई थी ।
धन्य धन्य देश की संतांनो, सातोजाति उठ धाई थी ॥
निज रक्त से सींची मात्र भूमि, तेरी ममता की डोर वही ।
कितने कारण थे क्रांती के, इसका तो कोई छोर नहीं ॥
डर कर कभी रण से हटे नहीं उदात्त ध्येय रणवीरों को ।
ले मरणवृत खडेशर, हूआ जौहर हिन्द शमशीरों का ॥
जन जन में जागा राष्ट्रपुरुष, तप बृहणा पीर फकीरों का ।
हो मरण मात्र भूमी खातिर, पूरन खेल तकदीरों का ॥
मिले दन्ड तुरत अपराधी को, इससे आगे कोई तोर नहीं ।
कितने कारण थे क्रांती के, इसका तो कोई छोर नहीं ॥

वार्त्ता

डॉ० डफ द्वारा लिखे गए वास्तविक सत्य की पहचान अंग्रेजों को बहुत अंत में हुई, परन्तु पांडे लोगे में से हर एक को बिलकुल प्रारम्भ से ही पूरी जानकारी और अनुभूति थी। अपने राजा और अपने देश के लिये उन्होंने समरांगण में प्राण दिये। वो ये बात स्पष्ट बोलते थे पर उनकी स्त्रियों ने भी वास्तव में उतना ही कठोर निश्चय प्रगट किया था। जब शूरवीर अंग्रेजों ने लखनऊ के जनानखाने पर हमला किया तब उन्हें अन्तःपुर मे कुछ स्त्रियाँ मिली। दरवाजा तोड़कर अन्दर घुसने पर अंग्रेज सोल्ज़रों ने वहाँ भी गोलियां दागी जिससे कुछ स्त्रियाँ मर गई। जो बची उन्हें कैद में रखा गया। लखनऊ को जला डाला गया। वह सब देखकर विद्रोही तब समर्पण कर देंगे इस कल्पना से अंग्रेज खुश हुए। अपने देशबन्धुओं के आनन्दोन्माद मे सहभागी अंग्रेज जेलर उन रानियों को खिझाने के लिए बोलता विद्रोह पूरी तरह विफल हो गया है ऐसा तुम्हें नहीं लगता? उस समय उन कृतनिश्चयी बेगमो ने स्पष्ट कहा कि इसे कुचलना तो दूर की बात है अंततोगत्वा पराजय तुम्हारी ही होनी है।

कुँवर सिंह और अमर सिंह
कविता

रहता था एक नर केशरी, जगदीश पुर के राज में ।
सत शूर सेवक कुँवर सिंह, अत्यन्त प्रिय समाज में ॥
अंग्रेज की टोली शिकारी, घूमती थी घात में ।
हमला किया जगदीशपुर, लेकर के सेना साथ में ॥
जगदीशपुर के महल से, निकाला अजब अंदाज में ।
सत शूर सेवक कुँवर सिंह, अत्यंत प्रिय समाज में ॥
आँगल तो समझे डर गया, निकला जन हानी देखकर ।
बलवान बैरी से लड़ूँ, कुछ समय का विवेक कर ॥

अल्प साधन से झपट करूँ, बनके भयानक बान में ।
सतशूर सेवक कुँवरसिंह, अत्यंत प्रिय समाज में ॥
अवसर ना चूके विजय का, अब युद्ध छापामार हो ।
होगे सफल इस युद्ध में, फिर राज्य पर अधिकार हो ॥
करना है वध मलेच्छ का, तब ही सफल तलवार हो ।
रहूँगा मिटाकर दासता की, राष्ट्रीय धिक्कार को ॥
कब्जा किया मलेच्छ ने, ये कोढ़ हो गया खाज में ।
सतसूर सेवक कुवँरसिंह, अत्यंत प्रिय समाज में ॥
चलाशौन सरिता के पुलिन, शत्रू की नस टटोलता ।
जगदीशपुर का सिंह जो, शिकार की तक तोलता ॥
हृदय में अग्नि ले चला, प्रज्वाल-सा वह डोलता ।
साहस का वह समुद्र-सा, भारत की जय-जय बोलता ॥
भारत दबाया गैर ने, वो वीर डूबा लाज में।
सत सूर सेवक कुँवरसिंह, अत्यंत प्रिय समाज में॥

दोहा

आये थे उस सिंह के, उसके शावक साथ ।
अमर सिंह निस्वार सिंह, व ज्वान सिंह उस रात ॥
उसकी प्रिया सिंहनी, साथ किया रण वेश ।
जहाँ पर शावक सिंह है, मेरा भी वही देश ॥
शाहाबाद के जिले में, है जद्दी जादाद ।
बस अनुयाई साथ में, सेना कम तादाद ॥
1200 भट साथ में, 400 नौकर पास ।
हिम्मत से लबरेज सब, करें शत्रु नाश ॥
जगदीशपुर के महल में, रिपू अमंगल वास ।

मन्दिर और देवमूर्ती, कीया मलेच्छ ने नाश ॥
चिढ़ गया अपमान से, पर नहीं क्रोधाधीन ।
सही अवसर चूके नहीं, वो ही नर परवीण ॥
हारूं-जीतूँ राज्य को, इसका दुःख ना कोय ।
पर क्राँतीध्वज देश का, कभी ना नीचा होय ॥
स्वतन्त्रता युद्ध संजीवनी, कला है छापा मार ।
सबल शत्रू साथ में, लड़ने का हथियार ॥
शौन नदी के तीर पर, घूम रहा है वीर ।
कच्ची नस अंग्रेज की, ढूँढ़ रहा रणधीर ॥
चल दिये लखनऊ जीतने, नेपाली, अंग्रेज ।
आजमगढ़ की ओर से, अवध करे अंगेज ॥
जगदीशपुर के शेर को, आई शिकार की गन्ध ।
जहाँ जीत अति निकट हो, युद्ध ना हो वहाँ बन्द ॥
अंग्रेजों की नजर है, जगदीशपुर की ओर ।
लड़ना बेहतर है वहां, जहाँ रिपु नस कमजोर ॥
पूर्व अवध अंग्रेज की, पकड़ हुई अति ढील ।
युद्ध करै उस जगह पर, ज्यो करै झपट्टा चील ॥
कुँवर सिंह आया अवध में, किये विद्रोही गोल ।
आजमगढ़ को जीतकर, दे काशी हल्ला बोल ॥
1858 मार्च को, 18 वीं तारीख ।
बेतवा क्रांतीकार सब, मान कुँवर की सीख ॥
संयुक्त सेना आय कर, अतरौलिया दुर्ग पास ।
शिविर लगाया वहीं पर, किया युद्ध अभ्यास ॥
कुँवर सिंह की फौज जो, इतने पास आ जाय ।
अश्वी पैदल 300, दो तोप फिरंगी लाय ॥
22 मार्च मिलमन बढ़ा, अतरौलिया की ओर ।

विद्रोही असावधान थे, धावा था अती जोर ॥
भ्यानक सा हमला हुआ, गए विद्रोही हार ।
कोई बात नही वीर तुम, सीखो सहनी मार ॥
आँगल विजय आनन्द मे, एक अमराई जाय ।
सुबह-सुबह की धूप में, किया कलेवा आय ॥
शुरू किया था नाश्ता, रह गया मुह में कौर ।
धरा कलेवा रह गया, मार पड़ी बड़ी जोर ॥
आँगल गज मदमस्त के, की गन्डस्थल मार ।
आजमगढ़ तक कुँवर ने, मिलमन करी लतार ॥
आजमगढ़ में पहुँचकर, आई जान मे जान ।
कुमुक 325 की, नई रही थी आन ॥
गाजी पुर और बनारस से, कर्नल डैम के साथ ।
नई पुरानी फौज अब, ले बदला हाथोहाथ ॥
डैम चला 27 को, दूँ कुँवर को मजा चखाय ।
बाहर निकल कुछ देर में, जीत कुँवर से जाय ॥
शुलभ जीत अंग्रेज की, कुँवर का भ्यानक दाव ।
तगड़ी मार लगाय कर, धरा पूँछ पर पाँव ॥
भागे वो रण छोड़कर, पिटते पिटते जाँय ।
आजमगढ़ मे पहुँच कर, दीवार ओट छुपे आय ॥
अब उनकी हिम्मत नहीं, जो देखे कुँवर की ओर ।
हमला करना दूर है, जान बची भाग दौर ॥
अंग्रेजों की पराजय, इलाहाबाद सूचना आय ।
गवर्नर को चिंता बढ़ी, मुँह काला पड़ जाय ॥
जरनल साहब केलिंग को, कुंवर सिंह की मालूम ।
युद्ध कुशल रणधीर वो, समर मचाये धूम ॥
हर दिन उसके साथ में, सेना बढ़ती जाय ।

लखनऊ से हारे हुए, मिले कुँवर से आय ॥
सेना हो चाहे असंगठित, जीते छापामार ।
कुँवर सिंह युवा वृद्ध को, है इस पर अधिकार ॥
इलाहाबाद में गवर्नर, लखनऊ में इन चीफ ।
कलकत्ता की डोर की, काटे कुँवर रदीफ ॥
विद्रोह के प्रारम्भ में, सिख ने करी सहाय ।
इलाहाबाद बनारस जीतकर, हिन्द का गला दबाय ॥
अवसर आया हाथ में, कुँवर छीन ना लेय ।
लार्ड केनिंग तत्काल अब, मार्ककेर आर्डर देय ॥
क्रीमिया युद्ध ख्याति मिली, अनुभव हिन्दुस्थान ।
400 योधा साथ में, मार्ककेर का प्रयाण ॥
आजमगढ़ से 8 मील पर, आकर करे विश्राम ।
6 अप्रैल को भोर ही, चल दिया अगली ठाँव ॥
प्रातः 6 बजे मिला, उसको समाचार ।
कुँवर सिंह सेना लिये, करै उसका इंतजार ॥
चुपके आगे जाय कर, कुँवर के दाहिने मार ।
बाएं बाजू ने करी, गोली की बोछार ॥
भीष्म पितासम शोभते, अशव सवारी श्वेत ।
वो लड़ै कौरव के लिये, ये लड़े धर्म के हेत ॥
80 वर्ष के कुँवर सिंह, उत्साह तरुन समान ।
झोंका खुद को युद्ध में, सबकी लिये कमान ॥
मार्ककेर के चारो तरफ, दी सेना फैलाय ।
आँगल मारे तोप से, वो पीछे आ जाय ॥
पीछे से ढिबरी कसी, गर्म गर्म की चोट ।
आँगल हाथी चीखकर, लगा ढूँढ़ने ओट ॥
लिपट गले से महाबत, बचा रहे थे जान ।

नोकर सारे भागकर, छोड़ गए मैदान ॥
फिर भी मार्ककेर ने, मन में रखा धीर ।
घुसा विरोधी सैन्य में, दो हिस्सा किये चीर ॥
विद्रोही किये विभाजित, लिया अगला बाजू जीत ।
नहीं इकट्ठी चोट दे, अंग्रेजों की रीत ॥
विद्रोही दो फाड़ हो, दोनो पीछे आय ।
आग लगा दी पूंछ में, भाग शहर घुस जाँय ॥
आजमगढ़ घुस मार्क केर, सेना में मिला आय ।
विद्रोही इस शहर के, दूजा दाव लगाय ॥
आजमगढ़ आंगल कसे, चहुं ओर छा जाँय ।
कुंवर सिंह निज फौज के, दो दल दिये बनाय ॥
एक दल सादा वर्ग का, एक मृत्यु से अड़ जाँय ।
सैनिक चुनकर साथ लै, नदी पर दीये अडाय ॥
इस पुल पर ल्यू गार्ड एक, सबल फौज लिये जाय ।
आजमगढ़ से रोकने, ये पुल पर गए आय ॥
उलझाए रखो नदी पर, हम जगदीश पुर जायँ ।
जब तक हम पहुंचे नहीं, ये ना तब तक आँय ॥
हे पुल पर के सैनिकों, ये तुम पर आधार ।
चक्कर काट के जब चलै, सैना आठ हजार ॥
जब तक ये ल्यू गार्ड भी, पुल पर रखे ना पांव ।
जगदीशपुर जो पहुँच गये, तो बैठेगा दाँव ॥
चक्कर काट जो निकले ना, आजमगढ़ से दूर ।
संकेतक मिलने तलक, डटे रहो तुम शूर ॥
छोटी सेना कुँवर की, मार करे ल्यु गार्ड ।
पुल पर जब अंग्रेज का, जाना काफी हार्ड ॥
आजमगढ़ के बागी सब, गए गाजीपुर की राह ।

संकेतक आने तलक, पुल भी लड़ता राह ॥
नावो का ये पुल बना, किया बहुत देर प्रतिकार ।
आजमगढ़ से सैन्य संग, हुआ कुँवर सिंह पार ॥
लड़ते लड़ते हट गए, विद्रोही अक्समात ।
ल्यूगार्ड घुसने लगा, तो मन में आई बात ॥
तब देखा ल्यूगार्ड ने, बागी सभी अलोप ।
घुड़सवार भेजे तुरत, अशव लदी कुछ तोप ॥
12 मील पीछा किया, कुँवर दीखता नाय ।
जब दीखा दे चुनोती, बागी रहे बुलाय ॥
आगे आजा फिरंगी, हो जाय दो दो हाथ ।
जब थोड़ा आगे चला तो, छलनी कर दिया गात ॥
बहुत योधा अंग्रेज के, मार गिराए धूल ।
गया ब्याज सब भाड़ में, लुट गया सारा मूल ॥
विद्रोहियों के सिपाही, सारे अचल अभंग ।
लड़ते लड़ते आ गया, निकट किनारा गंग ॥
आजमगढ़ अंग्रेज को, शवों साथ समाचार ।
पाँच दस तोपे साथ ले, कीया डगलस त्यार ॥
डगलस सैना साथ ले, पिटी फौज के पास ।
उनको कुछ ढाढस दिया, जो हो गए पस्त निराश ॥
डगलस भी भूला नहीं, कुछ दिन पहले की मार ।
आजमगढ़ में कुँवर से, चखी करारी हार ॥
सावधान होकर चला, पहुँचा नघई गाँव ।
कुंवर सिंह था बाट में, अब चलै दूसरा दाव ॥
आँगल दीखै दूर से, सैना दई बढ़ाय ।
शूर अटल रँग वीर सब, आँगल से भिड़ जाय ॥
बची फौज दो भाग कर, बख बख दीये पठाय ।

मुट्ठी भर लड़ते रहे, दीये होश भुलाय ॥
भयानक तोप अंग्रेज की, उनका नहीं जवाब ।
चटपट चाहे मरते रहे, धरा ना पीछे पाँव ॥
पंक्ति ना ढीली पड़ी, ना अनुशासन भंग ।
चिंता ना कर प्राण की, भरते वीर तरंग ॥
चार मील चलती हुई, विकट लड़ाई होय ।
चकित किये अंग्रेज सब, पस्त हुए सब कोय ॥
बख बख रास्ते जो चले, वो सैना मिल जांय ।
कुँवर सिंह सब सैन्य संग, गंगा तट आ जांय ॥
17 तारीख आँगल सभी, अथसिरवा गांव सो जांय ।
आँख खुली जब भोर को, तो बागी आगे पाँय ॥
17 मील आगे गए, बागी ना आवे हाथ ।
सारे दिन भागते रहे, ले तोपखाना साथ ॥
चार मील पीछे रहे, इक नींद लेने लग जाँय ।
कुँवर गुप्तचर तुरत ही, दीनी बात बताय ॥
उठा कुँवर सिंह तुरत ही, ले शत्रू नींद का लाभ ।
सिकन्दरपुर में आ गया, देख अंधेरा दाब ॥
घाघरा नदी उतरा नहीं, गया गाजीपुर प्रदेश ।
दौड मनोहर शहर में, किया कुँवर प्रवेश ॥
थकी अरु भूखी फौज को, देने कुछ विश्राम ।
डगलस सुनते ही दौड़ता, आज कर दें काम तमाम ॥
20 अप्रैल डगलस चला, मनोहर शहर की ओर ।
रसद की गाड़ी छीन ली, घटा विद्रोही जोर ॥
पलक झपकते सैन्य सब, ग्रुपों में बँट जाय ।
डगलस जब तक समझता, गंगा तट पै आय ॥
भयानक स्पर्धा जीतकर, आये गंगा तीर ।

लड़ने की शक्ती थकी, पीछे आँगल वीर ॥
उस चतुर राजपूत ने, युक्ती नई भिडाय ।
कुंवर को नौका ना मिली, हाथी पार लगाय ॥
ऐसी चर्चा छेड़कर, झूठी दई उड़ाय ।
खबर पकड़ जासूस ने, दी अंग्रेज बताय ॥
कुँवर सिंह कहाँ जायगा, मिला गुप्त समाचार ।
हाथी चढ़ गंगा घुसे, दूंगा सबको मार ॥
बालटिला के पास में, करें वीर आराम ।
आये हाथी कुँवर का, तो करना अपना काम ॥
बाँध रिपू भ्रमजाल में, बालटिला दिये बिठाय ।
मेयो घाट से कुँवरसिंह, उतर नाव मे जाय ॥
अपने साथ धोखा हुआ, हूवा आँगल को भान ।
भरकर भारी क्रोध में, घाट सौदेपुर आन ॥
पार गई सेना सभी, तब कुँवर नाव चल देय ।
जब थी नौका बीच में, एक पल धोखा देय ॥

वार्ता

अंग्रेजो की उनके साथ कीया गया धोखा ध्यान में आते ही वो भोर के समय सौदेपुर घाट पर गुस्से से भरे टूट पड़े और उन्होंने पाँडे लोगों की एक नौका भी डुबो दी। पर वह अंतिम नौका थी। सारी सैना कुवर ने पहले ही पार उतार दी थी। और क्षण दो क्षण में अपनी सैना को सुरक्षित पार हुआ देख वह भी पार हो गया होता। परन्तु हाय हाय एक क्षण ने कितना घात किया।

भारत भूमी का वह वीर और स्वतन्त्रता की तलवार राणा कुवर सिंह गंगा पाट में बीचों बीच पहुंच गया तब शत्रू की एक गोली आई और उसके हाथ में घुस गई। यह देखते ही उस भीष्म ने क्या कीया, मक्खी बैठे इतना भी कम्पित नहीं

हुआ। उसने एक बार उस गोली की ओर तिरस्कार से देखा उस ने दूसरे हाथ से तलवार खीच ली और फिरंगी गोली से भ्रष्ट हुआ हाथ कुहनी से छाँट दिया। और वह काटा हूवा टुकडा गंगा को अर्पण करते हुए कुवर सिंह ने गम्भीर गर्जना की हे माता, हे गंगा, बालक का यह शेषोपहार स्वीकार कर। भागीरथी को हे माता, हे माता कहने वाले तो बहुत प्रथजन आज तक जन्मे और जन्मेंगे पर कुंवर सिंह तेरे कारण देवी जाह्नवी पुत्र वती हुई है।

नक्षत्र तारा गृह संकुलापि ज्योतिस्मती चन्द्रमसैव रात्री: ।

यह लोकोत्तर पुरुष द्वारा यह अलौकिक अपनी त्रिलोक विख्यात मातृ गंगा को अर्पित करते ही उसकी शीतल फुहारों ने उस का देह सिंचन किया और इस मातृप्रेम से उत्साहित वह वीर वर अपनी सैना के साथ गंगा पार हो गया। उसका पीछा करती अंग्रेजी सैना हतास होकर गंगा के इस और ही कुवर सिंह का नाम लेना छोड़ बैठी हुई थी। तब वैर भाव से रहित हुआ वह सहाबाबाद प्रांत के अपने जन्मसिद्ध जंगल में फिर एक बार घुसने लगा। 22 अप्रेल को उसने जगदीश पुर में भी प्रवेश कीया और जिसे कोई आठ माह पूर्व अंग्रेज ने निकाल दीया था उसी जगदीशपुर के राजमहल में उसका अपना राजा फिर एक बार विराजने लगा । कुवर सिंह के गंगा उतरकर आते ही उसके समान वीर बंधू अमर सिंह हजारो सशस्त्र ग्रामीणों के साथ उसे आकर मिल गया इन लोगो को और गंगा उतरकर आए शूर सिपाहीयों को कुवर सिंह ने जगदीश पुर के चारो ओर निशाने निशाने पर नियुक्त कीया। और छापा मार युद्ध से विज्यश्री पाया हुवा वह वीर रण पुरुष रण के लिये सज्जित हो कर फिर रण में उतरा।

राधेश्याम

कुवर सिंह आया महलों में, यह खबर फिरंगी ने पाई है ।
हो आग बबूला गुस्से में, ली ग्रॉड ने तेग उठाई है ॥
आरा का आँगल सैनानी, सुन खबर अचम्भा बहुत कीया ।
इसी जंगल में होवर घुसा, इम्हतान कुँवर ने बहुत लीया ॥
में भी आज देखूंगा उसको, कर लूंगा सब भर पाई है ।

हो आग बबूला गुस्से में, ली ग्रान्ड ने तेग उठाई है ॥
चार सो सैनिक और दो तोपें, 23 को आँगल टूट पड़ा ।
अब कुँवर की सैना थकी हुई, वो काल दूत सा टूट पड़ा ॥
समय मिला भोजन का ना, आराम कौज कर पाई है ।
हो आग बबूला गुस्से में, ली ग्रान्ड ने तेग उठाई है ॥
घुसा जगदीश पुर की झाड़ियों में, वह भेडिया सा गुर्राता है ।
डेढ़ मील की झाडी से, अंग्रेजी तोप चलाता है ॥
बिन तोप कोप कर कुंवर सिंह ने, तगड़ी मार लगाई है ।
हो आग बबूला गुस्से में, ली ग्रान्ड ने तेग उठाई है ॥
कुँवर ने आँगल सैना को, ऐसी तरह फंसाया है ।
आगे पीछे जाना घातक, दुशमन का दम्भ घटाया है ॥
23 को अंग्रेजी सैना में, धोबी पछाड लगाई है ।
हो आग बबूला गुस्से में, ली ग्रान्ड ने तेग उठाई है ॥
महल की वस्तू महत्वपूर्ण, राजकाज के कागज सरकारी ।
सब न्याय वसूली का दफ्तर, निज के घर रखे अधिकारी ॥
भारत माँ आँगल पापी ने, ये बन्धक आज बनाई है ।
हो आग बबूला गुस्से में, ली ग्रान्ड ने तेग उठाई है ॥
स्वतन्त्र राज लीया पुरखो से, आजादी का संदेश दीया ।
धन्य युवा वृद्ध, कुंवर सिंह, करजीत महल प्रवेश कीया ॥
विश्व रंग भूमि पै कुंवर, फिर देता नही दिखाई है ।
हो आग बबूला गुस्से में, ली ग्रान्ड ने तेग उठाई है ॥

वार्ता

यह उसका अंतिम प्रवेश था। क्योंकि विश्व की रंगभूमि पर अब कुंवर सिंह प्रगट नहीं होगा। उसके हाथ में जो गंगा पर भयानक घाव हुआ था वह बहुत बढ़ जाने के कारण वह राजपूत कुल कीर्ति राजा कुंवर सिंह इस विजय के तीसरे दिन छब्बीस अप्रेल को अपने पूर्वजों द्वारा अर्जित राजमहल में स्वतंत्रता के झंडे के निचे चिन्मय रूप में लीन हो गए। जब उसका जन्म हुआ था तब उसकी भूमि स्वतंत्र थी। और उसका प्राणोत्सर्ग भी स्वतंत्रता के झंडे के निचे हुआ। जिस दिन वह मरा उस दिन जगदीशपुर के दरवाजे पर अंग्रेजों का निशान नहीं था। उसके स्वदेश एवं स्वधर्म का स्वतंत्र ध्वज ही फहरा रहा था। राजपूत के लिए इससे अधिक पुण्यतार मृत्यु कौन सी हो सकती है। उसने अपमान का प्रतिशोध लिया। उसने रण आँगन में अत्यंत अल्प साधनों से अंग्रेजी सेना जैसे प्रबल शत्रु के अनेक बार दांत खट्टे किये। उसने स्वधर्म से कभी द्रोह नहीं किया और कभी देश से भी द्रोह नहीं किया। उसने अपनी भूमि की दास्य श्रंखला तोड़ कर उसे स्वतंत्र किया और युद्ध में अस्सी वर्ष के वृद्ध उस कुंवर सिंह का विजयश्री ने आलोकिक आलिंगन किया हुआ है। हे सिंह कुमार यही तो मुहूर्त है, यही वह बेला है धर्मपक्षीय भीष्म यही उत्तरायण है। इसलिए तू अपने वीर तन का त्याग कर। श्री कुंवर सिंह की भूमिका किसी वीर काव्य के नायक के स्थान पर शोभित है। सन अठारह सो सत्तावन के क्रांति युद्ध में सबसे योग्य नेता था तो वह कुंवर सिंह ही था। युद्ध कला में उसकी बराबरी कर सके ऐसा कोई नहीं था। स्वतांत्र्य युद्ध में कूट निति का कितना महत्वा होता है। यह सब से पहले कुंवर सिंह ने पहचाना। कुंवर और तांत्या टोपे की युद्ध चातुर्य की तुलना करें तो कुंवर की ही कूट पद्धति अधिक बेजोड़ थी। तांत्या ने कूट की काट करने में अधिक चतुराई प्रगट की। परन्तु कुंवर ने निषेध जैसी ही विधि, विधि रूप में भी कूट पद्धति की पूर्णता सिद्ध कर दी।

दोहा

1858, 26 मार्च को, गए कुंवर, देवलोक ।
ऐसे दिव्य सपूत का, करे भारती शोक ॥
धर्म ध्वजा और धेय का, लेकर सारा भार
छोटा भाई अमर सिंह, सिंहासन अधिकार ॥
एक सिंहनी के हुवे, शावक दोनों भ्रात ।
नख दोनों के थे प्रखर, एक से तीक्षण दाँत ॥
मृत्यु कारण भ्रात के, कीया नही विश्राम ।
रंण पंडित इस वीर ने, लीये शस्तर थाम ॥
हार सुनी लीग्रान्ड की, ब्रिगेडियर डगलस वीर ।
ल्यूगार्ड डगलस खड़े, आकर गंगा तीर ॥
चढ़ आए 3 मई को, लेकर सेना साथ ।
रोज रोज हमला करें, समझ के राज अनाथ ॥
जगदीश पुर अंग्रेज ने, लिया कब्जे मे आय ।
अमर सिंह बचाव को, युक्ती नई भिडाय ॥
छोटी छोटी टोलियाँ, फौज की दई बनाय ।
हार बचे मैदान से, तुरंत गायब है जाय ॥
प्रगट होय नीयत समय, और नीयत स्थान ।
चोट करारी अचानक, हो शत्रू हैरान ॥
अदृश्य फौज शत्रू चकित, लेते खूब छकाय ।
वो जाने कुछ मर गए, फिर उतने ही आ जांय ॥
27 मई से अप्रकट, जैसे कोई प्रेत ।
प्रगट होय मारे विकट, ऋपु कट गिरते खेत ॥
आंगल सत्ता प्रान्त में, कण कण दई पछाड़ ।
अमर सिंह दीखे नही, जाने मार बखेरे हाड ॥

एक टोली हो राजपुर, दूजी हो दमरान ।
एक कर्म नाशा कर रही, कारखाने की हान ॥
जंगल के इस छोर से, देते उन्हे भगाय |
तुरत प्रगट उस छोर पर, राज करें वो आय ॥
शाहाबाद लोक समूह की, सहानुभूति सहकार ।
हाथी की हड्डी नरम, गया हिरण से हार ॥
15 जून हतास हो, अस्तीफा दे जाय ।
सेनापती इंगलैन्ड गया, फौज छावनी आय ॥
प्रगट होय सव टोलि याँ, एकत्रित हो जांय ।
विद्रोही जो कैद में, लीये सभी छुडाय ॥
गया शहर स्वतन्त्र कर, आरा फौज अंग्रेज ।
शहर स्वदेशी ध्वज लगा, दीये स्वर्ग फिरंगी भेज ॥
कीया जुलाई मास में, जगदीशपुर प्रवेश ।
क्षत्रिय ऐसे शूर हौं, तो रहे सुरक्षित देश ॥
जुलाई अगस्त सितम्बर तक, स्वतन्त्र ध्वजा फहराय ।
डगलस जैसे वीर भी, दांत भींच रह जायँ ॥
देशद्रोही धन लोभ से, गए काटने शीस ।
पग पग जंगल में छुपे, लीये सुपारी फीस ॥
हर नाके अंग्रेज की, पक्की बाँध कतार ।
अपने पक्के दाव से, देता उल्टा मार ॥
कहाँ तलक वर्णन करू, अमरसिंह की बात ।
दिग्गज रण पण्डित ऋपु, कबहू न दीया हाथ ॥
अमर आमरण रंण खड़ा, रहे अटल रंण धीर ।
मृत्यु को चकमा दीया, मलै हथेली वीर ॥
अन्त हार अंग्रेज ने, सेना सात पठाय ।
घेर इसे सब ओर से, घर में लियो दबाय ॥

चढ़ आए प्रदेश में, दीये जाल बिछाय ।
छह डोरी तो खीच दी, एक ढीली रह जाय ॥
जिधर डोर ढीली रही, उधर से हूवा फ़रार ।
सब सेना ली साथ में, असला अशव सवार ॥
पाँच घंटे पीछे रही, आँगल सैना एक ।
सिंह गया पिंजरा मिला, रोये आँगल देख ॥
फसा नही कीसी जाल में, हिन्द का बबर शेर ।
घुड सवार पीछा करे, ल्यो जंगल में घेर ॥
लगातार पीछा कीया, नहीं तनिक विश्राम ।
पुरानी मस्कट हाथ मे, करे ना अच्छा काम ॥
इन फील्ड रायफल आ गई, अंग्रेजी बन्दूक ।
लम्बी दूरी मारती, नहीं निशाना चूक ॥
19 अक्टूबर एक गाँव में, लीये दुतरफा घेर ।
300 वीर अंग्रेज ने, कीये काटकर ढेर ॥
गए खेत मे भाग कर, एक सौ बचे जो शेष ।
लड़ते-लड़ते कट मरे, दे गए कुछ संदेश ॥
गन्ने के खेत में घुस गए, जो बचे असामी तीन ।
बाकी सबने धर्म हित, रक्त समाधी लीन ॥

वार्ता

और इन तीन लोगों में ही अमर सिंह भी था। यहाँ से बचकर अमर सिंह की टोली कैमूर पर्वत में घुस गई। उनके पीछे पीछे आँगल भेडिये भी घुस गए। इस पर्वत के हर शिखर और हर टीले पर लड़ते लड़ते शहीद हो गए। फिर भी राजा अमर सिंह शत्रू के हाथ नहीं लगा। राजा अमर सिंह तो क्या उसका अंतिम वृताँत भी अभी तक शत्रू के हाथ नही लगा। अंतिम कथा कीसी को भी पता

ना चलने देकर सदेह स्वर्ग गमन की अनुमती मनुश्यों की अगर स्वर्ग के देव गंधर्व देते होगे तो उस सम्मान के योग्य इस विश्व में केवल अमरसिंह ही था। यह निर्विवाद है।

प्रकरण - मोलवी अहमदशाह

वार्ता

लखनऊ की पराज्य के बाद अवध एवं रुहेलखन्ड के विद्रोहीयों का अब कोई सबल केंद्र नहीं रहा था दोआब और बिहार में अंग्रेजो की पुर्नविज्य की लहर सामने आये बाँध बधांनो को धक्के पर धक्का देती बड़े वेग से आगे बढ़ने लगी। इस कारण यहाँ भी पाँडे पक्षिय नेताओं को आश्रय नहीं मिलने वाला था। ऐसी स्थिती में उन्हें विद्रोह के प्रारम्भ में जो युद्ध पद्धति नही सूझी वह सहज सूझ गई। और उसका अवलम्बन कर उन्होंने अंग्रेज से ये तुमुलयुद्ध जारी रखने का निश्चय किया। अन्तर इतना ही था की विद्रोह के प्रथम आवेश में यदी यह रास्ता चुना होता तो उसके सफल होने की आशा बहुत अधिक थी। परन्तु आज पराज्य से दुर्बल हो कर उस रास्ते पर कदम बढ़ाने से और अंतिम सफलता तक पहुंचना बहुत दुस्कर हो गया था। तथापि दुश्कर होने पर भी म्यान से खीची तलवार समर्पण करके नीचे नही रखनी है। इस संकल्प से अवध के विद्रोही नेताओं ने लखनऊ गिरते ही कूट युद्ध पद्धती स्वीकार करके रूहेलखन्ड के विद्रोही नेताओं ने अलग अलग टोलियों को यह प्रख्यात आदेश जारी किया। फिरंगियों की संगठित सैना से आमने सामने लड़ने का प्रयास न करे क्योंकि व्यवस्था कवायद अनुशासन में वे आप से श्रेष्ठ है। और उनके पास बड़ी बड़ी तोप हैं उनसे खुले मैदान की लड़ाई न लड़कर छापामार करके उनके आवागमन को रोकते रहें, नदी के सारे घाट दबाए रहें, उनका आवागमन तोड दो, उनकी रशद डाक लूट लो, उनके थाने पर हमला करो और उनके शिविर के चारों ओर अखन्ड चक्कर लगाते रहें। फिरंगिओं को विश्राम नही मिलना चाहिये।

दोहा

मोलबी अहमद शाह अब, मन में कर संकल्प ।
छापा मारी युद्ध का, रह गया एक विकल्प ॥
लखनऊ आंगल सैन्य पर, बैठा नजर गड़ाय ।
उन्तीस मील ससैन्य वो, बारी पास में जाय ॥
उत बेगम हजरत महल, सैना छः हजार ।
डटी बरौली पास में, होकर बैठी त्यार ॥
इन दोनों को पीटने, होप ग्रांट चल देय ।
सैनिक तीन हजार लै, तोपखाना संग लेय ॥
दूजे दिन उसने जहां, रखा शिविर लगाय ।
पता मौलवी को चली, आंगल पहुंचा आय ॥
गुप्तचर भेजे मौलवी, शिविर फिरंगी जाय ।
पूछे पहरेदार जब, सच्ची बात बताय ॥
हम 12 रेजिमैन्ट के, बिना हिचक घुसे जाय ।
निर्भयता को देख कर, प्रहरी समझा नाय ॥
प्रहरी को मालूम क्या, ये विद्रोही रेजिमेन्ट ।
आल वेल उसने कहा, ये बन्दे डी सैन्ट ॥
ये टोली जासूस की, आँगल कैम्प में जाय ।
ये मृत्यु के दाँत गिन, खबर सभी पहुंचाय ॥
जासूसों से प्राप्त कर, सब सूक्ष्म समाचार ।
युद्ध विसारद मौलवी, करी योजना त्यार ॥
चार मील पीछे हटे, एक गांव कब्जाय ।
नदी बहै एक सामने, ऊंच किनारा पाय ॥
पैदल सैना साथ ले, उसी गाँव छुप जाय ।
अशवारो का अलग पथ, हम आगे से आय ॥

असावधान हो शत्रु, मार में जब जब फस जाय ।
घुडसवार मारे बगल, हम पीछे से आय ॥
चतुब्यूह रचना करी, देख असुरक्षित तोप ।
लालच कर असवार ने, लड़ गया पहले ही कोप ॥
तोपें आई हाथ में, टूट गया पर जाल ।
गलत कदम थोडा उठा, बिगड गई सब चाल ॥
असफल मौका फेंक कर, निकल वहाँ से जाय ।
चूक पडी इक बार जो, बाजी हाथ ना आय ॥
बारी और बरटोली से, ऊपर रहे धकेल ।
होप ग्रांट विद्रोहीयों को, डालने चला नकेल ॥
रुइया किले के पास में, अवध से हुई भिडन्त ।
बागी सभी भगायकर, होंय तभी निश्चिन्त ॥
बागी जो दो आब से, किये फ़तेहगढ़ ओर ।
ऐसे ही अब अवध से, चला फिरंगी दौर ॥
अवध के पूर्वी भाग में, बिहार प्रान्त ल्यु गार्ड ।
डगलस भी हो साथ में, ना बागी खात्मा हार्ड ॥
बारी बिरौली से होप ग्रान्ट, वालपोल गंगा तीर ।
बची सैन्य ऊपर चले, बागी रुहेल खन्ड भीर ॥
रुहेलखन्ड बागी गोल कर, अंतिम मारा मार ।
सभी विद्रोही खत्म हो, इन चीफ के अनुसार ॥
9 अप्रेल वाल पोल चला, गंगा ऊपर ओर ।
सबल सैन्य ले साथ में, वो लखनऊ से दौर ॥
15 अप्रैल लखनऊ से, उत्तर 51 मील ।
नरपत का रुइया किला, जो जमीदार मुस्तील ॥
छोटा था उस का किला, छोटा वो जमीदार ।
पर क्रांती महायज्ञ में, सर्वस्य कीया निसार ॥

प्रचन्ड सैन्य अंग्रेज की, हमला कीया जाय ।
बिना शर्त बागी सभी, करें समर्पण आय ॥
अंग्रेजों को हो रहा, ऐसा ही विश्वास ।
पर नरपत मर जायगा, नही बनेगा दास ॥
सैन्य बढी गढ़ की तरफ, किले ने कीया सवाल ।
खन्दक से आँगल भिडे, मच गया बहुत बवाल ॥
काफे के 120 जन, 46 वहाँ मर जाँय ।
उत मरने को ग्रूव भी, वहीं पर दीया लगाय ॥
वालपोल ने पाशर्व से, तगड़ा संकट देख ।
गोला दागा तोप से, पूरा कुशल विवेक ॥
गोला गढ़ को लांघ कर, बागियों पर गिर जाय ।
आया पक्ष सवारने, होप ग्रान्ट मर जाय ॥
होप ग्रान्ट चढ़ गया बलि, मच गया हा हा कार ।
इतना दुख होता नहीं, जो आंगल मरै हजार ॥
विद्रोहियों की मार से, ग्रूव पीछे हट जाय ।
आँगल सैना हट गई, त्राहिमाम मच जाय ॥
रोते है अंग्रेज सब, शोक विव्हल इंगलैन्ड ।
क्षति हुई साम्राज्य की, रोते हैं सब फ्रैन्ड ॥
नरपत ने तो दिखा दी, सच करके ये बात ।
खाली गढ़ हम जब करे, कर लें दो दो हाथ ॥
पूर्ण पराज्य हो गई, अंग्रेजों की आज ।
रोये होप की मौत से, जिस पर गहरा नाज ॥
नरपत गढ़ खाली कीया, ढाई सौ बागी साथ ।
भूलै नही कोई दिनों तक, दिखा दीये वो हाथ ॥
अलग अलग सैना लिये, आँगल कमान्डर चीफ़ ।
रुहेले बागी धकिया दो, ये बढ़िया तर तीफ़ ॥

बागी भागे अवध से, नेता हुए सब गोल ।
शाहजहाँ पुर रुहेल में, बना सभी का टोल ॥
अहमद शाह नाना साहब, ये जोड़ी थी खास ।
सर कोलिन इन्हें पकड़ने, लम्बे कीये प्रयास ॥
शाहजहाँ पुर दोनों छुपे, सर कोलिन चल देय ।
30 अपर इन चीफ से, फिर भी रहे अजेय ॥
परिश्रम कर घेरा शहर, सर कोलिन ने आय ।
झटक डोर इन चीफ की, दोऊ पंछी उड़ जांय ॥
चार चार सेना लगी, पकड़ें बिना विवाद ।
सफल न फिर भी हम हुए, मन में भरा विसाद ॥
नाना मौल्वी तो गए, पर बिगड़े ना अगला दाव ।
चार तोप यहाँ सैन्य रख, धरा बरेली पाँव ॥
बरेली अगले दिन पहुंच, वहाँ राज बहादुर खान ।
लखनऊ दिल्ली हार कर, रहे बागी यहाँ आन ॥
विद्रोही नेता सभी, यहाँ जपें क्रांती मन्त्र ।
खान बहादुर खान की, ये राजधानी स्वतन्त्र ॥
दिल्ली का वह रणकुशल, मिर्जा फिरोज शाह ।
राजा तेजसिंह, नाना साहब, मौलवी अहमद शाह ॥
कितने ही नेता यहाँ पर, विद्रोही तैयार ।
आँगल चाहते घेरकर, करें आर या पार ॥
खान बहादुर खान का, मन में यही विचार ।
आँगल को झापड लगा, हो जाओ तुम पार ॥
रँण कर्तव्य पूरा करें, अडे क्रांती कार ।
सैन्य फिरंगी भयंकर, उत्तम अशव सवार ॥
तोपखाना प्रचन्ड है, सेनापती इन चीफ ।
तोपें छोटी खान की, चली न कोई तरतीफ ॥

बिना रुके आंगल चढे, करते मारा मार ।
5 मई विद्रोहियों ने, खींच लई तलवार ॥
गम ना हार या जीत का, ये गाजी की ललकार ।
करै आलिंगन मौत को, हँसते हँसते यार ॥
हम इस रंण मैदान से, वापिस कभी ना जाँय ।
धर्म युद्ध में प्राण ले, या रंण में मर जाँय ॥
झपट पड़े अंग्रेज पर, लीये तेग अक्समात ।
काट गिराये पलक में, झपट दिखाए हाथ ॥

कविता

दाढ़ी थी उनकी भयंकर, सिर हरित रंग साफे बँधे ।
उंगली रजत मुद्रा, धर्म के वाक्य ता ऊपर खुदे ॥
फैंटा कमर कसकर बंधे, विकराल वो यमदूत से ।
वीर रस जैसे प्रगट वो, विकट अग्नि पूत से ॥
एक हाथ में तलवार ले, चमकार सूर्य प्रकाश में ।
वो गर्जना कर दीन की, भ्यानक ध्वनी आकाश में ॥
प्रचन्ड है रंण चंडिका, ज्यो रक्त की होली मची ।
बुझे प्यास रँण पिशाच की, रंग योगनी 64 नची ॥

दोहा

टूट पडे अंग्रेज पर, तेग लिये वो हाथ ।
झटके से पीछे हटे, हुवा वज्र आघात ॥
हाई लैन्डर 42 वें, वो आगे को आँय ।
भयानक संकट देखकर, सेना पीछे जाय ॥

कविता

गाजियों के वीर सब, आँगल को काटते बढे ।
कट गिरे कुछ काटते, वो दुशमनों पर जा चढे ॥
लड़ते लड़ते कुछ गिरे, एक बिन कटे ही गिर गया ।
आया कमान्डर अती निकट, भट झपट कर के उठ गया ॥
बिजली कडककर टूटती, जो ही फिरंगी हट गया ।
करे मार वो तलवार से, एक वार मे सिख कट गया ॥
धन्य निष्ठा है अप्रितम, देश पर जो मिट गया ।
मर कर अमरता पा गए, भयभीत का सब लुट गया ॥
नहीं विश्व के इतिहास में, ये साहस और मृत्युन्ज्यता ।
लेकर लड़े वो मरण वृत, अमरत्व ज्योति पुन्ज्यता ॥

दोहा

निकल गए हैं तोडकर, सर कोलिन का जाल ।
खान बहादुर सैन्य संग, करके ऋपु निढाल ॥
दाव पेच हो गए विफल, हूवा चीफ उदास ।
बरेली पर कब्जा हूवा, उखड़ गई पर सांस ॥
हूवे अचम्मित फिरंगी, चला मौलवी दाव ।
युद्ध टालने के लिये, धरा ना पीछे पाँव ॥
कुशाग्र मौलवी समझता, शाहजहांपुर लघु फौज ।
धर मंजिल गया कूच कर, देने उनको डोज ॥
आया पंजे के पास में, असावधान शिकार ।
किसी की मूर्खता वसे, रुके रात मील चार ॥
हमला करना रात को, उस में हुई अंधेर ।

एक नेटिव गद्दार ने, सूचित करे बिन देर ॥
दृढ इमारत जेल की, घुसे फिरंगी जाय ।
योजना के अनुसार लिया, शाहजहांपुर कब्जाय ॥
शहर के श्रीमान जनों पर, दीनी रशद लगाय ।
आठ तोप मंगवाय कर, जेल पै दई चलाय ॥
सात मई को सूचना, गई बरेली आय ।
मोका बदले का मिले, कोलिन खुश हो जाय ॥
निकल भागा तब मौलवी, खाये बैठा खार ।
अब वहीं उसको घेर कर, कर लूँ भूल सुधार ॥
जाल में फंसे शिकार पर, दऊ झपट्टा मार ।
11 मई को सैन्य संग, करदी धुँवा धार ॥
इधर अकेला मौलवी, उधर सैन्य प्रचन्ड ।
बागी सुनते ही चल पडे, जो बैठा जिस खन्ड ॥
दसौँ दिशाओं से चले, बागी झुन्ड के झुन्ड ।
मजा चखाए अंग्रेज को, निकले सभी घमन्ड ॥

वार्ता

मोलवी की सहायता के लिये बागियों के झुन्ड के झुन्ड दसों दिशाओं से आने लगे। अवध की बेगम, मय्यन साहब, मेहमदि का राजा, दिल्ली का मिर्जा, फिरोज शाह, कानपुर के नाना साहब आदी। सारे स्वतन्त्रता सेनानियों की सेनाए 14 मई के पहले ही मोलवी के झण्डे तले आ गई जिस शिकार को पकड़ने के लिये अंग्रेज ने कोई कसर न छोड़ते हुवे जो विशाल जाल बुना था उस शिकार ने ही उस पर अपने भयानक पंजे फैला कर चोट कर दी। छेद नहीं छोड़ा इस लिये जाल ही काट डाला और मौलवी फिर से अपनी सेना के साथ शाहजहाँ पुर से लड़ते लड़ते बाहर निकल गया। मौलवी के पकड़े जाने का कोलिन को इतना विशवास था। उस का नाश निश्चित मानकर उसने सेना में नियुक्तियाँ भी

कर दी थी। मौलवी इस जाल से छूटते ही गया किधर ? तो अवध मे उसे भारी प्रयास जीत कर शत्रू विहीन कीया गया था। अंग्रेजों ने अवध जीता विद्रोहियों ने रुहेलखन्ड जीता। अंग्रेजों ने रुहेलखन्ड जीता तो मौलवी फिर अवध आ गया।

दोहा

करने रक्षा देश की, और रखने सम्मान ।
देश बन्धुओं की ओर से, झगडैं शसतर तान ॥
जिसने कोलिन की करी, तलवार को धिक्कार ।
ऐसे अद्भुत वीर को, कौन सकेगा मार ॥
आंगल चिंता क्यों करो, देखो तुम इतिहास ।
बहुत बार इस हिन्द के, किया भाग्य का नाश ॥
पहले से रहे फूकते, फिर भी फूकें आज ।
धैर्य रखो अंग्रेज तुम, हमही करेंगे राज ॥
जिसने कर दी भोथरी, कोलिन की तलवार ।
इस मौलवी को अन्त में, दीया हिन्द ने मार ॥
रूहेलखन्ड के बीच में, था पावेल एक राज ।
ये राजा हक में हुआ तो, सभी बनेंगे काज ॥
इसलिये उसने इस तरह, भेजा जब संदेश ।
उसके मन में पाप था, दिया मिलने का आदेश ॥
बेगम की मुद्रा लिये, भेजा उस के पास ।
आया कुछ साथी लीये, हुवा उसको आभास ॥
मोलवी आया जब निकट, राजा खडा दीवार ।
दाहिने बाँए और थे, लेकर शसतर तयार ॥
मोटा राजा बीच में, खड़ा हुवा जगन्नाथ ।
संशय भरा ये दृश्य है, भ्रात खड़े थे साथ ॥

समझ गया वो दृश्य तो, रहा नही घबराय ।
जो कुछ कहना चाहता, दीवार पास बतराय ॥
अपना ध्येय पाए बिना, रखूं ना तलवार ।
सभी राख हुए बिना, नहीं माननी हार ॥
वाणी सुन कर डर गया, लगी भयानक बात ।
उल्लु अब डरपाए बिन, नही मिलाए हाथ ॥
महाबत को आदेश दे, हाथी दीया बढाय ।
जिस पर ये उल्लू खडा, दो दीवार तुडवाय ॥
जिस पर स्वयं सवार था, हाथी एक विशाल ।
टक्कर मारी दुर्ग में, भीत रही थी हाल ॥
परकोटे पर खड़ा था, हिन्दी कुलांगार ।
गोली उसने दी चला, दीया मौलवी मार ॥
तुरत चला भाई सहित, आया परकोटा पार ।
ऐसे अदित्य वीर का, लीया शीस उतार ॥
तुरत चला आंगल तरफ, बाँधा शीष रुमाल ।
13 मील शहाजहाँपुर, पहुंच गया तत्काल ॥
अंग्रेज साहब भोजन करे, शीस दीया लुढकाय ।
इस वीरता को पचास हजार, पुरूस्कार में पाय ॥

वार्ता

पावेन के राजा, पावेन के चान्डाल तेरे देशद्रोह से यदी सचमुच ही तन बदन में आग लगती हो तो इस प्राणी की प्रतिमा हर घर में नरक कूप के दरवाजे पर टांगी जाये। मोलवी अहमद शाह, ऊंचा कद इकहरा कसा हुवा भारत भूमि के किसी हाथ की सतेज तलवार की तरह था। उसकी नाक सीधी भौंहें कमान जैसी। उस के मरते ही अंग्रेजो ने कहा उत्तर भारत का अंग्रेजो का भयंकर शत्रू

समाप्त हुवा। अंग्रेजो के इस भ्यंकर शत्रु के सम्बन्ध में अंग्रेजी इतिहासकार मैलशन कहता है। उसके सैन्य नेतृत्व युद्ध चातुर्य के अनेक उदाहरण प्रगट हुवे है। उसके अंतिम समय के दावपेच अप्रतिम थे। सर कोलिन के दो बार भग्न चातुर्य कर बिखेर देने का सम्मान उसके सिवाय और किसी को प्राप्त होना असम्भव था। इस फैजाबाद का यह मौलवी अहमदशाह वास्तव में रण मे चमका। अपने जन्म सिद्ध देश की अन्याय से छीनी हुई स्वतन्त्रता वापिस लेने जो पुरुष विद्रोही संघठन खड़ा करता है और युद्ध करता है। वह यदि देश भक्त कहलाता है तो अहमदशाह मौलवी ऐंसा ही देशभक्त था। खून से उसकी तलवार गन्दी नही हुई, खून के लिये वह सहमत नहीं था पर जिसने उसका स्वदेश छीना था उस उच्चके विदेशी से वह लडा, वीरोचित लडा, रंण नीति से लड़ा, द्दढता से लड़ा और इसलिये उस लोकोत्तर मोलवी की समृति सारे राष्ट्र के रणवीरो और सत्यप्रियों के आदर की सत पात्र हो गई है।

प्रकरण
रानी लक्ष्मीबाई

वार्ता

जिन राजाओं ने अपने पीछे राज्य का कोई उत्तराधिकारी नहीं छोडा था उनके राज्यों को ईस्ट इंडिया कम्पनी में मिलाने की नीति लार्ड डलहौजी ने अपनाई। डलहौजी के इस अपहरण के अन्तरगत गोद लेकर उत्तराधिकारी बनाने का अधिकार भी नहीं दीया गया था। वही बात झाँसी के लिये थी। झाँसी राज्य भी अंग्रेजों ने हथियाना चाहा। विधवा रानी लक्ष्मी बाई ने विरोध स्वर मे कडक कर कहा क्या मैं झासी छोड़ूं ? नहीं छोडूंगी किसी की हिम्मत हो तो आजमा ले। मैं अपनी झाँसी नहीं छोडूंगी। झाँसी की लक्ष्मी के कंठ से स्वतान्त्र्य कोस्तुभ मणी छीनने का साहस किसमें था। इस सम्पूर्ण दैत्य दानव एकत्र होकर और साक्षात मृत्यु देव यमराज जी लक्ष्मी बाई से युद्ध करके झाँसी लेना चाहे तो भी झाँसी उसे नहीं मिल सकती। जब तक लक्ष्मी बाई के अन्दर रक्त की एक बूंद

भी शेष रहेगी तब तक उसकी स्वतान्त्य कौस्तुभ मणी उसके कंठ में ही शोभा पाएगी और उस की धधकती ज्वाला में देशद्रोही अंग्रेज नराधम जल कर भस्म होंगे। झाँसी का राज्य प्रशाद जरी पटका निशान, राज सिहाँसन, उसका सतीत्व, आदी सब झाँसी की रानी लक्ष्मी बाई के साथ स्वाधीन रहेंगे या स्वाधीनता की अगनी मे भस्म हो जायेंगे जिसकी हिम्मत हो आजमा कर देखले। और लक्ष्मी बाई अंग्रेजों से लोहा लेने को तत्पर हो गई।

सवैया

सारे बुदेलखन्ड के अन्दर, क्रांती के लक्षण देत दिखाई ।
सागर, बाँदा बानापुर में, शाहगढ़ नौगाँव काल्पी भाई ॥
अग्नि भ्यंकर प्रतिशोध की, लपट प्रांत कण कण में छाई ।
झाँसी रही स्वतन्त्र अभी तक, सुख वैभव में समय बिताई ॥
प्रजा शान्त सुखी है सारी, सभी व्यवस्था ठीक बनाई ।
डलहोजी की लूट की नीति, दत्तक नियम चले ना भाई ॥
जो सिंहासन पुत्र विहुना, लो कितना ही जोर लगाई ।
उसको राजी या बेराजी, अवश्य कम्पनी देंय मिलाई ॥

दोहा

राजलक्ष्मी अपहरण, करते आँगल आय ।
पर वो रानी छीन कर, गर्व से राज चलाय ॥
वो कमलासन लक्ष्मी, शक्ती रूप बनाय ।
युध्धाभूषण से सजी, देख आँख चौंधियाय ॥
महारानी के आज कल, दिन ऐसे रहे बीत ।
प्रजा वत्सल मात वो, करै प्रजा भी प्रीत ॥

प्रातः पाँच बजे जागकर, सुगन्धित जल से नहाय ।
साडी चन्देरी स्वेत रंग, फिर पूजा में जाय ॥
ईस्वर का सतवन करें, दे तुलसी को नीर ।
संगीतज्ञ दरबार के, करे सामगान गम्भीर ॥
करे वन्दना आयकर, सब मांडलिक सरदार ।
दरबारी साढ़े सात सो, हो शोभित दरबार ॥
अनुपस्थित दरबार में, जो दर बारी होय ।
स्मरण शक्ती तेज से, कारण पूछे सोय ॥
फिर नाशता के बाद में, जो नहीं जरूरी काम ।
निवास गृह में करती है, एक घण्टा आराम ॥
इस के बाद जो भेट में, आए हैं उपहार ।
ढके रेशमी वस्त्र से, ले चाँदी के थार ॥
उन में पसंद की वस्तुएं, करती है स्वीकार ।
बाकी नौकर महल के, उनका है अधिकार ॥
तीन बजे अपराह्न के, करै पुरुष का भेष ।
चुस्त पजामा पहन कर, नीला कोट विशेष ॥
स्वर्णजटित सिर टोप धर, सुन्दर सूई पाग ।
जरी दुपट्टा काम का, सैंच कमर के भाग ॥
जिसके अन्दर लटकती, रत्न जटित तलवार ।
जैसे प्रगटा वीर रस, सगुन वेश तन धार ॥
कभी स्त्री भेष में, बाँधै साडी स्वेत ।
अलंकरण ना सुहाग के, विधवा जीवन हेत ॥
कभी स्त्री भेष में, कभी नर भेष बनायो ।
प्रत्यक्ष बहुत कम दीखती, रखे कक्ष चिक डार ॥
कक्ष खुले दरबार में, तकीया कमर लगाय ।
स्वर्णजटित पोशाक में, प्रहरी शोभा पाँय ॥

दीवान लक्ष्मण रावजी, ले महत्वपूर्ण कागजात ।
खड़े कक्ष के द्वार पै, अमात्य लीये वो साथ ॥
शीघ्र मर्म को ताड़ती, रानी बुद्धिमान ।
निर्णय सपष्ट संक्षिप्त हो, जो लिखती फरमान ॥
न्याय करे सावधान हो, जो जैसा हो केस ।
न्याय धर्म ना खलल हो, ये उनका उद्देश्य ॥
महालक्ष्मी के दर्श को, जाए भक्ती भाव ।
मंगल और शुक्रवार को, दान करै बड़े चाव ॥
एक मन्दिर शोभा धनी, नीला जल तालाब ।
कमल खिले सुन्दर वहाँ, गहरी तरवर छाँव ॥
एक दिन मन्दिर से लौट कर, दक्षिण द्वारे आय ।
खडे रास्ता रोक कर, बहुत भिखारी पाय ॥
ठाडे ये किस कारणे, मन्त्री पूछो जाय ।
पूछ मन्त्री बताते, ये गरीब अधिकाय ॥
ये अती यन्त गरीब हैं, जाडे से परेशान ।
रानी दयालु कृपा करे, तो हो जाय कल्यान ॥
रानी उनको देखकर, बहुत दुखी है जाय ।
चार दिनो के बाद में, राज भवन बुलबाय ॥
कुर्ता, कम्बल टोपियां, दे रानी निज हाथ ।
राशन कपडे सब मिलै, जो हो असाध्य अनाथ ॥
घायल हो जो युद्ध में, धोने उनके घाव ।
रानी हठ करती टहल, सेवा का बहु चाव ॥
दुख में रानी साथ है, जल्द घाव भर जाँय ।
करतब्य पालन का उन्हें, प्रतिदान मिल जाय ॥
कभी पालकी बैठ कर, कभी घोडे पर जाय ।
कबहू नारी भेष में, कभी नर भेष बनाय ॥

उनके आगे राजध्वज, बाजे बजते जाय ।
घुड सवार दो सौ चले, अधकी शोभा पाँय ॥
झाँसी में होने लगा, आजादी का घोष ।
गूंज रहा एक वर्ष से, जनजन में आक्रोश ॥
इस आजादी घोष से, बुंदेलखन्ड भर जाय ।
नाना साहब की तोप भी, ध्वनि में ध्वनी मिलाय ॥
तात्यां टोपे काल्पी से, हैं रंण को तैयार ।
ब्रिटिश राज का चिन्ह भी, कर दीया यमुना पार ॥
विन्ध्याचल से यमुना तक, ब्राह्मण मोलवी जमीदार ।
सैन्य पुलिस प्रजा सभी, राजा राव सरदार ॥
उनकी है एक माँग ये, रहना हमे स्वतन्त्र ।
बंधे रहो एक सूत्र में, रानी का ये मन्त्र ॥
दूं अपनी झाँसी नही, रानी की आवाज ।
लड़ते रहे हम जब तलक, होय हिन्द स्वराज ॥
इसी समय ह्यूरोज चला, सैनिक पाँच हजार ।
विद्रोहियों को दबाकर, करे झाँसी अधिकार ॥
1857 आरम्भ में, हुई योजना तैयार ।
हिमालय से विन्ध्य तक, हो आँगल सरकार ॥
बाँट दीया दो भाग में, ये सारा प्रदेश ।
दो सेना दो कमान्डर, कोई क्षेत्र बचै ना शेष ॥
कैम्पवेल इलाहाबाद से, गंगा जमुना ओर ।
उत्तर जीत दोआब को, दिया लखनऊ पर जोर ॥
नष्ट भ्रष्ट लखनऊ कीया, और बनारस पास ।
अवध के बागी दमन कर, रुहेलखन्ड कीया दास ॥
कर चुके उल्लेख सब, हम पिछले अध्याय ।
यमुना से दक्षिण विन्ध्य तक, पहुंचा ह्यूरोज आय ॥

नेटिव सिख और गोरखे, कैम्पवेल की सहाय ।
दक्षिण में ह्यूरोज भी, गया सहायता पाय ॥
हैदराबाद भोपाल कुछ, बम्बई और मद्रास ।
कुछ सैनिक थे हिन्द के, मिली सहायता खास ॥
निज बूते अंग्रेज की, कभी विजय ना होय ।
हिम्मत क्या घुसे हिन्द में, जो गद्दार ना कोय ॥
दक्षिण भाग को जीतने, करी सैन्य दो भाग ।
एक भाग वट लाक सँग, हिन्दुस्तानी नाग ॥
जबलपुर से आगे बढा, जीतता हुवा प्रदेश ।
मिल गया ह्यूरोज से, भाग दूसरा शेष ॥
योजना के अनुसार अब, 6 जनवरी ह्यूरोज ।
निकल मऊ से चल पड़ा, ले हिन्दुस्तानी फौज ॥
जीता पहले रायगढ़, फिर सागर आ जाय ।
विद्रोहियों की कैद से, आँगल दीये छुडाय ॥
दक्षिण जा 10 मार्च को, बानापुर लीया जीता ।
फतेह चंदेरी गढ कीया, जो था दुर्ग अजीत ॥
20 मार्च इस फौज ने, झाँसी से 14 मील ।
यहाँ पर आ डेरा दीया, विजई फौज तफ्सील ॥
इन मुठभेड़ों कारणे, क्रांती दस्ते आय ।
सभी ओर से पहुंच कर, झाँसी भीड लग जाय ॥
इसीलिये ह्यूरोज भी, झाँसी ओर चल देय ।
इस अड्डे को नष्ट कर, आगे की सुध लेय ॥
लार्ड केनिंग कैम्प वेल ने, कीया आर्डर पास ।
जाय चरखारी नरेश की, पहले काटो फांस ॥
तात्या टोपे से घिरा, उसकी करो सहाय ।
कित जाँऊ ह्यूरोज भी, दुविधा में घिर जाय ॥

झाँसी पर जो मैं चढूं, सम्राज्यहित होय ।
जो मैं उनकी ना सुनु, हुक्म अदूली होय ॥
राबर्ट हिमल्टन ने लिया, निज ऊपर अपराध ।
आँगल राज हित देख कर, झाँसी करूं बर्बाद ॥
इत झांसी आस पास के, दीये क्षेत्र उजाड़ ।
रशद न वैरी पा सके, दो तिनके तलक उखाड़ ॥
रानी आज्ञा ये हुई, ना छाया को पेड ।
ना रहे भुट्टा खेत में, दयो भूखे मार खदेड़ ॥
जैसे नीदर लैंड के, विलियम आफ आरेंज ।
स्पैन शत्रु ना घुसे, चाहे घुसे समुन्दर रेंज ॥
इस नीती का अनुशरन, झाँसी रानी कीन ।
मर कर भी रक्षा करें, देश धर्म और दीन ॥
रानी स्वर वही गर्जना, वही मर्दान सिंह का क्रोध ।
शाहगढ ठाकुर सूर भी, अंग्रेजो से विरोध ॥
क्रोधाग्नि में धधकते, बुंदेलखन्ड सरदार ।
ले प्रतिशोध अंग्रेज से, उठा लई तलवार ॥
सर्व शक्तीयों के केन्द्र में, थी दुर्गा अवतार ।
साक्षात लक्ष्मी हाथ में, लीये खडी तलवार ॥
उजाड भूमि बुंदेल की, आंगल कष्ट उठाय ।
भूखी प्यासी फौज लै, झाँसी ओर को जाय ॥
शिन्दे अरु टिहरी नरेश को, बार बार धिक्कार ।
द्रोह कीया निजदेश से, अंग्रेजों से प्यार ॥
मेवा फल अरु घास भी, अन्न रशद भरपूर ।
करी सहायता गैर की, कुल घाती और कूर ॥
देशद्रोहियों का हो गया, शत्रू पक्ष में जोर ।
शत्रुओं के साथ मिल, दीया देश निचोर ॥

महारानी तेरी जीत के, नहीं दिखते आसार ।
तो क्या अंग्रेजी शरण को, हो जायें लाचार ॥
लक्षमण राव मोरो पन्त जी, शूर ठाकुर सरदार ।
मर जाना स्वीकार है, पर ऋपु शरण धिक्कार ॥

वार्ता

इसी स्वर मे स्वर मिलाकर सारी झाँसी का यही उत्तर था

जातस्य ध्रुवो मृत्यु संभावितस्य च अकीर्ति मरिणादति रिच्यते ।

अर्थात--- जो जन्म पाता है वो अवश्य मरता है। तो फिर व्यर्थ में कीर्ति को क्यो कलंकित कीया जाए। सो देश की आन बान की रक्षा के लिये अंग्रेजों से लड़ना निश्चित रहा। झांसी की सैना अपनी रानी के साथ युद्ध की त्यारी में निमग्न हो गई उसकी सैना में वीरों की कमी नहीं थी पर कुशल शिक्षित सैनिक कम थे। अनुशासन का भी अभाव था। फिर भी रानी ने संपूर्ण सेना का नेतृत्व किया। वह हर द्वार पर घूमती नजर आई तोपो की कुर्सियाँ बनाने और उन्हें मोर्चों पर लगाने की जगह स्वयं उपस्थित रहती। चतुर तोपचियों के चुनाव में वह संलग्न थी। इधर उधर घूमकर निराश हृदयों में उत्साह का संचार कर रही थी| इधर उधर झाँसी की जनता में भी उत्साह पूरा था। झाँसी के पंडित मंदिरों में स्वाधीनता के लिये प्रार्थना कर रहे थे। पुजारियों ने रंण में जाने वाले सिपाहीयों को आशीर्वाद दीए। और घायल होने पर उनकी सेवा भी की। झाँसी ने कारीगर गोला बारूद तथा युद्ध की अन्य सामग्री बनाने मे व्यस्त रहते झाँसी की जनता ने तोपों के काम में उनका भरपूर सहयोग दीया बंदूकें भरने का काम कीया और तलवारों की धार तेज की। वहां की स्त्रीयों ने भी पूरा सहयोग दीया। गोला बारूद पहुंचाई, तोपों की कुर्सियां बम समय पर रशद भी पहुंचाई स्वयं ह्यूरोज ने आँखो देखा हाल बयान कीया है, स्त्रीयाँ तोप खाने में गोला बारूद पहुँचाने आदी कामों में व्यस्त दिखाई दी। इस प्रकार रात को नगर भर मे युद्ध के नगाड़े बजने लगे। और किले के बीच में मशालें जलती दिखाई दी। पहरेदारो ने पूरी चौकसी बरती, 24 का सवेरा हुवा और गर्जना भयंकर थी। झाँसी के घेरे का आँखो देखा हाल दत्तात्रेय

बलवन्त पारसनी कृत रानी लक्ष्मी बाई का जीवन चरित में पृष्ठ 187 और 193 के आधार पर इस प्रकार है।

भजन

झांसी का घेरा

घेरा झांसी शहर फौज, अंग्रेज की बाहर छाई ।
आँगल से भारी हो गई शुरु लडाई ॥
चलने लागी तोप, जलते गोला मारै कोप कोप,
युद्ध दीया रोप भारी, बरसन लागी आग ।
होती मारामार, गोला साठ पौन्ड भार,
आसमान में अंगार, फुफकारते ज्यो नाग ॥
चलें गेंद से लाल, धूप में देते साफ दिखाई ।
आँगल से भारी हो गई शुरू लडाई ॥
युद्ध चला दिन रात, हुए भयंकर हालात,
ये 26 की है बात, मात खाने लगे ज्वान ।
होता हमला लगातार, मार दक्षिण के द्वार,
तोप हुई हैं बेकार, पड़ी मुशकिल मे जान ॥
पश्चिम द्वार के देख तोपची ने, अपनी तोप घुमाई ।
आँगल से भारी होने लगी लडाई ॥
वीर तोपची का नाम, था गुलाम गौस खान,
गोला मारे तानतान, जान बैरी की लई ।
महारानी ने इनाम, दीया देखकर के काम,
चूडी सोने की ललाम, जो इनाम में दई ॥
समय की नब्ज पिछान, ज्वान तेने अपनी तोप चलाई ।
आँगल से भारी होने लगी लडाई ॥

पाँचवे छटे दिन युद्ध हुवा फिर विकराल,
काल बन के दीये हैं, हलाल वैरी कर ।
ऐंसी की मार, हार बेरी करे त्राहि माम,
काम की ना छोडी तोप, कई गए मर ॥
बन्द हुई अंग्रेज की तोपें, कुछ नही पार बसाई ।
आंगल से भारी हो गई शुरु लडाई ॥
करदी थी खामोश तोप, बैरी के उड़ाए होश,
आया फिर जोश, रोश करके वो उठा ।
करदी भीषण मार, नभ मे दीखती धूंवा की धार,
रेत में मिलाने लगातार वो जुटा ॥
मिटा रहा अरमान, तोप झाँसी की बन्द कराई ।
आँगल से भारी हो गई शुरु लडाई ॥
सातवें दिन की बात, हाथ दुशमण ने दिखाए प्रात,
जैसे बरसात, तोप गोलों की भई ।
ज्यो ज्यो हुई श्याम, तोप बॉई की बे काम,
गिरी मुंडेली धडाम, बाजी चूक सी गई ॥
छुप कम्बल दस राज रात मे नई मुंडेर बनाई ।
आँगल से भारी हो गई शुरू लडाई ॥

दोहा

देख नई मुन्डेर को, उंगली दांत दबाय ।
झांसी की लख व्यवस्था, ऋपु चकित रह जाय ॥
आँगल इस से बेखबर, करे झांसी तोप सही काम ।
हुई हानी उनकी बहुत, तोप निकम्मी जाम ॥
दिवष आठवे प्रात ही, शंकर किले पर जाय ।

दूरबीन अधुनिक लिये, हमला दीया कराय ॥
देख दूर तक किले को, हमला जल भंडार ।
7 जहाँ पर नियुक्त थे, मर गए चार कहार ॥
बाकी बरतन फेक कर, गए वहां से भाग ।
चार घन्टे तक उस जगह, रही बरसती आग ॥
दक्षिणी पच्छमी द्वार से, दीये गोले बरसाय ।
आँगल तोपे तोडकर, ली तब प्यास बुझाय ॥
इमली कुंज बारूद का, कारखाना था एक ।
आँगल ने दूरबीन से, लिया दूर से देख ॥
गोला दीया मलेच्छ ने, 30 जने मर जाय ।
आठ वहां वीरांगना, सभी स्वर्ग पा जाँय ॥
रँन चन्डी प्रचन्ड थी, युद्ध हुवा घमाशान ।
तोप और बन्दूक की, गर्ज फोडती कान ॥
धूल धूवाँ था भयंकर, ढक लीया आकाश ।
वीरों की बाँह फडकती, खुश्क कायर की सांस ॥
बुर्जो के कई तोपची, मारे गए जवान ।
खाली जगह पर तुरत ही, लेते नए स्थान ॥
रानी घूमे बुर्ज पर, दुर्गा मात समान ।
छोटी बड़ी हर बात का, रखे बखूबी ध्यान ॥
आज्ञा मिलते ही मरम्मत, जो कच्चा स्थान ।
रानी के व्यवहार से, बढ़े हौसला ज्वान ॥
इस कठोर प्रतिकार से, आँगल चकित विशेष ।
31 मार्च तक किले में, कर न सके प्रवेश ॥
पग पग संकट सामना, युद्ध कार्य प्रवीण ।
लक्ष्मी सी वीरांगना, हुई युद्ध मे लीन ॥
उत्सुकता से देखती, फैली मुख मुस्काहट ।

किसी दिशा से सुन रही, किसी वीर की आहट ॥
मुस्करा कर आदेश दे, मान वन्दनो होय ।
तोपे दागो खुशी की, तुरही जीत ध्वनि होय ॥
ढोल गर्ज गम्भीर से, गूंज रहा आकास ।
सूरवीरो में भर गया, रंण का नवोल्लास ॥
तात्या टोपे आ रहा, बहन खडी रंण बीच ।
यहां लपट है आग की, हुई रक्त की कीच ॥
विन्डहम कानपुर जीतकर, और कैम्प वेल से हार ।
पहुँचा नाना छावनी, कर के गंगा पार ॥
तात्यां काल्पी के निकट, करके यमुना पार ।
चरखारी नृप ना हुआ, आजादी रंण त्यार ॥
उस देशद्रोही को हरा, कीया दन्ड वसूल ।
24 तोप छीन कर, चला मिला कर धूल ॥
वहाँ से चल कर ताँत्या, काल्पी को मुड जाय ।
रानी लक्षमी बाई का, पत्र वहाँ पर पाय ॥
जिसमें झांसी पर पडी, अंग्रेजो की पाश ।
पाश कटे अंग्रेज की, करो सहायता खास ॥
प्रधान मन्त्री राव साहब को, पत्र दीया भिजवाय ।
कीया पिछारी आक्रमण, अंग्रेजो पर आय ॥
बृह्मावृत के महल मे, खेला बचपन साथ ।
लक्ष्मी के इस खेल में, आय बटाओ हाथ ॥
बचपन के उस खेल को, तब देखता था कोन ।
आज विश्व रण खेल को, खड़ा देखता मौन ॥
बड़ी सैन्य ले तात्यां, गया पिछारी आय ।
आगे रानी लक्षमी, रहे आँगल घबराय ॥
बाइस हजार पंजे लिये, शेर झपट को त्यार ।

सियार बने यहाँ सिंह क्यो, कीया टोपे धिक्कार ॥
आगे रानी लक्ष्मी, पीछे तात्यां आय ।
फोज कायरता ना करै, तो देते सबक सिखाय ॥
तात्यां पर हमला किया, झाँसी पै बरसा आग ।
कायरता ऐसी घुसी, गई तात्यां सेना भाग ॥
क्रांती के दोनो मोर्चे, ठन्डे हो गए आज ।
साहस जो छोड़े नही, ना लुटता स्वराज ॥
इस गड़बड़ से बहुत सी, रंण सामग्री पाय ।
तात्या की तोपे सभी, हाथ फिरंगी आया ॥
सैनिक 15 सौ मरे, भ्य कारण है एक ।
जो मरते लडते हुए, तो आँगल टिके ना नैक ॥
वीरगती सच्ची मिलै, यस भागी मन जाँय ।
जो डरते है काल से, काल उन्हीं को खाय ॥
रण में जीने को हटे, मरते वही जरूर ।
जो निर्भय होकर बढ़े, तोडे काल गरूर ॥

वार्ता

रानी लक्ष्मी बाई काल को चुनोती देती हुई जुझ रही थी पर सरदारों, ठाकुरो और सिपाहीयों ने एकाएक लाचारी दिखाई। नौ दिन और नौ रातें आग बरसाती तोपों के सामने ये लोग खड़े रहे। इन्हें आसा थी की तात्यां टोपे की देवीय सहायता अचानक ही मिलेगी। और जब वह आया तो उन्होंने आनन्द के नारे लगाए। 1 अप्रेल को तात्या की सेना भागी तब उनका आनंद ही नहीं विजय की आशा भी मिट गयी।

जिस रशद को विश्वाश्घाती शत्रु के हाथ से हजारों सैनिको का बलिदान देकर छीना था वह अब अनायास ही गोरों के हाथ लग गई। तात्या की तोपे तथा

गोला बारूद अंग्रेजों के हाथ लगा फिर भी निराश क्यो । विजयी हो कर शत्रू ना जीने दे तो भी मृत्यु के बाद की अमर कीर्ती को वह नहीं छीन सकता। हे वीरो दृढ निश्चय कर के वीरता की मूर्ति रानी के मुख से उस का स्वर सुनो--- अब तक झांसी पेशवा के बलबूते पर नहीं जूझ रही थी। अब आगे युद्ध जारी रखने के लिये भी उनके सहयोग की विशेष आवश्यकता नही है। अब तक तुमने आत्माभिमान साहस दृढ़ता एवं वीरता का परिचय दीया। अब तुम उसी तरह काम लो। और मैं तुम से आग्रह करती हूँ कि धैर्य और प्राणपंण से लड़ो, मारुबाजे बजने दो और वीर गर्जना से आकाश गूंजने दो और बडी बडी तोपो को धड़धड़ाने दो ॥

दोहा

तीन अप्रेल का दिन, उदय हो गया प्रभात ।
झांसी पर हमला हुआ, आज इसी के साथ ॥
युद्ध की देवी ने भी अब, हाथ लई तलवार ।
आज मृत्यु को हराने, हो गई है तैयार ॥
किसी को सोने के कडे, किसी को दे पोशाक ।
ठोके पीठ किसी वीर की, कभी वीरता वाक ॥
गौस खान और खुदा बक्स, दो गोले लगातार ।
देखो दुश्मन आयकर, तोड रहा मुख्य द्वार ॥
किला बन्दी को तोडने, लगी नसैनी आठ ।
आंगल को गोली लगे, उतरे मौत के घाट ॥
हरहर महादेव की गूंज संग, हो गोली बौछार ।
बाढ़ों का ताता लगा, हो रही मारामार ॥
बुर्ज लडे, हर घर लडे, लड़ता है हर द्वार ।
मारो दुष्ट फिरंगी को, ये उठती ललकार ॥
या देवी रण चंडिका, या काली माँ खास ।

भीषण धधके ज्वाल सी, कर रही दुष्ट विनाश ॥
लैफ्टी नैन्ट डिक माइकल, सीढ़ी चढै जोहान ।
हूवा धमाका तोप का, तज गए तुरत जहान ॥
जब ये वीर चारो गिरे, गई नसैनी कांप ।
है कोई महा भाग जो, चढ़ै नसैनी आप ॥
लैफ्टीनेन्ट बोनस फाक्सं, मरना चाहते आय ।
जो दम हो किसी और में, सीढ़ी पर चढ जाय ॥
देख वीर गिरते हुवे, दिया हार का बिगुल बजाय ।
छुपे ओट चट्टान की, अपनी जान बचाय ॥
इस तरह प्रमुख द्वार पर, हुवा डटकर प्रतिकार ।
कौन कराहता जायकर, देखो दक्षिण द्वार ॥
किसी विस्वास घाती नीच ने, दीया द्वार गवाँय ।
देशद्रोहियों के बूते ही, फतेह फिरंगी पाय ॥
आँगल चढ़ गए बुर्ज पर, फुर्ती से बढे आय ।
सब के मन में भाव था, मारैं या मर जाँय ॥
अंग्रेजों ने शहर में, भीषण की मार काट ।
खून बरसता हर गली, चौराहे हर बाट ॥
एक के बाद एक पर, मोर्चे लीये कब्जाय ।
कत्ल लूट विध्वंस कर, फिर दें आग लगाय ॥
पहुंच गए राज महल पर, कर लीया अधिकार ।
वहाँ से भारी लूट कर, मारे पहरे दार ॥
कसर नहीं अब कुछ रही, दी ईंट से ईट बजाय ।
आखिर झाँसी अंग्रेज के, गई हाथ में आय ॥
पर कोटे रानी खडी, निगाह रही थी मार ।
लाल आँख हुई क्रोध से, सूत लई तलवार ॥
मंजर दक्षिण द्वार का, आँखो में गया तैर ।

चले चिंगारी आँख से, लूंगी लड कर वैर ॥
शत्रू के स्पर्श से, हुई पवित्रता भंग ।
सारे शहर का खून से, लाल हुवा है रंग ॥
तेग सम्हाली हाथ में, सैनिक एक हजार ।
तुरत किले पर चल पड़ी, पहुंची दक्षिण द्वार ॥
तीव्र झपट ज्यो शेरनी, बैरी पर चढ़ी आय ।
तलवारें दो देश की, आपस में भिड़ जाँय ॥
दो दल एक दुजे समा, खनक बजी तलवार ।
काटै खेत किषान ज्यो, आँगल डाले मार ॥
बहुत फिरंगी मर गए, शेष गए हैं भाग ।
ऋपु रक्त पी कालिका, कुछ ठन्डी हुई आग ॥
डाले शत्रू काट कर, आया उसको ध्यान ।
दूर किले से जाय कर, लडने में नही ज्ञान ॥
है अद्भुत यह वीरता, पूरे शहर अनुगूंज ।
यह अलोकिक स्त्री, रहे फिरंगी बूझ ॥
पूरे झाँसी शहर को, खून से दिया नहलाय ।
बच्चा बूढ़ा जो मिला, दीया काट गिराय ॥
राज प्रशाद घुडशाल में, नौकर वीर पचास ।
कितने मार के वो मरे, याद रखे इतिहास ॥
नगर समूचा जल रहा, मची करुन चितकार ।
देश द्रोही जिन मदद की, बारबार धिक्कार ॥
पर कोटा दृढ किले का, कल तोड़ने का काम ।
जो आंगल बसकी रहे, तोडे तुरत तमाम ॥
रानी परकोटे खडी, सुन्दर आँख भर आँय ।
देख कारुनिक दृश्य को दहल कलेजा जाय ॥
तब महारानी रो पडी, हुई उसकी आँखे लाल ।

आज राजधानी हुई, दुशमण हाथ हलाल ॥
एक बार सिर ऊंचा किया, चमका विलक्षण तेज ।
धन्य घरा की लाडली, धन्य धैर्य तेज ॥
इतने में एक दूत जो, आया बेतहासा दोड़ ।
रोते रोते कह रहा, दोनों हाथे जोड़ ॥
गौस, खुदाबक्स तोपची, गोली से दीये उडाय ।
सरदार कुवर मारे गए, मुख्य द्वार पै जाय ॥
दुखी हृदय रानी पै अब, हूवा बज्र आघात ।
तब बूढे सरदार से, की उसने एक बात ॥

महारानी का अंतिम निर्णय
कविता

रानी हृदय पाषाण कर, बोली वृद्ध सरदार से ।
स्वाधीनता की ये मणी, गिरने न दूँगी हार से ॥
निकलना चाहती हूँ मैं, ले स्वतन्त्रता निशान को ।
आखरी दम तक न मिटने, दूंगी इस की शान को ॥
अग्नि लगा निज हाथ से, बारूद के भण्डार से ।
स्वाधीनता की ये मणी, गिरने न दूँगी हार से ॥
राज सिहासन पै बैठूं, या मैं बैठूं अब चिता ।
रण तीर्थ की गंगा नहाऊ, आशीस देना अब पिता ॥
आँखे भरी उस वृद्ध की, द्रवित हृदय लाचार से ।
स्वाधीनता की ये मणी, गिरने न दूँगी हार से ॥
भ्य से भरा रहना यहाँ, जाओ दुर्ग से जल्दी निकल ।
ऋपुछावनी को चीर जाओ, कीमती हर एक पल ॥
कर बद्ध करता प्रर्थना, ये वृद्ध अब सरकार से ।

स्वाधीनता की ये मणी, गिरने न दूँगी हार से ॥
निकल जाना चाहिये, किला छोड़ कर आज रात को ।
जाकर मिलो अब पेशवा से, याद रखना बात को ॥
ये अभी पथ है जीत का, मंजिल स्वर्ग दरबार से ।
स्वाधीनता की ये मणी, गिरने न दूँगी हार से ॥
लडते हुए तन गिर पड़े, जो युद्ध के मेदान में ।
कोई हो ना जाये वचना, नारी देह की शान मे ॥
हम कट मरे तेरे मान को, गिरने न दे संसार से ।
स्वाधीनता की ये मणी, गिरने न दूँगी हार से ॥
आशीष दे अंतिम, प्रजा की आँखो से आसु बहे ।
शायद मिलन ये आखरी, कहे शब्द नैनन अनकहे ॥
पूरन समर्पण के बिना, वंचित है मुक्ती द्वार से ।
स्वाधीनता की ये मणी, गिरने न दूँगी हार से ॥

दोहा

रानी ने संग में लिये, चुन कर अशव सवार ।
आभूषणों से सजाकर, अशव कीया त्यार ॥
हरहर महादेव का, कीया सबने घोष ।
उतर किले की सीढीयाँ, मन में ले आक्रोश ॥
फौलादी पहना कवच, पुरुष का भेष बनाय ।
आँचल मे प्याला बंधा, कमर तेग लटकाय ॥
रेशम धोती पीठ पर, सुत दामोदर राय ।
ये दत्तक अंग्रेज ने, अनधिकार ठहराय ॥
स्वेत रंग के अशव पर, रानी हुई सवार ।
ज्यो महादेवी लक्ष्मी, आई ले अवतार ॥

उत्तरी द्वारे टीहरी, द्रोही पहरेदार ।
कौन प्रश्न के जवाब मैं, दीया उत्तर त्यार ॥
टिहरी फौज ह्यू रोज के, सहायता कारण जाय ।
ऐसा कह आराम से, प्रहरी दीया टरकाय ॥
एक गोरे पहरेदार को, इसी तरह दीया टाल ।
दासी एक पन्द्रह अशव, कुछ नहीं हुवा बवाल ॥
रानी का दल दूसरा, जो थे घुड़सवार ।
रोक लीया संदेह में, हो गई मारामार ॥
मोरो पन्त घायल हुवा, दतिया तक गए आय ।
दतिया के दीवान ने, दीया आँगल पकड़ाय ॥
देशद्रोही दीवान ने, जैसे ही सौंपा जाय ।
दुश्मन ने उसे पकड़ कर, फाँसी दीया चढ़ाय ॥
रानी का छोटा सा दल, ज्यों पंख लगा उड़ जाय ।
बाकर चुने अशवार ले, पीछा करता आय ॥
एड लगाई लक्ष्मी, चला अशव कुंवैत ।
छूटा तीर कमान से, उडा हंस जो स्वेत ॥
हे रानी के अशव सुन, बैठी जो तेरी पीठ ।
ये पावन निधि राष्ट्र की, ना लगे अपावन छीट ॥
उसकी रक्षा के लिये, दौड लगाकर जोर ।
हाथ कभी अपवित्र कोई, उठे न उसकी ओर ॥
द्रोही मानव राष्ट्र में, पशुत्व इमानदार ।
तेरे पशुत्व आगे हूवा, द्रोही मानव धिक्कार ॥
हे रजनी रक्षार्थ दे, काला पट फैलाय ।
मारग भारत देश के, ना कोई बाधा आय ॥
तारागण आकाश के, न दो शत्रू प्रकाश ।
कोमल सती सरोज सम, लक्ष अग्रसर आस ॥

ऊषा का हूवा आगमन, धन धन रानी वीर ।
वायु के पंखन उडी, ज्यो आकाशी तीर ॥
मंडेर गाँव मे आयकर, कर लो कुछ विश्राम ।
कुछ खाए दमोदर प्रिय, लम्बरदार के ठाम ॥
सुबह नाशता कर चली, काल्पी को तैयार ।
पीछे बाकर आ रहा, उडते धूल गुबार ॥
रानी घोडा तेजकर, सुत को रखो सम्हाल ।
बाकर है नजदीक अती, अब शमशीर निकाल ॥
आजा बाकर नीच तू, ले नीचता पुरुष्कार ।
घोडे से बाकर गिरा, झपट लगी तलवार ॥
आंगल पीछा जो करे, रानी के अशवार ।
प्राण घातक मुठभेड में, हुई बराबर मार ॥
बच गए जो चले साथ में, रानी रक्षण काज ।
घायल बाकर संग जो, नहीं सके वो भाज ॥
भारत माँ की आज फिर, जीत गई तलवार ।
रक्त पानकर चल पड़ी, लिये दिव्य चमकार ॥
सूर्य चले आकाश में, धरनि लक्ष्मी जाय ।
चलते दोनों साथ में, दो पहरी गई आय ॥
फिर दोनों आगे बढे, अब सन्ध्या हो जाय ।
रानी चलती बिन थके, सूर्य देव सस्ताय ॥
काल रात्री बन चली, रवी क्षितिज की ओट ।
ले दिनकर विश्राम अब, अन्धकार के कोट ॥
तेज दौड़ती लक्ष्मी, काल्पी पहुंची जाय ।
बाकर अपनी तेग का, उत्तर तेग से पाय ॥
माँ बेटा का बोझ ले, पहुंचा वीर तुरंग ।
सौ मीलों का सफर कर, बडे साहस के संग ॥

रानी पहुंचे काल्पी, धारन कीये यों प्राण ।
पूरा निज करतब्य कर, दे दी अपनी जान ॥
अमर हूवा इतिहास में, घोड़ा स्वर्ग सिधार ।
रानी ने निज हाथ से, कीया अंतिम संस्कार ॥
महारानी ने भोर तक, कीया है विश्राम ।
अब मिलन सुनो भाई बहन का, अपना हृदय थाम ॥
लक्ष्मी और राव साहब का, भावुक सक्षात कार ।
पुरखों का स्मरण कर, जिन से लीये संस्कार ॥
असम्भव को सम्भव कीया, बडे बडे किये काम ।
महापुरषों में जन्म ले, करे उन का ऊंचा नाम ॥
मिट गए अपनी आन पर, जाने ना दीया स्वराज ।
प्रण कीया भाई बहन ने, लडे अन्त तक आज ॥
भ्रष्ट कीया स्वराज को, उन से हो संग्राम ।
लक्ष्मी तात्या घोर रंण, करके ले इन्तकाम ॥
इन्हे युद्ध में छोड़ कर, अब ब्रिगेडियर विटलाक ।
निगाह सर सरी डालकर, अग्रकथा दे भाक ॥
कथा सूत्र जहाँ छोड़ कर, बढ़े आगे की ओर ।
अब हम पीछे लौट कर, वहीँ पकड़ते छोर ॥
गंगा यमुना नर्मदा, और उनके प्रदेश ।
दो सेना जो चली थी, पुर्नजीत उद्देश ॥
उनमें अब ह्यूरोज ने, झांसी जीती जाय ।
झांसी जीत के बाद में अराजकता फैलाय ॥
लूट करी इतनी वहां, नादिर शाह याद आय ।
मन्दिर मूर्ती तोडकर, हत्या कान्ड करबाय ॥
मुहिम जारी रखने को, अब बढ़े काल्पी ओर ।
ब्रिगेडियर विटलाक को, सौंपा अंतिम छोर ॥

17 फरवरी जबलपुर से, विटलाक चल देय ।
काली फौज मद्रास की, संग गोरी पल्टन लेय ॥
गोरा काला रिषाला, तोपची संग विशेष ।
बड़ी शान के साथ में, सागर किया प्रवेश ॥
ओरछा नरेश आँगल भक्त, आकर के मिल जाय ।
क्राँती भक्त नबाव को, जीतने बांदा आय ॥
क्राँती की पहली लहर, हुए कत्ल क्रूर ।
शरण मिली वहाँ भागते, दुष्ट फिरंगी कूर ॥
शरण गहे रक्षा करी, बाँदा वीर नबाव ।
आँगल राज खदेड कर, देता रहा जबाव ॥
क्रांती के प्रारम्भ में, दीये चिन्ह मिटाय ।
स्वतन्त्र नरेश की हैसियत, अपना राज चलाय ॥
आँगल सेना देख कर, जो राज छीनने आय ।
प्रजा से अनुरोध ये, युद्ध में करो सहाय ॥
कई मुठभेडो बाद में, आँगल देय हराय ।
अपनी सेना साथ ले, गया काल्पी आय ॥

वार्ता

19 अप्रैल विजयी विटलाक ने बाँदा में प्रवेश कीया। अब किरवी के राव पर चढ़ाई होने वाली थी। किरवी नरेश माधव राव की अवस्था 10 वर्ष की थी और अंग्रेज उस के रक्षक बने थे। बाजीराव पेशवा किरवी नरेश के निर्वाह सम्बन्धी थे। सन 1827 में अनन्त राव तत्कालीन किरवी नरेश ने काशी के मन्दिरों मे दान करने के लिये दो लाख रूपये जमा कर दीये थे। अनन्त राव के मरते ही अंग्रेज सारी रकम हडप कर गये। इससे कोई उनके पुत्र विनायक राम मे कई लाख रुपये की रकम अंग्रेजों को सोपने की मूर्खती की। वह रकम भी अंग्रेज

हड़प गए। विनायक राब के मरने पर उनका दत्तक पुत्र नाबलिग था। रियासत का प्रबन्ध अंग्रेजो के हाथ मे था खास प्रधान राम चन्द्र राव अंग्रेजों द्वारा नियुक्त था। इस दशा में रियासत में विद्रोह की आशंका अंग्रेजों को नही थी। किन्तु सन 1957 में इन राव उमरावो ने जो कुछ कीया उसमें उन की प्रजा सहमत नहीं थी। प्रत्यक्ष परोक्ष दोनों तरह से देश की सच्ची शक्ति - जनता का बल कुचला जाने के बाद भी जनता अपना असर जमाने की भरसक चेष्टा कर रही थी। किरवी के जमीदार, धर्मगुरु, व्यापारी यहाँ तक कि मामूली से मामूली आदमी भी स्वाधीनता के आदर्श से प्रभावित थे और दिल्ली स्वतन्त्र होने का समाचार सुनकर आनन्द से उछल पडे थे। दूसरे दिन लखनऊ स्वतन्त्र घोषित हुआ, तीसरे दिन झाँसी से अंग्रेजी झंडे को उखाड़ फैकने का समाचार मिला। इस आशाप्रद घटनाओं के समाचारो से उत्साहित हो कर लोगों ने किरवी स्वतन्त्र होने की घोषणा की। और विदेशी कंधावर को राव की सम्मति और मन्त्रीयो की आज्ञा के बिना ही बाहर फेंक दीया गया था। जब जनता द्वारा आजादी की घोषणा डंके की चोट पर की जा रही थी तब किरवी के 9 या 10 वर्ष के राजा ने अंग्रेजों के विरुद्ध कुछ नहीं किया था बल्कि उसने अंग्रेजी सेना को उस समय अपने राज्य में सुस्वागत आने का निमन्त्रण दीया तब अंग्रेजी सेना बुंदेलखन्ड में लौट आई। निमन्त्रण पाकर अंग्रेजी सेना किरवी राज्य में चुपचाप चली आई| किन्तु नावालिग राय को बन्दी बनाने के अपवित्र उददेश्य को लेकर उसकी राजधानी खंडहर करने राजमहल को विध्वंस करने और पैशाचिक लूट, अग्निकांड आदी के द्वारा प्रतिशोध लेने। विजित प्रदेश में शान्ती स्थापित करने के लिये विटलाक महौवा में छावनी डाल रहा था। दरअसल उसने अपनी मुहिम पूरी की थी। बुंदेलखन्ड का पूर्वी भाग जीत लीया था। एक दो छोटी जगह में शान्ती कायम करने के लिये कुछ दस्ते भेजे थे अब विटलाक को यही छोड झांसी की रानी के पवित्र चरणों का दर्शन करें।

झांसी वर्णन

वार्ता

अब रानी पेशवा के सैनिकों के साथ काल्पी से 42 मील दूर कंचुकी गाँव को कूच कीया। लेकिन ऐसा अनुमान है कि रानी की सूचना के अनुसार सेना की ब्यूहरचना राव साहब ने नही की थी। ध्यान रहे राव साहब या तात्या के लिये पूरी तरह प्रबन्ध करना असम्भव सा था। यद्यपि उन के साथ बाँदा का नवाब, शहागढ़ नरेश, बानापुर के राजा थे। सब एक ही झंडे के नीचे इकट्ठे हुवे थे। फिर भी एक विशाल सैनिक संघठन के अंर्तगत अनुशासित हो कर नहीं आए थे। कोई ऐसा संघठन नही था जो एक स्वर से संचालित हो एक सुनिश्चित विधान के अनुसार चले। प्रत्येक अपनी अलग योजना बनाता इससे किसी की योजना पर अमल न हो पाता था। दूसरी ओर शत्रु दल के नेताओ में कोई झगडा नही था। उनका दल अच्छी तरह अनुशासित ह्यूरोज के सेनानी नियुक्त होने से पहले अफवाहों का बजार गर्म था। लेकिन एक बार उनकी नियुक्ती हुई उन का मत ही सबका मत था। वह जो भी आज्ञा देता वह ठीक मानी जाती। उस तरफ भी ऐसा ही होता तो कंचुकी गाव में जो पराज्य हुवी वह कभी न होती।

दोहा

काल्पी इकट्ठे होयकर, हमला कंचुकी गाँव ।
झांसी से ह्यूरोज का, पड़ा कंचुकी पांव ॥
क्रांतिकारियों की हुई, कंचुकी गाँव में हार ।
कई दल हुए असंगठित, बंधे नहीं एक तार ॥
सारे दल एक दूसरे की, गलती रहे निकाल ।
तात्या तो आया नहीं, देख के उन का हाल ॥
तात्या चरखी गाँव में, पिता मिलन को जाय ।
मिलन पिता और पुत्र का, प्रेमानन्द बढ़ाय ॥

पित्र मिलन गए तात्या, रानी पेशवा पास ।
कंचुकी गाँव की हार से, पेशवा हुए उदास ॥
रानी साहसी शब्द से, करै उदासी दूर ।
रानी ने धीरज दीया, पेशवा को भरपूर ॥
करिये कौन सुसंगठित, शत्रू विज्य न पाय ।
रानी नाना साहब को, धीरज से समझाय ॥
महारानी के मन्त्र से, हुवा सब को उत्साह ।
ओज पूर्ण वक्तव्य से, हुवा जोश प्रवाह ॥
जोश भरे शब्दांश से, घोषणा पत्र लिखवाय ।
सारी क्राँती सैन्य में, दीया वितरित करवाय ॥
यमुना मइया तीर पै, सभी इकट्ठे होय ।
लेकर के जल हाथ मे, प्रण करै सब कोय ॥
मातृभूमि सेवा में रत, कालन्दी तट जाय ।
क्राँती दल के वीर सब, वर माता से पाँय ॥
वीरो का मेला लगा, कालन्दी के तीर ।
मरण प्रतिज्ञा कर रहे, लिये हाथ में नीर ॥

वार्ता

सब ओर मातृभूमि और धर्म की जय जय कार हो रही है। जय यमुनां मइया तुम्हारा पवित्र जल हाथ मे लेकर हम प्रतिज्ञा करते हैं की फिरंगी नष्ट होगा देश स्वतन्त्र होगा। स्वधर्म की पुनः स्थापना होगी। मां यमुना यह सब होगा तब ही हम जिन्दा रहेंगे नहीं तो रंणभूमि में सदैव के लिये लड़ते लड़ते सो जायेंगे का यमुनां माता हम तीन बार प्रतिज्ञा करते है।

दोहा

मरण व्रत करै युद्ध का, ले कालिन्दी नीर ।
बुला रही रंण लक्ष्मी, चलो समर को वीर ॥
राव साहब नेतृत्व दे, अब रंण के मैदान ।
ले पल्टन 25 वी, सर ह्यूरोज कमान ॥
घुसे विदेशी हिन्द में, इनको दयो भगाय ।
मेजर आर्क बढ़ने लगा, बिना पिटे ना जाय ॥
काल्पी की अपनी सेना, रहे सुरक्षित जोय ।
तो हालत मजबूत है, हरा सकै ना कोय ॥
सैना मुख आगे बढ़ा, वो रहा पीछे आय ।
रानी तुम सहायता करो, उनके पीछे जाय ॥
रक्षार्थ रानी चली, हाथ लिये तलवार ।
दाँई करवट पिल पड़ी, साथ मे अशव सवार ॥
आंगल अब ठन्डे पडे, टक्कर थी जोरदार ।
पीछे हटने के लिये, दुशमन हुए लाचार ॥
लड़की इक्कीस साल की, झपट बीजरी जोय ।
जो ऋपु आया सामने, जीवित बचा न कोय ॥
पवन वेग घोड़ा चले, कर विद्युत शम्शीर ।
गाजर ज्यों अंग्रेज के, कट-कट गिरे शरीर ॥
दुर्गा दुर्ग विनाशिनी, जैसे अग्नि लोय ।
विजय कीर्ती से सजी, त्रिपुर सुन्दरी होय ॥
रणकौशल रण बीच में, ऐसा रही दिखाय ।
रण पंडित मैदान से, भाग के प्राण बचाय ॥
हल्की तोप के तोपची, एक एक मारे जाँय ।
लीये रिसाला साथ में, रानी झपटी आय ॥

रानी ने धावा किया, आग उगलती तोप ।
आंगल भागे छोड़ कर, देख भयानक कोप ॥
तोप छोड़ वैरी भगे, तितरबितर गए होय ।
क्रांतीवीर चहुँ ओर से, दिये फिरंगी धोय ॥
क्रांतीवीर आगे बढ़े, करत विजय का घोष ।
अधिकतर ऋपु मिले धूल में, शेष ठिकाने होश ॥
चौंक पड़ा ह्यूरोज भी, आकस्मिक धावा देख ।
ऊंट ना हो हिमदाद को, जान बचे ना नैक ॥
ऊँटों कारण आज तो, लिये प्राण बचाय ।
मिनट 15 जो रुके, तो आँगल ना बच पाय ॥
डेढ़ सौ ऊँट हिमदाद को, किया अपना उद्धार ।
उस दिन से करने लगे, ऊँटों से हम प्यार ॥
ऊँटों के बल चला, 22 मई को आय ।
युद्ध सामग्री बहुत-सी, रिपु हाथ लग जाय ॥
सैन्य पेशवा की हटी, काल्पी से भिड़ जाय ।
24 मई ह्यूरोज अब, घुसा काल्पी आय ॥

वार्त्ता

24 मई ह्यूरोज काल्पी मे घुस पड़ा। तात्या टोपे तथा पेशवा राव साहब द्वारा काल्पी किले मे एकत्र की गयी युद्ध सामग्री आनायास ही अंग्रेजों के हाथ लगी। 60 हजार रतल बारूद भूमि में गड़ी पायी गयी। नयी बन्दूके, पीतल की तोपों के गोले, उन्हें बनाने के यन्त्र, ढेरों सैनिक गणवेश, झंडे मारू बाजे, फ्रांसीसी तुरहियाँ, यूरोप मे बनी गरनाल तोपें, तथा कई प्रकार के शस्त्र आदि युद्ध उपयोगी सामग्री अंग्रेजों के हाथ लगी। अगर हाथ ना लगे तो शूरवीर क्रांती नेता काल्पी का सम्पूर्ण पतन होने से पहले एक सप्ताह तक राव साहब, बाँदा का

नवाब, रानी लक्ष्मीबाई और अन्य नेता वहां से गायब होकर किसी अज्ञात स्थान पर चले गए थे। निस्सहाय अवस्था मे इन नेताओं ने मारे मारे फिर कर, भूखो भटक कर या शत्रु के चंगुल मे पकड़ा जाने या आत्महत्या करने के अलावा कोई चारा नहीं था ।

दोहा

यमुनी काठे उत्तरी, हड़प लिये प्रदेश ।
जाय हिमालय से लगा, बचा न अब कुछ शेष ॥
कैम्पवेल का ये मिशन, पूरा हो गया काज ।
विद्रोहियों का यहाँ तलक, हुआ सफाया आज ॥
इत ह्यूरोज वटलाक ने, किया नर्वदा से प्रारम्भ ।
यमुना काठे दक्षिणी, गाड़ दीया है खम्ब ॥
अभिनन्दन किया फौज का, भाषण दे ह्युरोज ।
जीती आपकी वीरता, हटा क्रांती बोझ ॥
सौ तोपों को छीनकर, रौंदा मील हजार ।
जंगल दर्रे जीतकर, विद्रोही किये पार ॥
अनुशासन और वीरता, आपने दई दिखाय ।
यमुना से नर्वदा तलक, जीत को बिगुल बजाय ॥
आँगल सँग गद्दार जो, हिन्दुस्तानी स्वान ।
होकर के ह्यूरोज खुश, कहता उन्हें महान ॥
कपट प्रशंसा कर उन्हें, खूब बड़ाई देय ।
ह्यूरोज कारण स्वास्थ्य के, फौज से छुट्टी लेय ॥
विजयी सैन्य अंग्रेज की, समझ के पूरा काम ।
चला युद्ध कोई दिनों से, अब लेंगे विश्राम ॥
ओ अंग्रेजी सैनिकों, अभी कैसा आराम ।
जीवित तात्या, लक्ष्मी, अभी ना पूरा काम ॥

काल्पी से सब छिटककर, क्राँती नेता वीर ।
आ गए गोपालपुर, हाथ लिये शमशीर ॥
सभी इकट्ठे हो करें, भावी योजना त्यार ।
नहीं दीखते विज्य के, अब कोई आसार ॥
नर्वदा से यमुना तलक, वहाँ से हिमांचल देश ।
सब जीते अंग्रेज ने, नहीं हाथ कुछ शेष ॥
नहीं किला कोई हाथ में, नहीं सैन्य बल पास ।
हार बराबर देखते, नहीं संगठन आस ॥
लक्ष्मी और तात्या अभी, नहीं पखारी तेग ।
तात्या चरखी आ गए, पिता मिलन संवेग ॥
वहाँ से चुपके ग्वालियर, पहुंचे क्रांतीदूत ।
शपथ पूर्वक सैन्य गढ़, और रशद आकूत ॥
उत्तरदाई व्यक्ति, दरबारी सरदार ।
सबसे नाता जोड़कर, क्रांती को किये त्यार ॥
सिंदे राजा ग्वालियर, सेना परजा तोड़ ।
सिंदे आंगलनिष्ठ है, और सभी लिये मोड़ ॥
सिंदे की गद्दी तले, उसने सुरंग बनाय ।
सेना कर अपनी सभी, गोपाल पुर आ जाय ॥
परजा सेना ग्वालियर, किये क्रांती को त्यार ।
रानी आनन्दित हुई, सुनकर ये समाचार ॥
कहती रानी पेशवा, करो चढ़ाई जाय ।
28 मई को ग्वालियर, अमीन महल गए आय ॥
अमीन महल पहुंचे जभी, रोके लम्बरदार ।
रोकने वाला कोन तू, हम हैं क्रांतीकार ॥
सुने वचन राव साहब के, कायर चुप हो जाँय ।
राष्ट्रभक्त जो सहस्रों, उनसे स्वागत पाय ॥
तभी पेशवा पहुंचकर, परकोटे दीवार ।

पत्र भेज शिंदे कने, किया मित्रता इजहार ॥
मात्र मित्रता भाव से, आये आपके पास ।
पर सिंदे कृतघ्न ने, खूब किया उपहास ॥
ग्वालियर नरेश ने दिया, कब का नाता तोड़ ।
नाता क्या था हम कहें, सारी बात निचोड़ ॥
पुरखे ग्वालियर नरेश के, कभी नौकर अपने पास ।
इसलिए सिन्दे से हम, करें मित्रता आस ॥
किन्तु सब ठुकराय कर, सिंदे सेना साथ ।
पेशवा से लड़ने चला, भूल पुरानी बात ॥
देख सैन्यदल पेशवा, सिन्दे रहा है आय ।
देश के झन्डे के लिये, वन्दन करने आय ॥
पर वो ठुकराने आ रहा, रानी रही बताय ।
रानी 300 जवान ले, टूट पड़ी भैराय ॥
तोप रिशाला घेरकर, तेग चमक दिखलाय ।
रणचन्डी बन झपटती, ज्यों कड़क बीजुरी जाय ॥
महादजी सिंदे वीर की, देखो ये संतान ।
भक्त फिरंगी बन रहे, तोड़ी साड़ी आन ॥
लड़की 22 साल की, रही तुम्हें ललकार ।
कितना अंश महादका, देखे अब संसार ॥
पहला हमला मनु का, डर कर भागमभाग ।
शायद उनके तोपची, बरसातें कुछ आग ॥
तात्या टोपे को देखकर, गई सेना सब नाट ।
शपथ याद कर सैन्य सब, रण से हुई उचाट ॥
अधिकारी संग सैन्य सब, हिला गए हैं हाथ ।
वंदन कर स्वदेश ध्वज, हुए पेशवा साथ ॥
क्रांतीवीर स्पर्श से, गया है जन जन जाग ।
कायर सिंदे साथ में, गए आगरा भाग ॥

ग्वालियर सेना ने किया क्रांती ध्वज प्रणाम ।
सिंदे सिंहासन भी अब, डगमग गिरा धड़ाम ॥
ग्वालियर की प्रजा के मन, आनन्द हुआ अपार ।
तोप सलामी राव को, शगुन मंगलाचार ॥
कोषाध्यक्ष अमरचन्द ने, दिया खजाना सौंप ।
अर्पण किया राव साहब को, छोड़ सभी वृतलोप ॥
क्रांति उन्मुख वीर सब, शिंदे ने कैद कराय ।
जनता के जयघोश ने, लीये आज छुड़ाय ॥
पिट्ठू जो अंग्रेज के, सिंदे संग गए भाग ।
मिट जाय नामनिशान जो, उनके घर दी आग ॥
जब्त करी सब सम्पदा, किया देश से द्रोह ।
राजा क्या निज बाप तज, किया फिरंगी मोह ॥
आज प्रजा ने देश की, शक्ती दई दिखाय ।
तुम जो ना संग देश के, प्रजा ना करें सहाय ॥
सब कुछ है स्वदेश को, तोप, तुपक तलवार ।
सेवक, सैन्य सरदार सब, मन्दिर महल दरबार ॥
3 जून मंगल दिवस, स्नान करा स्वराज ।
शोभित सिंहासन किया, मिलकर सभी समाज ॥
फूलबाग में एक बड़ा, समारोह किया जाय ।
यथायोग्य पद न्याय से, सभी विराजे आय ॥
राजनीतिक सेनापती, अमात्यगुरू सरदार ।
रांगड़, अरब, रुहेल, जट, राजपूत दरबार ॥
वीर सजे सब रंग के, कर अपना गणवेश ।
फैटा, तुर्रे, तेग सज, अस्त्र-शस्त्र विशेष ॥
राव साहब श्रीमन्त ने, शाही वेश बनाय ।
मुकट कलंगी पाग में, मोती लार झुलाय ॥
लकदक कुन्डल कान मे, हीरा हार विशेष ।

कमर जरी, फैटा कसा, शोभित शूर नरेश ॥
राजचिह्न सम्मान के, चोबदार ललकार ।
आये विराजे पेशवा, होती जयजयकार ॥

छन्द

गद्दी पै बेठे पेशवा, दरबार को धन्यवाद कर ।
आनन्द के आँसू लिये, परमात्मा को याद कर ॥
रामाराव गोविंद को, महामन्त्री चुन लिया ।
सेनापती चुन तात्या, तलवार दे आसन दिया ॥
प्रधान आठों नियुक्त कर, स्वराज की बुनियाद पर ।
आनन्द के आँसू लिये, परमात्मा को याद कर ॥
बीस लाखों का बँटा धन, सैनिकों के बीच में ।
दासता से जो जला, उपवन रहा हूँ सींच मै ॥
लूटे हैं जो घर पाप ने, उनको पुनः आबाद कर ।
आनन्द के आँसू लिये, परमात्मा को याद कर ॥
प्रज्जवलित कर क्रांती की, बुझती हुई मशाल को ।
चक्र सीधा कर सजाया, काल के कपाल को ॥
सजकर खड़ा है काफिला, मंजिल की तू फरियाद कर ।
आनन्द के आँसू लिये, परमात्मा को याद कर ॥
मिट्टी उठाकर फूंक मारी, तातिया ने प्यार से ।
सिंहासन हूआ प्रकट, शस्त्र की झंकार से ॥
वीर भाषा में ही अब तू, शत्रू से संवाद कर ।
आनन्द के आँसू लिये, परमात्मा को याद कर ॥
शूरों की सेना सज खड़ी, लहु चाटनी तलवार ले ।
क्रांति की नैया पारकर, तू हाथ में पतवार ले ॥

चक्र सुदर्शन कृष्ण का, उँगली में फिर से साध कर ।
आनन्द के आँसू लिये, परमात्मा को याद कर ॥
ग्वालियर में राष्ट्र का, झण्डा लहराता देखकर ।
मुर्दे जागे मुकट अपना, झिलमिलाता देखकर ॥
उजड़े हुए स्वराज को अब, धर्म सेती बाँध कर ।
आनन्द के आँसू लिये, परमात्मा को याद कर ॥

वार्ता

तात्या को पहले से ही मालूम था कि मराठा पेशवा के राज्यासीन होने की तोपगर्जना से दूर बिखरे हुए क्रांतिकारी संगठित होंगे। वह जानता था कि ग्वालियर में राष्ट्रीय झन्डे को लहराता देखकर उनमे असीम उत्साह और साहस पैदा होगा। तात्या ने जो ताड़ लिया था, उनके शरीर मे फिर से जान आ गयी। जहाँ एक ओर तात्या के देशवासियों में उत्साह की लहर दौड़ी, वहाँ दूसरी ओर अंग्रेज सैनिकों का दिल बैठने लगा, इसलिए तात्या तथा अन्य नेताओं ने राज्यारोहण की धूम मचाई थी। उनकी यह चाल सफल हुई, क्योंकि तात्या के तोपों की गर्जना से ह्यूरोज के सुस्ताने की योजना मिट्टी में मिल गई। जिस चतुरता और नीतिज्ञता का परिचय ग्वालियर पर कब्जा करने में लक्ष्मीबाई ने दिया, उसके बारे में मैलसन लिखता है :--- असम्भव, सम्भव कैसे बन गया। ह्यूरोज को यह भी मालूम हुआ कि अब और देर करने का परिणाम क्या होगा। क्रांतिकारियों के हाथ से यदि ग्वालियर शीघ्र न छीना गया तो क्या भयंकर परिणाम होगा इसकी कल्पना करना कठिन था। ग्वालियर पर दखल करने से जो असीम राजनैतिक सैन्यशक्ति तात्या ने प्राप्त की थी, मानव शक्ति, धन, युद्ध सामग्री के साधन उसे जो मिले उसके बल पर काल्पी में बिखरी सेना को एकत्रित कर फिर से नयी सेना खड़ी करेगा और भारत भर में मराठी का उत्थान होगा। अपने स्वाभाविक जीवट के बलबूते पर वह दक्षिणी महाराष्ट्र में फिर से पेशवा का झन्डा लहराने में समर्थ होगा। उस प्रदेश से हमारी सेना निकाली गयी थी। यदि मध्य भारत में तात्या को विशेष विजय मिल जाये तो वहाँ के लोग पुनः साधना में लग जायेंगे;

इसी साधन को पूरा करने के लिए उसके पूर्वजों ने खून बहाया था। युद्ध की तैयारी हो और सभी समारोह बन्द कर दिये जायें।

दोहा

क्रांतिकारियों को नहीं, इन बातों का ध्यान ।
थे मस्ती में बेखबर, स्वराज्य की सीमा मान ॥
दावत और शराब मे, ऐश और आराम ।
राग रंग मे डूबकर, भूल गए सब काम ॥
वक्त का लाभ उठाय कर, कुशल सैनिकों साथ ।
ग्वालियर पर अंग्रेज ने, बढ़ा दिये थे हाथ ॥
हमला कर दिया जोर का, द्रोही शिंदे साथ ।
सिंदे के लिए हम लडैं, फैला दी ये बात ॥
करके ऐसी घोषणा, जनता को भरमाय ।
पर जनता भोली नहीं, आँख तुरत खुल जाय ॥
कुशल तात्या संगठन, आँगल से भिड़े जाय ।
मुरार छावनी फौज को, आंगल देत हराय ॥
काली छाया हार की, गई सनसनी फैल ।
मची हड़बड़ी जोर की, राव साहब के महल ॥
रानी ठन्डे दिमाग से, कर रही थी काम ।
आस निराशा जीत कर, प्राण देश के नाम ॥
बैराग्य उसे हर चीज़ से, बस उसकी हर साँस ।
काम आ जाये देश के, रखती ये ही आस ॥
मन में लेकर हौसला, धीरज रही बँधाय ।
पुनर्गठन किया फौज का, सबमे साहस जगाय ॥
बाजी मेरे प्राण की, रोकूं पूर्वी द्वार ।

तुम अपने करतब्य का, सभी उठाओ भार ॥
महारानी गणवेश कर, हो गई अश्व सवार ।
खींची बाहर म्यान से, रत्न जटित तलवार ॥
कोटा सराय आसपास मे, सैनिक दिये बढाय ।
वहाँ पर पुख्ता तरह से, की मोर्चाबन्दी जाय ॥
जब देखा अंग्रेज का, चारों तरफ से जोर ।
भिड़ गए वीर मलेच्छ से, कर मार मार का शोर ॥
सुन्दर कासी दो सखी, रानी रूप समान ।
भूषित योध्दा रूप में, जौहर किये मैदान ॥
धन्य सुकन्या राष्ट्र की, राष्ट्र की रक्षा काज ।
दुर्गा रूप बनाय कर, डटी समर मे आज ॥
जनरल सिमिथ-सा महारथी, देता पूरी दाव ।
चमक बीजुरी झपटकर, तेग से देत जवाब ॥

कविता

झपटी इस तरह मलेच्छन पै, आखेट पै सिंघनी टूट पड़ी ।
आँगल दल रूपी जंगल में, दावा नल के सम छूट पड़ी ॥
घन गरज उठे प्रलयंकारी, जैसे मौत की बदली फूट पड़ी ।
अट्टहास विनाश की घोर विकट, समरांग ण में चहुँ कूट पड़ी ॥ (1)
करै विकट मार वो झपट झपट, कितने ही भट मार भरा भूतल ।
मचै शोर उधर जिस ओर चले, घनघोर मचा रण कोलाहल ॥
प्रचण्ड हुई जब रणचंडी, नरमुन्ड बिछाती शत्रू दल ।
विद्युत गति ज्यों तलवार चलै, धिक्कार किये शत्रू बेकल ॥ (2)
मृत्यु का फैल गया विप्लव, रण मे भयानक चीतकार हुई ।
यह देख भगे दुश्मन रण से, चहुँ ओर से हाहाकार हुई ॥

रानी बेरोक बवंडर-सी, आँगल सेना लाचार हुई ।
भयभीत गए मैदान छोड, अंग्रेज की सेना पार हुई ॥ (3)

दोहा

देख हरावल शत्रू, हमला करै जोरदार ।
विचलित अपने पक्ष को, ना होने दे हर बार ॥
रानी का दल जोश में, चोट करें अविराम ।
बहुत फिरंगी मौत की, गोद करे विश्राम ॥
आंगल अब बेबस हुए, पीछे को हट जाँय ।
रानी खड़ी चट्टान-सी, ना कोई पार बसाय ॥
आज 18 तारीख है, आँगल करता जोर ।
नई कुमुक ले साथ में, हमला किया सब ओर ॥
आज चला ह्यूरोज भी, खुद सेना के साथ ।
खुद रानी भी सैन्य संग, आप रही तैनात ॥
उस दिन पहनी मनु ने, चंदेरी पाग कामदार ।
कवच अंग फौलाद का, गल मोतिन का हार ॥
अश्व थकित सा लग रहा, दूजा लिया मंगाय ।
सखी नाश्ता कर रही, तभी सूचना आय ॥
रानी कर में खडग ले, घोड़ा दिया दौड़ाय ।
तेजी से बढ़ते हुए, आँगल सेना आय ॥
पहुँच गयी मैदान में, महरानी तत्काल ।
जाय भिड़ी ह्यूरोज से, बनी भयंकर काल ॥
सेना के आगे चली, करती हुई मारकाट ।
बढ़े ऊँट अंग्रेज के, बीच पंक्ति बाँट ॥
टूटी पाँती जोड़कर, अतुल धैर्य धार ।

अटल खड़ी चट्टान-सी, करै सबल प्रतिकार ॥
ऊँट पंक्ति जोर से, रुका नहीं ह्यूरोज ।
तोड़ पिछारी लार को, बढ़ी फिरंगी फौज ॥
पिछला हिस्सा फौज का, तितर बितर हुआ देख ।
तोपें ठन्डी हो गई, आँगल तेज अटेक ॥
मुख्य सैन्य बिखरी हुई, रानी शत्रू बीच ।
पन्द्रह बीस सवार संग, भिड़े शत्रू नीच ॥
रानी के सखी संग में, दौड़ी एड लगाय ।
लगे शिकारी स्वान जो, वैरी पीछे आय ॥
रानी का अब रास्ता, बना रही तलवार ।
जो कोई आता सामने, झपट गिराती मार ॥
सहसा रानी ने सुनी, दर्दनाक-सी चीख ।
बाई साहब मै मरी, मुन्दर गिरती दीख ॥
मुन्दर को अंग्रेज ने, गोली से दीया मार ।
महारानी घूमी तुरत, किया तेग से वार ॥
दो टुकड़े इक वार में, काट धरनि दिया डार ।
ले बदला आगे बढ़ी, लहराती तलवार ॥
चलते-चलते मार्ग में, एक नाला आ जाय ।
रानी का घोड़ा हटा, चक्कर गोल लगाय ॥
बे वफ़ा घोड़े ने अब, कर दिया इंकार ।
काश पुराना हो अश्व, होता नाला पार ॥
कितने आँगल पहुँचकर, रानी को लिया घेर ।
होकर घायल शेरनी, किये काटकर ढेर ॥
तभी एक तलवार से, भिड़ीं अनेकों तेग ।
जैसे बिजली चक्र गति, चली भयानक वेग ॥
प्रचन्ड रूप दुर्गा बनी, आगे बढ़े न कोट ।

जो कोई आता सामने, काट गिराती सोय ॥
हिम्मत नहीं अंग्रेज में, जो आगे लड़े आय ।
तभी वार सिर पर किया, आँगल पीछे जाय ॥
दाहिना हिस्सा शीश का, लटक आँख बाहर आये ।
उस पीछे के वार से, मस्तिष्क तब कट जाय ॥
छाती पर अंग्रेज ने, किया दूसरा वार ।
देवी ने मरते हुए, खींच लई तलवार ॥
चढ़ा गयी अंतिम बली, भारत माँ को आज ।
जिस आँगल ने चोट की, किये टुकड़े बेअन्दाज ॥
अब रानी अंतिम समय, लेती अंतिम साँस ।
सरदार रामचन्द्र देशमुख, था रानी के पास ॥
रानी को उसने उठा, एक झोपड़ी में ले जाय ।
बाबा गंगादास ने, दिया ठन्डा नीर पिलाय ॥
लथपथ देवी खून से, आसन दई लिटाय ।
उसकी पावन आत्मा, रही स्वर्ग को जाय ॥
अंतिम इच्छा स्वामिनी की, देख उसी अनुसार ।
लिटा घास के ढेर पर, किया अंतिम संस्कार ॥
बचा छुअन अपवित्र से, स्वतन्त्रता मणी साथ ।
पावन सती सरोज को, ना लगा अपावन हाथ ॥
सिंहासन पर ना सही, चढ़ी चिता पर जाय ।
आजादी की वो मणी, गले से लिपटी जाय ॥
रणभूमी उत्सर्ग कर, द्वार मृत्यु का तोड़ ।
देख वसंत तेइसवां, गयी जगत को छोड़ ॥
लड़ी लक्ष्मी देश को, लक्ष्य पर ही मिट जाय ।
अपने वीर चरित्र से, नाम अमरता पाय ॥
बेटी 23 वर्ष की, सर्वगुणों की खान ।

विशुद्ध चरित कोमल हृदय, आर्यावर्त्त का मान ॥
राष्ट्रभक्ति का हृदय में, रत्नदीप प्रकाश ।
युद्धकला प्रवीन वो, हुए निराश की आस ॥
कौन जगत् मे देश है, जो ऐसी बेटी पाय ।
महारानी या पुत्री, भारत की कहलाय ॥
मधुर हृदय ममता भरी, मानव रत्न विशेष ।
धन्य धरा की लाडली, धन्य हूआ ये देश ॥

वार्त्ता

भारत का यह अहोभाग्य है कि ऐसी देवी और ऐसी लक्ष्मी ने यहाँ जन्म लिया। ऐसा रत्न हमारी मातृभूमि भी नहीं पैदा करती, अगर यह स्वतन्त्रता संग्राम का महायज्ञ यहाँ न रचा जाता। अनमोल मोती सागर की सतह पर ही नहीं मिल जाते; रात्रि के अन्धकार मे सूर्यकांत मणी तेज की किरणें नहीं फेंकती; चकमक पत्थर कोमल वस्तु की रगड़ से चिंगारी उत्पन्न नहीं करता; इन सबको विरोध की अपेक्षा होती है। अन्याय से पिसे मन में अन्दर तक उबाल पैदा हो जाता है। अन्याय का ईंधन प्रतिशोध की भट्ठी में फिर सद्गुणों के कण चमकते हैं। सन 1857 में हमारी भूमि पर सचमुच आग भड़क उठी थी और फिर विश्व के कोने कोने में गूँज भरने वाले धमाके से इस अग्नि का कितना फैलाव हुआ। ऊँची लपट, फिर लपट से लपट। मेरठ में चिंगारी और डलहौजी को रौलर से समतल बना धूल का ढेर, सारा देश ज्वालामुखी बारूद के अम्बार-सा दिखाई पड़ा; जैसे आतिशबाजी का अनार खुलने पर उसमें से रंग बिरंगे पेड़ तथा अन्य चीजें छूटती हैं और शान्त हो जाती हैं, उसी तरह इस क्रांति के अनार से तप्त लहू बहा; शस्त्रास्त्र और मुठभेड़ें निकलीं और यह अनार भी कितना बड़ा था; मेरठ से विंध्याचल तक लम्बा, पेशावर से दमदम तक चौड़ा और उसे सुलगाया गया। आग की लपटें सभी दिशाओं में व्याप्त हो गयी और उस अनार के पेट में क्या क्या अजीब चीजें थीं। लहू मेघ की तरह बरसा। ओलों के साथ दिल्ली का घेरा, प्लासी का प्रतिशोध, कानपुर लखनऊ सिकंद्राबाद के कत्ल। सहस्रों

वीर जूझ रहे हैं,, नगर जल रहे हैं। कुँवर सिंह आता है और जूझता है। मौलवी आया, लड़ा और मरा। कानपुर, लखनऊ, सिकंद्राबाद, बरेली, जगदीशपुर, झाँसी, बाँदा फर्रुखाबाद के सिंहासन, पाँच दस हजार सहस्रों, लाखों तलवारें, ध्वजाएँ, सेनापति, घोड़े हाथी ऊंट सब इस अनार से बाहर एक के बाद एक आग के फव्वारे से निकलते हैं। एक कुछ ऊँचाई की लपट, सब ओर लडाई विजय की फड़क, ज्वालामुखी भीषण ज्वालाओं का यह अनार और यह चिता, बाबा गंगादास की झोपड़ी के पास जल रही है। 1857 के स्वतान्त्र्य युद्ध की ज्वालाओं की यह अंतिम ज्वाला है।

भाग 4
प्रकरण
अस्थाई शांति विहंगमावलोकन

कविता

सन 57 का समर हुआ, उत्तर हिन्दुस्तान में ।
दासता से भिड़ गये थे, वीर वर मैदान मे ॥
ज्वालामुखी विस्फोट की, भयानक उठी अग्निशिखा ।
प्रतिरोध ये अन्याय का, विस्तार से हमने लिखा ॥
क्रांती ज्वाला से उठी, चिन्गारियां फैली कहाँ ।
लिखते हैं बाकी देश में, अग्नी तान्डव जहाँ-जहाँ ॥
पंजाब जन क्रांती प्रिय, पर विरोध सिख संस्थान में ।
दासता से भिड़ गए थे, वीर वर मैदान में ॥
राजपूताना, उदयपुर, जोधपुर, जयपुर सभी ।
थे क्रांती के पक्ष में, ना आमजन ड्योढ़े कभी ॥
क्रांती की हर विजय पर, जश्न होता था यहाँ ।
आँगल दबावों से कोई, अपनो से न लड़ता यहाँ ॥
सैनिक उल्लंघन शासकों का, करते राजस्थान में ।
दासता से भिड़ गए थे, वीर वर मैदान मे ॥
विन्ध्याचल का उत्तरी, सिंहावलोकन कर लिया ।
उत्तर मराठा राज्य मे, प्रचन्ड लावा झर लिया ॥
कानपुर और काल्पी, झाँसी में हुआ प्रचन्ड रण ।
रायगढ़ मे डूब उभरा, ब्रह्मा वर्त्त का चमन ॥
पावन हुआ स्वराज्य ध्वज, वीरों के रक्त स्नान में ।

दास्ता से भिड़ गए थे, वीर वर मैदान में ॥
हर मराठा के हृदय मे, क्रांती जाग्रित थी ।
क्षत्रपती के वीरता की, हरकथा उद्धृत थी ॥
भगवा ध्वज महाराष्ट्र का, फिर तात्या फहरा रहा ।
उत्तर भारत मे वह, बड़ी शान से लहरा रहा ॥
वीरभोग्या वसुन्धरा, मिलती नहीं कभी दान में ।
दासता से भिड़ गए थे, वीर वर मैदान में ॥
दक्षिण भारत मे बखूबी, क्रांती का प्रचार था ।
रंगो बापू से हुआ नाना का, खत व्यवहार था ॥
पूना सतारा बम्बई, वेल गाँव हैदराबाद में ।
मैसूर से ले विन्ध्य तक, हर राज्य के प्रासाद में ॥
दक्षिण उठे उत्तर के संग, मिलती विजय परिणाम में ।
दासता से भिड़ गए थे, वीर वर मैदान में ॥
उत्तर और दक्षिण साथ में, जो उठ खड़े होते अगर ।
ब्रिटेन सारा आ लड़े तो, जीतते हम ही समर ॥
पर नजाकत वक़्त की, आयी नहीं पहचान में ।
दासता से भिड़ गए थे, वीर वर मैदान में ॥

वार्त्ता

कोल्हापुर में 29वीं और धारवाड़ में 28वीं रेजिमेन्ट थी। जब पत्र-व्यवहार के माध्यम से क्रांति की योजना बनायी गयी तो विद्रोह की तिथि 10 अगस्त 1857 निर्धारित की गयी, परन्तु कोल्हापुर की जनता और सिपाहियों के दमन के लिए इसी बीच अंग्रेजों द्वारा एक गोरी सेना भेजने का निश्चय किया गया। वह समाचार तार विभाग के एक कर्मचारी द्वारा सिपाहियों को भी मिल गया। ज्यों ही यह गुप्त सूचना प्राप्त हुई, तो पहले से ही दग्ध सिपाहियों ने 31 जुलाई

को ही विद्रोह कर दिया। उन्होंने कई अंग्रेज अधिकारियों की तो हत्या कर ही दी, साथ ही खजाने पर भी अधिकार कर लिया। इन विद्रोही सैनिकों ने आयी हुई गोरी सेना से भी दो-दो हाथ किये और कोल्हापुर से चलकर घाटियों की ओर निकल गये। विभिन्न क्रांतिकारी सावन्त वाड़ी के प्रमुख राम जी शिवसाई के नेतृत्त्व में बाड़ी के वनों से अंग्रेज सेना पर छापे मारने लगे। गोवा के पुर्तगालियों के सहयोग से कोल्हापुर के विद्रोह को दबा दिया और वहाँ आये हुए नये अंग्रेज अधिकारी जैकब ने बचे हुए क्रांतिकारियों को आत्मसमर्पण के लिए विवश कर उनके नेताओं को गोली से उड़ा दिया, पर वहाँ के नागरिक फिर भी मौन थे। अब जो उस क्रांति का बना काम बिगड गया था, फिर दुबारा व्यवस्थित किया गया। अस्थाई सैनिकों को पुनः संगठित किया गया। 15 दिसम्बर को पुन: क्रांति प्रात:काल ही धधक उठी। नगर के द्वार बन्द कर वहाँ तोपें तैयार कर दी गयीं; नगर के प्रत्येक मार्ग में क्रांति की पुनीत पताका फहरा उठी।

दोहा

जेकब को विद्रोह का, मिलते ही समाचार ।
सेना ले हमला किया, आकर कच्चे द्वार ॥
जब तक महलों पर नहीं, कर लिया अधिकार ।
मुठभेड़ें प्रचन्ड की, गोरो की करी मार ॥
पराजित हो अंग्रेज से, नहीं बताये नाम ।
पकड़ उड़ाये तोप से, आये देश के काम ॥
पकड़ सका अंग्रेज ना, क्रांतिसूत्र विशाल ।
खड़े तोप के सामने, चकित हुआ था काल ॥
अब सतारा राज्य में, किया राजपुत्र गिर्फतार ।
विद्रोह के संदेह में, दिया फाँसी देकर मार ॥
निष्कासित राजपुत्र दो, कर दी ये सीमा पार ।
देख दुर्दशा राज्य की, रंगो जी बेजार ॥

रंगो जी जिसके लिए, जीवन किया निसार ।
छोड़ राज्य आंगल से बच, वो भी हो गये पार ॥
आँगल ने उन्हें पकड़ने, रक्खा बड़ा इनाम ।
पर कोई वहाँ गद्दार ना, जो करता घृणित काम ॥
रंगो बापू का क्या हुवा, ना कह पाया इतिहास ।
टूट गया विद्रोह का, यहाँ आखरी साँस ॥
बना राष्ट्र द्रोहियों का गढ़, उस समय बम्बई शहर ।
जो सैनिक तैनात थे, उन्हें दासता जहर ॥
दीवाली को हो गया, क्रांति दिन निर्धार ।
गुप्त सभा करने लगे, सैनिक हदानुसार ॥
कोशिश की अंग्रेज ने, जानने उनका हाल ।
सैनिकों ने दक्षता से, ना गलने दी दाल ॥
आखिर पता चल ही गया, वह सभा स्थान ।
पकड़ तुरत फोरेस्ट ने, दिए फांसी पे तान ॥
बाकी छह विद्रोहियों को, कर दिया सीमा पार ।
अक्टूबर में अब यहाँ, गयी क्रान्ति हार ॥
नागपुर में भी क्रान्ति, सर जो रही उठाय ।
आयी कुमुक मद्रास से , चुपके दई दबाय ॥
गोंड राजा जबलपुर, पुत्र क्रन्तिकार ।
अंग्रेजों ने कर लिया, उसको भी गिरफ्तार ॥
रेशमी बस्ता भी मिला, राजकुमार के पास ।
प्रातः वंदना करता वो, कागज़ लिखी अरदास ॥

अरदास :

साधुओं से छल और, दुष्कृत रहे नित्य;
दुष्ट दलन हेतु धाओ, त्वरित देवी चण्डिके ।
शत्रुओं का दलन करो, धर्म संस्थापन करो;
भक्त की पुकार सुन, धाओ शीघ्र मातृके ।
आंगल दुष्ट संघार करो, धरती का त्रास हरो;
शत्रु रक्त पी अघाओ, आओ शत्रु संघारिके ।

वार्ता

राजा शंकर सिंह ने 52 वीं रेजिमेंट को अपने साथ विद्रोह में सम्मिलित करने का प्रयास किया था। इस आरोप में उनको पुत्र सहित सितम्बर 18 को तोप से उदा दिया गया। परन्तु उस समाचार से निराश होने की बजाय 52 वीं पल्टन ने विद्रोह कर दिया। उंहोने रणभूमि में कूद कर एक अंग्रेज अधिकारी येक ग्रेगर को यमलोक ही पठा दिया इस तरह धार राज्य में भी विद्रोह की ज्वालायें दहकी थी। तो दिल्ली के राजपुत्र वीर फिरोजशाह के द्वारा किये गए प्रयास के फलस्वरूप माहिदपुर और गौरेय्या में भी क्रान्तिकार विस्फोट हुआ था। जिसका विवरण यहां विस्तार भय से नहीं करते हैं।

दोहा

इन जगहों की अपेक्षा, मर्म हैदराबाद ।
उल उद्दौला तख़्त पे, शाशन जिंदाबाद ॥
सलारजंग नामक युवक, था उसका दीवान ।
पूरा दक्षिण खड़ा हो, जो कर दे आह्वान ॥

विद्रोह में शामिल जो हो, हैदराबाद निजाम ।
उठे व्यक्ति की तरह, सभी खास और आम ॥
उत्तर दक्षिण क्रांती, यही सिकंजे दोय ।
आँगल सत्ता बीच फँस, टुकड़ा-टुकड़ा होय ॥
राजा परजा एक हो, दै अंग्रेज को धोय ।
हैदराबाद की प्रजा ने, कसर न छोड़ी कोय ॥
प्रजा मे होती सभा, मस्जिद और चोपाल ।
भाषन होते जोश के, धर्म की लिये मशाल ॥
रोज प्रतिज्ञा कर रहे, देशधर्म के काज ।
आँगल काफिर भगा कर, फिर भोगे स्वराज ॥
सलारजंग तो कर रहा, उलटा उन पर कोप ।
कितने ही नेता पकड़कर, दिये आंगल को सौंप ॥
17 जुलाई को हुआ, विद्रोह का शंखनाद ।
घर घर से इन्कलाब का, हूआ मन्त्र निनाद ॥
क्रान्ति ध्वजा उठाय कर, निडर रहे फहराय ।
बोले नेता छोड़ दो, रेजिडेंसी जाय ॥
खास रूहेले निजाम के, 500 नागरिक साथ ।
उन्हें तवज्जो थी यही, सलार मिलाये हाथ ॥
सबकी आस शलार ने, किया तुषारापात ।
मिला हाथ अंग्रेज से, वध करता निज हाथ ॥
क्रांतिकार मुठभेड़ में, तोरा बाज खान ।
राष्ट्र हेतु मारे गये, तजी न अपनी आन ॥
अलाउद्दीन एक वीर को, बन्दी लिया बनाय ।
काला पानी पकड़कर, दिया उसे पहुँचाय ॥
क्रांतीकार्य असफल हुआ, कहे आँगल इतिहासकार ।
भारत भाग्य निजाम के, हाथ रहा उस बार ॥

क्रांती से संदिग्ध है, अपना राज्याधिकार ।
आँगल छत्रछाया तले, रहे मान्डलिक सरदार ॥
सलारजंग ने जो किया, यह अवांछित काम ।
निन्दा करै इतिहास भी, सदा रहे बदनाम ॥
निजाम क्रांती का किया, दक्षिण बीच विनास ।
निकट वीर क्रांति करि, दक्षिण के आकाश ॥
जोहरापुर हिन्दु तरून, राष्ट्रीय भक्त नरेश ।
सर्व समर्पण राष्ट्र को, आजादी उद्देश ॥
इसीलिए उस वीर ने, अरब, रुहेल, पठान ।
जाट, डोगरा साथ ले, किया सैन्य निर्मान ॥
नाना साहब के दूत भी, आए उसके पास ।
ब्राह्मण भी अरकाट के, साहस देते खास ॥
उसकी टालमटोल से, प्रजा ताने देय ।
अंग्रेजों से युद्ध कर, क्यों नहीं यश को लेय ॥
आँगल और निजाम से, पड़ी नहीं कोई पार ।
1857 फरवरी, गया सैन्य संग हार ॥
उसके बाद नरेश वो, हैदराबाद गया आय ।
सलार जंग बाजार में, बन्दी लेय बनाय ॥
मेडोज टेलर के साथ मे, बाल्य अवस्था काल ।
अप्पा कह पुकारते, परिचय सब देखभाल ॥
भेजा टेलर जेल में, राजा से मिला आय ।
क्रांतीसूत्र की खोज में, जेल मे पहुंचा जाय ॥
नहीं अप्पा जिस बात को, पूछ रहे हैं आप ।
विश्वासघात का राष्ट्र संग, नहीं करूंगा पाप ॥
कायर नहीं मागूँ क्षमा, अपने जीवन हेत ।
राष्ट्र समर्पित जिन्दगी, मिलै राष्ट्र के रेत ॥

पुनः आया वो जेल में, टेलर उसके पास ।
क्रांती केन्द्र का नाम दे, तो बचने की आस ॥
मरने का कुछ गम नहीं, जीवन राष्ट्र के नाम ।
राष्ट्रघात का पाप हो, करूँ न ऐसा काम ॥
बचो नहीं टेलर कहे, फाँसी दे लटकाय ।
कहे वीर फांसी नहीं, तोप से दयो उड़ाय ॥
पहले सजा फाँसी करी, टेलर रोके आय ।
काला पानी जेल कर, अन्डमान को जाय ॥
ले जाते जब जेल से, बार्डर उसके पास ।
पिस्तौल छीन नरेश ने, खुद को किया खल्लास ॥
कालापानी से भली, मृत्यू मुझको होय ।
मैं तो उनका नरेश हूँ, प्रहरी न बन्दी होय ॥
जोहरापुर के नरेश का, दुःखद पराभव देख ।
अब नरगुन्द महाराज का, करते हैं उल्लेख ॥
असमंजस में अभी तक, भास्कर बाबा साहब ।
राष्ट्रभक्ती उत्सर्ग लख, जगा क्रांती चाव ॥
विद्या प्रेमी था यह, संग्रहालय सद्ग्रंथ ।
रानी दयालू रूपसी, चलै धर्म के पंथ ॥
दत्तक पुत्र ना ले सके, हुआ आंगल अधिकार ।
तब से आँगल नाश की, मन में लीनी धार ॥
1858, 25 मई, उठा लिये हथियार ।
आँगल सत्ता शीस से, फेंक भगाया भार ॥
आँगल अफसर मेनसन, रहा युद्ध को आय ।
लेकर संग विश्वस्त जन, वन में घेरा जाय ॥
तुरत मैनसन मार कर, दिया यमलोक पठाय ।
शीश काट अंग्रेज का, प्रवेश द्वार लटकाय ॥

था सौतेला भ्रात एक, क्रांती से इंकार ।
अंग्रेजों से मिल गया, जाकर वो गद्दार ॥
आँगल ने नर गुंद पर किया आक्रमण आय ।
एक दिवस संघर्ष कर, सेना दई हराय ॥
बच निकला बाबा साहब, लगा न आँगल हाथ ।
गुप्त घूमता एक दिन, पकड़ लिया उस रात ॥
12 जून अंग्रेज ने, फाँसी दिया चढ़ाय ।
रानी सुन्दर सास संग, नदी में कूदी जाय ॥
सावन्त वाड़ी अधिपती, कोमल दुर्ग भीमराव ।
सफल क्रांति ना हुई, संगठन के बिखराव ॥
दक्षिण अवलोकन किया, अब मुड़ते उत्तर ओर ।
मौलवी की वीर रस कथा, पुन: पकड़ते छोर ॥
मरा मौलवी अवध का, शोक नहीं प्रतिशोध ।
बदला लेने भिड़ गए, मन में भारी क्रोध ॥
पावेन के चांडाल का, करें आज रक्तपान ।
चार हजार सेना लिये, चढ़ा बहादुर खान ॥
अली खान पीलीभीत जा, पहुँचे तुरत निजाम ।
आज दुष्ट का जाय कर, करना काम तमाम ॥
फरुखाबाद नेता के संग, सेना पाँच हजार ।
तीन हजार नाना लिये, चढ़े क्रांतीकार ॥
तीन हजार विलायत संग, मेवाती अलीखान ।
उथल-पुथल मची अवध में, काँपे दुष्ट के प्राण ॥
विशाल वाहिनी देखकर, थरथर काँपै नीच ।
आँगल भी रक्षा करने, गोल हुए इस बीच ॥
इस प्रांत होने लगा, शत्रुओं से घमासान ।
हेमू और हजरत महल, घाघरा तट डटे आन ॥

रामबक्स बाहुनाथ सिंह, चाँद सिंह हनुमन्त ।
बड़े-बड़े जमीदार आ, करें फिरंगी अन्त ॥
सेना सारी साथ लै, करें पुनः प्रयास ।
जीते अवध स्वतन्त्रता, नहीं बनेंगे दास ॥
वो शहजादा फिरोजशाह, धार में युद्ध चलाय ।
भिड़ने को अंग्रेज से, अवध मे पहुंचा आय ॥
दिखा के अद्भुत वीरता, कोया दुर्ग बचाय ।
वीर पिता के वीर सुत, नरपत भी गए आय ॥
जुस्सासिंह उनके पिता, ये नाना के यार ।
स्वतन्त्रता के युद्ध में, कीये प्राण निसार ॥
नाना के निज दुर्ग में, लेकर करी सहाय ।
रण कंगन कर बाँधकर, गया बेनीमाधव आय ॥
धूमिल आसा विजय की, पर जाती सम्मान हेत ।
करें भूमि स्वतन्त्र हम, या गिरे इसी के खेत ॥
अपने क्षत्रिय धर्म का, करते हैं निर्वाह ।
हार-जीत, जीवन-मरण, इसकी नहीं परवाह ॥
उसने लखनऊ शहर मे, की विज्ञप्ति प्रसार ।
नगर निवासी बाहर हो, करूं प्रचन्ड प्रहार ॥
गर्व चूर शत्रु चकित, सुना विकट रण घोष ।
जागा अवध सुचेत हो, जो मृतवत बेहोश ॥
रक्त समन्दर अवध से, नहीं पाया था सूख ।
होप ग्रांट फिर चल दिया, ले खून मांस की भूख ॥
नबावगंज एकत्र थे, करने को प्रस्थान ।
उन वीरों को घेरने, होप ग्रान्ट गया आन ॥
गोरी काली फौज ले, पड़ा अचानक टूट ।
नीच फिरंगी झपटकर, विजय लेय ना लूट ॥

क्रांतीकारी वीर अब, करते हैं प्रतिकार ।
अटल वीर प्रचन्ड हो, करते मारामार ॥
पीछे से तोपों सहित, चढे क्रांतीकार ।
मरण व्रत लेकर लड़े, साहसी भूमिदार ॥
हक्के-बक्के रह गये, देख विकट संग्राम ।
तितर-बितर हड़सन का दल, मार पड़ी अविराम ॥
इतने ही बढ़ती सातवीं, पल्टन एक हुज़ार ।
अग्नि गिरै गज ५००, तोप चले असरार ॥
भुट्टे ज्यों कट सिर गिरे, हटै ना पीछे कोय ।
झपट, झपट भट झूमते, मृत्यु तांडव होय ॥
झन्डी गाड़ी तोप संग, नहीं हटना संकेत ।
लाश सवा सौ कट गिरी, अपने राष्ट्र के हेत ॥
तीन घन्टे का रण विकट, गए फिरंगी जीत ।
क्रांतीकारी अटल हैं, कुटिल रिपू भयभीत ॥
मध्य अवध पूर्वी अवध, मुठभेड़ें घमासान ।
उग्र हठी रणबाँकुरे, डटे हैं शस्तर तान ॥
ले बूढ़ी शम्शीर कर, बन्दुक तोड़े दार ।
आँगल सत्ता को रहे, हिन्द वीर ललकार ॥
उन वीरों का पराक्रम, पूरा ना वर्णन होय ।
ग्रंथ स्थानाभाव से, गागर सिंधु समोय ॥
आँगल शत्रू ही ठिकाने, रहे वो खूब लगाय ।
यार बने अंग्रेज के, वो भी ढूँढ़े जाय ॥

वार्त्ता

शत्रु द्वारा क्षमादान दिये जाने की भूलभुलैया में पड़े मान सिंह तथा पावेन नरेश जैसे चान्डालों पर भी वो टूट पड़े थे। इस प्रकार अवध के देशभक्तों को दोहरी लडाई लड़नी पड़ी थी। उन्होंने पावेन पर धावा बोला, लखनऊ में संग्राम जारी रखा, सुल्तानपुर में शत्रु से भिड़े। उन्होंने नीच, विश्वासघाती मानसिंह को किले में ही बन्द कर दिया। अंग्रेजों के प्रत्येक मार्ग मे अवरोध उत्पन्न किया, उनकी चौकियों को लूट लिया। उन्होंने अवध के कण-कण को अपने रक्त का अभिषेक देकर पावन बना दिया; उसके चप्पे-चप्पे पर आत्मत्याग की पताकाएँ गाड़ दी। जहाँ भी अंग्रेज उन्हें घेर लेते थे, देशभक्त उन्हें तोड़ कर इधर उधर फ़ैल जाते थे और युद्ध और प्रतिशोध जारी रखते थे। जून से अक्टूबर पर्यन्त अवध रण में जूझता रहा। दक्षिण उत्तर से ही नहीं, अपितु सभी दिशाओं से नित नवीन अंग्रेजी सेनाएं उन पर धावा बोलती थी। इस प्रकार अनन्त शत्रु सैन्य के साथ ये कृतनिश्चयी अक्तूबर पर्यन्त लोहा लेते रहे। वेनीमाधव के शंकरपुर को अंग्रेजी सेनाओं से तीन ओर से घेरा गया। शंकरपुर में सेना भी कम थी और रसद भी। वेनीमाधव ने इस स्थिति में भी शस्त्र समर्पित नहीं किए। तब अंग्रेज सेना के प्रधान सेनापति ने उन्हें यह संदेश भेजा। तुम्हारे पक्ष के विजयी होने की सम्भावना नहीं दिखाई दे रही अतः यदि तुम युद्ध के हठ को छोड़कर शरण माग लोगे तो तुम्हें पूर्णरूपेण क्षमा कर तुम्हारी सम्पत्ति वापिस लौटा दी जायेगी। वेनीमाधव ने उन्हें उत्तर दिया अब मेरे लिये दुर्ग की रक्षा करना सम्भव नहीं अतः उसे तो मैं छोड़ रहा हूँ, किन्तु तुम्हारी शरण में कदापि न आऊंगा, क्योंकि मेरी देह पर मेरा अधिकार नहीं है, यह तो मेरे प्रभु की है। किला तुम्हारे हाथ में आ जाएगा, किन्तु वेनीमाधव नहीं, कारण कि इसकी देह तो स्वराज्य की दास है। इसी बीच 1857 के नवम्बर मास में ब्रिटेन की साम्राज्ञी ने अपनी सुप्रसिद्ध घोषणा की और यह भविष्यवाणी भी इस घोषणा के माध्यम से सत्य ही सिद्ध हो गई कि ठीक 100 वर्ष के बाद कम्पनी के राज्य का भारत से अंत हो जायेगा, क्योंकि अब भारत से कम्पनी के राज्य की सत्ता समाप्त हो गई थी और उसके स्थान पर ब्रिटिश महारानी का राज्य आरम्भ हो गया।

महारानी का घोषणापत्र
दोहा

1858 साल मे, आया नवम्बर मास ।
महारानी ब्रटेन की, करे पत्र प्रकाश ॥
पहले से इक शिगूफा, चलता भारत देश ।
कम्पनी का 100 साल मे, होय राज्य का शेष ॥
भविष्यवाणी सत्य की, रानी ने भी आज ।
ईस्ट इण्डिया कम्पनी का, खत्म किया है राज ॥
इस अन्यायी कम्पनी का, चाहे राज खत्म हो जाय ।
भारत कुएँ से निकल, भट्ठी में गिरा आय ॥
भारत संग इंग्लैंड का, वो ही पुराना काम ।
राज बदल नाटक दिखा, रखना हिन्द गुलाम ॥

महारानी का घोषणा-पत्र
वार्त्ता

जिस-जिस ने भी अंग्रेजों के विरुद्ध विद्रोह किया है, किन्तु अपने अस्त्र समर्पित कर दिये हैं और ब्रिटेन की शरण में आ गये हैं, उन्हें सार्वजनिक रूप से क्षमादान दिया जायेगा और उनकी सम्पत्ति भी जब्त नहीं की जाएगी। इतना ही नहीं अपितु उनके अपराधों की भी जाँच-पड़ताल नहीं की जायेगी। इस घोषणा मे ही राजा महाराजाओं को दत्तक पुत्र लेने का अधिकार भी स्वीकार कर लिया गया। जनता के धार्मिक अधिकारों और रूढ़ियों में किंचित मात्र भी हस्तक्षेप नहीं किया जायेगा और उपर्युक्त वचनों का पूर्ण रूप से पालन किया जायेगा। ईस्ट इंडीया कम्पनी के कार्यकाल में नागरिक तथा सैनिक पदों पर काम कर रहे वर्तमान कर्मचारियों को हम उन्हीं पदों पर बनाये रखने का भी वचन देते हैं, किन्तु भविष्य के नियम-कानूनों का निर्धारण हम स्वेच्छापूर्वक करेंगे और उन्हें उनका

पालन करना होगा। मैं यह भी घोषणा करती हूँ कि ईस्ट इंडिया कम्पनी ने देशी राज्यों और संस्थानों से जो संधियां की है अथवा करार किये हैं, उनका अक्षरशः पालन किया जायेगा; दूसरे पक्ष द्वारा भी उनका पालन होगा ऐसी भी मुझे आशा है। इस समय जितने प्रदेश पर हमारा अधिकार है, उससे अधिक पर अधिकार करने की हमारी इच्छा नहीं है। जिस प्रकार हम अपनी प्रभुसत्ता के अधिकारों तथा मातहत प्रदेशों पर किसी प्रकार का और किसी का भी अतिक्रमण मौन रहकर सहन नहीं करेंगे, उसी प्रकार दूसरे के अधिकारों पर भी कोई आक्रमण करने की कोई अनुमति नहीं देंगे। देशी नरेशों का अधिकार, सम्मान और पद की प्रतिष्ठा का विचार करते हुए हम उनके साथ नितान्त आदरपूर्ण व्यवहार करेंगे। हमारी यह भी इच्छा है कि हमारी प्रजा के समान ही वे भी उन्नति करें और आंतरिक शांति, सुरक्षा और सुप्रबन्ध से प्राप्त होने वाली सामाजिक प्रगति का भी उन्हें लाभ मिले। हमारी यह भी अभिलाषा है कि हमारे प्रजाजनों में जो भी अपनी शिक्षा क्षमता एवं कृतत्व के आधार पर योग्यता अर्जित कर ले तो जाति, धर्म पंथ किसी पर भी विचार न करते हुए उसे निस्संकोच और निष्पक्ष भाव सहित हमारी सेवा में किसी पद पर भरती किया जायेगा। जिन लोगों ने ब्रिटिश प्रजाजनो की हत्या करने में सक्रिय योगदान दिया हो और जिनके विरुद्ध अभियोग प्रमाणित हो चुका हो, उन अपराधियों के अतिरिक्त अन्य सभी को हम क्षमा देने की घोषणा करते हैं। जो अन्य व्यक्ति अभी तक भी सशस्त्र होकर हमारे विरुद्ध युद्ध कर रहे हैं वो भी यदि अपने ग्राम को वापिस चले जायेंगे, अपने पहले के कामों में लग जायेंगे तो उन्होंने हमारे या हमारे शासन के विरुद्ध जो भी अपराध किये हैं, हम उन्हें नितान्त कृपा सहित भूल जायेंगे। इस प्रकार महारानी का घोषणा पत्र अथवा भारत का भाग्यलेख प्रकाशित किया गया। निस्संदेह इसका एक मात्र उद्देश्य अवध की क्रांति ज्वाला पर पानी डालना ही था, किन्तु यह अवध के क्रांतिदूतों को यह घोषणा तनिक भी आकर्षित न कर सकी।

दोहा

भूलभुलैया पत्र से, इनको दो वर्गलाय ।
इससे क्रांति आग पर, कुछ पानी पड़ जाय ॥
शब्द चातुरी पत्र की, कम्पनी संधि काज ।
संधि, प्यार, तलवार से, देश हड़प लिया आज ॥
कम्पनी की संधि कुटिल, चलना उस अनुसार ।
प्यार चुपड़ दिया पत्र में, महारानी साभार ॥
देशवासियों समझ लो, महारानी की चाल ।
तुम तो घूमो शाख पर, महारानी डाल-डाल ॥
एक हाथ फाँसी लिये, एक हाथ सलाम ।
शर्म क्या भूरी आँख में, साधै दोनो काम ॥
राज हड़प पेंशन करी, सतारा पूना काज ।
बन्दी बना बिठूर में, लूट पेंशन आज ॥
काशी नरेश बन्दी बना, आगरा फेंका आय ॥
उत्कल और बंगभूमि के, दिये जमीदार मिटाय ॥
वेतन गड़बड़ नाम पर, अवध लिया है लूट ।
लूट जहाँ वहाँ सत्य है, बाकी सब है झूठ ॥
कम्पनी हक सो अपना हक, आगे न कदम बढ़ाय ।
राजा प्रजा धर्म के कभी बीच नहीं आय ॥
कम्पनी हक सब देश पर, कोई दन्त विहूना राज ।
रखा सलामी ठोकने, अपने ही साधे काज ॥
राजाओं से विपुल धन, लिया कर्ज बताय ।
अब देने के नाम पर, कई इलजाम लगाय ॥
प्रजा आपकी दुखी है, नहीं सँभलता राज ।
करे राज अधिग्रहण हम, सभी सँभाले काज ॥

परजा की इच्छा यही, हो देशी राज बहाल ।
राजा परजा एक हैं, तो तेरा क्या जाल ॥
राज दखल चला पूर्ववत, लई व्यवस्था हाथ ।
ठोकर मार अवाम को, कर दिया राज अनाथ ॥
राजा परजा रौंदकर, खासे किये अन्याय ।
मरता क्या करता नहीं, अब फाँसी दयो चढ़ाय ॥
क्रांति से जो किसी का, तनिक वास्ता होय ।
जज मुकदमा दन्ड से , हरगिज बचे न कोय ॥
कपट घोषणापत्र के, ना रहे भुलावे कोय ।
बेगम कहती अवध की, अब हो क्या व्यवहार ॥
जिन किया आँगल समर्पण, लौटो अपने द्वार ॥
1859 जनवरी, पहुँचो शिविर में आन ।
संशय ना इस बात में, कर दूँ क्षमा प्रदान ॥
क्षमा नहीं अंग्रेज पर, भारत देश उदार ।
क्षमा बड़े हृदय बसें, तुच्छ हृदय नहीं सार ॥
कपट घोषणापत्र के, न रहे भुलावे कोय ।
बाजी चूके हाथ से, फिर अवसर नहीं होय ॥
क्षमादान बिन शर्त के, अवध को अस्वीकार ।
वीर लड़े हर खेत में, हाथ लिये तलवार ॥
दास्य विमोचन यज्ञ में, रक्ताहूती होय ।
बली शीष की ले खड़े, पीछे हटे न कोय ॥
प्राप्त करें स्वतन्त्रता, मरणव्रत संग्राम ।
मातृभूमि ने जीवन दिया, मरैं उसी के नाम ॥
1859 अप्रैल का, आया है ये मास ।
जारी युद्ध है आज भी, जगह अवध की खास ॥
सीतापुर और रायबरेली, टुढ़िया खेड़ा बीच ।

शंकर पुर के क्षेत्र में, हुई रक्त की कीच ॥
हठ नहीं छोड़े मरण तक, धकिया दिये नेपाल ।
हिन्दू राजा वहाँ पर, करेगा कुछ प्रतिपाल ॥
प्रविष्ट हुए नेपाल में, संख्या 60 हजार ।
जंगबहादुर नरेश से, हुआ पत्रव्यवहार ॥
हजारत बेगम पुत्र संग, था वो तरुन नवाब ।
नेता क्रांतीकार के, बाला अरु नाना सहाब ॥
मिल गया पत्र नरेश का, पढ़कर सभी हवाल ।
उत्तर दिया पत्र का, नाना साहब कमाल ॥

वार्त्ता

आपका पत्र प्राप्त हुआ; आपकी उदारता की ख्याति हम अब तक दूर से ही सुन रहे थे। हमने भारत के अनेक प्राचीन राजाओं का इतिहास पढ़ा है तथा नरेशों के गुणो से भी हम परिचित हैं, तब भी हम यह बात निश्चय के साथ कह सकते हैं कि आपकी समानता उनमे से कोई नहीं कर सकता, क्योंकि जिन अंग्रेजों ने आपकी प्रजा से दुर्व्यवहार किया है उन्हीं की आपने सहायता की और अपने कार्य में आपने तनिक-सा भी संकोच नहीं दिखाया। उनके आग्रह मात्र पर ही आप तत्काल उनकी सहायता के लिए दौड़ पड़े और आपकी असीम कृपा सब पर प्रकट हो गयी। आप जैसे उदारमना व्यक्ति ने जब प्रत्येक दृष्टि से अपने विरोधी शत्रु की सहायता की, तो मैं भी आप से आशा करता हूँ। आपके प्रजाजनो के पेशवाओं के जो वंशज सदैव मैत्री और उदारता पूर्ण व्यवहार करते आये हैं, उनको भी आप अवश्य ही सहायता प्रदान करेंगे। क्या मेरी आपसे ऐसी अपेक्षा अस्वाभाविक है और विशेषतया उस स्थिति मे जब कि आपने कट्टर शत्रु अंग्रेजों की मुक्तहस्त सहायता की है। जिसने अपने शत्रु को अपने घर मे सादर निमंत्रित किया हो, वह अपने मित्रों को तो कदापि निराश नहीं करेगा। क्या आपने यह नहीं सुना कि अनेक अन्यायों और दिये गए वचनों का स्पष्ट उल्लंघन

और अनेक संधियों के भंग किये जाने से हिन्दुस्तान अंग्रेजों द्वारा किस प्रकार सताया जा रहा है इसका विवरण यहाँ प्रस्तुत करना सम्भव नहीं है।

स्वराज के अतिरिक्त अंग्रेज, हिन्दुस्तान के लोगों को नष्ट करने के लिए किस तरह प्रवृत्त है यह भी जगविख्यात है। इन्ही कारणों से यह क्रांतीयुद्ध आरंभ हुआ है। मैं अपने भाई बाबासाहब पेशवा को आपके पास भेज रहा हूँ जिससे कि आपकी अन्य बातों को आपसे विस्तृत रूप से आपके समक्ष प्रस्तुत कर सके। इस पत्र पर पेशवा की राजमुद्रा भी अंकित की गई है, पर्याप्त विचार-विमर्श भी हुआ।

दोहा

कर्नल बलभद्र मिला, राजा का सरदार ।
उसने आकर भेंट की, कहो क्रांतिकार ॥
विद्रोही प्रमुख कहे, हिन्दू धर्म के काज ।
करते हैं संघर्ष हम, कुछ मदद करें महाराज ॥
वो भी हिन्दू नरेश है, हमें उनसे आस आज ।
चिड़िया समझकर हिन्द को बना फिरंगी बाज ॥
आपका क्या उद्देश्य है, कहता है सरदार ।
तुम राजा नेपाल से, रखते क्या दरकार ॥
दुश्मन सहायता जो करो, क्या मित्र नहीं हकदार ।
आए आपके पास में, करके यही विचार ॥
60 हजार निज सैन्य है, दयो गोरखा 50 हजार ।
मिले सहायता आपकी, तो दुश्मन भारत पार ॥
जो जीतै प्रदेश हम, अधिपति करै नैपाल ।
हमको जो आश्रय मिलें, ताबेदार हर हाल ॥
फौज मिले जो आपसे, आभारी बन लैय ।
आँगल जितना दे सके, हम दुगना वेतन देय ॥

प्रतिनिधि कहै नैपाल का, करदे आँगल माफ ।
करो समर्पण जाय कर, क्यों नहीं होते साफ ॥
घोषणा सुनी अंग्रेज की, करै समर्पण नाह ।
औरन मृत्यु मुख पटक, नहीं बचने की चाह ॥
हुई वार्ता बहुत सी, कहे अन्त सरदार ।
जो करते सहायता आपकी, क्यों बने फिरंगी यार ॥
अपनापन ठोकर दई, उत्तर बेदरकार ।
अभी सबर नहीं यहाँ तक, बढ़ा कदम दो चार ॥
छूट हुई अंग्रेज को, छुपे क्रांतिकार ।
घुस करके नेपाल में, इनका करो शिकार ॥
निराश हुए सब ओर से, सैनिक क्राँतिकार ।
अस्त्र-शस्त्र छुपाय कर, घर जाने को त्यार ॥
आँगल ने भी ना किया, उन्हें छेड़ने का प्रयास ।
जो घर को लौटे नहीं, तो बन में करें उपवास ॥

वार्त्ता

इन्हीं दिनो नाना साहब ने प्रमुख ब्रिटिश सेनापति होप ग्रान्ट को भी एक पत्र लिखा था। अपने इस पत्र में उन्होंने ब्रिटिश कूटनीति की घोर भर्त्सना की तथा विस्तृत आलोचना करने के पश्चात लिखा था---

What right you have to eccupy and declare me an outlaw

(हिन्दुस्तान पर राज्य करने का अधिकार आपको किसने दिया है? तुम विदेशी राजा हो तो क्या मैं चोर हूँ।)

इतिहास ने नाना साहब के नाम पर ही अंतिम शब्द संगृहीत रखे हैं। ये शब्द क्या हैं। वस्तुतः बालाजी विश्वनाथ पेशवा सिंहासन का अंतिम शिवाजी

के अंतिम उत्तराधिकारी के सुदृढ़, न्यायपूर्ण आत्माभिमान और शान की शोभा बढ़ाने वाले ही ये शब्द हैं। बाजीराव की नपुंसकता के कलंक को रक्त की सहस्रों धाराओं से नहलाकर निष्कलंक कर दिया गया था और पेशवा का वह विशुद्ध राज सिंह चित्तौड़ की राजपूतनियों के समान लड़ते-झगड़ते- जलते तथा दैदीप्यमान अग्नि ज्वालमालाओं को विस्फारित करते हुए विश्व के रंगमंच से विलुप्त हो गया। उनकी अंतिम आह इन्हीं शब्दों से निकली थी।

परकीय हिन्दुस्तान के राजा और हम हिन्दु भूमि के ही पुत्र हिन्दुस्तान में चोर बना दिये गये हैं। इस पत्र के लिखने के पश्चात नाना साहब का क्या हुआ इस सम्बन्ध में यह इतिहास मौन है। स्वेच्छा सहित अंगीकृत दरिद्रता मे ही बाला साहब का इन्हीं दिनो वनो मे ही स्वर्गवास हो गया तदुपरान्त अवध की बेगम और अवध को तरुण राजकुमार को नेपाल में अनुमति प्रदान कर दी गयी थी। महान हुतात्मा गजराज सिंह नामक एक अन्य क्रांतिकारी नेता भी बाद मे हुए एक संघर्ष में देवलोकगामी हुए।

इस प्रकार क्रांतियुद्ध की अवध में इतिश्री हो गयी। अपनी स्वतन्त्रता हेतु अवध ने कितनी वीरता सहित संघर्ष किया था इसका विवरण शत्रु द्वारा प्रस्तुति से ही पढ़ना उचित होगा:--

स्वदेश की स्वतन्त्रता के लिए इतने महान हठ और पराक्रम सहित क्या विश्व के किसी अन्य देश ने संघर्ष किया होगा? मैल्शन ने लिखा है कि सिपाहियों ने स्वतन्त्रता के लिए जिस क्रांतियुद्ध का श्रीगणेश किया था उसमे अवध की प्रजा ने बढ़-चढ़कर भाग लिया था। वे स्वदेश की स्वतंत्रता के लिए जूझ पड़े। वे कितनी वीरता सहित संग्राम कर रहे थे इसका विवरण हम प्रस्तुत कर चुके हैं किन्तु जितने दीर्घकाल तक अवध की जनता संग्राम करती रही, उतनी वीरता से भारत के किसी भी अंचल में संग्राम नहीं हुआ था। सन 1956 के मध्य से ही उन पर जो अत्याचार और अन्याय हुआ था, इससे उनका अन्त:करण इस्पात के समान कठोर हो गया था और उन्होंने दृढ़ संकल्प भी कर लिया था; यद्यपि उन्हें मारकर पलायन भी करना पड़ता था, इस आशा ही से वो ऐसा करते थे। आगे फिर विजय के लिए संघर्ष करेंगे। अन्ततः लार्ड क्लाइव ने अवध पर एक प्रचण्ड बवंडर के समान अंतिम आक्रमण किया। शेष बचे सैनिकों को नेपाल के वनो में आश्रय ढूँढ़ने पर विवश होना पड़ा। वहाँ भी जो वीर बचे रह गए थे उन्होंने

आत्मसमर्पण करने के स्थान पर उपवास करते हुए ही मर जाना वरेण्य माना। दीर्घकाल तक चले इस संघर्ष में जब उन्हें विजय की कोई आस न रही तो अवध के श्रमिकों, तालुकेदारों, भूमिधरों, व्यापारियों ने पराजय स्वीकार कर ली।

प्रकरण

पूर्णाहुति

दिनांक 20 जून को ग्वालियर की रणभूमि में हुए घनघोर संग्राम में लक्ष्मीबाई की पराजय हो गई थी इस कारण अंग्रेजों को अपने दृढ़निश्चयी शत्रु जो रणकौशल में लक्ष्मीबाई की अपेक्षा अधिक सिद्धहस्त था, रणभूमि से पलायन कर अंग्रेजों को झांसा दे गया था। ग्वालियर की रणभूमि से वह 20 मई को ओझल हुआ तो जावरा और अलीपुर की रणभूमि से भी बच निकलने मे सफल हो गया।

दोहा

यत्र तत्र तात्या टोपे

ग्राम नगर पर्वत सभी, युद्ध गर्जना होय ।
यहाँ वहाँ कहाँ तात्या, पता लगे न कोय ॥
इसका कारण यह था, घिरा हुआ एक सिंह ।
मध्य भारत के वनो मे, घुसा छोड़कर जंग ॥
ग्वालियर की रणभूमि मे, हुआ लक्ष्मी का बलिदान ।
वीर तात्या का कट गया, दाहिना हाथ ही जान ॥
बिछुड़ गया श्रीमन्त से, कुछ अपनो का घात ।
क्रांति भी दब-सी गयी नहीं मिला कोई साथ ॥
आँगल सत्ता भर रही, अजेय होने का दम्भ ।
टूट गए लड़ते हुए, सभी क्रांतीखम्भ ॥
तोप नहीं अब साथ मे, न उत्तम सेना पास ।
नहीं बचा कोई मोर्चा, नहीं रसद की आस ॥

वीर हठी झुकता नहीं, न भगवा झुकने देय ।
अटल धीर प्रतिकूलता, सब छाती पर लेय ॥
ग्वालियर, जावरा, अलीपुर, मिली उन्हें जो हार ।
आ सरमथुरा गाँव में, मन में ली कुछ धार ॥
राव साहब और तात्या, कीये निश्चय तीन ।
छापामार का वार हो, प्रत्यक्ष युद्ध ना कीन ॥
नहीं सामने युद्ध हो, दुशमण छदम छकाय ।
शस्तर राशन प्यार से, या हम लूट से पाय ॥
उत्तर भारत मध्य में, पग-पग रियासित होय ।
शस्त्र अस्त्र और अन्न की, यहाँ कमी ना कोय ॥
निजी लाभ को महत्व दें, यहाँ के सभी नरेश ।
देशभक्त और देशमा, झेले भूख कलेश ॥
राजा है ये तंगदिल, इन्हें पढ़ाने पाठ ।
लूटे लगा कठोर कर, स्वयं भोगते ठाट ॥
लै हम इनसे युद्ध कर, कठिन नहीं ये कोय ।
सेना इनके पास मे, नाममात्र ही होय ॥
जो अपने आवाहन पर, कर ले ये स्वीकार ।
विवश करें इन्हें युद्ध को, नहीं तो आखिरकार ॥
आंगल जाने लड़ें यहाँ, भूखा-प्यासा कौन ।
तात्या भागा यहाँ से, हुई क्रांती मौन ॥
यह समझ अंग्रेज ने, तात्या घेरने काज ।
सैन्य पठा चहुँ ओर से, कहाँ जायेगा भाज ॥
ग्वालियर झाँसी शिवपुरी, गुणा और राजस्थान ।
अब कैसे ये तात्या, निकल करै प्रस्थान ॥
लक्ष्य प्रथम था भरतपुर, सुन शत्रु समाचार ।
तात्या के पग बढ़ गए, जयपुर के दरबार ॥
सेना प्रजा का वहाँ, तात्या ओर झुकाव ।

खबर लगी अंग्रेज की, तो तात्या बदला दाव ॥
हालत सारी समझकर, किया दक्षिण प्रस्थान ।
पीछे कर्नल होमस भी, पड़ा है शस्त्र तान ॥
यहाँ पर कर्नल होम्स को, तात्या झाँसा देय ।
धावा बोला टोंक पर, जाय चुनौती है लैय ॥
वहाँ के नगर नवाब ने, किये बंद नगर के द्वार ।
चार तोप कुछ फौज को, किया बाहर तैयार ॥
जो थे सैनिक टोंक के, नितांत मैत्री ढंग ।
अभिनंदन कर तोप दैय, हो लिये उनके संग ॥
नयी फौज लैय तोप संग, किया दक्षिण प्रस्थान ।
पहुँच तात्या इंद्रगढ़, रुकता देख स्थान ॥
किंतु सेना होम्स की, रॉबर्ट दूसरी ओर ।
रिपु सैन्य पीछे लगी, वर्षा हो घनघोर ॥
इस कारण चंबल नदी, रौद्र रूप दिखलाय ।
तात् उत्तर पूर्व के बूँदी पहुँचा जाय ॥
भूल भुलैय्या डाल कर, शत्रु दिया भरमाय ।
नीमच नसीराबाद के, मध्य तात्या जाय ॥
जनता क्रांतीयज्ञ में, दे रही यहाँ योगदान ।
आँगल को खूब छकाकर, कर दिया खप्तान ॥
वो समझे दक्षिण गया, वो भीलवाड़ा जाय ।
7 अगस्त अंग्रेज ने, धावा बोला आय ॥
दिन भर तात्या ने रखा, आँगल को उलझाय ।
रात सुरक्षित सैन्य संग, कोटरा पहुंचा जाय ॥
कोटरा उदयपुर सीम मे, फौज करै विश्राम ।
नाथद्वारे मे तात्या, करै-ईस प्रणाम ॥
लौटा वहाँ से तात्या, मध्य रात्रीकाल ।
निकट लगे रिपु सूँघते, निकल चलो हरहाल ॥

पर सैनिक इतने थके, नहीं एक पग चल पायँ ।
अश्वारोही जो चहे, तो आगे बढ़ जाँय ॥
इस हालत सिवाय युद्ध के, और विकल्प न कोय ।
करो वीर विश्राम तुम, आगे होय सो होय ॥
सूर्य उदय के पूर्व ही, 14 अगस्त की भोर ।
व्यूहबद्ध सेना करी, तैयार हुए सब तौर ॥
जमकर के संघर्ष कर, आँगल सेना साथ ।
झपटमार राबर्ट को, चले हिलाकर हाथ ॥
तात्या सेना तोप से, फिर वंचित हो जाय ।
15 मील हटते हुए, गए पीछे को आय ॥
आँगल जीत उन्माद में, दीया उन पर जोर ।
झाँसा देकर तात्या, बढ़ गया चंबल ओर ॥
चंबल नदी के पास में, नाटक एक ओर होय ।
एक फिरंगी कमांडर, बाट रहा था जोय ॥
पर तात्या बाधाओं को, सदा समझता खेल ।
देख चातुरी चकित हो, आँगल मस्तिष्क फेल ॥
आँगल एक पीछे हटा, झपट वंचना देय ।
आँगल रह गए देखते, नदी पार कर लेय ॥
दो सेना के बीच में, चम्बल बहती खास ।
रिपु सैन्य सस्तर सजी, तात्या तोप न पास ॥
रसद ना राशन पास में, ना मुट्ठी धन कोय ।
मार्ग नर्मदा छोड़कर, जाना अब कित होय ॥
झालरा पाटन कर दीया, तात्या ने प्रस्थान ।
आँगलनिष्ठ नरेश ने, राखे सस्तर तान ॥
पड़ा टूटकर वीर वो, पर ये क्या चमत्कार ।
स्वामी कह प्रन्नत हुआ, होते ही आँखें चार ॥
गाड़ी बैल, छोड़े रसद, प्रचुर यहाँ मिल जायें ।

15 लाख धन साथ में, तोप बत्तीसों पायें ॥
5 दिना प्रवास कर, पैदल वेतन बीस ।
मासिक वेतन दे दिया, अश्वारोही तीस ॥
राव साहब और तात्या, करने लगे विचार ।
दक्षिण भारत लक्ष्य था, करें नर्मदा पार ॥
उत आँगल का प्रयत्न, तात्या घिरे जरूर ।
तात्या तोपखाने से अब, तोड़े तेरा गरूर ॥
अब सजकर चलो साथियों, इंदौर करे प्रस्थान ।
आँगल की करता मदद, ल्यो पकड़कर होल्कर कान ॥
सेना गुप्त इंदौर की, थी तात्या के साथ ।
सभी राजदरबार का, तात्या के सिर हाथ ॥
इसलिए अब चल दिया, वीर धैर्यवान ।
झालरा पाटन छोड़कर, गया मालवा आन ॥
वह आकर थोड़ा रुका, ग्राम राजगढ़ पास ।
गुप्त खबर से हो गया, आँगल को आभास ॥
चार दिशा से चल दिये आँगल तात्या ओर ।
खबर लगी अंग्रेज को, वो चढ़ आया इंदौर ॥
होल्मस पार्क, मिचेल रॉबर्ट, हॉपलाक और हार्ट ।
सैन्य लिये चहुँ ओर से, कोई दूर कोई शॉर्ट ॥
कोई उज्जैन से बढ़ा, कोई राजगढ़ ओर ।
आ निकला कोई मऊ से, कोई तलखेड़ से दौर ॥
तात्या बुहान से उतरता, चढ़ गया पहाड़ मिचेल ।
सेना थककर चूर है, नहीं तात्या खेल ॥
तात्या ने अंग्रेज की, सेना देख हताश ।
आगे निकला भोर ही, पीछे आंगल पास ॥
क्रांतिकारी भी थके, पर लड़ेंगे बिस्वे बीस ।
धावा किया अंग्रेज ने, रह गयी तोपें तीस ॥

छापामारी युद्ध का, मुखरित रहस्य अजीब ।
दुश्मन हारे जानकर, होती जीत नसीब ॥
सेना क्रांतीकार की, अब बन में गई आय ।
नदी बेतवा पास में, सिरोज नगर आ जाय ॥
सिरोजनगर में मिल गई, बढ़िया तोपें चार ।
भयानक वर्षा रूप में, करते इंद्र प्रहार ॥
अवसर है उपलब्ध ये, करने को विश्राम ।
आठ दिनों के बाद में, छोड़ गया वो ठाम ॥
उत्तर को प्रस्थान कर, शिंदे राज्य अधिकार ।
ईशागढ़ एक गाँव में, किया रसद इंकार ॥
जबरन रसद वसूल की, आठ तोप लगी हाथ ।
खोजी कुत्ता सूँघते, पीछे-पीछे साथ ॥
इन कुत्तों से उलझना, कैसे होय नर्मदा पार ।
सैन्य भाग दो बाँटकर, दोनो कुमुक तैयार ॥
रावसाहब और तात्या, अलग दिशा प्रस्थान ।
चतुर खिलारा काल से, आँगल हुआ खप्तान ॥
यदाकदा तोपें भी कुछ, अपनी देय गँवाय ।
दुश्मन को हैरान कर, आगे को बढ़ जायँ ॥
छिंदवाड़ा मगरौली तक, करती हुई संग्राम ।
कभी हटे आगे बढ़ें, मिले ललितपुर ठाम ॥
अंग्रेजों का अब नहीं, खुशी का पारावार ।
क्रांतिकारियों की तो अब, घिरी दिशाएँ चार ॥
दक्षिण से मिचले चला, उत्तर पूर्व लिडेल ।
पार्क चला पश्चिम दिशा, राबर्ट चंबल मेल ॥
राव तात्या फँस गये, शत्रु के ब्यूह पाश ।
तदनुसार तत्काल वो, गए खजूरी खास ॥
पता उनको वहाँ चला, आँगल सैन्य विद्यमान ।

वन खंड में प्रवेश कर, तालवेट गए आन ॥
आँगल समझे छोड़ दिया, दक्षिण गमन विचार ।
राव तात्या त्वरित गति, गए बेतवा पार ॥
रायगढ़ दो-दो हाथ कर, दक्षिण को बढ़ जाएँ ।
आँगल देख विचित्र गति, हाथ मलते रह जाएँ ॥
साहसपूर्ण इस कृत्य से, आँगल मन उद्वेग ।
नरपुंगव दक्षिण तरफ, बढ़ गया विद्युत वेग ॥
घाटी दर्रा लांघ कर, कर जाएँ सरिता पार ।
वन प्रान्तर को चीरकर, बैरी किया धिक्कार ॥
पहुँच गया नर्मदा के तट, आश्चर्य चकित संसार ।
धन्य वीर हे तात्या, जग में जय जयकार ॥
अंत नर्मदा लाँघकर, किया दक्षिण प्रयाण ।
शत्रु प्रशंसा करे, बीर हटीले ज्वान ॥
सैन्य मराठा वीर की, दक्षिण पहुँची आय ।
नदी नर्मदा पार कर, नागपुर में आ जाय ॥
भारत और इंग्लैन्ड ना, पूरे यूरोप खण्ड ।
धन्य वीर तूने किया, आँगल चूर घमण्ड ॥
महाराष्ट्र तो देखता, उसकी बाट जुहोय ।
बाजी चूकी हाथ से, फिर पीछे क्या होय ॥
रणकौतुक इस बीर का, कौतुक ही रह जाय ।
यत्र-तत्र उठी क्रांती, अब पानी पड़ जाय ॥

वार्त्ता

मेलसन ने लिखा है--- तात्या ने जिस जीवट हठ सहित अपनी योजना कार्यान्वित की, उसकी प्रशंसा न करना असम्भव है। इस सम्बन्ध में 17 जनवरी 1859 के लन्दन टाइम्स विवरण पठनीय है।

"Our very remarkable friend, tatio tope is too troublesome and clever an enemy to be admired. Since last june he has kept central India in a fervour. He has sacked stations, plundered treasuries. emptied arsenals, collected armies, lest them, fought battles, lost them, taken guns from native princes, lost them; then his motions were like forked lightning; and for weeks, he has marched 30 and 40 miles a day. He has crossed the Narmada to and fro. He has marched between our Coloumns, behind them, and before them. Ariel was not more subtle aided by the best staged mechanism. up mountains, over rivers, through ravines and vallies, amidst swamps, on he goes backwards and forwards, sideways and zig-zag ways, now falling upon a post card and carrying off the bombay mail, now looting a village, headed and burned yet evasive as proteus."

दोहा

बहुत खून बहा देश का, हुआ शिथिल अब गात ।
स्वाधीनता का दिन गया, आई दास्ता रात ॥
रिसे भाव नासूर बन, चोट हृदय गम्भीर ।
पूरे भारत राष्ट्र का, छलनी हुआ शरीर ॥

यद्यपि तात्या वीर को, उत्तरी हिन्दुस्तान ।
धनधान्य से पूजित करे, ज्ञान के वीर महान ॥
देशभक्त के रूप में, माने राजिस्थान ।
नगर-नगर और ग्राम में, रखते उसका मान ॥
प्रदेश मराठा नागपुर, नहीं दिया योगदान ।
फिर तात्या जिद्द से, ली रुकने की ठान ॥
अब तात्या के सामने, था यह राज्य निजाम ।
प्रतीक्षा करे क्रांती, थामै कौन लगाम ॥
इत पूना खान देश से, दौड़ी आँगल फौज ।
मेला घाट असीरगढ़, गुजरात नागपुर धौज ॥
चहुँ दिश आँगल फौज बढ, रोके दक्षिण द्वार ।
तात्या ने रण नीति का, दिखा दिया चमत्कार ॥
चली घेरने जो कुमुक, मिली जीतकर हार ।
अद्‌भुत रणकौशल दिखा, नर्वदा उद्गम पार ॥
नर्मदा के हर घाट पर, रिपु सैन्य मडराये ।
कारगून एक गाँव में, तात्या पहुंचा जाय ॥
मेजर संडरलैंड से, डटकर हुआ संग्राम ।
युद्ध पूर्ण बीभत्स हो, बहुत चला अविराम ॥
युद्ध चला जब तेज गति, दी संकेतक बाँग ।
रोक अचानक युद्ध को, मारी नदी छलाँग ॥
आँगल रह गए ताकते, नदी नर्वदा धार ।
सेना संग ले तात्या, हो गया नदिया पार ॥
तीव्रगती पथ चाल में, नहीं बराबर कोय ।
जीत सकै को जगत् में, जो ऐसी सेना होय ॥
घर मंजिल बढ़ा तात्या, लक्ष बडौदा होय ।
बहुत लोग दरबार के, बाट रहे थे जोय ॥

पहुँच राजपुर में गया, यहाँ धन थोड़ा मिल जाय ।
दूजे दिन के सफर में, छोटा उदयपुर आय ॥
बडौदा यहाँ से रह गया, केवल मील पचास ।
करी फौज मलेच्छ की, घेरने का प्रयास ॥
बड़ौदा जाने के लिए, मन से मिटा विचार ।
चकमा दे अंग्रेज को, हुआ यहाँ से पार ॥
तात्या अब सेना सहित, बांसवाड़ा वन जाय ।
बाँदा नवाब क्रांतिकार से, मिलना तब हो जाय ॥
रानी की सुन घोषणा, तब ही बाँदा नवाब ।
समर्पण किया अंग्रेज को, उसने बिना दबाव ॥
राव साहब और तात्या, विकट परिस्थिति होय ।
जाल पड़ा चहुँ ओर को, निकल सकै ना कोय ॥
पच्छिम में रोबर्ट हैं, दक्षिण नर्वदानीर ।
पूर्व विकट ढलान है, जाना टेढ़ी खीर ॥
चंहुँ और फंदा कसा, ना निकलन की आस ।
फिर भी कायर विचार को, नहीं आने दिया पास ॥
किन्तु ये वो व्यक्ति, धन्य धैर्य धीर ।
प्राणान्तक संघर्ष का, करें साम ना वीर ॥
कठिनाइयों के व्यूह को, दिया तात्या भेद ।
11 दिसम्बर पार हो, किया जाल मे छेद ॥
सहायता ले किलेदार की, बढ़ा उदयपुर ओर ।
उसी वक्त अंग्रेज की, हुआ सेना का जोर ॥
देखा हल्ला जोर का, वन खण्ड पहुँचे आय ।
ठहरना सप्ताह से अधिक, अब मुश्किल हो जाय ॥
शरण लेयगा तात्या, नित नई चर्चा होय ।
महाराष्ट्र के सिंह का, बना पींजरा सोय ॥

सेना चढ़ी मलेच्छ की, जकड़ गया गल पांश ।
सतत युद्ध लड़ते रहे, आस रहे या साँस ॥
राव तात्या एक दिन, प्रतापगढ़ को जाए ।
उस दम मेजर राक ने, हमला किया आए ॥
उलट तात्या वीर ने, झपट किया आघात ।
लज्जा से सिर झुकाकर, मलता रह गया हाथ ॥
पच्चीस दिसम्बर तात्या, वन से बाहर आय ।
अवध वीर प्रख्यात एक, फिरोजशाह मिल जाए ॥
शहजादा उस वीर की, आया करन सहाय ।
प्रचंड शौर्य पूर्वक, नदी पार कर आय ॥
शिंदे दरबारी मान सिंह, फिरोज तात्या राव ।
1859 जनवरी 13, लखे भविष्य का दाँव ॥
आँगल घेरा कस रहा, निकले बिन आभास ।
निर्भय मंजिल पार कर, पहुँच गए देवास ॥
यहाँ भी 4 दिशाओं से, आँगल व्यूह घिर आए ।
कठिन चतुरदिक बंद है, थकी सैन्य कित जाए ॥
तात्या राव और फिरोजशाह, करते यही विचार ।
तुरंत छावनी घेर लई, आँगल मारा मार ॥
गौरे सैनिक झूमते, पड़े खुशी से चीख ।
क्रांति सैनिक अभी थे, नहीं रहे अब दीख ॥
दौड़ो पकड़ो चीख भी, उनकी हुई निढ़ाल ।
लगा पंख उड़े वीर सब, सिर पटके फिलहाल ॥
21 जनवरी फिरोजशाह, राव और तात्या वीर ।
सैन्य साथ ले पहुँचते, शिकर ग्राम के शीर ॥
आँगल पुनः पागल हुए, पीछा करते आएँ ।
मिस्टर होल्मस सेना सहित, बागियों से टकराएँ ॥

बागी अपनी हार से, होते नहीं हताश ।
लड़ना मरणपर्यंत, तज हार-जीत की आस ॥
बड़ौदा पर हमला करें, करके नर्वदा पार ।
इच्छा अब यह छोड़ दी, करके सोच-विचार ॥
विदा करी सेना सभी, सादर जोड़ के हाथ ।
जीवन-मरण में आपने, खूब निभाया साथ ॥
मन में कुछ निश्चय किया, छोटा किया परिवार ।
दो घोड़े दो रसोइया, एक नौकर तैयार ॥
ले अपने परिवार को, पहुँचे ग्वालियर आय ।
सरदार ग्वालियर मानसिंह, से मन की बतराय ॥
सैन्य छौड़ आये यहाँ, करी आपने भूल ।
जीवन-मरण के बीच में, क्यों रहे नाहक झूल ॥
अच्छा हुआ या बुरा हुआ, तात्या रहा समझाय ।
निश्चय करके आपके, गये पास में आय ॥
प्राणलेवा संघर्ष से, थक गया मन शरीर ।
रहें आपके साथ में, कम हो मन की पीर ॥
आँगल को मिली सूचना, तात्या मानसिंह पास ।
पकड़ सके प्रत्यक्ष ना, छल का किया प्रयास ॥
मानसिंह के पास में, दिया दूत पठाय ।
क्षमा करें हम आप को, तांत्या दो पकड़वाय ॥
शिंदे से कहे आपका, दिलवायें नरवर राज ।
करें खैरमकदम सभी, अंग्रेजी सामराज ॥
अंदर से गद्दार था, मानसिंह कपटी कूर ।
सौंप दिया था, चाचा खुद, हुए लोभ में चूर ॥
फँसा लोभ में आज भी, आँगल झाँसे आय ।
तात्या से कहने लगा, हम करें समर्पण जाय ॥

तात्या ने प्रस्ताव दिया, घृणा सहित ठुकराय ।
रिपु शरण जायें नहीं, प्राण रहें या जाय ॥
तात्या को फिरोजशाह का, पत्र एक मिल जाय ।
आ जाओ निज छावनी, अपने पास बुलाय ॥
आया मानसिंह पास में, हम जाएं या ना जाएं ।
दो-तीन दिन रुको और भी, हम जब तक वापस आये ॥
अगणित युद्ध में वीर ने, दिये नाकों चने चबवाय ।
मानसिंह गद्दार ने, बन्दी दियो बनवाय ॥

वार्त्ता

मानसिंह तात्या को वहाँ रहने का परामर्श देकर चला गया था सीधा अंग्रेज की शरण में। उन्होंने तात्या को बंदी बनाने के लिए बम्बई की अंग्रेजी सेना को इस विश्वासघाती के पास भेजा था। तात्या के प्रति प्रत्येक भारतीयों के मन में जो महान आदर भावना विद्यमान थी। इसके कारण अंग्रेज किसी भारतीय पर विश्वास नहीं कर पाते थे, अतः बम्बई के इन सैनिकों को इतना निर्देश दिया गया था कि मानसिंह जिस अभियुक्त को बंदी बनाने का निर्देश दे तुम्हे बंदी बनाकर ले आना होगा। मानसिंह उन सैनिकों सहित पैरोन के जंगलों में जा पहुँचा। तात्या को उसने तीन दिन के पश्चात ही वहाँ आने की बात कही थी। वह अपने कथन अनुसार ठीक समय पर ही आ पहुँचा था। उस समय तात्या प्रगाढ़ निद्रा में लीन था। नराधम मानसिंह ने अपने साथ लाये हुए शिकारी कुत्तों को उस नरकेशरी पर छोड़ दिया था। तात्या के नेत्र जब खुले तो उसने अपने आपको अंग्रेजों के बंदी के रूप में पाया था। यह घटना 7 अप्रैल 1859 को अर्द्धरात्रि में घटी। दूसरे दिन प्रातःकाल ही उसे शिवपुरी में जनरल मीट की छावनी में कड़े पहरे के बीच में ले जाया गया। यहाँ सैनिक न्यायालय लगा और उसमें तात्या के विरुद्ध ब्रिटिश सत्ता के विरुद्ध विद्रोह करने का आरोप लगाया गया। बुधवार को इन आरोपों का उत्तर देते हुए तात्या ने कहा---

दोहा

मैने जो कुछ भी किया, स्वामी कहे अनुसार ।
काल्पी तक नाना रहे, फिर राव साहब आधार ॥
जो भी युद्ध हमने किये, सभी न्याय अनुसार ।
छोड़ युद्ध अन्याय से, किया ना अत्याचार ॥
बिन कारण तेरी तरह, बालक नारी जो होय ।
मैने और राव साहब ने, हनन किया न कोय ॥
फाँसी दी ना किसी को, नहीं दबाया राज ।
जो-जो युद्ध हमने किये, वो देश धर्म के काज ॥
इससे ज्यादा और कुछ, नहीं बोलते बात ।
आँगल के अनुरोध पर, कहो क्रांति हालात ॥
तीन दिन तक करते रहे, उससे कुछ पूछताछ ।
कटवाया गद्दार ने, छायादार ये गाछ ॥
झुण्ड के झुण्ड दर्शनार्थी, आते दर्शन काज ।
दर्शन से वंचित किया, सारा हिंद समाज ॥
नाटक सभी समाप्त कर, फाँसी दई सुनाय ।
मेरे घर-परिवार को, नहीं सताया जाय ॥
काला दिन मनहूस था, बजे शाम के चार ।
फाँसीघर के सामने, ले गये नियमानुसार ॥
पाँवों की बेड़ी कटी, फुर्ती से चढ़ जाय ।
हार समझकर गले में, फन्दा पहना आय ॥
फंदा कस गया गले में, तख्ता दिया गिराय ।
क्रांतिकारी वीर को, दिया फाँसी लटकाय ॥

वार्त्ता

इस प्रकार पेशवा का राजनिष्ठ सेवक सन् 1857 के स्वातंत्य समर महान नायक भारत का निर्भीक वीर धर्मरक्षक देशाभिमानी और कुशल सेनापति तात्या टोपे का निर्जीव शरीर अंग्रेजों द्वारा फाँसी की टिकटिकी पर झूलता नजर आया। वधमंच रक्त से शराबोर हो गया। सारे देश के नेत्रों से अश्रुधारा प्रवाहित हो गई। समग्र भारत ही अश्रुओं से भीग गया ।

स्वदेश की सेवा के लिए उसे महान और अवर्णनीय अत्याचारों को सहना था यही तात्या का एकमात्र दोष था। उसे इस देशभक्ति का पारितोषिक एक विश्वासघाती द्वारा उसके साथ किये गये विश्वासघात और नीचता के रूप में मिला। अंग्रेजों ने उसे किसी रक्तपिपासु जानवर के समान वध स्तम्भ पर लटकाया था। हे महावीर तात्या! तुमने इस अभागे देश के इन विश्वासघाती नराधमो और महामूर्खों की स्वतन्त्रता के लिए तुमने संघर्ष क्यों किया ? तात्या टोपे तुम्हारे लिए आखों से जो अश्रुधार प्रवाहित हो रही है, क्या तुम उसे देख रहे हो ?? हाँ तुम्हें रक्तदान का प्रतिदान अभागे और निर्मल अश्रु बहाकर ही तो दे रहे हैं; हे नरवीर तुमने भी यह घाटे का सौदा किया।

तात्या की निष्प्राण देह को फाँसी के फन्दे से झूलता हुआ देखकर अपने पराक्रम पर समाधान व्यक्त करते हुए अंग्रेज जब वापिस लौट रहे थे। तात्या का शव इसी स्थिति में भगवान सूर्यदेव के अस्ताचलगामी होने तक लटकता रहा। वहाँ खड़े पहरेदार भी जब चले गये, तब भीड़ को चीरते हुए यूरोपियन प्रेक्षक आगे बढ़े और उनमें इस महान राष्ट्रभक्त के केशों के गुच्छे स्मृतिस्वरूप अपने पास रखने की पहल करने की होड़ लग गयी। सन 1857 के स्वातन्त्य युद्ध के इस होमकुण्ड में तात्या के बलिदान के रूप में यह अंतिम आहुति पड़ गयी थी। इस तरह वह भयंकर ज्वालामुखी, जिसने अपने विस्तीर्ण मुख से क्रोध के आवेग में मास-रक्त, लाशें गडगडाइटो और दग्ध लाल लाल उष्ण लावा रस को उगला था, अब अपना मुख बन्द कर रहा था। उसकी तलवार रूपी जीभ अब पुनः म्यान रूपी जबड़ों में समाती जा रही थी। अब उसकी कड़कती बिजलियां और कर्णभेदी गड़गड़ाहट तथा गर्जनाएं प्रचन्ड वेग और बवंडर व उग्रता सभी मदारी

के पिटारे के समान वायुमन्डल में विलुप्त हो रहे थे। ज्वालामुखी का मुख बन्द हो गया; उसके धरातल पर पुन: हरियाली उगती दृष्टिगोचर होने लगी और उस पर पुनः कृषिकार्य आरम्भ हो गया। पुन: शान्ति सुरक्षा और प्रेम भाव उभरने लगा और अब उस ज्वालामुखी का पृष्ठ भाग इतना सुकोमल और हराभरा दिखाई देने लगा कि कोई यह आशंका भी नहीं कर सकता कि उसके नीचे एक प्रचण्ड ज्वालामुखी विश्राम कर रहा है।

समारोप

अब यह ज्वालामुखी, कुछ दिन को हुआ शांत ।
फिरोजशाह और राव का, क्या हुआ इस उपरांत ॥
जबसे विदा हुआ तात्या, उसके बाद एक मास ।
पूर्ण वीरता से लड़े, राव दिखाया सहास ॥
लड़ते-लड़ते जब कोई, रह गया नहीं विकल्प ।
निकले बन गुप्त रूप से, मन में कर संकल्प ॥
गुप्तवास तीन साल का, फिर बन्दी लिये बनाय ।
20 अगस्त 1862, फाँसी दीये चढ़ाय ॥
घूम रहे अब फिरोजशाह, अपना बदल के भेष ।
बच गए आप सुदैव से, निकले फेर विदेश ॥
पहुँच गए ईरान में, रहे करबला जाय ।
दास्यविमोचन युद्ध का, दीया हाल सुनाय ॥
प्रश्न अनेको खड़े हैं, जो रहे लेखनी ओट ।
पहला प्रश्न अक्समात ही, क्या हो गया ये विस्फोट ॥
1857 क्रांति की, सिद्ध त्यारी होय ।
जग में बड़ी जो क्रांति, तैयारी न इतनी कोय ॥
सैनिक एक एक पलटने, महाराजा सामंत ।
अफसर पुलिस समाज सब, मौलवी ब्राह्मण संत ॥

नगर नगर और ग्राम में, यही फेरते मन्त्र ।
शीश हथेली धर कहूँ, रहना हमें स्वतन्त्र ॥
अनुकूलन सब ओर से, फिर जो खड़ा ना होय ।
देशधर्म से हीन वो, कायर जाती कोय ॥
प्रश्न वही फिर झूलता, कारण होगा कोय ।
1857 क्रांती, फिर असफल क्यों होय ॥
इस हेतु चर्चा हुई, ग्रंथ में यथास्थान ।
महत्त्वपूर्ण इस बात को, सुनो लगाकर ध्यान ॥
क्रांति की त्यारी हुई, बाद की त्यारी न कोय ।
इस क्रांति के बाद में, परिस्तथिति क्या होय ॥
मलेच्छ राज्य विषबेल को, फेंको समूल उखाड़ ।
यहाँ तक उतना ना कठिन पथ, आगे विकट पहाड़ ॥
तुरंत प्रलय के बाद मे, कैसे हो नवनिर्माण ।
नहीं निर्धारित योजना, मत नहीं एक समान ॥
मुगल मराठा बीच मे, थे घातक मतभेद ।
घुसे फिरंगी जिस तरहा, हिन्दु मुस्लिम छेद ॥
वायुमण्डल वैर का, तानाशाही राज ।
आपस के विश्वास बिन, बिगड़े सारे काज ॥
न्याय धर्म से चमकता, रखते सत्य विचार ।
प्रेरित हो प्रजा सभी, नव सृजन को तैयार ॥
बड़े जोश से क्रांति का, हुआ श्री गणेश ।
ऐसे ही होता अन्त भी, मुक्त होय ये देश ॥
नवनिर्माण की क्या कहें, हुआ न पूर्ण विनाश ।
निज स्वार्थ वश राष्ट्र के, गले डाल दी पांस ॥
द्रोह किया निज राष्ट्र से, किया आगल से प्यार ।
जूता चूमै गैर के, कुलघाती गद्दार ॥

सुगढ़ राज हो गैर का, हो स्वराज गुन हीन ।
गुन हीने का गुन बढे, ना उठै दास हो दीन ॥
गद्दारों के सिर चढ़ा, देश पतन का पाप ।
गैर काज निज छुरे से, घायल किया निज बाप ॥
धर्म सधे स्वराज में, राज धर्म की ओट ।
धर्मध्वजा आकाश में, न्याय सुरक्षित कोट ॥
अपने राष्ट्र कल्यान में, आत्मिक सुख ले ढूँढ़ ।
सच्चे आत्मसम्मान का, यही रहस्य है गूढ़ ॥

वार्त्ता

जिन्होंने इन सिद्धान्तों को समझकर अपने देश और धर्म के प्रति अपने कर्तव्य का पूर्णतः पालन किया। स्वधर्म और स्वराज्य के लिए अपने हाथों में शस्त्र ग्रहण किया यश के लिए नहीं, अपितु केवल कर्तव्यपूर्ति के हेतु मृत्यु को भी आलिंगन करना श्रेयस्कर समझा। उनके पावन नामो का सदैव ही गौरव सहित स्मरण किया जाता रहेगा। हमारा देश उन नामो और उन लोगों का कदापि स्मरण नहीं करेगा, जिन्होंने संकोच अथवा लापरवाही के कारण स्वतन्त्रता के युद्ध में सहयोग नहीं दिया अथवा जो शत्रुओं से जा मिले और जिन्होंने अपने ही देशबन्धुओं के विरुद्ध संघर्ष कर अपने नाम को कलंकित कर दिया।

सन 1857 की क्रांति से हिन्दुस्तान की एकता स्वतन्त्रता व जन शक्ति तथा जागृति की दिशा में कितनी प्रगति हुई है इसका वह मापदण्ड थी। सन 1857 की क्रांति की असफलता के दोषी वे हैं जिन्होंने अपने आलस्य प्रमाद तथा स्वार्थपरता और विश्वासघात से इस पर मर्मांतक प्रहार किया, उन महान वीरो को इसकी असफलता के लिए दोशी सिद्ध करने का दुस्साहस किसी को नहीं करना चाहिये। जिन्होंने अपने ही उष्ण रक्त प्रवाहित करने वाली तलवारों को उठाकर उस महान पूर्व प्रयोग के हेतु क्रांति के अग्निमय रंगमंच पर प्रवेश किया था और जो प्रत्यक्ष मृत्यु का भी आलिंगन कर आनन्द से झूम उठते थे। वे

न तो उन्मादी थे और न ही विक्षिप्त; न ही वे विचारहीन थे और न ही पराजय में हाथ बटानेवाले। उन्हे कोई भी दोष देना उनके साथ अन्याय करना है। वस्तुत: उन्ही की पावन प्रेरणा से भारत माता की गहन निद्रा भंग हुई थी और पराधीनता की शृंखलाओं को टूक-टूक कर देने के लिए सम्पूर्ण भारत जाग्रत हो उठा था। किन्तु विधि की विडम्बना कि जहाँ उसका एक हाथ अत्याचारियों के सिर पर मर्मांतक प्रहार कर रहा था, वहाँ दूसरा हाथ माता के वक्षस्थल में छुरा घोंपने का कलंकित कृत्य करने में संलग्न था। घायल भारत माता एक बार पुन: तड़प उठी और भूलुंठित हो गयी। इन दोनो श्रेणी के पुत्रों में से कौन क्रूर विश्वासघाती तथा तिरस्कार योग्य है और कौन वीर साहसी देशभक्त तथा सम्माननीय है यह सुस्पष्ट ही है।

जेष्ठ दशहरा गंगा स्नान से लिखना आरम्भ करके कार्तिक गंगा स्नान देवदीवाली पर पूर्ण किया 20/11/2022

लेखक परिचय

पूरण सिंह का जन्म साल 1950 में उस समय के पंजाब प्रान्त के पलवल क्षेत्र के गांव दीघोट में हुआ जो अब हरियाणा में है ! गांव के किसान परिवार में जन्मा अपने 6 बहन भाइयों में तीसरे नंबर का पुत्र उस समय गांव के ही सरकारी स्कूल में पढ़ते हुए देश भक्ति की क ख ग सीख गया था ! सदियों की गुलामी झेल कर देश उस समय आजादी की ताज़ा - ताज़ा साँसें ले रहा था इसलिए देश भर में उमंग और देश भक्ति का वातावरण था ! सरकारी स्कूलों में होने वाली बालसभाओं और गोष्ठियों में हिस्सा लेते लेते देशभक्ति गीत तथा कविताएं लिखना पूरण सिंह का शौक बन गया ! 15 साल की अल्पायु में पिताजी के देहांत के बाद घर में कठिनाइयों के दौर के चलते घर के हालात दयनीय हुए तो उनके बाल मन ने विचारों के गुबार को दुखी हो कर कागज पर लिखने की कोशिश की तो शब्दों ने एक गीत का रूप ले लिया जिसे यहाँ उनके परिचय के साथ उद्धृत करना उचित होगा !

उलझ गए जीवन वीणा के मोटे - पतले तार !
सरगम रूठ गया दिल का ना उठे मधुर झंकार !!
कब से भटक रहा हूँ में इस दारुण कंटक वन में !
खोया आज किनारा फिर भी किसकी आशा मन में !!

दोष नहीं पतझड़ का कोई छलती मुझे बहार !
उलझ गए जीवन वीणा के मोटे पतले तार !!

विरह निशा के घोर तमस में कब तक दीप जलाऊं !
आस - निराश की पगडण्डी पर कैसे में चल पाऊं !!
भग्न हृदय किसको दिखलाऊँ किस से करूँ पुकार !
उलझ गए जीवन वीणा के मोटे पतले तार !!

तोड़ रहे दम गीत अधूरे साज बिना क्या गाऊं !
इन प्राणों की विकत वेदना कैसे में सह पाऊं !!
मांझी ही जो नाव डुबोए कौन लगाए पार !
उलझ गए जीवन वीणा के मोटे पतले तार !!

कोमल पुष्प मधुर भावों के चुन कर मन उपवन से !
प्रियवर की चिर प्रतीक्षा में बैठा लिए जतन से !!
मृत्यु छीन नहीं सकती है जीवन का अभिसार !
उलझ गए जीवन वीणा के मोटे पतले तार !!

ऐसी दर्द भरी गीत ग़ज़ल लिखते हुए इनका मन दुनियावी माया मोह से ऐसा विरक्त हुआ की घर छोड़ अरावली की पहाड़ियों में भटकने लगे और संयोग से वहीँ भटकते हुए एक सन्यासी गुरु इन्हें मिले जिन्होंने दो साल तक अपनी शरण में इनको रखते हुए शास्त्रों का ज्ञान दिया, योग अभ्यास करा कर बलशाली बनाया और इनकी चेतना को देश भक्ति और ईश्वर भक्ति की और फिर से मोड़ दिया ! ऐसे महापुरुष की प्रेरणा से सेना में भर्ती हो कर सन 1971 में हुए भारत पाकिस्तान के युद्ध का हिस्सा भी रहे !

सेना से अवकास ले कर पैतृक गांव में ही पठन - पाठन - लेखन - गायन - कला इत्यादि में लगे रहे और पत्नी भी बिना इन्हें व्यस्त किये स्वयं ही घर के कार्यों की पटरी बिठाती रहीं और उन्ही के अमूल्य सहयोग से बच्चे भी पढ़ लिख कर अपने पैरों पर खड़े हो गए ! इनका बड़ा बेटा आज बहुराष्ट्रीय कंपनी में वरिष्ठ पद पर कार्य कर रहा है तो छोटा बेटा डाक्टर बन कर लोगों की सेवा में रत हैं !

लेखक का मानना है की विदेशी और वामपंथी चश्मे से लिखा हुआ इतिहास जो की राजनीतिक कुचक्रों की वजह से हमेशा तोडा मरोड़ा गया और आधा अधूरा ही देश की पीढ़ियों को परोसा गया उसको यदि सत्यता के साथ संगीतबद्ध करके पेश किया जायेगा तो पीढ़ियों तक लोक चेतना में बैठा रहेगा और फिर कोई उसको सदियों तक तोड़ मरोड़ नहीं सकेगा ! इसी उद्देश्य से वो 1857 के स्वतंत्रता संग्राम के संदर्भों को अपनी इस पुस्तक १८५७ का मुक्ति संग्राम के माध्यम से पाठकों के सम्मुख गीत - संगीतमय रूप में प्रस्तुत कर रहे हैं!

www.ingramcontent.com/pod-product-compliance
Ingram Content Group UK Ltd.
Pitfield, Milton Keynes, MK11 3LW, UK
UKHW042137021026
15589UKWH00003B/895